KB086203

오페라의 유령

▶ 소설을 읽으며 스마트폰으로 뮤지컬 〈오페라의 유령〉 추천음악을 함께 감상해 보세요.

책 속의 QR코드를 스캔하시면 FLO를 통해 해당 내용의 뮤지컬 곡을 들을 수 있습니다.
단 FLO 유료회원이 아닌 경우엔 미리듣기만 가능합니다.

청소년 모던 클래식

Le Fantôme de l'Opéra

오페라의 유령

가스통 르루 지음
박찬규 옮김

구름서재

소설과 함께 보는 뮤지컬 오페라의 유령

유령은 아니었지만 에릭처럼 음악의 천사였던
나의 사랑하는 형 조에게

　　　　　　　　　　　　　　　　　- 가스통 르루

프롤로그

이 특별한 이야기의 저자는 오페라의 유령이 정말로 존재했었다는 확신을 갖게 된 경위를 다음과 같이 독자들에게 밝힌다.

오페라의 유령은 실제로 있었다. 사람들이 오랫동안 믿어왔던 것처럼, 오페라의 유령은 예술가들이 상상으로 만들어 낸 것도 아니고 연출가들의 미신도 아니며 경솔한 여자 무용수들과 그녀들의 어머니, 극장안내원, 휴대품보관소 직원들 또는 극장 수위들이 머릿속에서 지어낸 시시한 이야기도 아니다.

그랬다! 얼핏 보기엔 그림자로만 떠도는 진짜 유령 같았지만 오페라의 유령은 살과 뼈가 있는 살아있는 존재였다.

나는 국립음악아카데미의 서고를 뒤지던 중 신비하고 믿기 어려운 한 사건과 '유령'에 대한 소문 사이에 놀랄 만한 연관성이 있다는 사실을 알게 되었고, 그래서 유령과 이 사건의 연관관계를 합리적으로 설명할 수 있으리라는 확신을 갖게 되었다. 그 사건이 일어난 것은 불과 30여 년 전이었다. 그래서 지금도 오페라 무도회장 같은 곳에 가면 의혹투성이인 크리스틴 다에의 비극적 납치 사건과 샤니 자작의 실종, 그의 형인 필립 백작의 시신이 스크리브가街에 있는 오페라극장 지하로 연결된 호수의 제방에서 발견된 사건 등을 어제 일처럼 기억하고 있는 노인들을 어렵지 않게 만나볼 수 있다. 하지만, 그들 누구도 끔찍했던 이 사건이 오페라의 유령과 관련 있다는 생각을 가지지는 못했다.

처음에는 불가사의한 현상으로만 보였고 부질없는 환상을 쫓는 것만 같아 포기하려는 생각도 들었다. 하지만 사건의 실마리를 쫓을수록 진실은 서서히 내 머릿속에 자리를 잡기 시작했다. 그러던 어느 날, 마침내 내 예감이 결코 틀리지 않았다는 증거를 발견하게 되었고, 오페라의 유령이 단순히 그림자 이상의 존재라는 확신을 가졌을 때에는 그동안의 노고를 한꺼번에 보상받는 느낌이었다.

그날 나는 몽샤르맹이라는 의심 많은 저자가 쓴 『어느 오페라극장장의 회고록』이라는 가벼운 책을 읽으며 무료한 시간을 보내고 있었다. 저자는 자신이 오페라극장을 드나드는 동안 유령의 출몰 같은 건 전혀 인지하지 못했다고 적고 있었으며, 자신이 '악마의 편지'에 든 흥미로운 금전거래의 첫 번째 희생자가 되었음에도 이를 누군가의 장난 정도로만 여기고 있었다.

실망스런 마음으로 도서관을 나오던 나는 우연히 국립아카데미의 행정관과 마주치게 되었다. 마침 층계참에서 작은 키에 생기 넘쳐 보이는 멋쟁이 노신사와 열심히 이야기를 나누던 그는 나를 보자 반가워하며 그 신사를 소개해 주었다. 행정관은 내가 무엇을 조사하고 다니는지 잘 알고 있었으며, 저 유명한 샤니 사건의 예심판사 포르 씨의 소재를 알아내지 못해 애태우고 있다는 사실도 알고 있었다. 그동안 포르 씨의 행방은 물론 생사조차 아는 사람이 없었다. 그런 그가 지난 15년 동안을 캐나다에서 머물다가 최근에 파리로 돌아와 맨 먼저 한 일은 바로 오페라극장 비서실에 특별 좌석을 부탁하는 일이었다. 내 눈앞에 있는 이 키 작은 노신사가 바로 포르 씨였던 것이다.

긴 저녁 시간을 함께 보내며 포르 씨는 샤니 사건에 관해 자신이 알고 있던 그대로 이야기해 주었다. 증거 불충분으로 인해 자작은 광기 때문에 그리고 그의 형은 사고 때문에 죽은 것으로 사건을 종결지을 수밖에 없었지만, 그는 아직도 두 형제 사이에 일어난 비극에 크리스틴 다에가 연루되어 있을 거라 확신하고 있었다. 그렇지만 크리스틴이나 자작에게 구체적으로 무슨 일이 일어났었는지에 대해서는 그도 아는 게 없었다. 유령 이야기에 대해서 그는 피식 웃어넘길 뿐이었다. 당시 오페라극장의 비밀스럽고 구석진 자리에 어떤 기이한 존재가 살고 있었다는 정황들과 '돈봉투 사건'에 대해서는 잘 알고 있었지만, 그는 이것이 샤니 사건의 담당판사로서 관심을 끌만한 사항이 아니라고 보았으며 그래서 유령을 봤다는 한 증인의 말을 청취한 것이 전부였다. 그 증인은 파리 사람들이 '페르시아인'이라고 부르는 사람으로, 오페라극장 회원들에게는 널리 알려진 인물이었다. 하지만 판사는 그를 그냥 머리가 좀 어떻게 된 사람 정도로만 취급했다.

독자들도 짐작했겠지만 나는 그 '페르시아인'에 관한 이야기에 무척 관심이 갔다. 그래서 기회가 된다면 이 중요하고 특별한 증인을 꼭 만나보기로 마음먹었다. 그러던 어느 날 나는 리볼리가(街)의 초라한 아파트에서 그를 찾아내는 행운을 얻었는데, 그는 내가 방문한 뒤 5개월 뒤에 같은 아파트에서 숨을 거둘 때까지 그곳을 한 번도 떠나본 적이 없었다. 처음에는 나도 그를 믿지 못했다. 하지만 이 페르시아인은 어린애와도 같은 순수함으로 유령에 관해 알고 있는 모든 사실을 말해주었다. 특히 자신의 끔찍한 운명을 낱낱이 고백한 크리스틴 다에 양의 편지를 비롯한 유령의 존재에 대한 증거물들을 모두 내게 넘겨준 뒤에는 더 이상 그를 의심할 수가 없었다. 그랬다! 유령은 결코 전설이 아니었다!

물론 사람들이 그 편지가 가짜이며, 아마 황당한 이야기에 홀린 사람의 상상에 의해 조작된 것이라고 주장하리란 걸 나도 잘 알고 있다. 하지만 다행히도 나는 이 편지 말고도 한 유명인사의 편지묶음 속에서 크리스틴 다에의 필체를 확인할 수 있었고, 이 두 개 편지를 꼼꼼히 비교함으로써 편지에 대한 의심을 완전히 지울 수 있었다. 또한 나는 페르시아인을 자세히 뒷조사 해 본 뒤, 그가 진실을 호도하는 음모를 꾸며낼 만큼 악의를 지닌 인물이 아니라는 결론을 얻게 되었다.

샤니 씨의 가족이나 친지 등 이 사건에 직간접적으로 관련된 많은 사람들의 의견들을 들어보고 그들에게 내가 가진 사건 자료들을 보여준 결과 그들도 나와 같은 의견을 가지고 있음을 알게 되었다. 나는 그들로부터 호의에 찬 격려를 받기도 했는데, 그중 D장군으로부터 받은 편지의 일부를 소개하면 이렇다.

선생님
당신이 조사한 것을 부디 책으로 출판해 주실 것을 간곡히 권유하는 바입니다. 저는 제르맹 일대를 슬픔으로 몰아넣었던 위대한 여가수 크리스틴 다에의 비극적인 실종이 일어났던 몇 주 간을 생생히 기억하고 있습니다. 그때도 오페라극장 무용단 휴게실에서는 '유령'에 관한 이야기가 많이 떠돌았지만 우리 모두를 경악케 한 그 사건 때문에 이야기는 곧 사그라들고 말았지요. 하지만 당신의 이야기를 통해 추측할 수 있는 유령의 존재를 가지고 그 비극의 전말을 설명할 수만 있다면, 원컨대 유령에 대한 진실을 낱낱이 밝혀주셨으면 하는 것이 저의 바람입니다. 얼핏 보기에 유령 이야기가 황당해 보여도, 서로를 목숨보다 소중히 여기던 두 형제가 죽음으로써 등을 돌렸다는 악의적인 소문보다는 더 납득할 만한 설명이 될 테니까요…
저의 진심을 전합니다.

마침내 자료들을 손에 들고 유령이 왕국을 이루고 살던 광대한 영토와 거대한 유적들을 샅샅이 살펴본 결과, 내 눈으로 직접 보고 생각했던 것들이 페르시아인의 자료와 기가 막히게 맞아 떨어진다는 사실을 확인할 수 있었고, 덧붙여 새로이 발견한 하나의 놀라운 사실이 나의 작업을 멋지게 마무리지을 수 있도록 해 주었다.

독자들도 기억하겠지만, 얼마 전 가수들의 육성녹음을 보관하기 위해 오페라극장 지하를 파던 중 인부의 괭이에 시체 한 구가 딸려 나온 일이 있다. 나는 즉시 그 시체가 바로 오페라의 유령이라는 사실을 확신했고 오페라극장장에게 직접 그 증거물도 보여주었다. 신문에서는 파리 코뮌* 때의 희생자 시체를 발굴했다고 떠들어댔지만, 나는 그런 말 따위에는 신경 쓰지 않았다.

코뮌 시절 극장 지하에서 학살당한 희생자들은 그곳 현장이 아닌 포위기간 동안 식량을 쌓아두었던 거대한 지하창고에 묻혔다. 나는 곧 이 유골들이 있는 장소를 공개할 예정이다. 오페라의 유령이 남긴 자취를 쫓던 중 나는 이런 사실을 발견하였으며, 이런 우연이 아니었다면 이토록 생생한 증언이 담겨있는 역사 현장을 발견할 수 없었을 것이다!

유령의 시신이나 그 처리 문제에 대해서는 다음에 이야기하기로 하고, 서문을 마치기 전에 먼저 경찰서장 미프루아 씨(크리스틴 다에의 실종을 최초로 조사했던 경찰관)와 전 극장 비서 레미 경, 전 극장 지배인 메르시에 씨, 합창단장이었던 가브리엘 씨 그리고 특별히 카스틀루-바르브작 남작부인에게 고마움을 전한다. 일찍이 '꼬마 메그'라 불렸던 (그녀는 이런 사실을 전혀 부끄러워하지 않는다.) 그녀는 우리 무용단의 가장 매력적인 스타였으며, 오페라의 유령 좌석을 담당했던 안내원 지리 부인의 장녀이기도 하다. 이분들은 모두 내

---

* 1871년 파리 시민과 노동자들의 봉기에 의해서 수립된 혁명적 자치정부.
　두 달 만에 정부군에 의해 진압되었으며 코뮌군 이만 명이 학살 당했다.(역자주)

게 큰 도움을 주었으며, 이런 도움이 없었다면 나는 이 지고한 사랑과 놀라움으로 가득한 시간들을 여러분들께 재현해내지 못했을 것이다.★

★ 덧붙여 이토록 엄청난 진실을 밝혀내는 데 도움을 준 오페라극장의 현 경영자들에게도 이 자리를 빌려 감사의 말을 전한다. 그들은 나의 조사에 호의적으로 협조해 주었다. 특히 메사제 씨와 특별히 친절을 베풀어준 가비용 씨, 돌려받지 못할 것을 알면서도 샤를 가르니에의 도면을 기꺼이 빌려준 친절한 오페라 건축기념물 담당관에게도 감사의 말을 전한다. 마지막으로 나의 친구이며 옛 동료인 J. L. 크로즈에게도 이 자리를 빌려 고마움을 전한다. 그는 오페라극장 도서관의 자료들을 샅샅이 살펴보도록 허락해주었으며 아끼는 소장본까지 빌려주는 호의를 베풀었다.

1. 유령은 있다

오페라극장장이었던 드비엔 씨와 폴리니 씨의 퇴임을 기념하는 특별공연이 있던 날 저녁, 막 폴리왹트* 공연을 마친 대여섯 명의 여자 무용수들이 솔로무용수 중 하나인 라 소렐리의 대기실로 몰려들었다. 그녀들은 달려오며 당황스러운 듯 어색한 웃음을 짓는가 하면 일부는 공포의 비명을 지르기도 했다.

잠시 후에 드비엔 씨와 폴리니 씨 앞에서 환송사를 낭독하기로 되어 있어 조용히 내용을 다시 살펴볼 시간이 필요했던 라 소렐리는 갑자기 몰려들어 뒤쪽에서 소란을 피우는 무리들이 무척이나 신경에 거슬렸다. 하지만 못마땅한 표정으로 고개를 돌리던 그녀 역시 극심한 동요의 빛을 보였으니, 꼬마 무용수 잠이 두려움에 떨리는 목소리로 내뱉은 이 말 때문이었다.

---

* 프랑스 극작가 코르네유의 희곡(역자주)

"유령이 나타났어요!"

이렇게 말하며 잠은 얼른 문을 잠갔다.

미신을 믿는 라 소렐리는 잠에게서 유령이라는 소리를 듣자마자 몸을 부르르 떨었다.

"바보 같은 소리 하지 마!"

하지만 누구보다도 유령의 존재를 믿었고, 특히 오페라의 유령의 존재를 확신했던 그녀는 곧바로 되묻지 않을 수 없었다.

"직접 봤어?"

"제 눈으로 똑똑히 봤다니까요!"

어린 잠이 소리치듯 대답하고는 다리가 후들거리는지 의자에 풀썩 주저앉았다.

"틀림없이 유령이었어요. 흉측하게 생긴!" 검은 눈동자에 칠흑 같은 머리카락, 거무스레한 피부에 안쓰러울 만큼 비쩍 마른 체구를 지닌 지리가 얼른 끼어들었다.

"맞아요!" 무용수들도 합창하듯 일제히 외쳤다. 검은 연미복 차림의 유령이 어디서 나타났는지 갑자기 복도에 튀어나와 그녀들을 가로막았다는 것이다. 너무나 갑자기 나타나서 마치 벽에서 튀어나온 것 같았다고 했다.

"정말이지, 유령이 여기저기서 출몰하고 있어요!" 겨우 냉정을 찾은 무용수 하나가 말했다.

그것은 사실이었다. 벌써 몇 달 전부터 검은 신사복 차림의 유령이 오페라극장 건물을 떠돈다는 얘기가 퍼져 있었다. 아무도 유령에게 말을 걸 수 없었고, 유령 또한 아무에게도 말을 걸지 않았으며, 유령을 보는 순간 누구든 기절초풍하는 터라 아무도 그가 어디서 와서 어디로 사라지는지 알 수 없었다. 또한 유령인지라 걸을 때 발소리도 나지 않는다고 했다. 처음에 사람들은 사교계 인사나 장의업체 직원처럼 차려 입었다는 유령 이야기를 그냥 우스갯소리로만 여겼다. 하지만 무용단원들 사이에서 유령에 대한 소문은 눈덩이처럼 불어났다. 누구나 이 초자연적인 존재를 한두 번쯤 만나 보았고 그의 장난에 놀아나 본 것처럼 이야기했다. 유령 이야기를 가장 크게 비웃던 사람들이 더 불안해했다. 유령은 모습을 드러내지 않을 때조차 심술궂거나 불길한 사건을 일으켜서 자기 존재의 흔적을 남겼고, 사람들은 미심쩍은 일이 일어나면 뭐든 유령의 탓으로 돌렸다. 누가 사고를 당하거나 무용수들 중 누군가가 짓궂은 장난의 희생양이 되거나 심지어 분첩을 잃어버렸을 때조차 유령, 오페라의 유령 탓을 했다!

그렇다면 진짜 오페라의 유령을 본 사람은 있긴 한 걸까? 오페라 극장에는 유령 말고도 검은 신사복을 차려입은 사람이 많은데 그들이 다 유령이라 할 수는 없지 않은가? 그런데, 이 유령의 특별한 점은 뼈다귀 위에 검은 옷을 걸치고 다닌다는 것이었다. 적어도 무용수 아가씨들의 이야기로는 그랬다. 그리고 당연히 얼굴은 해골의 모습이었다.

그렇다면 이런 이야기들이 정말 믿을 만한가? 사실 유령이 해골의 모습을 하고 있다는 얘기는 유령을 직접 보았다는 무대감독 조제프 뷔케의 이야기에서 비롯되었다. 조세프가 유령과 마주친 것은 (코앞에서 마주쳤다고는 할 수 없을 것이다. 왜냐하면 유령은 코가 없으니까!) 오페라극장의 지하로 직접 통하게 되어 있는 계단 근처의 조명 아래서였다. 유령이 달아나는 바람에 잠깐밖에 보지 못했지만, 그 모습은 결코 잊을 수 없을 만큼 생생하다고 했다.

유령에 대해 알고 싶어 하는 사람들에게 조제프 뷔케는 다음과 같이 설명했다.

"몸이 너무 말라서 뼈다귀 위에 검은 옷이 펄럭이는 것 같았어. 두 눈은 푹 파여서 눈동자가 움직이고 있는지조차 분간할 수 없었지. 해골 위에 시커먼 구멍 두 개밖에는 보이지 않았거든. 북에 씌운 가죽처럼 뼈다귀로 늘어진 피부는 하얀 게 아니라 기분 나쁠 정도로 누랬어. 코는 옆에선 거의 보이지 않을 정도로 작아서 없는 거나 다름없었어. 정말 흉측했어. 머리털도 거의 없어서 이마와 귀 뒤쪽을 덮고 있는 갈색 머리털 몇 타래가 전부였지."

조제프 뷔케는 그 괴이한 존재를 뒤쫓으려 했지만 허사였다. 감쪽같이 사라져버린 유령의 흔적조차 찾을 수 없었다. 무대장치 감독은 진지하고 융통성이 없어서 상상으로 이야기를 꾸며낼 수 있는 인물이 아니었다. 때문에 그의 얘기는 사람들에게 더 큰 놀라움과 흥밋거리로 다가왔고, 얼마 지나지 않아 검은 옷에 해골의 모습을 한 유령을 보았다는 사람들이 속출하기 시작했다.

분별 있는 사람들은 이 얘기를 듣고 조제프 뷔케가 부하 직원들로부터 들은 농담을 진짜로 착각하고 있는 거라고 확신했다. 하지만 이후에도 기이하고 설명할 수 없는 사건들이 잇따르자 나름 이성적이라고 자처하던 사람들도 점점 불안해하기 시작했다.

매우 용감한 소방관이 한 사람 있었다. 소방관이었기에 아무것도 겁내지 않고 불길도 무서워하지 않는 인물이었다. 어느 날, 평소 때보다 좀 더 깊은 곳까지 들어가서 오페라극장 지하를 순찰하던 그가 낯빛이 하얘져서 덜덜 떨면서 무대 위로 뛰쳐나오더니 고결하신 잠의 어머니 품에서 허공에 눈을 까뒤집고 쓰러지는 것이었다. 대체 무슨 일이 있었기에! 그 소방관이 보았던 것은 몸통도 없이 불길에 휩싸인 채 자신을 향해 다가오는 머리통이었다! 거듭 말하지만, 그는 불길 따위는 무서워하지 않는 용감한 소방관이었으며 그 소방관의 이름은 파팽이었다!

무용수들은 다시 공포에 휩싸일 수밖에 없었다. 그가 말한 '불타는 머리'는 조제프 뷔케가 묘사한 유령과는 사뭇 달랐다. 그래서 소방관과 무대장치 감독에게 꼬치꼬치 캐물은 무용수들은 이 유령이 여러 모양으로 바꿀 수 있는 머리통을 가졌다고 믿게 되었다. 당연히 무용수들은 큰 위험이 닥칠 거라는 불길한 예감에 휩싸였다. 소방관이 유령을 보고 정신을 잃은 뒤, 합창단원들이나 무용수들은 어두컴컴하거나 구석진 곳을 지날 때마다 벌벌 떨며 네 발로 기어 다니다시피 했고, 그 이유에 대해 일일이 변명을 늘어놓아야 했다.

이런 지경이니 그날 저녁 허겁지겁 라 소렐리의 방으로 뛰어 들어온 무용수들의 상태가 어땠을지 독자들도 짐작하고 남을 것이다.

"유령이 틀림없다니까요!" 꼬마 잠이 외쳤다.

무용수들의 공포는 점점 커졌고 방 안에는 불안한 침묵이 흘렀다. 헐떡이는 숨소리 외엔 아무 소리도 들리지 않았다. 그 순간 잠이 잔뜩 겁먹은 표정으로 방 한쪽 구석의 벽면으로 다가가며 말했다. "쉿, 들어봐요!" 문 뒤쪽에서 뭔가가 스쳐지나가는 소리가 들린 듯했다. 분명 발소리는 아니었다. 가벼운 비단천이 판자 위로 미끄러지는 듯한 소리는 이내 멈추었다. 큰 용기를 낸 라 소렐리가 문 앞으로 다가가 떨리는 목소리로 물었다.

"거기 누가 있나요?"

아무 대답도 없었다.

모두의 시선이 자신을 향하고 있음을 의식한 듯 라 소렐리가 다시 용기를 내 큰 소리로 물었다.

"문 뒤에 누가 있나요?"

"틀림없다니까요! 문 뒤에 누가 있었어요!" 자두 같은 검은 눈동자의 꼬마 메그 지리가 라 소렐리의 치맛자락을 잡아당기며 말했다. "제발, 열지 말아요! 제발 열지 말아요!"

하지만 라 소렐리는 늘 품에 지니던 작은 칼을 손에 쥔 채 문손잡이를 돌렸다. 그 사이 무용수들은 옷방까지 우르르 뒷걸음질쳐 물러났다.

"엄마! 엄마!" 메그 지리가 겁에 질려 소리쳤다.

라 소렐리가 용기 있게 복도로 나가 밖을 살폈다. 아무도 없었다! 유리호롱 속의 꺼질듯 붉고 희미한 불빛만 복도를 밝히고 있었다. 라 소렐리가 안도의 한숨을 내쉬며 힘껏 문을 닫았다.

"거봐. 아무도 없잖아!"

"하지만 우리 모두 똑똑히 봤다니까요!" 아직도 겁이 나는지 잠이 라 소렐리 곁을 맴돌며 말했다. "아직도 이 근처를 배회하고 있을지 몰라요. 옷 갈아입으러 가기가 무서우니 우리 함께 무용단 휴게실로 가서 환송사를 한 뒤에 같이 올라와요."

어린 잠은 액운을 막아준다는 작은 산호반지를 쓰다듬고 있었다. 라 소렐리도 오른손 엄지손가락의 붉은 손톱으로 왼손 약지에 낀 성 안드레아 나무십자가 반지를 매만졌다.

라 소렐리가 다시 어린 무용수들을 향해 말했다.

"애들아, 잘 생각해 보렴… 유령이라지만 아무도 그걸 본 사람은 없잖니?"

"아니에요, 아니에요, 우리가 봤다니까요! 방금 전에 우리 두 눈으로 똑똑히 봤어요!" 꼬마 무용수들이 아우성쳤다. "그날 조제프 뷔케 씨가 본 것과 똑같은 해골 머리에 똑같은 옷차림이었어요!"

"가브리엘 씨도 봤대요!" 잠이 말했다. "어제 오후에요. 그것도 대낮에…"

"가브리엘 씨?… 합창단장 말이니?"

"그래요!… 여태 모르고 계셨어요?"

"그러니까, 대낮에 그런 옷차림으로?"

"누구요? 가브리엘 씨가요?"

"아니! 유령 말이야!"

"맞아요! 똑같은 차림이었대요." 잠이 고개를 끄덕였다. "합창단장님이 내게 얘기해 주셨어요… 옷차림을 보고 유령인 걸 알았대요. 무대감독 사무실에 있었는데, 갑자기 문이 열리더니 페르시아인이 뛰어 들어왔대요. 너희도 알지? 재앙을 불러온다는 그 페르시아인 말야!…"

"물론 알지!" 무용수들이 한목소리로 대답했다. 무용수들은 페르시아인의 모습을 떠올리며 중지와 약지를 접어 엄지로 누르고 나머지 손가락으로 뿔 모양을 만들어 보였다.

"가브리엘 씨가 워낙 미신을 잘 믿잖아요!" 잠이 이야기를 이어갔다. "그런데도 워낙 예의바른 분이라서 평소엔 페르시아인을 보아도 주머니에 손을 넣고 열쇠만 만지작거리곤 했대요…. 그런데 그날 페르시아인이 느닷없이 나타나는 통에 급히 쇠붙이를 만지러 옷장 쇠 자물통 쪽으로 가려다가 못에 걸려서 외투 자락이 찢어지고 말았대요. 거기서 벗어나려고 허둥대다 모자걸이에 이마를 부딪쳐서 커다란 혹이 났고, 급히 뒤로 물러서려다 피아노 옆의 칸막이 모서리에 팔뚝이 긁힌 뒤에, 얼떨결에 피아노에 몸을 기댔다가 뚜껑이 닫히는 바람에 손가락까지 부러졌다지 뭐예요! 급기야 미친 사람처럼 방을 뛰쳐나오다가 계단에서 발을 헛디뎌 아래층 끝까지 구르고 말았대요! 저는 마침 엄마와 함께 그곳을 지나가고 있었는데, 깜짝 놀라서 달려가 그를 일으켜 세워 주었죠. 온 몸이 피투성이인데다 꼴이 말이 아니었어요. 그런데도 그는 우리를 보고 갑자기 웃으면서 소리치는 거예요. '아, 하나님, 감사합니다. 이 정도로 끝나서 얼마나 다행인지!' 우리가 자초지종을 묻자 벌벌 떨며 말하길, 페르시아

인을 보았을 때 뒤에 유령이 함께 서 있었다는 거예요. 조셉 뷔케가
보았다는, 그 해골 머리의 유령이었대요!"

잠이 마치 유령이라도 쫓아오는 듯 헐떡이며 이야기를 마치자 주
위는 다시 두려움의 탄식 소리로 웅성대기 시작했다. 잠시 후 다시
주위가 조용해지고 불안에 휩싸인 라 소렐리가 손톱을 물어뜯고
있는 동안 지리의 나지막한 음성이 침묵을 깨뜨렸다.

"조제프 뷔케 씨는 입을 다물었어야 했어!…"

"뭐라고? 왜 입을 다물었어야 하는데?" 누군가 물었다.

메그 지리는 누가 엿듣기라도 할까봐 두려운 듯 주변을 살피더니
낮은 소리로 대답했다. "그냥 우리 엄마 생각이…"

"너희 엄마가 왜 그렇게 생각하시는데?"

"쉿! 엄마는 유령이 자기 얘기를 하는 걸 좋아하지 않는다고 했
어."

"너희 엄마가 왜 그런 말씀을 하셨는데?"

"그게, 그러니까… 아무것도 아니야…"

하지만 뭔가 아는 듯 주저하는 태도가 오히려 아가씨들의 호기심
을 부채질했다. 모두들 설명을 요구하며 지리를 둘러쌌다. 무용수들
은 팔꿈치를 맞대고 지리 쪽으로 다가서며 두려움 섞인 몸짓으로
애원했다. 공포감과 함께 어떤 짜릿한 쾌감이 이들을 연결해주고 있
었다.

"말 안 하기로 맹세했단 말야!" 메그가 다시 한숨을 쉬며 말했다.

하지만 아가씨들은 꼭 비밀을 지키겠다고 약속하며 쉴 새 없이

메그를 졸라댔다. 그렇지 않아도 입이 근질거렸던 그녀는 문 쪽을 힐끗거리며 결국 이야기를 시작했다.

"그러니까… 그게 다 박스석 때문에 벌어진 일이래…"

"박스석이라니?"

"유령의 좌석 말이야!"

"유령에게 전용좌석이 있단 말이야?"

유령에게 전용좌석이 있다는 말에 무용수들은 경악하면서도 오싹한 쾌감을 느꼈다. 아가씨들이 탄성을 토해내며 말했다.

"오! 그래 계속 얘기해 봐…"

"쉿! 목소리를 낮춰!" 메그가 주의를 주었다. "2층 5번 좌석이야. 너희도 알지? 무대 바로 왼쪽 일등석 말이야."

"세상에, 말도 안 돼."

"내가 말한 그대로야. 우리 엄마가 그 좌석 안내를 맡고 있잖아. 그런데, 이 얘기 절대로 다른 데서 안 할 거지?"

"당연하지! 계속해 봐!…"

"거기가 유령의 전용좌석이래. 한 달이 넘도록 그 자리에는 유령 외엔 아무도 앉은 적이 없대. 상부에서도 그 자리는 누구에게도 주지 말라고….

"그래서 정말 유령이 그 자리에 온대?"

"물론이지."

"그래서, 자리에 누가 있었대?"

"아니! 유령은 왔지만, 그곳엔 아무도 없었대."

어린 무용수들은 멍하니 서로를 쳐다보았다. 유령이 거기에 나타 났다면 해골 머리에 검은색 옷을 입은 유령을 보지 못했을 리가 없 었다. 바로 그 점이 메그가 납득시키려 해도 설명이 잘 안 되는 부 분이었다.

"바로 그거야! 유령은 사람들 눈에 보이지 않거든! 옷도 입지 않 고 얼굴도 없지! 해골이니 불타는 머리니 하는 건 다 헛소리들이야. 유령은 아무 형체도 없어. 유령이 좌석에 있을 때 소리만 들릴 뿐이 지!… 엄마도 유령을 본 적은 없고 소리만 들었대. 유령에게 공연 프 로그램을 가져다준 게 엄마이니 모를 수가 없지!"

라 소렐리가 이쯤에서 끼어들어야겠다고 생각했다.

"꼬마 지리, 너 지금 우리를 놀리는 거지?"

그러자 갑자기 지리가 울음을 터뜨렸다.

"아무 말도 하지 말 걸 그랬어요… 엄마가 이 사실을 알면!… 하 지만 조셉 뷔케 씨가 남의 일에 끼어든 건 정말 잘못한 거예요… 그 게 결국은 재앙을 가져올 거라고… 어젯밤에도 엄마가 그랬어요."

바로 그때, 복도에서 급한 발소리와 함께 가쁜 목소리가 들려왔다.

"세실! 세실! 거기 있니?"

"엄마 목소리야!" 잠이 말했다. "무슨 일이에요?"

잠이 달려가 문을 열었다. 남자처럼 건장한 체구의 부인 하나가 대기실 안으로 뛰어들더니 큰 신음소리와 함께 안락의자에 털퍼덕 주저앉았다. 구운 벽돌처럼 붉어진 얼굴로 그녀는 겁에 질린 듯 주 위를 두리번거렸다.

"세상에 이게 무슨… 대체 무슨 일이람!"

"왜요? 왜 그러는데요?"

"조제프 뷔케 씨가…."

"조제프 뷔케 씨가 왜요?"

"조제프 뷔케 씨가 죽었어!"

순간, 방 안은 공포의 탄식과 함께 좀 더 자세히 설명해 달라는 아우성으로 가득 찼다.

"그러니까… 좀 전에 지하 3층에서 목을 맨 채로 발견되었다는구나!… 그리고 더 끔찍한 건…" 부인이 숨을 몰아쉬며 말을 이어갔다. "그를 처음 발견한 기술자들 말이, 시체 주변에서 진혼곡 같은 노래 소리가 들렸다는구나."

"유령이야!" 메그 지리가 저도 모르게 내뱉었다가 얼른 제 입을 틀어막았다. "아니야! 아니야! 난 아무 말도 안 했어! 아무 말도 안 했다구!"

하지만 그녀를 둘러싼 모든 동료들은 겁에 질려 중얼거리고 있었다.

"틀림없어!… 그 유령이야!…"

라 소렐리의 얼굴이 하얗게 질렸다.

"아무래도 오늘은 환송사를 못하겠어." 그녀가 말했다.

잠의 어머니는 이 일에 틀림없이 유령이 관련되어 있다며 탁자 위에 놓인 과실주를 홀짝홀짝 들이켰다.

사실, 조제프 뷔케가 어떻게 죽었는지 아는 사람은 없었다. 수사는 단순 자살로 종결지어졌다. 드비엔 씨와 폴리니 씨의 후임 오페라극장장 중 한 사람인 몽샤르맹 씨는 자신의 저서 『어느 오페라극장장의 회고록』에서 이 사건을 다음과 같이 기술했다.

드비엔과 폴리니의 퇴임을 기념하여 연 조촐한 파티는 유감스러운 사건 때문에 엉망이 되고 말았다. 그때 나는 집무실에 앉아 있었는데, 갑자기 지배인 메르시에가 뛰어 들어왔다. 그는 몹시 당황하여 무대 밑 지하 3층의 무대장치 벽면과 '라호르의 왕' 무대장식 사이에서 무대감독이 목을 맨 채 발견되었다고 말했다. 내가 "어서 가서 끌어내리지 않고 뭘 해요!"라고 소리치고 황급히 계단을 뛰어 내려갔을 때 목을 맨 끈은 이미 사라지고 없었다.

몽샤르맹은 그 사건을 단순 자살로 단정했다. 한 남자가 밧줄에 목매달아 죽었고, 누군가 시체를 끌어내린 뒤 밧줄이 사라져 버린 이 사건에 대한 그의 설명은 너무나 단순하고도 명료했다. 그의 증언은 다음과 같이 이어진다.

춤 공연 시간이 다가왔고 수석 무용수들과 단원들은 액운을 막는다는 명분으로 서둘러 사건을 수습했다.

물론 무용단원들이 서둘러 사다리를 타고 내려가 재빠르게 시체의 목에 감겨 있던 밧줄을 가져갔을 수 있다. 불가능한 일만은 아니다. 하지만 시체가 발견된 장소가 지하 3층이라면 누군가 밧줄로 흑적을 이룬 후 다시 가져가 버렸을 가능성이 더 크지 않은가? 나의 이런 생각이 얼마나 타당성이 있는지는 나중에 다시 설명하겠다.

어쨌든 이 불행한 소식은 조제프 뷔케를 사랑했던 오페라극장 사람들 사이에 빠르게 퍼져 나갔다. 대기실은 텅 비었고, 어린 무용수들은 겁먹은 양떼처럼 라 소렐리에게 바싹 몸을 붙인 채 분홍빛 작은 발을 종종거리며 무용단 휴게실 쪽으로 몰려갔다.

2. 새로운 마르그리트

라 소렐리는 마침 2층으로 올라오던 샤니 백작과 마주쳤다. 평소엔 조용한 백작이었지만 그날따라 무척 흥분한 듯 보였다.

"그렇지 않아도 당신에게 가려던 참이었소. 정말 멋진 밤이오, 라 소렐리! 크리스틴 다에의 공연은 정말 대단했소!" 백작은 예를 갖춰 숙녀에게 인사말을 건넸다.

"정말요?" 메그 지리가 끼어들었다. "여섯 달 전만 해도 병든 닭처럼 힘이 없었는데! 그런데 친애하는 백작님, 지금은 저희가 지나갈 수 있도록 길을 비켜주시겠어요? 목을 매고 죽은 불쌍한 남자의 소식을 전하러 가야 하거든요." 소녀가 짐짓 예의를 갖춰 말했다.

마침 바삐 그곳을 지나던 극장장이 이 말을 듣고 멈춰 섰다.

"아니 아가씨들이 어떻게 그걸 벌써 알고 있지?" 그리고는 엄한 어조로 말했다. "아무튼, 입도 뻥긋해선 안 돼! 무엇보다 드비엔 씨와 폴리니 씨 귀에 들어가지 않도록! 떠나는 날에 그런 소식을 들으면 얼마나 마음이 아프겠어?"

그들이 몰려갔을 때 휴게실 안은 이미 사람들로 가득 차 있었다. 샤니 백작의 말은 틀린 게 아니었다. 오늘밤의 공연은 이전의 어떤 공연과도 비교할 수 없을 만큼 성공적이었다. 그때 참석했던 인사들이 지금까지도 아들과 손자들에게 이날의 감동을 입에서 입으로 전해줄 정도였다! 구노, 레이에, 생상스, 마스네, 기로, 들리브 등의 쟁쟁한 음악가들이 차례로 지휘단상에 올라 자신들의 곡을 직접 지휘하는 모습을 상상해 보라! 거기에 포르와 크라우스의 노래까지 가세했다! 하지만 이날 밤 파리 시민들을 열광시키고 도취에 몰아넣은 주인공은 누구보다 이 글을 통해 자신의 불가사의한 운명을 보여주게 될 크리스틴 다에였다!

그녀의 공연은 「로미오와 줄리엣」의 몇 구절로 시작되었다. 마담 카르발로에 의해 옛 리릭극장에서 선보인 뒤 코믹 오페라로 각색된 적은 있었지만 이 작품이 정통 오페라로 공연된 것은 이번이 처음이었다. 더구나 구노의 「로미오와 줄리엣」을 젊은 여가수가 노래한 건 사상 최초였다.

아, 그날 줄리엣으로 등장한 크리스틴 다에의 순수한 영감을 경험하지 못한 사람들은, 천상의 목소리에 전율해보지 못한 사람들은, 베로나의 연인의 무덤에서 영혼을 들어 올릴 듯한 목소리로 "주여! 주여! 주여! 저를 용서하소서." 하고 외치는 음성을 듣지 못한 사람들은 두고두고 후회하게 되리라!

하지만 이 모든 것도 「파우스트」의 감옥 장면이나 마지막 삼중창에서 그날 몸이 불편해 참석하지 못한 카를로타를 대신해서 부른 그녀의 초인적인 목소리에 비하면 아무것도 아니었다. 그것은 지금껏 어느 누구도 들어 본 적이 없는 목소리였기 때문이다!

이렇게 해서 '새로운 마르그리트'가 탄생했다. 그것은 이제까지 볼 수 없었던, 위대한 빛을 내뿜는 전대미문의 마르그리트였다.

극장 안의 관객들은 말로 형언할 수 없는 목소리에 열광적인 환호를 보냈다. 크리스틴은 감격에 흐느끼다가 다리에 힘이 풀린 나머지 동료들의 팔에 쓰러졌고 사람들이 그녀를 대기실까지 데려다주어야 했다.

오페라극장의 몇몇 회원들은 항의하기도 했다. 그런 보석 같은 존재를 어떻게 지금껏 숨겨 둘 수 있었냐면서! 그때까지 시에벨 역을 주로 맡았던 크리스틴 다에는 카를로타라는 화려하고 관능적인 마르그리트에 가려져 있었다. 그리고 알 수 없는 이유로 카를로타가 공연에 나오지 못했던 그날 저녁, 스페인 출신의 디바를 위해 준비되었던 공연에 돌연 나타나 최고의 기량을 보여주었던 것이다! 그렇다면 드비엔과 폴리니는 무슨 이유로 애송이 다에에게 이런 큰 역을 맡겼을까? 그들이 이미 다에의 숨은 재능을 알고 있었을까? 알았다면 왜 그동안 감춰두었던 것일까? 또한 왜 그녀는 여태껏 자신의 재능을 감추고 있었을까? 더욱 이상한 것은 그녀를 가르친 스승

Think of Me(나를 생각해줘요)
* 사라 브라이트만(Sarah Brightman)
* 앙코르 사라 브라이트만(Encore Sarah Brightman)(2001)

FLO에서 듣기

이 존재하지 않는다는 것이었다. 그녀는 혼자서 연습했노라고 주장하고 있었으며, 모든 것이 수수께끼였다.

샤니 백작은 좌석에서 일어나 청중들의 열광에 함께 환호를 보냈다. 샤니(정확한 이름은 필립-조르주-마리 드 샤니이다.) 백작은 당시 마흔한 살이었다. 지체 높은 가문 출신에 성품도 좋았다. 평균을 조금 넘는 키에 완강해 보이는 이마, 차가운 눈빛을 가졌지만 호감이 가는 얼굴이었다. 그는 여성들에게는 예의 발랐지만 남성들에게는 조금 오만해서 그의 명성을 고깝게 생각하는 사람들도 많았다.

처녀 적 이름이 뫼로지 드 라 마르티니에르였던 샤니 백작부인은 형과 스무 살 터울인 라울을 낳다가 죽었고, 아버지인 노 백작 또한 라울이 열두 살 때 세상을 등졌다. 필립은 어린 동생의 교육에 헌신적이었다. 처음에는 두 누이의 훌륭한 보살핌을 받던 라울은 이후 브레스트*에 사는 해군 장교 미망인인 숙모에게 맡겨졌다. 이곳에서 어린 라울은 바다에 대한 동경을 품게 되었다. 젊은이는 해군 사관 생도로 입교하여 우수한 성적으로 훈련을 마친 뒤 한가롭게 세계 일주 여행을 다니며 보냈으며, 집안의 강력한 후원으로 '르캥 호'의 정식 원정대원이 되었다. 그는 곧 3년이나 소식이 끊겨버린 아르투아 탐험대의 생존자를 찾으러 북극으로 떠날 예정이었다. 라울이 항해를 기다리며 6개월간의 휴가를 즐기는 동안 사교계의 귀부인들은 연약해 보이고 예쁘기만 한 청년이 그런 거친 일을 하게 된 것을

---

* 프랑스 서부의 항구도시(역자주)

안타가워 했다.

이 젊은 해군 장교는 금방 엄마 품에서 벗어난 아이처럼 순진무구한데다 유난히 수줍음이 많았다. 아마도 두 누나와 늙은 숙모의 극진한 보살핌 속에서 여자아이처럼 길러졌기 때문이리라. 당시 그는 스물한 살의 성인이었지만 황금빛 콧수염과 푸른색의 아름다운 눈, 소녀처럼 부드러운 피부를 가진 탓에 열여덟 소년으로 보였다.

필립은 동생을 각별히 아꼈다. 라울을 무척 자랑스러워했고, 동생이 샤니 가문의 선조로 해군 제독까지 오른 샤니 드 라로슈의 뒤를 이어 영광스런 지위에 오르기를 기대했다.

백작은 이번 휴가를 통해 젊은이가 아직 맛보지 못한 파리의 예술적이고도 화려한 생활을 맛보게 해주고 싶었다.

동생의 간곡한 부탁이 없었다면 필립이 그날 저녁 동생을 무대 뒤까지 데려가지 않았을 것이다. 크리스틴 다에에게 열광적으로 박수를 보내고 난 뒤 필립이 라울을 돌아보았을 때 동생의 얼굴은 뭔가 놀란 듯했다.

"저 여자 어딘가 아픈 것 같죠?" 라울이 말했다.

실제로 무대 위의 크리스틴 다에는 사람들의 부축을 받고 있었다.

"너야말로 금세 쓰러질 것 같구나! 대체 무슨 일이냐?" 필립이 라울을 향해 물었다.

"어서 가요!" 자리에서 일어난 라울이 조금 떨리는 목소리로 말했다.

"어딜 가자는 거냐, 라울?" 동생이 흥분한 걸 보고 백작이 놀라

물었다.

"가 봐요! 그녀가 저렇게 멋지게 노래를 부른 건 처음이에요."

백작은 한동안 동생을 물끄러미 바라보다가 이내 엷은 미소를 지었다.

"허허… 그래 가 보자꾸나!" 그는 매우 기쁜 표정이었다.

두 사람은 사람들로 북적이는 회원용 출입구 쪽으로 갔다. 무대 앞으로 가며 라울은 자신도 모르는 사이 장갑을 쥐어뜯고 있었다. 아량 넓은 필립은 안절부절 못하는 동생을 못본 체 해 주었다. 하지만 이미 그는 알고 있었다. 왜 동생이 대화를 하는 동안 넋이 나간 듯했는지, 왜 그토록 오페라 이야기로 화제를 돌리며 유난히 들떠 있었는지!…

두 사람은 드디어 무대에 이르렀다.

검은 정장 차림의 사람들이 무리지어 배우 대기실에 몰려들었다. 무대 기술자들의 고함소리와 극장 관리자들의 애원 섞인 목소리로 극장 안은 떠들썩했다. 방금 무대에서 내려온 무용수들과 어깨를 부딪치며 지나가는 단역배우, 교체되는 무대장치, 내려지는 무대배경 그리고 실물 무대장치를 고정하는 망치 소리로 극장 안은 큰 재앙에 빠진 듯했다. 관객의 실크해트를 찌그러트리거나 허리를 삐끗하게 만들기도 하는 이런 소란은 오페라극장의 막간마다 늘 있는 일이었지만, 혼잡을 뚫고 지나가야 하는 금빛 콧수염과 푸른 눈동자에 소녀의 피부를 지닌 젊은이의 혼을 빼 놓기에는 충분했다. 게다가 방금 무대 위에서 크리스틴 다에가 성공적인 무대를 끝냈고,

무대 밑에서는 조제프 뷔케가 죽임을 당한 뒤였다.

혼잡이 극에 달했지만 그날의 라울에게 망설임 같은 건 없었다. 그는 어깨를 부딪치며 거침없이 나아갔고, 주위의 아우성에도 아랑곳하지 않았다. 머릿속에는 오로지 자기 마음을 사로잡은 주인공을 만나겠다는 일념뿐이었다. 이제는 심장도 자기 것이 아닌 것처럼 느껴졌다. 어릴 적부터 알고 지내던 크리스틴이 눈앞에 나타난 뒤, 마음을 빼앗기지 않으려고 노력했다. 그녀를 볼 때마다 솟아나는 달콤한 감정을 자책을 통해 몰아내려고 무던히 애를 썼다. 자긍심이 강하고 신앙심이 깊던 그는 미래의 아내가 될 단 한 사람의 여성만을 사랑하겠다고 마음먹었다. 자신이 여가수와 결혼하리라는 생각은 꿈에도 해본 적이 없었다. 하지만 이런 달콤한 감정은 점차 견디기 힘든 열정에 자리를 내주기 시작했다. 정념인지 사랑인지, 아무튼 그의 몸과 마음에는 그런 것들이 자리 잡고 있었다. 마치 누군가 심장을 도려내는 듯 가슴이 너무 아팠다. 가슴속이 텅 비어 다른 누군가의 심장으로 채워 넣지 않고는 견딜 수 없을 것처럼! '첫 눈에 반한다'는 감정을 느껴보지 못한 사람은 결코 이해할 수 없는 마음이었다.

크리스틴 다에가 좀처럼 깨어나지 않자 사람들은 극장 전속 의사를 불렀다. 의사는 라울의 뒤에서 사람들 사이를 헤치며 뛰어오고 있었다. 이렇게 의사와 그녀를 사랑하는 젊은이는 동시에 대기실에 도착했고, 크리스틴은 한 사람의 보살핌을 받으며 다른 한 사람의 품 안에서 깨어나게 되었다. 백작은 문 밖에서 사람들과 그 모습을 지켜보고 있었다.

"의사 선생님, 모두 대기실에서 내보내야 하지 않을까요? 너무 복잡해서 숨조차 쉴 수 없군요." 라울이 믿을 수 없을 만치 대담하게 말했다.

"옳은 말씀입니다." 라울의 말에 동의한 의사가 라울과 하녀만 남기고 모두 문 밖으로 내몰았다. 하녀가 휘둥그레진 눈으로 라울을 쳐다보았다. 그녀는 라울을 한 번도 본 적이 없었지만 감히 아무것도 물을 수 없었다.

의사는 젊은이가 당연히 그녀와 그럴 만한 관계일 거라고 생각했다. 다에 양이 정신을 차리는 걸 라울이 지켜보는 동안 자기 극단 단원을 격려하러 왔던 드비엔 씨와 폴리니 씨도 정장의 군중들과 함께 복도로 밀려나야 했다. 함께 복도로 쫓겨난 샤니 백작은 파안대소했다. 그는 중얼거렸다.

"허허, 맹랑한 녀석이야! 계집애처럼 순진한 줄만 알았더니!"

백작은 몹시 흡족했다. "역시 샤니 가문의 사내다워!" 그리고 라 소렐리의 대기실로 향했다. 라 소렐리와 겁에 질린 무용수들이 휴게실로 내려오다가 백작과 마주친 것은 바로 그때였다.

한편 크리스틴 다에는 라울의 염려 속에서 큰숨을 토하며 깨어났다. 고개를 두리번거리던 그녀는 라울과 눈이 마주치자 흠칫 놀란 표정을 지었다. 먼저 의사에게 미소를 지어보인 크리스틴이 하녀를 쳐다본 다음 다시 라울에게로 눈길을 돌렸다.

"그런데, 누구시죠?" 겨우 호흡을 가다듬은 그녀가 물었다.

"아가씨," 무릎을 꿇은 젊은이는 여가수의 손에 열정적으로 입을 맞추며 말했다. "당신의 스카프를 건지러 바다로 뛰어들었던 바로 그 소년입니다." 크리스틴이 의사와 하녀를 번갈아 쳐다보았고, 이어 세 사람이 동시에 웃음을 터트렸다. 얼굴이 새빨개진 라울이 몸을 일으켰다.

"저를 못 알아보시는군요! 아가씨, 둘이서만 긴히 이야기를 나눌 수 있을까요? 아주 중요한 이야기입니다."

"몸이 더 나은 뒤에 하면 안 될까요?" 그녀의 목소리가 떨려 나왔다. "부탁이에요!…"

"지금은 가 보시는 게 좋겠군요." 의사가 친절한 미소를 지으며 말했다. "이제 저 혼자서도 환자를 돌볼 수 있습니다."

"이제 아무렇지도 않아요." 이때 갑자기 크리스틴이 활기찬 목소리와 함께 재빠르게 몸을 일으켰다.

"의사 선생님, 감사했습니다! 지금은 조용히 혼자 있고 싶군요. 죄송하지만 자리를 비켜 주셨으면 합니다. 오늘 밤은 너무 피곤해서…"

환자를 설득하려던 의사는 혼란스러워 하는 젊은 여인에게 안정이 필요하다고 판단했다. 라울과 함께 복도로 나온 의사는 낭패한 표정의 그를 보고 말했다.

"오늘은 평소와 다르군요. 무척 상냥한 아가씨인데…" 그리고 의사는 자리를 떴다.

라울은 혼자 남겨졌다. 사람들이 모두 빠져나갔는지 극장은 텅 비어 있었다. 환송파티를 위해 모두들 무용단 휴게실로 몰려간 모양이었다. 라울은 다에도 곧 그리로 갈 거라 생각하고 조용한 복도에 남아 있었다. 그는 문 앞의 어둠 속에 몸을 숨겼다. 아직도 가슴 한구석에 통증이 느껴졌다. 자신의 이런 상태를 어서 빨리 그녀에게 말해주고 싶었다. 그때 대기실 문이 열리더니 상자 몇 개를 든 하녀가 밖으로 나왔다. 그는 하녀의 팔을 붙잡고 다에의 상태를 물었다. 하녀는 웃으며 이제 괜찮아졌지만 지금은 혼자 있고 싶어 하니 방해하지 않는 게 좋겠다고 말한 뒤 사라졌다.

라울의 머릿속에는 오직 한 가지 생각뿐이었다. '다에가 혼자 있겠다고 한 건 따로 나를 보기 위해서야!… 내가 단 둘이 할 말이 있다고 하니까 주변을 물리친 거야!…' 라울은 숨을 죽이고 천천히 문 앞으로 다가갔다. 그런데 기척을 살피고 노크를 하려던 그의 손이 밑으로 떨어졌다. 문 안쪽에서 남자의 목소리가 들렸기 때문이다. 명령조의 말투였다.

"크리스틴, 너는 날 사랑해야만 해."

그러자 크리스틴의 고통스러운 목소리가 들렸다. 울고 있는 지 그녀의 목소리가 떨리고 있었다.

"어떻게 그런 말을 할 수 있어요? 난 오직 당신만을 위해 노래를 불렀는데!"

라울은 심장에 강한 통증을 느끼며 문에 몸을 기댔다. 사라져 버렸다고 생각한 그의 심장이 어느 새 다시 가슴 속으로 들어와 두방망이질치고 있었다. 그의 심장 소리가 복도까지 울려 퍼져 귀가 먹

먹할 지경이었다. 심장 뛰는 소리에 누군가 뛰어나와 시끄럽다며 욕을 해댈 것만 같았다. 아, 무슨 가문의 수치란 말인가? 문 뒤에서 남의 말을 엿듣고 있다니! 그는 진정하려고 두 손으로 심장을 움켜쥐었다.

다시 남자의 목소리가 들렸다.

"오늘은 몹시 피곤하겠군!"

"오늘 밤 당신에게 영혼을 모두 바쳤으니 전 지금 죽은 목숨이나 다름없어요."

"너의 영혼은 정말 아름다웠어!" 남자의 웅장한 목소리가 이어졌다. "고맙군. 세상의 어떤 제왕도 이런 선물은 받아보진 못했을 거야! 오늘 밤엔 천사들도 감동의 눈물을 흘렸겠지…"

그리고 더 이상 아무 소리도 들리지 않았다. 도저히 자리를 뜰 수 없던 라울은 어둠에 몸을 감춘 채 남자가 방에서 나올 때까지 기다렸다. 사랑과 미움의 감정이 동시에 솟아올랐다. '누구를 사랑하는지는 알고 있다! 이제는 누구를 증오하고 있는지 알고 싶을 뿐!' 그때 문이 열렸고, 모피 옷을 두르고 베일로 얼굴을 가린 크리스틴이 혼자서 밖으로 나왔다. 그녀는 문을 다시 닫았지만 잠그지는 않았다. 그녀가 사라진 뒤에도 라울의 시선은 닫힌 문에 고정되어 있었다. 복도는 다시 조용해졌다. 라울은 복도를 빠르게 가로질러 대기실 안으로 들어갔다. 그리고 문을 등진 채 문을 닫았다. 방 안은 깜깜했다. 가스등조차 켜져 있지 않았다.

"거기 누구냐?" 라울이 떨리는 목소리로 외쳤다. "숨지 말고 어서 나와!"

말하는 동안에도 라울은 문에 등을 기대고 있었다.

방 안은 어둠과 침묵뿐이었고 들리는 것은 라울 자신의 숨소리뿐이었다. 라울은 자신이 지금 얼마나 분별없는 짓을 하고 있는지 깨닫지도 못했다.

"내 허락 없이는 이 방을 빠져나갈 수 없어!" 젊은이가 소리쳤다. "대답조차 않는군! 겁쟁이 같으니! 어서 정체를 밝혀라!"

라울은 성냥불을 켰다. 불빛이 대기실을 환하게 밝혔다. 방 안에는 아무도 없었다. 라울이 문의 자물쇠를 잠그고 가스등을 차례로 켰다. 그리고 옷장 문을 열어본 뒤 주변의 벽을 손으로 더듬었다. 벽을 더듬는 그의 손이 땀으로 흥건했지만 아무것도 발견할 수 없었다.

"아, 내가 드디어 미친 건가?" 그가 혼자서 소리쳤다.

그는 텅 빈 방에서 10분 동안 적막 속에 타오르는 가스불 소리를 듣고 서 있었다. 사랑에 눈 먼 청년은 여인의 체취가 밴 리본 하나 가져갈 생각도 못했다. 마침내 밖으로 나왔지만 뭘 해야 할지, 어디로 가야 할지도 알 수 없었다. 갈 곳 없이 배회하는 그의 뺨으로 찬바람이 세차게 달려들었다. 그는 비로소 자신이 계단 밑에 서 있다는 걸 깨달았다. 뒤쪽에서 한 떼의 인부들이 하얀 천을 씌운 물건을 들것에 싣고 지났다.

"출구가 어디죠?" 라울이 인부 한 사람에게 물었다.

"저기 앞에 문이 열려 있잖소. 자, 길을 좀 비켜 주시겠소?"

"그런데 이건 뭐죠?" 라울이 들것을 가리키며 물었다.

"조제프 뷔케 씨의 시신입니다. 지하 3층 '라호르의 왕' 무대장치 벽 앞에서 목을 맸답니다."

라울은 비켜서며 간단히 목례를 하고 밖으로 나갔다.

3. 유령의 계약서

그동안 환송식이 진행되고 있었다.

앞에서 말했듯이 이 성대한 행사는 평소 아름다운 마무리를 강조했던 드비엔 씨와 폴리니 씨의 퇴임을 기념해 마련한 자리였다.

파리의 사교계와 예술계를 주름잡는 인사들이 모두 참여하여 행사를 계획했다.

사람들은 무용연습실로 모여들었다. 라 소렐리 양도 한 손에 샴페인 잔을 든 채 퇴임하는 극장장들을 위해 준비한 환송사를 중얼거리고 있었다. 그녀 뒤에는 고참, 신인 할 것 없이 무용수들이 삼삼오오 모여 은밀한 눈빛을 교환하며 낮에 있었던 사건에 대해 수군대고 있었다. 불랑제의 '전사들의 춤'과 '시골 무용' 공연 막간에 비스듬한 무대 위에 차려진 음식들 앞에서도 수다는 그치지 않았다.

몇몇 무용수들은 이미 평상복으로 갈아입었지만, 대부분은 아직 얇은 천의 무용치마를 걸치고 있었다. 모두가 표정관리를 하는 가운데, 열다섯 살의 꼬마 잠만 유령이나 조제프 뷔케의 죽음 따위는 벌써 잊어버린 듯 쉴 새 없이 조잘대며 까불어댔고, 결국 드비엔 씨와 폴리니 씨가 행사장에 입장할 즈음 소렐리로부터 따끔하게 야단을 맞고야 말았다.

퇴임하는 두 사람은 누가 보아도 즐거운 표정이었다. 시골에서라면 이런 행동이 부자연스러워 보였겠지만 파리였기에 바람직한 모습으로 포장될 수 있었다. 괴로움 앞에서 즐거운 표정을 지어보이지 못하고 은밀한 기쁨 앞에서 슬픔과 무표정과 무관심의 가면을 쓰지 못하는 사람은 진정한 파리지앵이라 할 수 없었다. 특히 드비엔 씨와 폴리니 씨처럼 노회한 인물들은 결코 자신의 슬픔을 사람들에게 보여주는 법이 없다.

두 사람은 라 소렐리가 환송사를 읽기 시작하자 더욱 과장된 미소를 지어보였다. 하지만 꼬마 잠이 느닷없이 비명을 질러댔을 때 두 사람의 미소는 적나라한 공포로 일그러졌다.

"오페라의 유령이다!"

공포에 사로잡혀 이렇게 소리친 잠이 손가락으로 신사들 중 한 사람을 가리켰다. 그의 얼굴은 창백하고 음울하고 흉측했으며, 눈썹 밑으로 난 두 개의 검고 깊은 구멍은 마치 해골 같았다.

"오페라의 유령이야! 오페라의 유령!"

그러나 행사장에 있던 사람들은 이내 폭소를 터뜨렸고, 오페라의 유령이라는 사람에게 술을 권하기 위해 앞 다퉈 몰려들며 난리법석을 피웠다. 그 사이 유령은 사람들 틈으로 흔적도 없이 사라졌다. 두 노신사가 꼬마 잠을 진정시키려고 애쓰는 동안 옆에서는 꼬마 지리가 그녀를 나무라고 있었다.

대연회에는 새로 부임하는 극장장 아르망 몽샤르맹 씨와 피르맹 리샤르 씨도 참석했다. 퇴임자들과 후임자들은 서로 잘 알지도 못하면서 친밀감을 내세우며 서로에게 찬사를 보냈다. 덕분에 다소 지루할 것이라 예상되었던 저녁 행사는 시종일관 밝은 분위기에서 진행되었다. 유쾌한 저녁식사를 마치고 정부를 대표해서 온 인사가 몇 차례의 건배와 함께 과거의 영광과 미래의 성공에 관한 주제로 능숙하게 연설을 마치자 파티 분위기는 더욱 고조되었다. 극장장 자리를 물려주는 절차는 짧게 진행되었다. 전후임자 사이에 남아있던 문제들도 정부 대표단의 중재로 모두에게 만족스럽게 해결되었기에 전후임 극장장들은 내내 흐뭇한 미소를 지었다.

드비엔 씨와 폴리니 씨는 아르망 몽샤르맹 씨와 피르맹 리샤르 씨에게 오페라극장의 모든 문들을 열 수 있는 만능열쇠 두 개를 전달했다. 사람들이 이 신기한 물건을 손에서 손으로 돌려 보는 사이, 몇몇 참석자들이 테이블 끝 쪽에 앉은 낯선 인물을 발견하고 화들짝 놀란 표정을 지었다. 창백한 얼굴에 눈이 푹 꺼진 괴상한 몰골의 사내는 바로 무용수들의 연습실에 나타나 꼬마 잠으로 하여금 "오페라의 유령이다!"라고 비명을 지르게 만든 그 사람이었다.

그는 다른 손님들과 함께 자리를 즐기고 있었지만 먹거나 마시지는 않았다.

처음에는 웃으면서 그를 바라보던 사람들도 음산한 분위기에 이

내 고개를 돌려 버렸다. 아무도 휴게실에서처럼 농담을 주고받지 않았고 "저기 오페라의 유령이 있다!"라고 소리치지도 않았다. 사내는 아무 말 없이 앉아 있었지만, 그가 언제부터 거기에 앉아있었는지 아무도 기억하지 못했다. 하지만 사람들은 그의 존재를 느끼는 순간, 산 자들의 식탁에 시체가 앉아있는 듯한 섬뜩함에 전율할 수밖에 없었다. 피르맹 리샤르 씨와 아르망 몽샤르맹 씨 쪽 사람들은 이 야윈 손님이 드비엔과 폴리니의 친구라고 생각했고, 드비엔 씨와 폴리니 씨 쪽 사람들은 리샤르와 몽샤르맹의 손님이라고 생각했다. 그래서 방금 무덤에서 나온 듯한 그를 향해 불쾌한 기색을 보이거나 기분 상할 만한 농담을 건네는 사람은 없었다. 다만 유령에 대한 소문과 무대감독이 묘사했던 유령의 모습을 알고 있는 사람들은 (그들도 아직 조제프 뷔케의 죽음은 모르고 있었다!) 테이블 끝에 앉아 있는 남자야말로 유령의 미신을 믿는 누군가 그럴듯하게 재현해 낸 변장일 거라고 생각했다. 그러나 코가 없다는 소문과는 달리 유령에게는 번듯한 코가 있었다. 몽샤르맹은 훗날 회고록에서 유령의 코가 투명했다고 증언하고 있다. 정확히 말하면, 길고 날렵하며 투명한 코를 가졌다고 쓰고 있다. 하지만 내 생각에 이는 가짜 코였을 가능성이 크다. 번들거리는 가짜 코를 보고 몽샤르맹이 투명하다고 생각했을 수도 있다. 알다시피 오늘날의 과학기술은 코가 없이 태어난 사람이나 사고로 코를 잃은 사람에게도 멋진 가짜 코를 달아 줄 수 있으니까!

그렇다면 그날 밤 유령이 초대받지도 않은 환송파티에 참석했단 말인가? 그가 정말 오페라의 유령이 확실할까? 하지만 누가 확신할 수 있겠는가! 내가 지금 이런 얘기를 하는 것은 내 얘기가 맞다거나 유령의 대담함에 대해 말하려는 것이 아니다. 다만 충분히 그럴 가능성이 있다는 얘기를 하고 있는 것뿐이다.

내가 이런 이야기를 하는 데엔 충분한 근거가 있다. 아르망 몽샤르맹이 자기 회고록에서 이렇게 기술했기 때문이다.

"그날의 취임 만찬을 회상하자면, 드비엔 씨와 폴리니 씨가 극장장 집무실에서 유령처럼 생긴 낯선 사람에 대해 한 이야기를 빼놓을 수 없다."

그 얘기를 정확히 전하자면 이렇다. 테이블 한가운데에 있던 드비엔과 폴리니는 그때까지 해골과도 같은 사내를 전혀 의식하지 못하고 있었다. 그런데 사내가 불쑥 이런 말을 했다.

"무용수들 말이 옳아요. 불쌍한 뷔케의 죽음엔 뭔가 이상한 게 있어요."

드비엔과 폴리니가 깜짝 놀라 동시에 외쳤다.

"뭐라구요? 뷔케가 죽었다구요?"

"그렇습니다!" 그림자인지 사람인지 모를 사내가 침착하게 대답했다. "지하 3층에 있는 농가 세트와 '라호르의 왕' 세트 사이에서 목을 맸지요."

두 퇴임 극장장들이 동시에 자리를 박차고 일어나 서로를 쳐다보았다. 무대장치 담당자가 목을 맸다는 소식에 대한 반응 치고는 다소 과도한 면이 있었다. 한참 동안 서로를 바라보는 두 사람의 얼굴이 테이블보다 더 하얗게 질려 있었다. 이윽고 드비엔이 리샤르와 몽샤르맹에게 눈짓을 보냈고, 폴리니도 다른 손님들에게 몇 마디 양해를 구한 뒤 함께 극장장실로 들어갔다. 이때를 몽샤르맹의 회고록은 다음과 같이 기술하고 있다.

드비엔 씨와 폴리니 씨는 안절부절 못 했다. 우리에게 뭔가 난처한 얘기를 하고 싶어하는 것 같았다. 먼저 두 사람은 조금 전 테이블 끝자리에서 조제프 뷔케의 죽음에 대해 얘기한 사내를 아느냐고 물었고, 우리가 모른다고 대답하자 더욱 혼란스러운 표정이었다. 그들은 우리에게 주었던 만능열쇠를 집어 들어 살피더니 고개를 가로저었다. 그리고 우리에게 방이나 금고 등 비밀스러운 장소들을 지켜줄 더 안전한 자물쇠를 만드는 게 좋겠다고 조언했다. 그들의 진지한 충고가 하도 우스워서 우리는 웃음을 터뜨렸고 혹시 오페라극장에 좀도둑이라도 있냐고 물었다. 그들은 그보다 더 심각한 '유령'이 있다고 대답했다. 우리는 또다시 웃음을 터뜨렸다. 두 전임 자가 오늘 만찬의 대미를 장식하기 위해 장난을 치고 있는 거라고 생각했기 때문이다. 두 사람은 자신들의 얘기를 심각하게 들어달라고 말했다. 우리는 그들의 장난에 맞장구를 쳐주기 위해 그러자고 했다. 두 사람은 유령에 대해선 하나도 설명하지 않은 채, 유령에게 호의를 베풀고 유령이 원하는 것은 다 들어주라는 공식 통보를 받았기에 우리에게 전한다면서 어렵게 얘기를 꺼냈다. 그들은 어둠의 폭군이 지배하는 이곳을 벗어난다는 생각에 너무나 즐거운 나머지 누구도 믿기 힘든 이 괴상한 이야기를 꺼내야 할지 마지막까지 망설였지만, 조제프 뷔케가 죽었다는 이야기를 듣는 순간 유령의 요구를 들어주지 않으면 다시 끔찍하고 소름끼치는 사건들이 일어날지 몰라 이야기를 전한다고 덧붙였다.

두 사람이 전혀 예상치 못한 이야기를 털어놓는 동안 나는 리샤르의 표정을 살폈다. 리샤르는 학창시절 장난이 심하기로 유명해서 생 미셸 가街의 웬만한 수위들은 그의 얼굴을 다 알고 있었다. 이번에도 역시 그는 자기 앞에 놓인 맛있는 요리를 음미하는 듯한 표정을 짓고 있었다. 뷔케의 죽음으로 조금 오싹한 양념이 쳐지긴 했지만, 이 맛있는 요리를 한입도 놓치지 않겠다는 표정이었다. 상대가 이야기를 늘어놓는 동안 리샤르는 내내 슬프다는 듯 고개를 끄덕이거나 유령이 나오는 오페라극장의 책임을 맡은 것을 무척 후회한다는 표정을 지었다. 그런 리샤르 곁에서 나도 똑같이 실망한 표정을 지을 수밖에 없었다. 하지만 이런 노력에도 불구하고 우리는 드비엔 씨와 폴리니 씨 앞에서 그만 '풉!' 하고 웃음을 터뜨리고 말았다. 진지하고 수심 어린 표정을 짓다가 갑자기 무례한 웃음을 터뜨리는 우리를 보고 두 사람은 미친 게 아니냐는 표정을 지었다.

이런 장난이 더 이상 재미없다고 느꼈는지 리샤르가 농담처럼 물었다.

"대체 유령이 원하는 게 뭘까요?"

그러자 폴리니 씨가 자기 책상으로 가서 계약서 복사본 한 장을 가져왔다. 계약서는 이런 문구로 시작하고 있었다.

'오페라극장 경영진은 이 극장의 모든 공연들이 프랑스에서 최고로 화려한 서정극 무대가 되도록 힘써야 한다…'

이어서 총 98개의 조항이 나열되어 있었는데, 98조의 마지막에는 만약 경영진이 계약 조건을 위반할 경우 모든 권한이 박탈될 것이라고 명시되어 있었고 그 뒤에 단서조항도 달려있었다.

폴리니 씨는 계약서가 우리가 보고 있는 사본과 똑같이 검은 잉크로 씌어 있으며, 다만 맨 끝에 적힌 단서조항만 붉은색 잉크로 되어 있다고 말해 주었다. 붉은 글씨에 해당하는 조항은 성냥불을 켜고 급히 휘갈겼는지 아이 글씨처럼 삐뚤빼뚤했다. 98조의 마지막 단서조항을 그대로 옮기면 다음과 같다.

'5. 관장이 오페라의 유령에게 매달 지불할 2만 프랑(일 년에 24만 프랑)이 보름 이상 연체될 경우…'

폴리니 씨가 더듬거리는 손가락으로 마지막 조항을 짚으며 읽고 나자 리샤르가 담담하게 물었다.

"이게 전부인가요? 더 원하는 건 없고요?"

"아니요. 더 있습니다." 폴리니 씨가 대답했다. 그가 서류를 다시 한 장 한 장 넘기며 읽기 시작했다.

'제63조, 무대 오른쪽 2층의 1번 박스석은 국가원수의 지정석으로 할 것.

월요일 1층 20번 박스석과 수요일, 금요일 2층의 30번 박스석은 장관 지정석으로 할 것.

매일 3층의 27번 박스석은 파리 경찰서장의 지정석으로 할 것'

폴리니 씨는 해당 조항 말미에 붉은 잉크로 덧붙인 내용을 보여주었는데, 거기엔 다음과 같이 씌어있었다.

'2층 5번 박스석은 오페라의 유령이 모든 공연에서 자유롭게 사용토록 할 것'

이 대목에서 우리는 이런 멋진 장난을 생각해낸 두 전임자에게 축하를 보내며 따뜻하게 손을 잡아주었다. 이는 프랑스 전통의 유쾌한 유머가 사라지지 않았음을 보여주는 쾌거였다! 리샤르는 이렇게 요구 사항이 많은 유령과 어떻게 계속 일을 할 수 있냐면서 드비엔 씨와 폴리니 씨가 왜 국립 오페라극장을 그만둘 수밖에 없었는지 알게 되었노라고 말했다.

"물론이죠!" 폴리니 씨가 굳은 표정으로 말했다. "24만 프랑이 뉘 집 애 이름이랍니까? 더구나 유령을 위해 5번 박스석을 비웠을 때 생기는 손실이 얼만지 아세요. 기존 회원들에게 환불해줘야 하는 돈을 빼더라도 엄청난 돈이죠! 우리가 언제까지 유령 수발이나 들고 있을 수는 없잖아요? 차라리 그만두는 게 낫지!"

"맞아요! 그만두는 게 낫지, 차라리 그만두는 게 나아!" 드비엔 씨도 맞장구를 치며 자리를 박차고 일어났다.

"그나저나 유령에게 너무 친절하셨던 게 아닐까요? 나 같으면 경찰에게 체포하라고 신고했을 텐데." 리샤르가 말했다.

"어디서, 어떻게 체포를 한답니까? 유령을 본 사람이 아무도 없는데…" 두 사람이 동시에 외쳤다.

"지정석에 나타날 것 아닙니까?"

"지정석에서도 그를 본 적이 없어요!"

"그럼 그 좌석을 팔면 되죠!"

"오페라의 유령 좌석을 판다고요? 어디 두 분이 그렇게 해 보세요!"

그렇게 우리 네 사람은 집무실에서 나왔다. 리샤르와 나는 그때처럼 많이 웃어 본 적이 없었다.

4. 5번 박스석

아르망 몽샤르맹은 자신이 극장장으로 보낸 꽤 긴 시간 동안 일어났던 일들에 대해 방대한 분량의 회고록을 남겼다. 이걸 쓰면서도 극장 일에 전념할 수 있었을까 하는 생각이 들 정도였다. 그는 악보조차 읽을 줄 몰랐지만, 문화부 장관과 매우 가까운 사이에 유력한 언론에 몸을 담았던 적도 있었고, 제법 돈도 있었다. 한마디로 그는 남들에게 호감을 주는 데다 오페라에 투자할 만큼의 영리함도 가진 인물이었다. 이런 그가 오페라극장장이 되기로 결심하고 발탁한 인물이 바로 피르맹 리샤르였다.

두 공동 책임자가 오페라극장을 맡은 뒤 얼마 동안은 이토록 크고 권위 있는 기관의 책임자가 되었다는 기쁨에 유령을 두고 떠도는 괴상한 소문 따위는 까맣게 잊고 지냈다. 하지만 얼마 지나지 않아 그들을 실소케 했던 농담이 아직 진행 중에 있음을 알려주는 사건이 터지고 말았다.

피르맹 리샤르는 그날 아침 11시에 사무실에 도착했다. 비서인 레미가 여섯 통 가량의 편지를 가져다주었는데, 모두 '친전親展'이라고 씌어 있어 개봉하지 않은 상태였다. 그 가운데 한 통이 리샤르의 눈길을 끌었는데, 겉봉을 붉은 잉크로 썼을 뿐 아니라 어디선가 본 적이 있는 필체였다. 그는 곧 붉은 글씨가 일전의 수상한 계약서 끝부분에 씌어 있던 글씨체와 많이 닮았음을 알아차렸다. 어린아이의 것처럼 서툰 필체였다. 그는 봉투를 뜯은 뒤 편지를 읽어 보았다.

친애하는 극장장님. 최고의 오페라 단원들을 선발하고 새로 맡은 중요한 일들을 꾸려 진행하느라 바쁘실 텐데 폐를 끼치게 된 것을 유감스럽게 생각합니다. 오랜 경험을 지닌 저도 미래를 보는 안목이나 극장 운영에 관한 이해, 관객과 그들의 취향에 대한 연구 그리고 신망 등에서 보여준 귀하의 탁월한 능력에 놀라고 있습니다. 카를로타, 라 소렐리, 꼬마 잠 외에도 당신이 특별한 재능과 천재성을 지녔다고 생각하는 단원들에 베푼 배려에 대해서도 익히 들어 알고 있습니다. (제가 왜 이런 이야기를 하고 있는지는 귀하께서도 잘 알고 있을 겁니다. 물론 카페나 싸구려 술집에서나 어울리는 딱총소리를 내는 카를로타 양, 마차 안에서나 공연해야 어울릴 것 같은 라 소렐리 양, 들판의 송아지처럼 춤추는 꼬마 잠 등을 두고 하는 소리가 아닙니다. 또한 대단한 재능을 지녔음에도 여러분의 시기로 인해 주요한 배역에서 빠지기 일쑤인 크리스틴 다에 양에 대해 얘기하려는 것도 절대 아닙니다.) 귀하에게 맡겨진 업무를 자유롭게 처리할 수 있는 권한은 어디까지나 귀하에게 있으니까요. 그럼에도 저는 귀하가 크리스틴 다에 양을 문밖으로 내치지 않고 시에벨 역을 맡김으로써 오늘 저녁 그녀의 목소리를 들을 수 있게 되기를 희망하고 있습니다. 아울러 오늘 이후로 내 지정석은 반드시 비워 두길 간곡히 부탁드립니다. 얼마 전 오페라극장에 갔다가 귀하의 지시로 내 자리를 다른 사람에게 예약했다는 사실을 알고 무척 당황하고 불쾌했었다는 사실을 말씀드리지 않을 수가 없군요.

이런 처사에 저는 항의하지 않았습니다. 구설 따위에 휘말리고 싶지 않을 뿐더러, 제게 편의를 제공해 주었던 드비엔 씨와 폴리니 씨가 떠나기 전 귀하에게 나의 작은 괴벽에 대해 제대로 이야기해주지 않은 탓이라고 생각했기 때문입니다. 하지만 드비엔 씨와 폴리니 씨에게 문의한 결과, 그들이 내가 보낸 계약서에 대해 이미 설명해주었다는 답을 들었고, 이 모든 행위가 나를 조롱하기 위한 것이라는 결론에 이르게 되었습니다. 그러니 서로 화목하길 바란다면 내 지정석을 함부로 빼돌리지 말아 주시기 바랍니다! 이런 작은 규칙만 제대로 지켜준다면, 앞으로 저를 선생의 성실하고 충직한 일꾼으로 생각하셔도 좋을 것입니다.

—오페라의 유령 보냄

편지에는 「르뷔 데 테아트르」지에 실린 다음과 같은 자그마한 공고문도 첨부되어 있었다.

〈오페라의 유령에게 : R(리샤르)과 M(몽샤르맹) 측의 분명한 과오입니다. 우리는 이미 그들에게 경고했고 당신과의 계약서를 분명히 전달하였습니다. 잘 지내시길!〉

피르맹 리샤르가 편지를 다 읽었을 때 집무실 문이 벌컥 열리며 아르망 몽샤르맹이 똑같이 생긴 편지를 들고 들어왔다. 둘은 서로 쳐다보다가 곧 웃음을 터뜨렸다!

"장난이 끝이 없군! 하지만 이젠 우습지도 않은걸!" 리샤르가 말했다.

"대체 어쩌라는 거지? 오페라극장의 극장장이었으니 박스 지정석 하나쯤은 가질 권리가 있다는 건가?" 몽샤르맹이 물었다.

그는 시종일관 이 모두가 전임자들이 꾸며낸 장난이라 생각하고 있었다.

"하지만 지금은 이런 어이없는 장난을 받아줄 기분이 아니야!" 피르맹 리샤르가 단호하게 말했다.

"악의가 있는 것 같지는 않은데!" 아르망 몽샤르맹이 대꾸했다.

"원하는 게 뭘까? 오늘 저녁 자리를 비워놓으라는 건가?"

피르맹 리샤르 씨는 비서에게 아직 자리가 있으면 2층 5번 박스 석을 드비엔 씨와 폴리니 씨 이름으로 예약해 놓으라고 지시했다.

자리는 아직 비어 있었고 즉시 두 사람 이름으로 예약이 이루어졌다. 드비엔 씨와 폴리니 씨는 각각 카퓌신 대로의 스크리브가와 오베르가에 거주하고 있었다. 그런데 오페라의 유령이 보낸 두 통의 편지는 카퓌신대로에 있는 우체국에서 발송된 것으로 되어 있었다. 이것을 발견한 것은 몽샤르맹이었다.

"그것 보게! 리샤르가 외쳤다.

두 사람은 어깨를 추켜올렸고 나이 지긋한 신사들의 유치한 장난질에 혀를 찼다.

"아무래도 이건 너무한 것 같군! 카를로타와 라 소렐리 그리고 꼬마 잠에 대해 그들이 뭐라 하는지 들었지?" 몽샤르맹이 말했다.

"아무래도 우리 성공에 배가 아픈 모양이야! 돈을 들여 잡지 광고까지 싣다니 그렇게도 할 일이 없을까?" 리샤르가 쓴웃음을 지으며 말했다.

"아무튼 그들은 크리스틴 다에라는 아가씨에게 관심이 많은 모양이야."

"하지만 그녀가 정숙하기로 평판이 난 건 자네도 알지 않나?" 리샤르가 대꾸했다.

"그 평판이라는 게 얼마나 우스운지 아나? 나만 해도 음악에 조예가 깊다고 소문이 났지만 실제로는 '솔'과 '파' 음계조차 제대로 구별을 못하지 않나?" 몽샤르맹이 말했다.

"자네가 음악적으로 조예 깊다는 평판은 들어본 적이 없으니 안심해도 좋네!" 리샤르가 못을 박았다.

그런 뒤에 피르맹 리샤르는 두 시간씩이나 현관 복도에서 기다리던 가수들을 차례대로 들여보내라고 지배인에게 지시했다. 모두 명성과 돈 또는 해고통보 등을 기다리며 극장장의 집무실 문밖을 서성이던 사람들이었다.

그렇게 계약의 성사나 파기를 둘러싸고 면담을 진행하며 하루가 지나갔다. 온갖 짜증과 술수, 청탁과 협박, 꾸중과 칭찬으로 피곤한 1월 25일 하루를 보내느라 두 사람은 드비엔 씨와 폴리니 씨가 원하던 공연을 보려고 5번 박스에 왔는지 확인할 겨를도 없이 서둘러 퇴근했다. 전임자들이 물러난 뒤에도 오페라극장에서는 하루도 쉬지 않고 공연이 이어졌고 리샤르는 일정에 차질이 없도록 업무들을 수행하느라 눈코 뜰 새가 없었다. 다음날 아침, 리샤르와 몽샤르맹은 각자의 우편함에서 감사카드를 발견했다. 거기엔 다음과 같은 내용이 적혀 있었다.

친애하는 극장장님.

멋진 저녁 공연을 선사해주셔서 감사합니다. 다에는 자기 역할을 훌륭하게 소화했습니다. 합창에는 좀 더 신경을 쓰셔야 할 것 같습니다. 카를로타는 화려하지만 보잘것없는 악기 같았습니다. 가급적 빠른 시일 내에 내 24만 프랑을 지불해 주셨으면 합니다. 정확히 말하면 233,424프랑 70상팀입니다. 드비엔 씨와 폴리니 씨가 내 연봉의 첫 열흘에 해당하는 6,575프랑 30상팀을 이미 지급했고 그들과의 계약이 10일 저녁으로 끝났기 때문입니다.

오페라의 유령 올림.

또 다른 편지는 드비엔 씨와 폴리니 씨로부터 온 것이었다.

안녕하십니까?

귀하의 배려에 크게 감사드립니다, 저희들로서도 「파우스트」 공연을 다시 보게 되는 것은 무척 기분 좋은 일입니다만, 2층 5번 박스석을 차지할 권리가 우리에겐 없다는 사실을 잊을 정도는 아니라는 걸 말씀드리고 싶군요. 그곳은 일전에 말씀드린 그분에게만 예약된 자리입니다. 이를 확인하려면 계약서의 제63조 마지막 항목을 다시 읽어 보시기 바랍니다.

그럼 안녕히 계십시오.

"아! 이 사람들 정말 너무하는군!" 피르맹 리샤르가 드비엔과 폴리니의 편지를 구기며 소리쳤다.

그날 저녁, 문제의 5번 박스석은 다른 사람들에게 예약되었다.

하지만 다음날 집무실에 나온 리샤르와 몽샤르맹은 전날 저녁 2층 5번 박스석에서 발생한 사건에 대한 관리인의 보고서를 읽어야 했다. 다음은 관리인이 보고한 내용을 요약한 것이다.

오늘 저녁 (보고서는 전날 저녁에 썼다.) 공연의 제2막 시작과 중간 무렵, 두 차례에 걸쳐 2층 5번 박스석의 관람객들을 쫓아내달라는 민원이 들어와 시경의 협조를 요청했습니다. 그 자리에 앉아있던 관객들(2막이 시작되면서 입장하였음)이 큰 소리로 웃고 떠들며 소란을 피웠기 때문입니다. 주변에서 조용히 해 달라는 항의가 있었지만 수습이 되지 않자 극장안내원이 저에게 도움을 청했습니다. 제가 조치를 취하기 위해 극장으로 들어갔을 때 그들은 얼이 빠진 듯 뭔가 알아들을 수 없는 이야기를 지껄여댔습니다. 저는 다시 소란을 피우면 강제로 퇴장시키겠다고 경고했습니다. 하지만 제가 자리를 뜨자마자 또다시 웃음소리와 함께 관객들의 항의 소리가 들려왔습니다. 이에 경찰의 지원을 받아 그들을 퇴장조치 할 수밖에 없었습니다. 그들은 계속 낄낄대는 웃음소리를 내면서 돈을 환불해주지 않으면 나가지 않겠다고 버텼습니다. 나는 그들을 진정시킨 뒤 좌석으로 다시 돌려보냈지만 얼마 되지 않아 다시 웃음소리가 들렸고, 최종적으로 그들을 퇴장조치 하였습니다.

"관리인을 데려오게." 보고서를 먼저 읽고 파란 색연필로 밑줄까지 쳐놓은 비서를 향해 리샤르가 소리쳤다.

관리인이 머뭇거리며 사무실 안으로 들어왔다.

"그래, 어찌된 일인지 얘기해 보게!"

그러자 관리인이 보고서의 내용을 암송하듯 빠르게 읊었다.

"그만 됐고! 그 사람들이 대체 무엇 때문에 웃고 난리를 친거지?" 몽샤르맹이 물었다.

"저녁을 먹고 배가 부르니 좋은 음악보다 웃고 장난치는 게 더 좋았던 모양입니다. 그런데 이상한 것이, 극장 박스석에 들어서자마자 그들이 다시 나와 박스석에 아무도 없는 게 확실하냐고 안내원에게 묻더라는 겁니다. 안내원이 그렇다고 하자 하는 얘기가 박스석에 들어서자마자 '사람 있습니다!'라는 목소리가 들렸다는 겁니다."

60

몽샤르맹이 우습다는 듯 리샤르를 쳐다보았지만 리샤르의 얼굴에서는 웃음기가 사라져 있었다. 사실 당하는 사람도 처음엔 웃어넘기다가 급기야는 화를 내게 만드는 이런 장난에 리샤르는 이미이골이 난 터였다.

이리저리 눈치를 살피던 관리인이 몽샤르맹이 웃는 것을 보고 어색하게 따라 웃었지만, 리샤르의 성난 눈초리와 마주치자 얼굴이 다시 돌처럼 굳어졌다.

"어쨌든 그 사람들이 도착했을 때 박스석에는 아무도 없었단 얘기군?" 리샤르가 다그치듯 물었다.

"예, 극장장님… 아무도 없었어요… 박스석 좌우를 다 살펴보았지만 개미새끼 하나 없었어요… 맹세할 수 있어요. 제 손에 장이라도 지질 수 있다니까요… 그러니, 누군가 장난을 친 게…."

"그 여자 안내원은 뭐라고 하던가?"

"그, 그러니까 안내원 말은 한마디로… 오페라의 유령 짓이라는 거죠!"

그렇게 말하고 관리인은 다시 웃었다. 하지만 웃을 상황이 아니라는 걸 그는 곧 깨달아야 했다. 오페라의 유령이라는 말이 나오자마자 잔뜩 찌푸렸던 리샤르의 표정이 무섭게 일그러졌기 때문이다.

"당장 가서 그 안내원을 데려와! 뭐 해? 당장 데려오라니까! 그리고 다들 밖으로 나가 있어!"

관리인은 뭐라 대꾸하려 했지만 리샤르가 잡아먹을 듯 "닥쳐!"하고 소리치는 바람에 급히 입을 닫아야 했다. 극장장의 다른 명령이

없었으면 관리인은 영원히 두 입술을 꿰맨 채 살아가야 했을지도
모른다.

"대체 오페라의 유령이 누구지?" 리샤르가 불평하듯 물었다. 하
지만 입이 굳어버린 관리인은 아무 대꾸도 하지 못했다. 그는 절망
적인 표정으로 자신은 아무것도 모르며 알고 싶지도 않다는 신호
를 보냈다.

"오페라의 유령을 본 적이 있나?"

관리인이 부정의 뜻으로 세차게 고개를 저었다.

"안 됐군!" 리샤르가 차갑게 내뱉었다.

관리인이 무슨 그런 불길한 말을 하냐는 듯 휘둥그레진 눈으로
극장장을 쳐다보았다.

리샤르가 단호하게 선언했다. "앞으로 그 유령인지 뭔지를 직접
보지도 않았으면서 이러쿵저러쿵 떠들어대는 자는 가만두지 않겠
어!" 그리고 이어서 말했다. "놈을 여기저기서 보았다 해도 직접 본
사람이 없다면 존재하지 않는 거야! 그러니 알아서 처신들 하도록!"

5. 지리 부인

　말을 마친 리샤르는 관리인의 존재 따위는 잊어버리고 마침 들어온 지배인과 잡다한 업무들을 처리하기 시작했다. 이젠 나가 봐도 되겠지 하는 생각에 관리인이 살금살금 뒷걸음질 쳐서 문 쪽으로 다가갔다. "누가 움직이라고 했나?" 그를 곁눈질하던 리샤르의 천둥 같은 소리에 관리인의 몸이 다시 얼어붙었다.

　이렇게 고초를 겪고 있는 관리인을 위해 레미가 나섰다. 그는 오페라극장에서 얼마 떨어지지 않은 프로방스가에 살고 있는 여자 안내원을 데려오게 했고, 얼마 뒤 그녀가 나타났다.

　"이름이 뭐죠?"

　"지리 부인이라고 합니다! 왜 극장장님도 아실 텐데요? 제가 바로 지리, 그러니까 꼬마 메그의 어미 되는 사람입니다만…"

　지리 부인의 무람없고 경박한 말투에 리샤르가 뜨악한 눈으로 그녀를 찬찬히 뜯어보았다. 그녀는 호박단 소재의 낡은 드레스에 색

바랜 숄을 걸쳤고 닳은 신발에 때가 까맣게 낀 모자를 쓰고 있었다. 극장장은 지리 부인은 물론 지리 양이니 꼬마 메그니 하는 이름은 생전 처음 들어본다는 표정을 지었다.

"들어본 적이 없는데!" 극장장이 내뱉듯이 말했다. "어쨌든 지리 부인, 어제 저녁에 무슨 일이 일어났기에 당신과 관리인이 경찰들에게 도움을 청했는지 알고 싶소…"

"그렇지 않아도 찾아뵙고 말씀드리려 했어요. 극장장님이 드비엔 씨와 폴리니 씨처럼 험한 꼴을 당하지 않도록 말이에요. 그분들도 처음엔 제 말을 들은 척도 안하다가…"

"내가 묻는 건 어제 저녁 무슨 일이 있었냐는 거요!"

여태껏 누구에게도 받아보지 못한 무례한 대접에 지리 부인의 얼굴이 벌겋게 달아올랐다. 그녀는 금세 문을 박차고 나갈 듯 치마 자락을 부여잡고 때 낀 깃털 모자를 휘날리며 몸을 곧추세웠지만 이내 생각을 고쳐먹었는지 자세를 바로잡으며 퉁명스럽게 내뱉었다.

"이게 다 유령을 귀찮게 해서 일어난 일이랍니다!"

리샤르가 폭발 직전인지라 몽샤르맹이 중간에 나서 대화를 이끌어야 했다. 지리 부인에 의하면 아무도 없는 박스석에서 목소리가 들리는 것은 누군가 자기 존재를 알리기 위해서였다. 한두 번도 아니고 이런 일이 자꾸 벌어지는 게 유령이 아니고는 도저히 설명이 안 된다는 것이었다. 아무도 박스석 안에서 유령을 본 적은 없지만 목소리는 모두들 들을 수 있었다. 그녀 또한 여러 차례 목소리를 들었는데, 다른 사람들도 그 말을 믿을 수밖에 없는 것은 자신이 거짓

말이라곤 못하는 성격이기 때문이었다. 그건 드비엔 씨와 폴리니 씨에게 물어봐도 되고, 그녀를 아는 누구에게 물어도 마찬가지이며, 특히 유령 때문에 다리까지 부러진 이지도르 사크 씨의 경우라면 더 그럴 것이라고 그녀는 주장했다.

"하, 그랬단 말이죠?" 몽샤르맹이 끼어들었다. "가엾은 이지도르 사크의 다리를 부러뜨린 것도 유령이었다?"

지리 부인이 눈을 동그랗게 뜨며 아직도 그걸 모르냐는 듯한 표정을 지었다. 그리고 대체 아는 게 없는 두 남자에게 진실을 일깨워 주려는 듯 다시 이야기를 시작했다. 드비엔 씨와 폴리니 씨가 극장장으로 있으면서 「파우스트」를 공연했을 때 5번 박스석에서 일어난 사건이었다.

지리 부인은 헛기침을 하고 목소리를 가다듬은 뒤 다시 이야기를 시작했다. 구노의 가곡이라도 한 곡조 뽑을 듯한 태세였다.

"그날 사건이 있었던 곳은, 그러니까, 모가도르 가에서 보석상을 하는 마니에라 부부가 앉았던 맨 앞 열이었어요. 바로 뒤에는 마니에라 부인과 내연 관계인 이지도르 사크 씨가 앉아 있었죠. 무대에선 메피스토펠레스가 노래를 부르고 있었어요." 그러더니 지리 부인은 정말로 "잠자는 척하는 그대여!" 하고 노래를 부르기 시작했다. "그런데 마니에라 씨의 오른쪽 귓가에서 (그의 아내는 왼쪽에 앉아있었다.) 이런 목소리가 들려오는 거였어요. '아니, 아니, 잠자는 척하는 건 쥘리가 아니지…' (그의 아내 이름이 바로 쥘리였다.) 마니에라 씨가 소리를 듣고 곧바로 오른쪽으로 고개를 돌렸죠. 하지만 거기엔 아무도 없었어요! 그는 귀를 문지르며 혼자 중얼거렸어요. '내가 꿈을 꾸고 있는 건 아니지?' 무대 위에선 여전히 메피스토펠레스의 노래가 이어졌고… 그런데, 혹시 제 얘기가 지루한가요?"

"아니, 아니오! 계속하시오…"

"감사합니다… (의심스럽다는 지리 부인의 표정) 그리고 메피스토펠레스의 노래가 이어졌죠. (지리 부인이 노래를 부른다.) '사랑하는 카트린 - 왜 나를 거절하나요 - 당신의 연인은 간절히 원하는데 - 부드러운 당신의 키스를-' 한데 마니에라 씨의 오른쪽 귓가에서 다시 이상한 소리가 들렸어요. '이런, 이런, 이지도르의 키스를 거부하려는 건 쥘리가 아니잖아?' 이번엔 마니에라 씨가 오른쪽이 아닌, 자기 아내가 있는 쪽으로 고개를 돌렸어요. 그런데 그가 무엇을 보았는지 아세요? 글쎄 장갑 낀 아내의 손을 뒤에서 붙들고 열렬히 키스를 퍼붓고 있는 이지도르를 본 거예요! 이렇게 말이에요… (지리 부인이 자기 망사 장갑 아래 드러난 맨살에 키스를 퍼붓는다.) 이게 그냥 조용히 넘어갈 일은 아니잖아요? 짝! 짝! 리샤르 씨만큼이나 키가 크고 건장한 마니에라 씨가 (죄송하지만) 몽샤르맹 씨처럼 가냘프고 왜소한 이지도르 사크 씨의 따귀를 보기 좋게 날려 버린 거죠! 물론, 난리가 났죠! 객석에서 비명이 터지고… 그만! 그만! 이러다 사람 죽겠어요! 외치는 소리가 들리고… 그 와중에 이지도르 사크 씨는 간신히 도망칠 수 있었죠."

"그렇다면 그 사람 다리를 부러뜨린 건 유령이 아니잖소?" 지리 부인의 눈에 자신이 그토록 왜소하게 비친 것이 조금 기분이 상한 몽샤르맹이 물었다.

"천만에요! 유령이 한 짓이 틀림없다니까요. (몽샤르맹의 속마음을 눈치 챘는지) 지리 부인이 목청을 높여 대답했다. 황급히 중앙계단을 내려오던 그의 다리몽둥이를 단숨에 부러뜨린 건 틀림없이 유령이었어요! 불쌍한 그 사람이 당분간 계단을 오르내릴 수 없도록…"

"그렇다면 이 귓속말 얘기는 유령이 직접 해준 거요? 몽샤르맹이 짐짓 재판관처럼 엄숙한 목소리로 물었다.

"아니요, 극장장님! 마니에라 씨가 직접 해준 얘긴걸요."

"그럼 부인이 직접 유령과 얘기를 나눈 적은 없군요?"

"왜 없겠어요? 지금 우리가 이렇게 얘기하듯이…"

"그게 언제였죠? 유령이 뭐라고 합디까?"

"그러니까 그게… 작은 의자를 하나 가져달라고 하더군요!"

결연한 어조로 말하는 지리 부인의 얼굴이 중앙 계단에 늘어선 대리석 기둥의 무늬처럼 하얘졌다가 노래졌다가 다시 가오리의 핏줄처럼 벌개졌다.

이번만큼은 리샤르와 몽샤르맹도 웃음을 참을 수 없었다. 이미 한번 혼쭐이 난 관리인만 웃지 못하고 벽에 몸을 기댄 채 주머니 속 열쇠 꾸러미만 만지작거리고 있었다. 그는 도대체 이 이야기가 언제 끝날까 생각하면서도, 지리 부인의 어조가 격앙될수록 극장장의 화를 돋우게 될까 노심초사하는 기색이었다.

그런데 극장장들이 웃음을 터뜨리자 지리 부인은 경고하듯 엄숙한 어조로 이렇게 말하는 것이었다.

"유령을 우습게보다간 큰 코 다쳐요! 폴리니 씨처럼 되지 않으려면 알아서 기는 게 좋을 걸요!"

"누구더러 알아서 기라는 거요?" 이번엔 몽샤르맹이 우스워 죽겠다는 듯 물었다.

"물론 유령이죠! 얘기해드릴 테니 잘 들어보세요! (마침내 때가 되었다는 듯 그녀가 정색을 하고 다시 얘기를 시작했다.) 그래요, 마치 어제인 듯 기억이 생생하군요! 「유태인 여자」를 공연할 때였어요. 폴리니 씨는 그날따라 유령의 박스석에서 혼자 관람하고 싶어 했어요. 크라우스 양이 엄청난 성공을 거둔 날이었죠. 그녀가 막 2막의 노래를 부르려는데… 아시잖아요, 그 노래! (그러면서 지리 부인은 나지막한 목소리로 노래를 시작한다.)

내 사랑하는 사람 곁에서
살다 죽고 싶어라.
그러면 죽음이 온다 해도,
우리를 갈라놓진 못하리.

"자! 자! 됐고요…" 몽샤르맹이 웃으며 만류했다. 그럼에도 지리 부인은 깃털 모자를 흔들며 나지막이 노래를 계속했다.

떠나자! 떠나자! 이 세상 떠나 하늘나라로
같은 운명이 우리 두 사람을 기다리니!

"알았어요! 알았으니 그만 해요! 그래서 다음엔 어떻게 됐나요?" 리샤르가 재촉했다.

"아마 그 대목에서 레오폴드가 '도망칩시다!' 하고 외치죠? 그리고 엘레아자르가 두 사람을 붙들고 물어요. '어딜 그렇게 급히 가시나요?' 바로 그 대목이었어요! 제가 바로 옆의 빈 박스석에서 지켜보고 있었는데, 폴리니 씨가 갑자기 벌떡 일어서더니 석상처럼 얼굴이 굳어서 자리를 뜨는 거예요! 저는 마치 엘레아자르처럼, '어딜 그렇게 급히 가시나요?' 하고 물었죠. 하지만 죽은 사람처럼 창백해져서 대답도 못하더라구요! 그가 황급히 계단을 내려가는 걸 그저 바라만보고 있는데, 다행히 넘어져 다리가 부러지진 않았고요… 하지만 그는 악몽이라도 꾸듯, 자기가 어디로 가는지도 모르고 앞만 보고 휘적휘적 걸어가는 거예요… 오페라극장 구석구석을 누구보다도 잘 아는 양반이 말이에요!"

거기까지 말하고 지리부인은 반응을 살피듯 잠시 뜸을 들였다. 그러나 폴리니 씨에 관한 이야기를 들으며 몽샤르맹은 고개를 절레절레 흔들고 있었다.

"이야기를 들어선 대체 언제 어떤 상황에서 오페라의 유령이 작은 의자를 갖다달라고 했는지 알 수 없군요." 몽사르맹이 뚫어지듯 지리 부인의 눈을 바라보며 물었다.

"그래요… 하지만 그날 저녁 이후로 사람들은 더 이상 우리 유령님을 귀찮게 굴지 않았게 되었어요… 더는 그 지정석을 요구하지 않았을 뿐더러 드비엔 씨와 폴리니 씨도 공연 내내 그 좌석을 비워두라고 명령했어요. 그래서 박스석에서 내게 작은 의자를 부탁했던 거고요."

"저런, 유령이 작은 의자를 부탁했다? 그러면 당신이 말하는 유령이 여자란 말이오?" 몽샤르맹이 물었다.

"천만에요. 유령은 남자예요!"

"그걸 어떻게 알죠?"

"남자 목소리였으니까요! 아주 점잖은 목소리였어요. 제 이야기를 마저 들어 보세요. 유령은 대개 제1막 중간쯤에 극장에 도착해서 5번 박스석 문을 조용히 세 번 두드리곤 했어요. 비어있는 줄 알았던 박스석에서 세 번 노크 하는 소리를 처음 들었을 땐 얼마나 놀랐던지! 제가 문을 여니 아무도 없었고 소리도 들리지 않았죠. 한데, 놀랍게도 그 순간 목소리가 말을 걸어 오는 거예요. '쥘 (죽은 제 남편의 성이랍니다) 부인, 작은 의자 하나만 갖다 주시겠어요?' 정말 자리에 주저앉아 버릴 뻔했죠. 하지만 목소리는 계속 들렸어요. '쥘 부인, 겁 내지 마세요. 내가 바로 오페라의 유령입니다!' 저는 목소리가 나는 쪽을 바라보았어요. 한데, 그 목소리가 어찌나 상냥하던지 두려운 마음이 싹 가시더군요. 목소리의 주인공은 분명 맨 앞줄의 오른쪽 첫 번째 좌석에 있었어요, 그러니 극장장님, 비록 보이지 않아도 신사 한 분이 좌석에 앉아 이야기하고 있다고 믿을 수밖에요!"

"5번 박스석 바로 오른쪽에 누군가 있었던 건 아닐까요?"

"천만에요. 왼쪽의 3번 박스석은 물론이고 오른쪽의 7번 박스석도 모두 비어 있었어요. 공연이 시작되기 직전이었으니까요."

"그래서 어떻게 하셨나요?"

"의자를 가져다주었죠. 작은 의자를 갖다 달라 한 건 본인을 위해서가 아니었어요. 부인을 위한 것이었죠. 하지만 여자는 눈에 띄지 않았고 소리도 들을 수 없었어요."

"뭐라고요? 유령에게 여자가 있다고요?"

그때, 리샤르와 몽샤르맹의 눈길이 지리 부인의 뒤에 있던 관리인에게로 향했다. 그는 자기 상관들을 향해 손짓을 하며 검지로 이마를 두드려 쥘의 마누라가 제정신이 아니라는 신호를 보내고 있었다. 하지만 이런 무언의 몸짓은 리샤르로 하여금 이런 미친 여자를 고용한 관리인을 잘라 버려야겠다는 결심을 불러일으켰을 뿐이었다. 그러거나 말거나 여자는 이제 유령이 얼마나 관대한가에 대해 수다를 늘어놓기 시작했다.

"공연이 끝나면 그분은 내게 늘 40수짜리 동전 한 닢을 주곤 했어요. 어떨 때는 100수를, 오랜만에 왔을 때는 10프랑까지도 주셨죠. 더 이상 팁을 주지 않게 된 건 얼마 전 사람들이 그분을 다시 귀찮게 굴기 시작한 뒤부터였어요."

"잠시만… 잠시만요, 아줌마! (이런 무례한 호칭에 그녀의 모자 깃털이 바르르 떨렸다.) 유령이 눈에 보이지도 않는데 어떻게 40수를 줄수 있죠?" 호기심 많은 몽샤르맹이 물었다.

"당연히 자리의 간이탁자에 놓아두었죠! 제가 매일 자리에 놓아두는 공연 프로그램과 함께요! 저녁땐 박스석 안에 떨어진 장미꽃

송이를 발견한 적도 있어요. 함께 온 여인의 코르사주 장식에서 떨어진 것이었죠. 한번은 부채를 놔두고 간 적도 있답니다!"

"아하, 유령이 부채를 놔두고 갔다고요? 그래서 어떻게 했나요?"

"물론 다음번에 돌려주었죠."

"그렇다면 극장 규칙을 어긴거요, 지리 부인! 벌금을 물려야겠군!" 관리인이 끼어들었다.

"닥쳐, 바보 같으니!" 리샤르가 낮게 으르렁댔다.

"그러니까 부채는 돌려주었다는 거죠? 그래서 어떻게 됐나요?"

"당연히 도로 가져갔죠. 공연이 끝난 뒤에 보니 탁자 위의 부채는 사라지고 대신 제가 좋아하는 영국산 봉봉사탕이 한 상자가 놓여 있더군요! 얼마나 친절한 유령인지…"

"좋아요, 부인. 이제 그만 가 봐도 좋습니다…"

지리 부인이 위엄을 잃지 않고 정중히 인사를 하고 나간 뒤, 두 극장장은 동시에 저 미친 여편네를 당장 해고하라고 관리인에게 소리쳤다. 그러고 나서야 관리인은 극장장실에서 놓여날 수 있었다.

관리인은 자신이 극장을 위해 얼마나 헌신하고 있는지를 주저리 주저리 늘어놓은 뒤에 방을 나갔고, 극장장은 다시 지배인에게 관리인의 남은 월급을 정산하라고 일렀다. 마침내 단둘이 남게 된 두 사람의 머릿속엔 동시에 5번 박스석을 당장 둘러보아야겠다는 생각이 떠올랐다.

이제 잠시 후면 여러분도 그들을 따라가 보게 될 것이다.

6. 마법의 바이올린

앞으로 우리가 이야기하게 될 음모의 희생자인 크리스틴 다에는 그날 저녁 무대의 대성공 이후 다시는 자신의 영광을 재현하지 못했다.

그녀는 마치 스스로 자신의 운명의 주인공이 아닌 듯 행동했고, 새로운 성공을 두려워하는 듯도 보였다. 샤니 백작이 동생을 위해 리샤르 씨에게 자기를 적극 추천하고 있다는 사실을 안 그녀는 백작에게 편지를 보내, 고맙다는 인사와 더불어 더는 극장장에게 자기 얘기를 하지 말아달라고 부탁했다. 그녀는 왜 이런 이상한 태도를 취했을까? 어떤 이들은 이것이 그녀의 하늘 높은 줄 모르는 오만함 때문이라 말했고 다른 이들은 더할 나위 없는 겸양의 미덕이라며 그녀를 칭송해 마지않았다. 하지만 무대에 오르는 사람에게 이런 겸손함은 어울리지 않는 행동이었다. 이를 '두려움'이라 표현하는 것이 옳을지 모르겠지만, 크리스틴 다에는 당시 자신에게 일어난 일들에 대해 정말로 공포심을 느낀 듯했고, 스스로도 뭔가 어리둥절해 있는 듯했다. 어리둥절? 정말 그랬을까? 그런데, 나는 지금 당시의 상황을 증언한 (페르시아인이 지니고 있던) 크리스틴의 편지 한 장을 가지고 있다. 나는 편지를 되풀이해 읽고 난 뒤 크리스틴이 자신의 성공 앞에서 어리둥절함이나 당혹감을 넘어 공포를 느끼고 있었다는 결론에 도달했다.

이후 그녀는 어디에도 모습을 드러내지 않았다. 샤니 자작이 그녀가 있을 만한 곳은 다 찾아보았지만 허사였다. 라울은 집을 방문하게 허락해 달라고 그녀에게 편지를 보냈다. 하지만 실망스럽게도 다음과 같은 내용의 쪽지 한 장만이 되돌아왔을 뿐이었다.

"제 스카프를 찾아주려고 바다로 뛰어들었던 소년을 잊지 않고 있습니다. 오늘 신성한 의무를 다하러 페로스로 떠나기 전에 급히 당신에게 편지를 씁니다. 내일은 가엾은 우리 아버지의 기일입니다. 당신도 아버지를 기억하실 겁니다. 어릴 적 당신을 무척이나 아꼈지요. 아버지는 우리가 어릴 적 뛰놀던 비탈 위의 조그만 교회 공동묘지에 바이올린과 함께 묻혀 있습니다. 우리가 마지막 작별인사를 나누었던 길가에 있던 바로 그 교회에요."

크리스틴 다에의 쪽지를 받은 샤니 자작은 열차 시간표부터 확인한 뒤에 서둘러 옷을 갈아입었다. 그리고 형에게 전하는 쪽지를 하인에게 맡긴 뒤 급히 마차를 집어탔다. 하지만 마차가 몽파르나스

역 승강장에 늦게 도착하는 바람에 아침 기차를 타려던 계획은 틀어지고 말았다.

아무 일도 손에 잡히지 않아 침울한 하루를 보낸 라울은 겨우 저녁기차에 몸을 실을 수 있었다. 그는 기차를 타고 가는 내내 크리스틴이 보낸 쪽지를 되풀이해 읽었고, 쪽지에서 나는 향수 냄새를 통해 어린 시절의 감미로운 추억을 떠올리려 노력했다. 기차가 도착하기까지의 지루한 밤을 그는 크리스틴 다에에 대한 뜨거운 열망 하나로 버텼다. 마침내 기차가 라니옹 역에 도착했을 때엔 동이 트고 있었다. 기차에서 내리자마자 그는 곧장 승합마차를 타고 페로스-기렉으로 달려갔다. 마차의 승객은 라울뿐이었다. 그는 파리 여자처럼 보이는 한 아가씨가 전날 마차를 타고 페로스까지 간 뒤 '석양'이라는 이름의 여관 앞에 내렸다는 사실을 마부로부터 들을 수 있었다. 크리스틴이 분명했다. 그녀도 혼자서 온 것이다! 라울은 깊은 안도의 숨을 내쉬었다. 이제 그녀와 단둘이 조용히 이야기를 나눌 수 있게 되었다… 그녀에 대한 갈망에 라울은 숨이 멎을 것 같았다. 세계일주까지 한 건장한 청년이지만 그는 한 번도 엄마 품을 벗어나보지 못한 순진한 어린아이 같았다.

라울은 그녀에게 달려가는 동안 이 스웨덴 출신 여가수와 함께했던 추억들을 곰곰이 되새겨 보았다. 다른 사람들은 모르는 둘만의 이야기였다.

옛날 웁살라 근처의 작은 마을에 한 농부가 살고 있었다. 스스로 자각하지 못했지만 이 농부는 뛰어난 음악가였다. 그의 바이올린

솜씨는 탁월하다 못해 스칸디나비아를 통틀어 최고라고 해도 과언이 아니었다. 그의 명성은 사방으로 퍼져나갔고, 인근에서 잔치나 결혼식이 벌어지면 다투어 그를 초대했다. 병약했던 다에 양의 어머니는 딸이 여섯 살 되던 해에 세상을 떴다. 딸과 음악밖에 몰랐던 아버지는 얼마 되지 않는 땅을 팔아치우고 성공을 위해 웁살라로 떠났지만 그들의 앞을 기다리는 건 가난뿐이었다.

결국 시골 마을로 다시 돌아온 다에 씨는 스칸디나비아 풍의 멜로디를 연주하며 장터를 떠돌기 시작했다. 어린 딸은 이런 아버지의 곁을 한시도 떠나지 않은 채 황홀한 연주를 듣거나 반주에 맞춰 노래를 불렀다. 그러던 어느 날 림비의 장터에서 부녀의 음악을 우연히 듣게 된 발레리우스 교수가 둘을 예테보리로 데려갔다. 교수는 아버지의 바이올린이 세계 최고 수준이며 딸 또한 훌륭한 성악가의 자질을 갖추었다고 확신했다. 그는 아이를 집중적으로 가르치고 지도했다. 그녀의 미모와 천부적인 재능 그리고 훌륭한 품성에 대한 찬사가 퍼졌고 기량 또한 빠르게 성장했다. 그러던 중 발레리우스 부부는 프랑스로 떠나게 되었고, 크리스틴과 아버지도 함께 데리고 갔다.

다에 씨는 예전에 그랬듯이 딸을 데리고 일주일 동안 지역에서

Angel of Music(음악의 천사여)
* 메러디스 브라운(Meredith Braun) & 레슬리 개릿(Lesley Garrett) & 앤드류 C. 워즈워스(Andrew C. Wadsworth)
* 앤드류 로이드 웨버 베스트(The Greatest Songs Of Andrew Lloyd Webber) (2014)_뮤직마인레코드

FLO에서 듣기

열리는 '파르동 축제'에 마을을 돌며 바이올린을 연주하기로 했다. 보잘것없는 작은 촌락에서도 아버지와 딸은 온 힘을 다해 연주했고, 마을 사람들은 그들의 음악에 갈채를 보냈다. 그들은 스웨덴의 가난했던 시절처럼 여관의 침대도 마다하고 헛간의 짚더미 속에서 서로의 체온에 의지한 채 잠을 잤다.

소녀의 감미로운 목소리에 반해 곁을 떠나지 않고 졸졸 쫓아다녀 자기 가정교사를 난처하게 만드는 소년이 하나 있었다. 어느 날 그들은 다에 부녀를 쫓아 트레스트라우라는 이름의 작은 만에 다다랐다. 그날따라 바람이 세차게 부는 바람에 바닷가를 거닐던 크리스틴의 스카프가 바다 쪽으로 날아갔다. 크리스틴이 비명을 지르며 팔을 뻗어 보았지만 스카프는 이미 물결에 떠내려가고 있었다. 바로 그때 한 목소리가 들려왔다.

"걱정 말아요, 아가씨! 제가 바다로 가서 스카프를 건져올게요."

크리스틴은 어떤 소년이 검은 옷을 입은 가정교사의 다급한 외침에도 불구하고 바다를 향해 쏜살같이 달려가는 걸 보았다. 소년은 옷을 입은 채로 바다로 뛰어들었고, 결국 스카프를 건져서 가져왔다. 소년과 스카프는 모두 멀쩡했다! 검은 옷을 입은 여인은 길길이 뛰었지만 크리스틴은 환한 웃음을 지으며 소년을 안아주었다. 그 소년이 바로 라울 드 샤니 자작이었다. 당시 라울은 숙모와 함께 라니옹에 거주하고 있었다. 그해 한 철 동안 소년과 소녀는 거의 매일 만나 함께 놀았다.

크리스틴과 라울은 모두 조용한 성격에 몽상가적 기질을 가지고 있었으며, 둘 다 브르타뉴 지방의 전설 이야기에 흠뻑 빠져 있었다. 그들이 가장 좋아하는 놀이는 남의 집을 찾아다니며 "아줌마, 아저씨, 재미나는 이야기 좀 해 주세요!" 하며 이야기를 구걸하는 것이었다. 사람들은 거절하지 않고 이야기보따리를 풀어놓았다.

두 사람에게 가장 신나는 시간은 저녁 해가 바다 속으로 가라앉은 뒤의 고요한 황혼 무렵이었다. 크리스틴의 아버지는 두 아이와 나란히 길가에 앉아, 유령이라도 깨울까봐 조심스럽고 나지막한 목소리로 북쪽 지방의 아름답고 감미로우며 때론 무시무시하기도 한 전설들을 들려주었다. 그렇게 이야기 하나가 끝나면 아이들은 이야기를 더 해달라고 졸라댔다.

다에 영감의 이야기는 이렇게 시작되곤 했다.

"꼬마 로테는 모든 걸 알고 싶어 했지만 아직 아무것도 모르는 어린 소녀였다. 마치 여름날의 새처럼 금발머리 위에 꽃으로 엮은 화환을 쓰고 황금빛 햇살 속을 뛰어다녔단다. 소녀의 영혼은 자기 눈동자처럼 맑았고 자기 눈동자처럼 푸르렀어. 그녀는 엄마 앞에서 응석을 부리고 인형을 어루만지는 걸 좋아했지. 그리고 옷과 빨간 구두와 바이올린도 좋아했어. 하지만 그 무엇보다 음악의 천사가 들려주는 노래와 함께 잠드는 걸 가장 좋아했단다…"

크리스틴의 아버지가 이야기를 들려주는 동안 라울은 크리스틴의 푸른 눈동자와 금발 머리카락을 황홀하게 바라보고 있었다. 반면 크리스틴은 천사의 음악을 들으며 잠든 로테가 얼마나 행복할까 하는 상상에 잠기곤 했다. 크리스틴 아버지의 이야기에는 언제나 음악의 천사가 등장했다. 아이들은 이야기 속에 반복해 등장하는 천사에 대해 더 많은 걸 알고 싶어 했다. 크리스틴의 아버지는 위대한 음악가나 예술가들은 살면서 누구나 한번쯤 이 음악의 천사의 방문을 받는다고 했다. 이따금 천사는 요람 속에 잠든 아이에게 입을 맞추기도 하는데, 어린 로테가 그런 경우였다. 때로 여섯 살짜리 아이가 쉰 살의 음악가보다 멋지게 바이올린을 연주하는 것도 이 때문이었다. 때론 천사가 뒤늦게 찾아오는 경우도 있는데, 아이가 똑똑하지 않거나 음악에 싫증을 내거나 연습을 게을리할 때에 그랬다. 또 천사가 아예 방문하지 않는건 아이의 마음이 순수하지 않거나 바르지 않기 때문이었다. 눈으로는 볼 수 없지만 천사는 선택된 영혼에게 자신의 목소리를 들려주는데, 주로 예기치 않은 순간이나 가장 슬프고 낙담했을 때 그렇게 한다고 했다. 우리의 귀가 천상의 화음과 신의 목소리를 한번 듣게 되면 평생 동안 그것을 잊을 수 없게 된다. 한번 천사의 방문을 받은 사람들은 열병을 경험하고 평생 다시는 경험하지 못할 전율에 휩싸이게 되고 그들이 악기를 만지거나 노래를 하면 모든 인간들이 무릎을 꿇을 만한 아름다운 소리가 흘러나오는 것이다. 그런데 천사의 방문을 한 번도 받아보지 못한 사람들은 이를 그냥 천부적인 재능이라고만 여긴다는 것이었다.

어린 크리스틴이 아빠도 그 음성을 들은 적 있느냐고 물었다. 그러자 아버지는 슬픈 표정을 지으며 고개를 젓더니, 다시 눈을 빛내며 딸에게 이렇게 말하는 것이었다.

"하지만 아가야! 언젠가 너는 그 목소리를 듣게 될 거야! 내가 하늘나라로 가면 꼭 천사를 보내주마. 약속할게!"

아버지의 기침이 잦아지기 시작한 것은 그 무렵이었다.

가을이 되자 라울과 크리스틴은 헤어졌다.

그리고 얼마 뒤 라울이 우연히 페로스를 방문할 기회가 있었다. 그는 곧장 여자 친구가 살던 집을 찾았다. 그가 먼저 본 것은 어느새 늙어버린 크리스틴의 아버지였다. 의자에 앉아있던 그는 라울을 보자 포옹하며 눈물을 글썽였다. 그는 옛 일들을 모두 기억하고 있었다. 사실 크리스틴은 하루도 라울 이야기를 하지 않은 적이 없었다. 노인이 이런 이야기를 하는 사이 문이 활짝 열리고 매력적인 자태의 젊은 여인이 쟁반에 김이 모락모락 나는 찻잔을 받쳐 들고 들어왔다. 그녀는 라울을 알아보고 쟁반을 내려놓았다. 그녀의 아름다운 얼굴에 살짝 홍조가 피었다. 그녀는 머뭇거리며 잠시 아무 말도 없이 서 있었다. 아버지가 두 사람을 번갈아 바라보았다. 라울이 다가가 그녀를 가볍게 포옹했고 그녀도 피하지 않고 이에 응했다. 이것저것 라울의 근황을 물어본 뒤 그녀는 다시 손님을 맞는 안주인의 위치로 돌아가 쟁반을 들고 나갔다. 자리를 피하듯 정원으로 간 그녀는 벤치에 홀로 앉아 있었다. 그녀의 가슴은 사춘기 소녀처럼 두근거리고 있었다. 잠시 후 라울이 그녀에게로 와서 벤치에 앉았고 둘은 저녁까지 서먹한 대화를 이어갔다. 두 사람 모두 많이 변해 있었기 때문에 어릴 적의 관계를 되찾기는 매우 힘들었다. 이렇게 둘은 가슴 속에서 피어나는 진짜 감정을 숨긴 채 의례적 언사만을 주고받으며 시간을 보냈다. 마침내 길가에서 작별 인사를 나누게 되었을 때 라울이 크리스틴의 떨리는 손에 정중히 키스를 하며 말했다. "절대로 당신을 잊지 않을 겁니다, 아가씨!" 길을 떠나면서 그는 자신의 경솔함을 후회하고 또 후회했다. 크리스틴 다에가 샤니 자작부인이 될 수 없다는 걸 그도 너무나 잘 알고 있었다.

크리스틴은 아버지에게 돌아와 말했다. "예전의 다정했던 라울이 아닌 것 같아요. 그렇죠, 아버지? 이젠 더 이상 그를 사랑하지 않을 거예요!" 이후 그녀는 그를 생각하지 않으려 애썼다. 그녀는 모든 순간의 열정을 노래에만 쏟아부었다. 그녀의 실력은 놀랍도록 빠르게 성장했다. 그녀의 노래를 들어본 사람은 모두 그녀가 세계 최고의 가수가 될 거라 예언했다. 하지만 아버지가 갑자기 사망하면서 크리스틴은 목소리와 재능과 영감을 모두 잃은 듯했다. 그런 그녀에게도 음악학교에 겨우 입학할 정도의 실력은 남아있었다. 함께 살고 있는 늙은 발레리우스 부인을 기쁘게 해드리기 위해 종종 상을 타오기도 했지만 그녀의 삶은 그 정도에서만 지탱되었다. 라울이 처음 오페라극장 무대에서 크리스틴을 보았을 때도 예전의 눈부신 아름다움과 사랑스러운 모습은 그대로였지만 그녀의 음악은 왠지 예전 같지 않다는 생각을 했다. 그녀는 세상사에 전혀 관심이 없는 듯했다. 라울은 그녀의 노래를 들으러 다녔고 무대 뒤를 따라다녔다. 시선을 끌어보려고 극장 대기실까지 가보았지만 그녀는 그를 알아보지 못했다. 아니, 그녀는 어느 누구도 알아보지 못하는 듯했다. 그냥 무관심이라고만 보기엔 석연치 않은 구석이 있었다. 그리고 그날 저녁의 특별한 공연은 그를 벼락을 맞은 듯한 충격에 빠뜨렸다. 마치 하늘을 가르고 땅으로 내려온 천사가 목소리만으로 인간의 심장을 송두리째 후벼내는 것 같았다!

그리고 그녀의 대기실 문 뒤에서 남자 목소리는 이렇게 말하고 있었다.

"너는 나를 사랑해야만 해!"

하지만 대기실에는 아무도 없었다!…

"제가 당신의 스카프를 건지러 바다로 뛰어들었던 그 소년입니다."라고 말했을 때 그녀의 웃음소리는 어떤 의미였을까? 그녀는 왜 나에게 쪽지를 보냈을까?

승합마차가 마침내 '석양'이란 이름의 여관 앞에 도착했다. 달라진 건 하나도 없었다. 모두 잘 지내고 있었다! 아름다운 이야기를 함께 나누었던 시간들이 떠올랐다. 그의 심장이 빠르게 뛰었다. 그를 보면 그녀는 무슨 이야기를 할까?

오래된 여관의 희뿌연 실내로 들어섰을 때 처음 마주친 것은 트리카르 아줌마였다. 그녀는 라울을 알아보았다. 안부를 물은 뒤에 무슨 일로 왔느냐고 물었다. 라울의 얼굴이 빨개졌다. 라니옹에 볼 일이 있어 왔고, 온 김에 인사라도 드리려 들렀다고 했다. 그녀는 점심식사라도 하고 가라고 말했지만, 라울은 나중에 하겠다고 대답했다. 그가 무언가를 기다리고 있다는 건 누구나 한눈에 알 수 있었다. 그때 문이 열렸다. 라울이 벌떡 일어섰다. 예상했던 대로 그녀였다! 그는 뭔가 말하려다가 도로 의자에 주저앉았다. 그녀가 그의 눈앞에서 미소 짓고 있었다. 전혀 놀라는 기색이 아니었다. 크리스틴과 라울은 오랫동안 서로를 마주보았다. 트리카르 아줌마는 웃으며 조용히 자리를 피해주었다. 크리스틴이 마침내 입을 열었다.

"당신이 와준 것이 조금도 놀랍지 않아요!… 성당에 다녀오는 길에 여기서 당신을 만나게 될 거라고 예감했어요. 그래요… 누군가 당신이 도착했다고 내게 말해주었어요."

"그게 누구죠?" 라울이 크리스틴의 손을 잡아끌었다. 그녀는 손을 감추지 않았다.

"돌아가신 우리 아버지겠죠."

둘 사이에 잠시 침묵이 흘렀다.

라울이 다시 입을 열었다.

"아버지께서 내가 당신을 사랑한다는 얘기도 해 주던가요? 당신 없이는 살 수 없다고?"

크리스틴이 얼굴을 붉히며 얼른 고개를 돌렸다. 그녀가 떨리는 소리로 말했다.

"저를요? 제정신이 아니군요. 우린 친구잖아요."

그녀가 태연을 가장하려는 듯 웃음을 터뜨렸다.

"웃지 말아요, 크리스틴! 난 심각합니다!"

"그런 말을 듣자고 부른 게 아니었어요."

그녀가 진지한 투로 말했다.

"당신이 날 오도록 만들었어요, 크리스틴. 당신 편지는 나를 오지 않고는 못 배기게 만들었는걸요. 내가 한걸음에 페로스로 달려오리라는 걸 당신은 분명 알고 있었어요! 내가 당신을 사랑하는 걸 몰랐더라면 어떻게 그럴 수 있었나요?”

"당신이 아버지와 함께했던 어린 시절의 놀이를 기억하고 있을 거라 생각했어요. 그래요! 사실 무슨 생각으로 그랬는지 저도 잘 모르겠어요… 편지를 보낸 것부터가 잘못이었을지도… 그날 저녁, 대기실에 나타난 당신이 저를 먼 과거의 기억으로 이끌었는지 몰라요. 슬프고 외로운 순간, 어린 시절 친구를 만나면 행복해질지도 모르겠다는 소녀 같은 생각에…”

잠시 둘 사이에 침묵이 흘렀다. 딱 꼬집어 말할 수 없지만, 크리스틴의 태도엔 뭔가 부자연스러운 데가 있었다. 그렇다고 그녀에게서 악의 같은 건 발견할 수 없었다. 반대로 그녀의 눈빛 속엔 쓸쓸한 애정 같은 것이 깃들어 있었다. 그녀의 눈빛이 저토록 쓸쓸해 보이는 이유는 뭘까… 젊은이는 알고 싶었고 그래서 마음이 불편했다.

"그날 대기실에서 날 처음으로 알아본 건가요, 크리스틴?”

"아뇨! 당신이 형님과 박스석에 있는 걸 몇 번이나 보았어요. 그리고 무대 위에서도요." 그녀가 거짓 없이 대답했다.

"그럴 줄 알았어!" 라울이 입술을 깨물었다. "그러면 대기실에서 내가 바다에 빠진 스카프를 건져준 소년이라고 얘기했을 때 왜 전혀 기억 못했죠? 또, 그 웃음의 의미는 무엇이었나요?”

라울이 다그치듯 물었다. 그녀는 아무 말도 못한 채 놀란 눈으로 그를 바라보았다. 그것은 마치 남편이나 오래된 남자친구의 말투 같았다. 자신의 어리석은 실수에 화가 나고 실망한 그는 더욱 과장된 행동으로 이 우스꽝스러운 상황을 벗어나려고 했다.

"대답을 못하는군요!" 그가 분노와 절망에 찬 목소리로 다그쳤다. "내가 대신 대답해줄까요? 그 대기실에 누군가 있었던 거죠? 당신을 부담스럽게 하는 누군가가!"

"누군가 나를 부담스럽게 했다면 그건 바로 당신이었을 거예요!" 크리스틴이 말을 끊으며 차갑게 대꾸했다. "그날 저녁 당신이 나를 부담스럽게 했고 그래서 당신을 바깥으로 내몰았던 거예요!"

"그랬군요! 다른 남자와 단둘이 있기 위해서!"

"대체 무슨 말을 하는 거죠? 다른 남자라니, 무슨 소리예요?" 크리스틴이 숨을 몰아쉬며 물었다.

"그 사람에게 당신은 말했죠! '전 당신에게 영혼을 바쳤고 이제 난 죽은 목숨과도 같아요'라고!"

크리스틴이 라울의 팔을 부여잡았다. 연약한 여자의 것이라고는 믿을 수 없는 완력이었다.

"당신, 문 뒤에서 엿들었군요?"

"그래요! 당신을 사랑하니까… 그래서 모든 걸 듣게 되었어요!"

"또 무슨 소리를 들었죠?" 젊은 여인이 돌연 차분해진 태도로 라울의 팔을 놓아주었다.

"나를 사랑해야만 해 하고 말하더군요!"

Little Lotte(어린 롯데), The Mirror(거울), Angel of Music(음악의 천사여)

* 오페라의 유령 25주년 기념 공연
* 오페라의 유령 로열 앨버트 홀 공연(The Phantom Of The Opera At The Royal Albert Hall)(2011)

FLO에서 듣기

그 말을 듣자 크리스틴의 얼굴은 시체처럼 창백해졌고 얼굴에 깊은 그림자가 드리웠다. 그녀가 쓰러질 듯 비틀거렸다. 라울이 급히 부축하려 했지만, 이내 정신을 차린 듯 그녀가 꺼져가는 목소리로 말했다.

"말해 보세요, 라울! 당신이 들은 걸 전부!"

라울이 영문을 모르겠다는 듯 그녀의 기색을 살피며 머뭇거렸다.

"말하세요, 제발! 내가 죽는 꼴을 보고 싶지 않다면!…"

"당신이 영혼을 바쳤다고 하니까 그는 이렇게 말했죠. 그대의 영혼은 정말로 아름답소. 내 사랑… 당신에게 감사하오… 이 세상 어느 제왕도 그런 선물을 받아보지 못했을 거요… 천사들도 오늘 저녁엔 눈물을 흘렸겠지…"

크리스틴은 자기 가슴에 손을 얹었다. 그녀는 뭐라 말할 수 없는 감정을 담은 표정으로 라울을 응시했다. 그녀의 시선은 너무나 집요하고 강렬해서 마치 신들린 여인 같았다. 라울은 섬뜩한 기분이 들었다. 하지만 크리스틴의 두 눈은 이내 촉촉해졌고, 상아색 뺨 위로 두 방울의 진주 같은 눈물이 흘러내렸다.

"크리스틴!…"

"라울!…"

라울은 크리스틴을 붙들려 했지만 그녀는 손을 세차게 뿌리치며 도망쳤다.

크리스틴이 자기 방에 틀어박혀 있는 동안 라울은 자신의 분별 없는 행동들을 후회하고 또 후회했다. 하지만 다른 한편으론 질투심이 온 몸의 혈관을 휘젓고 다니는 걸 느꼈다. 자기 비밀을 들켰을 때 저런 감정을 드러내는 건 그가 얼마나 소중한 존재인지를 보여주는 것이었다! 그녀는 분명 자신의 영혼마저 바쳤노라고 말했지만, 아마 그건 노래와 음악에 관한 얘기였을 것이다. 하지만 정말 그럴까? 그렇다면 조금 전 드러내 보인 감정은 대체 무엇이란 말인가? '오, 하느님!' 라울은 절망감을 느꼈다. 그 남자의 목소리가 그토록 신경 쓰인다면 무엇보다 그가 누구인지 물어 보았어야 했다!

크리스틴은 왜 자리에서 도망쳤을까? 지금은 왜 방에서 꼼짝하지 않고 있는 걸까?

라울은 혼란에 빠져 점심식사도 거부한 채 틀어박혔다. 스웨덴 여인과 함께 달콤했어야 할 시간을 이렇게 떨어져서 보내야 한다는 것이 고통스러웠다. 그녀는 그와 함께했던 추억을 되새기기 위해 왔다고 했다! 페로스에 특별한 볼일이 있는 것 같지도 않았다. 그런데 저렇게 우두커니 방 안에 있으면서 왜 당장 파리로 가는 기차를 타지 않는 걸까? 크리스틴은 아침에 떠돌이 악사였던 아버지의 영혼을 위로하기 위해 미사에 참석했고, 작은 무덤가로 가서 오랜 시간을 기도했노라고 했다.

슬픔과 실망 속에서 라울이 달려간 곳은 성당을 둘러싸고 있는 공동묘지였다. 묘지 문을 열고 들어가 묘비명들을 읽으며 무덤들 사이를 쓸쓸히 거닐던 그의 발길은 성당 건물 뒤쪽으로 향했다. 그는 화강암 묘석 위에서 숨 막히는 향기를 뿜어내는 다양한 꽃들에 이끌려 백토가 깔린 땅에 이르렀다. 꽃들은 버려진 유골들이 뒹구는 땅까지 뒤덮고 있었다. 수백 개의 해골과 뼈다귀들은 엉성한 철 조망에 의지한 채 죽음의 기념탑을 이루며 성당 벽에 기대 쌓여 있었다.

라울은 다에를 위해 기도했다. 그리고 입을 벌린 채 영원히 웃고 있을 것만 같은 해골들에게 쫓기듯 묘지를 빠져나와 바다가 굽어보이는 언덕 위에 앉았다. 황량하고 비통한 풍광들과 함께 그의 머릿속은 추억 속을 배회하고 있었다. 바로 저곳이다! 날이 저물고 달이 떠오를 때면 그는 어린 크리스틴과 함께 춤추는 난쟁이 요정을 보기 위해 이곳에 오곤 했다. 시력이 좋은 라울은 한 번도 요정을 보지 못했지만, 근시가 있는 크리스틴은 여러 차례 요정을 보았다고 했다. 추억을 더듬으며 홀로 미소 짓던 라울이 갑자기 소스라쳤다. 언제 어디에서 왔는지 사람 형태의 그림자 하나가 옆에 서 있었다. 그리고 그림자는 말했다.

"오늘 밤에 난쟁이 요정들이 올까요?"

크리스틴이었다. 뭐라고 말하려 했지만 크리스틴이 조용히 하라는 듯 장갑 낀 손을 그의 입에 갖다 댔다.

"내 말 잘 들어요, 라울! 전 오늘 중요한 비밀을 털어놓으려고 해요. 아주 중요한 얘기예요!"

Wishing You Were Somehow Here Again(다시 여기에 돌아와 준다면)
* 사라 브라이트만(Sarah Brightman)
* 하렘 월드 투어 : 라스베가스 라이브(The Harem World Tour : Live From Las Vegas (2004)

FLO에서 듣기

그녀의 목소리가 떨려 나왔다. 라울이 이야기를 기다렸다.

가슴이 답답한지 그녀는 겨우 겨우 말을 이어갔다.

"기억나나요, 라울? 음악의 천사에 얽힌 전설 말이에요.

"물론 기억하죠! 아마 여기였을 거예요. 당신 아버지가 처음 그 이야기를 들려준 곳이."

"그리고 아버지는 말씀하셨죠. '얘야, 내가 하늘나라에 가면 음악의 천사를 보내주마.' 라울, 그렇게 아버지는 하늘나라로 가셨고, 정말 음악의 천사가 날 찾아왔어요."

"물론 그랬겠죠." 그녀의 머릿속에 최근에 거둔 화려한 성공과 아버지에 대한 추모의 마음이 뒤섞이고 있는 거라 생각하며 라울이 진지하게 말했다.

자신이 겪은 천사의 방문을 순순히 인정하는 걸 보고 크리스틴이 조금 놀란듯 되물었다.

"그걸 어떻게 알죠, 라울?" 그녀가 창백한 얼굴을 들이대는 바람에 젊은 청년은 크리스틴이 키스라도 하려는 줄 알았다. 하지만 크리스틴은 어둠 속에서 그의 눈동자를 통해 속마음을 읽으려 하고 있었다.

"그날 노래 부르는 당신을 보고 인간이 낼 수 없는 목소리라고 생각했어요. 기적이나 하늘의 도움 없이는 말이에요. 더구나 당신에겐 그런 훌륭한 음악을 가르쳐줄 선생도 없잖아요. 그러니 당신은 '음악의 천사'의 방문을 받은 게 틀림없어요.

"맞아요. 바로 그 대기실에서였어요. 바로 그곳으로 찾아와 매일

매일 날 지도해 줬죠."

그렇게 말하는 어조가 터무니없을 정도로 진지해서 라울은 걱정스럽게 크리스틴을 바라보았다. 하지만 그녀는 라울의 시선을 피해 뒷걸음질쳤고, 아무 기척 없이 어둠과 섞였다.

"당신 대기실로 찾아왔다고요?" 그의 반문이 공허한 메아리처럼 울렸다.

"그래요, 그의 음성이 들려왔어요. 그런데 그 소리를 들은 게 나만이 아니었어요!"

"누가 또 그 소리를 들었다는 건가요, 크리스틴?"

"바로 당신이요!"

"내가요? 내가 천사의 목소리를 들었다고요?"

"네! 그날 저녁 당신이 문 밖에서 들은 게 바로 천사의 목소리였어요. '나를 사랑해야만 해!'라고 한 그 목소리요. 그걸 들은 건 나뿐이라고 믿었는데… 오늘 아침 당신도 그 목소리를 들었다는 얘기에 얼마나 놀랐는지!"

라울이 웃음을 터뜨렸다. 어느새 밤의 어둠이 황량한 들판을 뒤덮었고 막 떠오른 달빛이 두 사람을 감싸고 있었다. 크리스틴이 고개를 돌려 라울을 쏘아보았다. 부드럽기만 하던 그녀의 눈빛에 불꽃이 일었다.

"왜 웃는 거죠? 당신은 그게 그냥 남자의 목소리였다고 생각하는 건가요?"

"그러니까, 그건…" 크리스틴이 발끈하자 생각이 복잡해진 청년이 우물거렸다.

"라울! 어떻게 당신마저… 당신은 내 어린 시절 단짝 친구잖아요! 우리 아버지의 친구이기도 했고… 당신을 다시 봤어요… 대체 무슨 생각을… 샤니 자작님 눈에는 내가 대기실 문을 걸어 잠그고 남자랑 쑥덕거리는 그런 여자로 보이나요? 아, 그때 당신이 문을 열었다면 거기 아무도 없다는 걸 알았을 텐데…"

"그래요! 당신이 방을 나간 뒤 내가 문을 열었을 때엔 아무도 없었어요."

"그렇게 잘 알면서 도대체 왜?"

"그러니까 크리스틴… 나는 누군가 당신을 농락하고 있는 것 같다는…" 라울이 큰 용기를 내 말했다.

그러자 그녀는 외마디 비명과 함께 그대로 달아나기 시작했다. 그가 얼른 따라가 붙잡았지만 그녀는 세차게 뿌리쳤다. "내버려 두세요! 내버려 두라고요!"

그리고 그녀는 사라졌다. 지친 라울은 낙담과 슬픔에 잠겨 여관으로 돌아왔다. 방으로 올라간 크리스틴은 저녁을 먹지 않겠다고 전갈을 보내왔다. 그녀가 어디 아프진 않느냐고 물었더니, 친절한 안주인은 안색이 조금 안 좋긴 하지만 심각한 것 같진 않다고 대답했다. 그녀는 두 사람의 심상치 않은 분위기를 감지했는지 어깨를 으쓱하더니, 하느님이 지상에서 허락한 시간을 젊은이들이 사랑싸움이나 하며 낭비한다고 혀를 차며 자리를 피했다. 라울은 난로가 놓여있는 구석자리에서 맥이 빠진 채 혼자 저녁식사를 했다. 방으로 돌아온 그는 침대에 누워 책을 읽고 잠을 청해 보려 애썼다. 옆방은 조용했고 아무 기척도 없었다. 크리스틴은 무엇을 하고 있을까? 잠들었을까? 잠들지 않았다면 무슨 생각을 하고 있을까? 크리스틴과 나눈 대화는 그를 완전히 혼돈 상태로 몰아넣었다. 그는 크리스틴보다 그녀를 둘러싼 배후에 더 많은 궁금증이 일었다. 그런데 그 배후가 너무 모호하고 종잡을 수 없어 궁금하면서도 한편으론 미치도록 불안했다.

　그렇게 더딘 시간이 흘렀다. 라울이 그녀가 있는 옆방에서 발소리를 들은 건 11시 반쯤이었다. 가볍고 조용한 걸음걸이였다. 크리스틴은 아직 잠들지 않았던 건가? 더 생각할 필요도 없이 라울은 최대한 소리 죽여 옷을 입은 뒤 기다렸다. 하지만 무얼 기다리는지는 알 수 없었다! 크리스틴의 방문이 조용히 열리는 소리가 들리자 그의 심장은 두방망이질치기 시작했다. 페로스 전체가 잠에 빠진 이 시간에 그녀는 어디로 가려는 걸까? 문을 살며시 열자 달빛 아래 조용히 복도를 빠져나가는 그림자가 보였다. 크리스틴이 계단을 내려가는 동안 라울은 난간에 기대어 그 모습을 바라보았다. 두 사람이 속닥거리는 소리가 들렸다. 열쇠 잃어버리지 말아요, 하는 소리만 겨우 알아들을 수 있었다. 여관 여주인의 목소리였다. 항구 쪽으로 난 문이 열렸다가 닫히는 소리가 들리고 주위는 다시 조용해졌다. 즉시 자기 방으로 뛰어 들어온 라울은 창문을 열었다. 인적 없는 나루터에 서 있는 크리스틴의 희미한 그림자가 보였다.

　'석양' 여관의 2층은 그다지 높지 않았다. 손만 뻗으면 화단에 심어진 나무에 닿을 수 있어서 여관 주인도 모르게 밖으로 나갈 수 있었다. 그러니 다음날 아침에 시체처럼 차가워진 젊은이를 사람들이 업고 들어왔을 때 사람 좋은 여관 안주인이 얼마나 놀랐을지는 여러분도 짐작하고 남을 것이다! 페로스 성당의 제단에 길게 누워 있는 라울을 누군가 발견했다고 했다. 여주인은 크리스틴에게 뛰어 올라가 사실을 알렸고, 놀라 달려온 그녀는 여주인의 도움을 받아 정성스럽게 그를 간호했다. 젊은이는 얼마 안 돼 눈을 떴고 사랑하는 여인이 눈앞에 있는 것을 보자 금세 기운을 차렸다.

대체 지난밤에 무슨 일이 일어났던 걸까? 몇 주 뒤 오페라극장에서 일어난 소동을 조사하는 과정에서 샤니 자작을 심문한 경찰서장 미프루아 씨는 그날 밤 페로스에서 일어났던 일에 대해 물었다. 다음은 그때 작성한 조서 내용이다. (사건번호 150)

질문: 당신이 특별한 방법으로 2층 방에서 내려오는 걸 다에 양은 보지 못했나요?

답변: 전혀 보지 못했습니다. 하지만 저는 발소리에 신경 쓰지 않고 뒤따라갔습니다. 오히려 그녀가 뒤돌아보았으면 하는 마음도 있었습니다. 남을 미행하는 것이 옳지 못하고 스스로에게도 부끄러운 일이라고 생각했지만 그녀는 아무 소리도 듣지 못했고 제 존재도 전혀 의식 못하는 것 같았습니다. 나루터를 지나치면서부터 갑자기 그녀의 발걸음이 빨라졌습니다. 때마침 성당에서 밤 11시 45분을 알리는 종소리가 들렸는데, 그때부터 뛰다시피 한 것으로 보

아 시계 종소리가 그녀를 서두르게 했던 것 같습니다. 그리고 그녀가 다다른 곳은 공동묘지의 문 앞이었습니다.

질문: 문은 열려 있었나요?

답변: 예, 그래서 저도 놀랐습니다. 하지만 다에 양은 전혀 놀라지 않는 기색이더군요.

문: 묘지에 다른 사람은 보이지 않았고요?

답: 아무도 없었습니다. 누군가 있었다면 눈에 띄었을 겁니다. 달이 밝았을 뿐만 아니라 땅에 눈이 쌓여 평소보다도 환했으니까요.

문: 묘지 뒤쪽에 숨어있었을 수도 있지 않나요?

답: 그렇지 않습니다. 묘석들은 많이 닳아 눈에 파묻혔고 십자가들만 줄지어서 있었습니다. 보이는 건 십자가와 우리 두 사람의 그림자뿐이었습니다. 그런데 성당 건물에선 유난히 밝은 빛이 비치고 있었습니다. 한밤중에 건물이 그토록 밝게 빛나는 건 본 적이 없습니다. 빛은 너무나 투명하고 아름다워 차가워 보이기까지 했습니다. 한밤중에 공동묘지에 가본 적이 없어서 묘지가 그렇게 밝을 거라곤 상상도 못했습니다. 너무나 비현실적인 빛이었어요.

문: 미신을 믿나요?

답: 천만에요. 저는 하느님을 믿습니다.

문: 그때 기분은 어땠나요?

답: 평소처럼 평온했습니다. 물론 다에 양의 갑작스러운 외출로 마음이 불안하긴 했죠. 하지만 그녀가 공동묘지로 향하는 걸 보고 죽은 아버지를 추억하러 가는 거라고 생각했습니다. 물론 눈을 밟

는 내 발자국 소리를 들었을 텐데도 그녀가 눈치를 전혀 못 채는 게 이상하긴 했어요. 하지만 그녀가 종교적 경건함에 빠져 있다면 충분히 이해할 수 있는 일이라고 생각했습니다. 그녀가 아버지의 무덤에 이르렀을 땐 저도 방해하지 않으려고 몇 발짝 떨어져 지켜보기만 했습니다. 그녀는 눈 위에 무릎을 꿇더니 성호를 긋고 기도를 드리더군요. 자정을 알리는 종소리가 울린 건 바로 그때였습니다. 마지막 열두 번째 종소리가 끝나자 그녀가 고개를 들었습니다. 그리고 시선을 위로 향하더니 밤하늘을 향해 두 팔을 쭉 뻗는 거였어요. 그녀는 황홀경에 빠진 듯했습니다. 그녀의 갑작스런 행동에 어리둥절해 있는 찰나, 난데없이 음악 소리가 들렸습니다. 고개를 들어 주변을 살펴보았지만 아무도 없었어요. 마치 보이지 않는 어떤 존재가 나를 이끄는 것 같았습니다! 그리고 그 곡은… 우리가 잘 아는 곡이었습니다! 크리스틴과 내가 어렸을 적에 듣던 바로 그 곡! 하지만 다에 씨가 연주하던 바이올린 소리와는 다른 숭고함이 있었습니다. 순간 나는 크리스틴이 얘기한 '음악의 천사'를 떠올릴 수밖에 없었습니다. 한번 들으면 잊을 수 없는… 정말 하늘에서 들려오는 소리는 아닐지라도 이 세상 것은 아니라는 생각이 들었습니다. 그곳엔 악기도 없었고 그런 악기를 다룰 수 있는 연주자도 없었습니다. 아, 지금도 그 놀라운 음악 소리가 귀에 선합니다. 「라자로의 부활」이라는 곡이었는데, 다에 영감님이 슬프거나 영적 기운에 차 있을 때 연주하던 곡이었습니다. 크리스틴이 말한 천사가 죽은 떠돌이 악사의 바이올린으로 천상의 연주를 들려주는 거라고밖에 생각할 수 없었습니다. 예수의 기도 대목은 혼을 빼앗길 만큼 황홀해서, 크리스틴의 아버지 무덤 묘석이 땅 위로 서서히 솟아오르는 느낌이 들 정도였습니다. 순간 머릿속에 '이곳에 다에 영감님이 바이올린과 함께 묻혀있었지!' 하는 생각이 들더군요. 음산하면서도 환한 밤중, 해골들이 입을 벌린 채 웃고 있는 인적 없는 공동묘지 한가운데서 온갖 망상들이 내 머릿속을 스치고 지나갔습니다.

음악이 그치자 비로소 정신을 차렸습니다. 그런데 그 순간 유골더미 속에서 무슨 소리가 들려오는 것 같았습니다.

문: 아하, 뼈다귀들 사이에서 무슨 소리가 들렸다고요?

답: 그렇습니다. 마치 해골들이 킬킬대는 소리 같아서 온몸에 소름이 돋았습니다.

문: 유골더미 뒤에서 천상의 연주자가 몰래 숨어 당신을 홀린 거라고 생각해진 않았나요?

답: 물론 그런 생각도 했지요. 그런 생각을 하느라 다에 양이 조용히 몸을 일으켜 공동묘지 출입문 쪽으로 다가가는 것도 알지 못했습니다. 그녀는 뭔가에 사로잡혀 내 존재를 전혀 의식하지 못하는 것 같았습니다. 나는 꼼짝 않고 뼈다귀더미만 노려보았어요. 이 믿기지 않는 이야기가 대체 어디서 끝날지 알고 싶었습니다.

문: 그런데 무슨 일이 있었기에 다음날 아침 제단 위에 정신을 잃은 채 발견된 겁니까?

답: 아, 정말 눈 깜짝할 사이에 벌어진 일이었어요! 해골 하나가 내

발밑으로 굴러왔고… 또 하나가 잇달아 굴러왔습니다. 마치 누군가 나를 향해 공을 굴리는 것 같았어요. 뼈다귀 뒤에 숨어있던 음악가가 해골 더미를 잘못 건드려서 무너진 게 아닌가 하는 생각도 했습니다. 그런데 이런 생각을 하는 사이, 그림자 하나가 재빨리 제의실 담벼락을 가로지르는 게 보였습니다. 저는 서둘러 따라갔죠. 하지만 그림자는 문을 열더니 재빨리 성당 안으로 뛰어들었습니다. 망토자락을 흩날리며 달아나는 그림자를 좇아갔습니다. 그리고 겨우 그림자의 망토자락을 붙잡을 수 있었습니다. 우리가 제단 앞에 마주섰을 때엔 색유리창으로 새어든 달빛이 우리를 향해 내리꽂히고 있었습니다. 내가 악착같이 망토를 붙들고 늘어지자 그림자는 뒤를 돌아보았습니다. 그리고 망토자락이 열리는 순간… 분명히 말하건대 검사관님, 정말이지 무시무시한 해골 하나가 지옥불처럼 이글거리는 눈으로 나를 똑바로 쏘아보고 있었습니다! 그건 정말… 사탄과 마주한 느낌이었어요. 내가 아무리 강심장이라도 지옥의 사신과 마주쳤을 땐 정말 정신이 아득해질 수밖에 없었죠! 그리고 정신을 차려보니 석양 여관의 내 방 안이었습니다.

7. 유령의 자리

　이제 5번 박스석을 직접 둘러보기로 했던 피르맹 리샤르와 아르망 몽샤르맹의 이야기로 되돌아가 보자.

　두 사람은 무대에 딸린 집무실과 부속실들로 이어진 중앙계단을 지나쳐 무대를 가로지른 뒤 회원 전용 출입구로 갔다. 그리고 객석으로 들어가 왼쪽 첫 번째 복도를 지났다. 이렇게 오케스트라석의 첫째 열 사이를 지나온 그들은 마침내 5번 박스석이 올려다 보이는 곳에 이르렀다. 거기서는 박스석 내부가 잘 보이지 않았는데, 위치상 절반은 그늘이 진데다 붉은 비로드로 된 팔걸이를 덮은 좌석덮개가 길게 늘어져 시야를 가리고 있었기 때문이었다.

Wandering Child(방황하는 아이), Bravo, Bravo(브라보)
* 오페라의 유령 25주년 기념 공연
* 오페라의 유령 로열 앨버트 홀 공연(The Phantom Of The Opera At The Royal Albert Hall)(2011)

FLO에서 듣기

갑자기 그들은 거대한 암흑과 무거운 적막의 한가운데 서게 되었다. 무대 기술자들이 한잔하러 간 시각이라서 적막감은 더했다.

당시의 강렬한 인상을 몽샤르맹 씨는 훗날 다음과 같은 글로 남겼다.

우리가 드비엔 씨와 폴리니 씨의 후임으로 극장 운영을 맡은 뒤 사람들은 친절하게도 오페라의 유령들이 널뛰듯 (이 무슨 표현인가!) 출몰한다는 그곳에 한번 가볼 것을 권고했다. 아니나 다를까? 내 상상력의 균형이 흔들린 것인지 나와 리샤르는 거의 동시에 5번 박스석 안에 있는 어떤 형체를 목격했다. 믿을 수 없을 만치 조용한 가운데 우리를 쫓아 움직이는 극장의 강렬한 장식물 때문이었을까? 아니면 극장 홀과 5번 박스석을 지배하는 어둠이 주는 환각 때문이었을까? 아무튼 우리는 누가 먼저랄 것도 없이 서로의 손을 맞잡았고, 몇 분의 시간 동안 꼼짝 않고 한곳만 응시하고 있었다. 하지만 형체는 이내 사라져 버렸다. 복도로 나온 우리는 서로가 본 것들을 확인했다. 불행히도 내가 본 것과 리샤르가 말한 것이 달랐다. 나는 박스석 가장자리에서 해골을 본 반면, 리샤르는 지리 부인과 닮은 노파의 얼굴을 보았다고 했다. 우리는 도깨비장난에 놀아난 것 같다며 정신 나간 듯 웃으며 다시 5번 박스석으로 가 보았지만 아무 것도 볼 수 없었다."

몽샤르맹 씨와 리샤르 씨는 보란 듯 안락의자며 좌석커버들을 다시 들춰보고 특히 그 목소리가 앉아있었다는 자리를 샅샅이 살펴보았다. 하지만 아무리 봐도 신통할 것 없는 평범한 의자일 뿐이었다. 다시 말해 그곳은 붉은색 융단에 안락의자, 카펫 그리고 붉은 비로드 팔걸이 등이 갖추어져 있는 평범한 박스석이었다. 더없이 신중한 태도로 바닥에 깔린 카펫까지 손으로 두드려 본 뒤 아무 이상한 점도 발견하지 못한 두 사람은 5번 박스석 바로 밑의 칸막이석으로 내려왔다. 오케스트라석의 좌측 첫 번째 출입구와 인접한 5번 칸막이석도 샅샅이 뒤져 보았지만 결과는 마찬가지였다.

마침내 피르맹 리샤르가 이렇게 외쳤다. "다들 우릴 가지고 놀고 있어! 좋아, 이번 토요일 「파우스트」 공연이 있을 때 우리가 직접 5번 박스석에 앉아 보자구!"

8. 저주받은 공연

토요일 아침 출근한 극장장들은 오페라의 유령이 각자에게 보낸 편지를 받았다.

극장장님들께.

전쟁을 원하시나요?

아직 평화를 원하신다면 이것이 최후 통첩입니다.

다음 네 가지 조건을 명심하기 바랍니다.

첫째, 내 지정석을 돌려주고 이 순간부터 언제든 내가 원할 때 이용할 수 있게 할 것.

둘째, 오늘 저녁 크리스틴 다에가 마르그리트 역을 맡아 노래하도록 할 것. 카를로타는 아플 예정이니 신경 쓰지 말 것.

셋째, 내 좌석 안내인인 지리 부인을 당장 업무에 복귀시켜 서비스를 제공토록 할 것.

넷째, 전임자들이 그랬듯이 내게 월 수당을 지급하겠다는 이행각
서를 지리 부인을 통해 전달할 것. 지급 방식에 대해서는 추후에
알려주겠음.
위 사항을 따르지 않을 시 여러분은 오늘 저녁 저주받은 공연을 관
람하게 될 것임.
잘 알아들었기를!

—오페라의 유령

비슷한 시각, 포부르생토노레가街의 한 호텔에 머물던 카를로타
양은 하녀를 불러 우편물들을 방으로 가져오게 했다. 그중 익명으
로 된 편지 하나가 있었는데, 거기엔 이렇게 적혀 있었다.

만일 오늘 저녁 당신이 노래를 부른다면 입을 여는 순간 커다란 불
행이 닥칠 것이다! 죽음보다 더한 불행이!

협박 편지는 붉은 잉크의 알아보기 힘든 필체로 씌어 있었고 줄
까지 죽죽 그어져 있었다.
편지를 읽고 난 카를로타는 식욕을 잃었다. 하녀가 김이 모락모락
나는 코코아를 쟁반에 받쳐 들고 왔지만 다시 내보냈다. 그녀는 침
대 위에 걸터앉아 곰곰이 생각해 보았다. 이런 종류의 편지가 처음
은 아니었지만, 이렇게 노골적인 협박은 없었다.
그녀는 자신이 많은 사람들의 질시를 받고 있다고 생각했다. 그리

고 자신의 추락을 기원하는 숨은 적들이 있다고 공공연히 떠벌리고 다녔다. 그리고 자신을 향한 이런 악의적인 음모의 진상이 언젠가는 낱낱이 밝혀질 것이며 자신은 그런 술책에 겁먹을 여자가 절대 아니라고 큰소리치곤 했다.

하지만 음모라는 것이 정말 있다면, 오히려 카를로타가 가엾은 크리스틴을 상대로 꾸미고 있다는 게 맞는 말일 것이다. 카를로타는 크리스틴이 최근 자기 자리를 대신하여 거둔 벼락 성공을 절대 인정할 수 없었다.

자신의 대역으로 출연하던 크리스틴이 엄청난 성공을 거두었다는 소식을 전해 들은 카를로타는 막 시작된 기관지염마저도 바로 나아 버렸고, 극장의 처우 때문에 품었던 불만도 눈 녹듯 사라져 버렸다. 이제 그녀는 자기가 본래 맡았던 배역을 한시도 포기하려 들지 않았다. 더불어 자신의 라이벌을 '밟아버리기' 위해 안간힘을 썼고, 극장장 주변의 인맥들을 이용해 크리스틴에게 다시는 기회가 닿지 않도록 다방면으로 손을 썼다. 그 결과 크리스틴의 재능에 주목하던 신문들도 점차 카를로타를 위해 지면을 할애하게 되었다. 급기야 이 콧대 높은 '디바'는 극장 안에서조차 크리스틴을 향해 독설을 퍼붓고 행패를 부리기 시작했다.

방금 전 읽은 괴이한 협박편지를 두고 한참을 생각하던 카를로타가 자리에서 일어났다.

"어디 두고 보라지!" 그렇게 말하고 그녀는 스페인어로 또박또박 힘주어 뭔가 주문을 외웠다. 그리고 창가로 다가갔을 때 그녀가 가장 먼저 본 것은 영구차였다. 영구차와 협박편지를 떠올리자 오늘 저녁 진짜로 큰 위험이 닥칠 것 같은 불길한 예감이 들었다. 그녀는 자신이 머무는 호텔로 친구들을 불러 모았고, 자신이 협박을 받고 있다면서 저녁 공연 때 크리스틴 다에가 꾸민 음모로 인해 큰 봉변을 당하게 될 거라고 떠벌렸다. 그러므로 객석을 자기 팬들로 가득 채워야 한다는 것이 그녀의 주장이었다. 틀린 말은 아니었다. 수적 우세를 이용하면 만약의 사태가 일어나도 적들의 입을 다물게 하고 곤경에서 벗어날 수 있다는 게 그녀의 속셈이었다.

디바의 근황을 살피고 건강상태를 점검하러 들른 리샤르의 개인 비서는 그녀가 멀쩡하며, 비록 '죽는 시늉'은 하고 있지만 그날 저녁 마르그리트 역을 충분히 소화할 수 있을 것이라는 확신을 품고 돌아갔다. 더불어 절대 경솔한 짓을 하지 말고, 외출을 삼가며, 찬 공기를 쐬지 말라는 당부를 극장장을 대신하여 덧붙이는 것도 잊지 않았다. 비서가 돌아간 뒤 카를로타는 그의 이례적인 당부가 협박 편지와 무슨 관계가 있는 건 아닐까 하는 의심에 휩싸였다.

오후 다섯 시가 되자 우편배달부가 새로운 익명의 편지를 전해주었는데, 앞의 것과 동일한 글씨체였다. 내용은 간단했다.

당신은 감기에 걸렸소. 제정신이라면 오늘 저녁 노래를 부르는 미친 짓은 하지 않기 바라오.

카를로타는 콧방귀를 뀌었다. 그녀는 자만심 가득한 어깨를 으쓱해 보이더니 스스로를 안심시킬 만한 노래 두세 구절을 흥얼거렸다.

약속대로 그녀의 친구들이 총출동하여 오페라극장에 집결했다. 하지만 그들이 싸워야 할 간악한 적들은 하나도 보이지 않았다. 음악 초보들이나 오랫동안 좋아했던 노래들을 다시 듣기 위해 정장을 갖추고 몰려온 선량한 표정의 부르주아들만 눈에 띌 뿐이었다. 그들은 하나같이 품위 있고 평화로우며 단정한 모습이었으며 집단행동 따위와는 거리가 멀어 보였다. 한 가지 평소와 다른 점이 있다면, 리샤르 씨와 몽샤르맹 씨가 5번 박스석 자리를 차지하고 앉아 있었다는 것 정도였다. 이를 본 카를로타의 친구들은 소동이 일어날 것에 대비해 극장장들이 직접 나온 것이라고 생각했다. 하지만 독자 여러분도 알고 있듯이 이는 억측일 뿐, 리샤르와 몽샤르맹의 머릿속에는 오로지 유령에 대한 생각밖에 없었다.

제1막은 아무 사고 없이 지나갔다. 카를로타의 친구들도 아직 마르그리트가 노래하는 장면이 시작되지 않았으니 당연하다고 생각했다. 제1막의 커튼이 내려지자 두 극장장도 마주보며 미소를 지었다.

"이제 하나가 지나갔군." 몽샤르맹이 말했다.

"그렇군. 유령이 오늘은 좀 늦는 모양이네." 피르맹 리샤르가 농담을 했다.

"한마디로, 저주의 객석이 되기엔 무대 분위기가 너무 좋은 거야!"

몽샤르맹이 우스개로 화답했다. 이어서 그가 촌스러운 검은 의상을 걸치고 모직 프록코트를 걸친 어색한 태도의 사내 두 명을 양쪽에 거느린 뚱뚱한 여인을 가리키며 물었다.

"저건 누구지?"

"저 사람 말인가? 우리 집 관리인이라네. 옆에 앉은 남자들은 동생과 남편이야."

"저들에게 표를 주었나?"

"그렇다네. 우리 집 관리인은 태어나서 오페라 구경을 한 번도 못했다는군. 이번이 처음이라네. 하지만 이제부터는 매일 저녁 오게 될 거야. 앞으로 좌석 안내하는 일을 맡게 될 테니 말이야. 그래서 오늘 밤에 좋은 자리에 잡아준 걸세."

몽샤르맹이 설명을 요구하자, 리샤르는 자신이 신임하는 관리인을 당분간 지리 부인의 후임으로 쓸 생각이라고 말했다.

"그 지리라는 여편네가 앞으로 온갖 악담을 퍼붓고 다닐 텐데?"

"누구에게? 유령에게?"

그랬다… 유령! 몽샤르맹은 유령을 잠시 까맣게 잊고 있었다.

유령은 아직까지 두 극장장의 주의를 끌 만한 움직임을 보이지 않고 있었다.

그때 갑자기 박스석 문이 벌컥 열리고 당황한 표정의 무대감독이 뛰어 들어왔다!

"무슨 일이오?" 이런 시간에 무대감독이 나타난 것에 놀란 두 사람이 동시에 물었다.

"크리스틴 다에의 친구들이 카를로타를 향해 무슨 음모를 꾸미는 모양입니다! 카를로타가 노발대발하고 있어요."

"그게 무슨 소린가?" 리샤르가 눈썹을 찌푸리며 말했다.

그때 마침 제2막의 저자거리 장면이 시작되었으므로 극장장은 무대감독을 향해 일단 나가 있으라고 손짓했다.

무대감독이 물러가자 몽샤르맹이 리샤르의 귀에 대고 속삭였다.

"다에 양에게 친구들이 있었던가?"

"있지." 리샤르가 대답했다.

"누구?"

대답 대신 리샤르는 두 남자가 앉아있는 2층 객석을 눈짓으로 가리켰다.

"샤니 백작?"

"그렇다네. 그가 내게 다에 양을 추천해 주었지. 하도 간곡히 부탁하는 터라 그가 라 소렐리의 애인이 맞는지 의심스러울 정도였다니까."

"저런! 저런!" 몽샤르맹이 중얼거렸다. "그럼 그 옆에 앉아있는 얼굴 희멀건 청년은 누군가?"

"그의 동생, 샤니 자작이라네."

"저 친구는 집에 가서 누워 있어야겠군. 병색이 완연해 보여."

무대 위에서는 경쾌한 음악이 울리고 있었다. 술잔을 높이 치켜들고 부르는 취흥의 노래였다.

포도주건 맥주건
맥주건 포도주건

내 술잔을

채워 넘치게 하라!

학생, 부르주아, 군인, 아가씨, 아낙네들이 흥에 겨워 주점 앞에서 바쿠스를 찬양하는 장면이었다. 그때 시에벨이 등장했다.

분장한 크리스틴 다에의 모습은 매력적이었다. 젊음이 뿜어내는 생기와 우수어린 아름다움이 첫 등장부터 사람들의 눈을 사로잡았다. 카를로타의 친구들은 우레 같은 함성과 함께 크리스틴 일당의 음모가 시작될 거라 예상했다. 하지만 어색한 박수소리만 몇 번 터져 나왔을 뿐 함성 따위는 없었다.

반대로 마르그리트가 무대에 등장하여 제2막의 두 구절을 부를 때엔 "브라보!" 소리와 함께 카를로타를 연호하는 함성이 터져 나왔다.

신사 여러분, 저는 그리 아름답지 못한 처녀랍니다.

그러니 제게 손을 내밀 필요가 없답니다!

그야말로 예기치 못한 함성이었기에 사정을 모르는 대부분의 사람들은 무슨 일이 있나 하는 표정으로 서로를 쳐다보았다. 이렇게 제2막도 아무 일 없이 지나가자 사람들은 수군대기 시작했다. "아무래도 다음 무대인가 봐!" 자신들이 눈치가 빠르다고 생각하는 사람들은 '툴레 왕의 술잔' 장면에서 소동이 일어날 거라고 확신하며 카를로타에게 이를 알리기 위해 회원 전용 출입구로 달려갔다.

두 극장장은 무대감독이 얘기했던 음모에 대해 더 알아보려고 막간에 박스석을 나와 봤지만 별 일 없다는 걸 확인하곤 어깨를 으쓱하며 돌아왔다. 그런데 박스석에 돌아온 그들의 눈에 팔걸이용 탁자 위에 얹어진 영국식 봉봉사탕 상자가 눈에 띄었다. 누가 이걸 갖다 놓았을까? 좌석 안내원들에게 물어보았지만 아무도 아는 사람이 없었다. 그리고 다시 박스석으로 돌아왔을 때, 이번에는 상자 바로 옆에 오페라글라스가 놓여 있었다. 두 극장장은 서로를 쳐다보았다. 더 이상 웃을 기분이 아니었다. 지리 부인이 했던 얘기들이 뇌리를 스치면서 심상찮은 공기가 주위를 휘도는 느낌이었다. 두 사람은 가슴이 철렁한 채로 자리에 앉았다.

무대에선 마르그리트의 정원 장면이 펼쳐지고 있었다.

그이에게 내 마음을 데려다주오,

이 내 수줍은 고백을 전해 주오…

손에 장미와 라일락 꽃다발을 든 크리스틴은 노래의 첫 구절을 부르며 객석을 올려다보았다. 그리고 자리에 앉아 있는 샤니 자작의 모습을 발견한 순간 평소와 달리 힘이 빠지고 목소리에서는 수정

Prima Donna(프리마돈나)
* 오페라의 유령 런던 공연
* 오페라의 유령 런던 공연 하이라이트(Highlights From Phantom Of The Opera)(2013)

FLO에서 듣기

같은 청아함이 사라졌다. 뭔가 알 수 없는 기운이 그녀를 짓누르는 듯 목소리에 떨림과 두려움이 전해졌다.

오케스트라석에 있던 카를로타의 친구가 이런 모습을 보고 큰 목소리로 외쳤다. "저것 보라구! 예전엔 제법 그럴싸하게 노래하더니 오늘은 염소 소리를 내잖아! 경험 부족이야. 기교가 없다니까!"

내가 믿는 것은 너희뿐
나를 위해 고백을 전해다오.

자작이 손으로 얼굴을 파묻었다. 그는 울고 있었다. 뒷자리에 앉은 백작은 콧수염 끝을 잘근잘근 씹으며 어깨를 추켜올리고 눈썹을 실룩거리며 안절부절 못 하고 있었다. 평소엔 침착하고 냉정하기로 이름난 그였지만 감정을 추스르지 못하는 동생을 보자 화가 치미는 모양이었다. 실제로 그는 무척 화가 나 있었다. 며칠 전 수수께끼 같은 짧은 여행에서 동생은 건강이 매우 안 좋아져서 돌아왔다. 무슨 일이냐고 물어보아도 시원한 대답은 돌아오지 않았다. 자초지종을 알아내야겠다는 생각에 크리스틴 다에 양에게 만날 것을 요청했지만 뚜렷한 이유도 밝히지 않고 백작과 동생 누구도 만날 수 없다는 당돌한 대답만 돌아왔다. 그는 뭔가 냄새나는 속셈이 숨어 있을 거라 믿었다. 라울을 괴롭게 만드는 크리스틴도 용서할 수 없었지만, 크리스틴 때문에 괴로워하는 라울을 보고 있는 것은 더 힘들었다. 하룻밤의 미심쩍은 성공에 감동해 그런 여자에게 관심을 가지게 된 것부터가 잘못이었다.

그의 입술 위에 놓인 꽃잎이
부드러운 입맞춤이라도 되어준다면.

"교활한 계집 같으니…" 백작이 나지막이 중얼거렸다.

그는 생각했다. 저 여자가 대체 뭘 원하는 걸까? 사람들은 그녀가
순진한 여자라고, 친구도 없고 돌봐줄 사람도 없다고 했다. 그렇다
면 저 북유럽 여자는 천사의 얼굴은 한 사기꾼이란 말인가?

한편, 라울은 두 손으로 얼굴을 감추고 어린애처럼 눈물을 흘리
고 있었다. 그의 머릿속에는 오직 한 통의 편지 생각뿐이었다. 파리
로 돌아왔을 때, 그보다 앞서 페로스를 빠져나와 파리로 온 크리스
틴으로부터 받은 편지였다.

다정한 나의 옛 친구! 다시는 날 보지 않겠다고 결심하려면 용기
가 필요하겠죠… 하지만 날 사랑하는 마음이 조금이라도 남아있다
면 부디 용기를 내 주시길 바라요. 친애하는 라울, 저 또한 그런 당
신을 잊지 않을게요. 무엇보다 제 대기실에 불쑥 찾아오면 절대 안
돼요. 제 목숨이 달린 문제입니다. 그리고 당신의 목숨도요.

당신의 크리스틴으로부터.

순간 우레와 같은 박수소리가 터져 나왔다. 카를로타가 무대에

등장했기 때문이었다.

무대에서는 정원을 둘러싼 사건들이 전개되고 있었다. 마르그리트가 '툴레의 왕 아리아' 부분을 무사히 마치자 환호성이 터져 나왔다. 그리고 '보석의 아리아'가 끝났을 때 역시 환호가 터져 나왔다.

아! 거울 속의 내 모습
그 아름다움에 난 미소 짓네…

자기 자신에 대한, 객석에 있는 친구들에 대한, 자기 목소리와 성공에 대한 확신으로 더 이상 두려울 것이 없는 듯 카를로타는 가지고 있는 야망과 열정과 도취감을 한없이 발산했다. 그녀의 연기에서 더 이상 진지함이나 절제 따위는 찾아보기 힘들었다. 그녀의 연기는 마르그리트라기보다는 카르멘에 가까웠다. 그래도 사람들의 환호성은 멈출 줄 몰랐다. 그래서 파우스트와의 이중창에 접어들었을 때엔 마침내 대성공을 눈앞에 둔 듯했다. 바로 그 순간이었다… 뭔가 끔찍한 일이 벌어진 것은…

파우스트는 무릎을 꿇은 채 대사를 읊고 있었다.

제발, 그대의 얼굴을 들여다보게 해 주오
밤하늘 구름 사이의 창백한 빛 아래
당신의 아름다움을 훔쳐볼 수 있도록

그러자 마르그리트가 화답했다.

오 침묵이여! 오 행복이여! 놀라운 신비여!
우울한 도취감이여!
듣고 있답니다! …물론 그 외로운 목소리를 알지요
내 심장 속에서 노래하는 고독의 소리를.

그리고 그 순간… 바로 그 순간… 무슨 일인가 일어났다! 예견되었던 끔찍한 일이…

객석이 술렁였고… 박스석에 있던 두 극장장들의 입에서도 외마디 소리가 튀어나왔고… 객석의 관객들은 눈앞에 펼쳐진 사태에 설명을 요구하듯 서로 마주보았고… 카를로타의 표정이 극심한 고통으로 일그러지며 두 눈이 정신 나간 사람처럼 허공을 헤맸다. 가엾은 여인의 몸은 뻣뻣하게 굳어 버렸다. 반쯤 벌어진 입에서 "그의 심장 속에서 노래하는 고독의 소리를…" 하는 가사가 겨우 흘러나왔지만 더 이상은 한 마디, 한 음절도 이어갈 수 없었다.

왜냐하면 가장 어려운 화음과 가장 유연한 변조와 가장 격렬한 리듬까지 소화해낼 수 있고, 음악을 위해 창조된 듯 실수를 용납하지 않는 능숙한 악기이자 최고의 연장이며 가장 아름다운 발성기였던, 그래서 신의 경지에 오르기 위해서는 오직 진정한 감동과 영혼의 고양이라는 천상의 불길만이 모자랐던 그녀의 입이 제멋대로 움직이기 시작했기 때문이다!

그녀의 입에서 튀어나온 것은 바로…

…바로, 두꺼비 소리였다!

비늘로 덮인 채 끔찍하고 추한 몰골로 독 품은 거품을 내뱉으며 끔찍한 소리를 내뱉는 두꺼비!…

대체 어디서 나타났을까? 대체 그녀의 혓바닥 어느 구석에 웅크리고 앉아있던 것일까? 도약하기 위해 잔뜩 뒷다리를 웅크리고 있던 녀석은 마침내 다음과 같은 소리를 내뱉으며 목구멍을 박차고 높고 멀리 튀어 올랐다… 꾸엑!

객석은 온통 흙탕물이 튄 듯했다. 늪가에서 울어대는 어떤 양서류도 이토록 끔찍한 꾸엑 소리로 밤하늘을 찢어놓지는 못했을 것이다.

아무도 예상 못한 사태였다. 카를로타조차도 자신의 목구멍에서 나오고 자신의 귀로 들은 이 목소리를 믿을 수 없었다. 발 앞에 벼락이 떨어졌다 해도 지금 자기 입에서 튀어나온 꾸엑 하는 두꺼비 소리만큼 놀라지는 않았을 것이다.

차라리 벼락을 맞았다면 이토록 수치스럽지는 않았을 텐데! 여가수의 혓바닥 속에서 두꺼비소리가 튀어나왔을 때의 그 수치심이라니… 그녀에게 정말 죽음과도 같았다.

「마술피리」를 공연할 때 그녀가 보여주었던 높은 '파' 음과 현란한 스타카토를 사람들은 잊지 못한다. 더구나 그녀가 엘비르를 연기했던 「돈 후안」에서는 동료 가수인 도나 안나조차 엄두를 못 냈던 C플랫 음을 멋지게 들려주지 않았던가? 그런 그녀가 "내 심장 속에서 노래하는 고독의 목소리를 나는 알아듣지요!"라고 감미롭게 읊조리다가 난데없이 꾸엑 소리를 내뱉은 것이다.

객석은 웅성거림으로 가득했다. 여가수가 카를로타였으니 망정이지 그렇지 않았다면 객석은 당장 야유로 뒤덮였을 것이다. 그러나 당사자가 완벽한 기량을 갖춘 것으로 유명한 가수였기에 사람들은 분노 대신 경악했고 망연자실했다. 아마 밀로의 비너스가 두 팔을 잃는 재앙을 당했던 현장에 있던 사람들도 비슷한 충격에 휩싸였으리라! 그래도 사람들은 그 장면을 똑똑히 보았을 테고, 이해라도 할 수 있었을 텐데!…

하지만 이번엔? 두꺼비 소리는 도저히 이해할 수 없는 일이었다…

잠시 동안 그녀는 자신이 내뱉은 소리가 정말 자기 입에서 튀어나온 건지, 그 소리를 음정이라고 할 수 있는지, 그것이 정말 노래를 부르다 나온 소리인지 자문해 보았다. 그리고 절대 그럴 리가 없으며 그 끔찍한 소음은 잠시 들린 환청일 뿐, 자신의 발성 기관이 그토록 끔찍한 실수를 저지를 리가 없다고 스스로를 설득하려 했다.

그녀는 피난처나 방어물 또는 자신의 결백을 보장해 줄 누군가라도 찾으려는 듯 불안한 눈을 이리저리 굴렸다. 그리고 보이지 않는 누군가에게 저항이라도 하듯 부들부들 떨리는 손으로 자기 목을 감싸 쥐었다. 아니야, 아니야! 그녀의 입에서 저런 소리가 났을 리가 없어!

두꺼비, 꾸엑 소리, 놀라움, 공포, 객석의 수군거림, 무대, 커튼(놀란 조연배우들이 커튼 밖으로 머리를 내밀고 있었다)… 이제까지 장황하게 묘사한 모든 것들은 사실 몇 초 사이에 벌어진 일들이었다.

특히 5번 박스석에 앉아있던 두 극장장들에게는 이 짧은 순간이 마치 영겁의 시간과도 같았다. 몽샤르맹과 리샤르의 얼굴은 파랗게 질려 있었다. 믿기 어렵고 설명도 안 되는 사건 앞에서 두 사람은 알 수 없는 불안에 휩싸였고, 순식간에 유령의 손아귀 안에 들어간 느낌이었다.

분명 꾸엑 소리였다. 객석의 웅성거리는 소리를 뚫고 두 번의 끔찍한 소리를 똑똑히 들었다. 그들은 유령의 기운을 느낄 수 있었다. 두 사람은 난간으로 몸을 내밀고 마치 낯선 광경을 쳐다보듯 카를로타를 내려다보았다. 지옥에 처박혀버린 그 여가수는 꾸엑 소리를 통해 재앙의 신호를 보내고 있었다! 아, 그렇다! 그들은 재앙을 기다리고 있었다! 유령이 그것을 예고하지 않았던가? 객석은 이미 저주에 휩싸였다. 두 극장장의 가슴은 덮쳐오는 재앙의 기운에 숨을 헐떡거리고 있었다. 이때 카를로타를 향한 리샤르의 외침이 객석을 울렸다.

"자, 자, 계속해요!"

하지만 천만에! 카를로타는 이어서 노래하지 않았다. 용감한 건지 무모한 건지, 그녀는 두꺼비 우는 소리로 중단됐던 부분을 처음부터 다시 시도했다.

소란이 가라앉고 잠시 침묵이 흘렀다. 카를로타의 목소리가 다시 공간을 메웠다.

"들어봅시다!…" 관객들도 다시 귀를 기울였다. "물론 그 외로운 목소리를 알고 있지요… 꾸엑! 내 심장 속에서 노래하는… 꾸엑!

두꺼비도 함께 노래를 시작한 모양이었다!

이제 객석은 걷잡을 수 없는 혼란에 휩싸였다. 의자에 털썩 주저앉아버린 두 극장장들은 더 이상 꼼짝할 수 없었고 그럴 기력도 없었다. 유령은 이런 모습을 보며 웃음 짓고 있으리라! 그리고 마침내 두 사람은 들을 수 있었다. 바로 오른쪽 귓가에 들리는 소리, 절대 사람은 낼 수 없는 소리가 보이지 않는 곳에서 이렇게 말하고 있었다!

"오늘 저녁, 그녀의 노래가 샹들리에를 떨어뜨리겠군!"

두 사람은 거의 같은 동작으로 고개를 들어 천정을 쳐다보았고, 끔찍한 비명소리를 동시에 내뱉었다. 샹들리에가, 어마어마한 크기의 샹들리에가, 마치 사탄의 목소리에 이끌리듯 미끄러져 내리더니, 천장으로부터 오케스트라석 한가운데로 곤두박질치는 것이었다! 극장 안은 밟고 밟히며 아수라장이 되었다. 지금 이 자리에서 당시의 상황을 낱낱이 되살리고 싶은 마음은 없다. 궁금한 분들이라면 당시 신문보도를 읽어보는 것만으로 충분하리라… 많은 사람들이 부상을 당했고 한 사람의 사망자가 발생했다!

샹들리에는 그날 난생 처음 오페라극장에 왔던 가엾은 여성의 머리 위에 떨어졌다. 리샤르가 유령 전담 안내원인 지리 부인의 후임으로 채용하려 했던 그 여자였다. 그 사건으로 여자는 즉사했고, 다음날 신문에는 "2천 킬로그램 무게의 샹들리에가 관리인 여자의 머

리를 덮치다!"라는 헤드라인의 기사가 실렸다. 그것은 그대로 그녀
의 추도사가 되었다.

9. 수상한 마차

그날 저녁의 비극은 모두에게 악몽이었다. 카를로타는 몸져누워 버렸다. 크리스틴 다에로 말하자면 공연 후 행방이 묘연해졌다. 그로부터 2주가 흐르는 동안 공연장은 물론이고 극장 주변 어디에서도 그녀의 모습을 찾을 수 없었다.

이전과 다른 점은 이번 행방불명이 그날의 비극적이고 이해하기 힘든 사건 직후에 벌어졌다는 사실이었다.

한 여가수의 행방불명을 누구보다도 납득 수 없었던 건 물론 라울이었다. 그는 발레리우스 부인의 주소로 편지를 부쳤지만 아무 답신도 오지 않았다. 짐작도 할 수 없는 이유로 그녀가 자신과의 모든 연결고리를 끊으려 마음먹었다는 걸 감안하면 놀랄 일도 아니었다.

그의 괴로움은 점점 커졌지만 어떤 공연 일정에서도 그녀의 이름은 찾을 수 없었다. 「파우스트」 공연도 그녀 없이 진행되었다. 그러던 어느 날 오후 다섯 시 경에 그는 크리스틴 다에 양이 출연하지 않는 이유를 따져 물으러 극장장을 찾아갔다. 하지만 극장장들도 혼이 반쯤은 빠진 상태였다. 주변 사람들도 그런 모습은 처음 본다 할 정도로 삶의 모든 낙을 잃어버린 얼굴이었다. 창백한 얼굴로 고개를 숙이고 수심에 차 극장을 돌아다니는 모습은 고약한 운명에 덜미를 잡힌 사람들 같았다.

샹들리에 추락 사건이 매우 중대하긴 했지만, 그렇다고 두 극장장들에게만 책임을 물을 일은 아니었다. 조사 결과 샹들리에를 지탱하는 연결 장치가 마모되어 일어난 사건으로 밝혀졌지만, 그래도 마모 상태를 미리 파악하여 조처를 취하지 못해서 재난을 초래한 책임은 전직과 현직 극장장들에게 있었다.

어쨌든 확실히 당시의 리샤르와 몽샤르맹은 변해 있었으며 넋이 나간 듯 이해할 수 없고 미심쩍은 행동을 보여줌으로써 극장가 사람들로 하여금 샹들리에 추락사건 말고도 무언가 끔찍한 것이 있다고 추측하게 만들었다.

사건 뒤 두 사람은 다시 일자리를 찾은 지리 부인을 제외한 다른 사람들에게 매우 신경질적인 태도를 보였다. 그러니 샤니 자작이 크리스틴의 근황을 물어왔을 때 그들이 어떤 태도를 보였을지는 짐작하고도 남음이 있다. 그들은 크리스틴이 휴가를 갔다고 잘라 말했

Poor Fool, He Makes Me Laugh(어리석은 노인이여)
* 오페라의 유령 25주년 기념 공연
* 오페라의 유령 로열 앨버트 홀 공연(The Phantom Of The Opera At The Royal Albert Hall)(2011)

FLO에서 듣기

고, 다시 캐묻자 건강 때문에 휴가를 얻었다며 언제 돌아올지는 알수 없다며 입을 다물어 버렸다.

"그녀가 아프다는 말인가요? 대체 무슨 병이기에!" 라울이 안타깝게 물었다.

"우리도 전혀 아는 게 없습니다!"

"극장 전속 의사도 보내지 않았나요?"

"그녀가 원치 않았습니다! 그녀가 그렇다니 우리로선 믿을 수밖에요."

라울은 온갖 불길한 상상에 사로잡힌 채 오페라극장을 빠져나왔다. 그는 발레리우스 부인의 집으로 직접 찾아가 소식을 들어야겠다고 마음먹었다. 절대 자신을 찾지 말아 줄 것을 간곡히 부탁한 크리스틴의 편지가 떠올랐지만 페로스에서 벌어진 일이나 대기실 밖에서 들었던 소리, 들판에서 크리스틴과 나누었던 대화 등을 종합해볼 때 악마의 짓이라기보다 인간이 꾸민 짓 같다는 느낌이 강하게 들었다. 젊은 아가씨들만의 상상력, 타인에 대한 순박한 믿음, 신비한 전설에 둘러싸여 지나왔던 어린 시절, 죽은 아버지의 기억에 대한 집착, 그 무엇보다도 성당 묘지에서처럼 특별한 상황에서 음악적황홀경에 쉽게 빠져드는 성향 등이 악의를 가진 누군가가 벌이는나쁜 짓의 희생양이 되기에 더없이 좋은 상태로 보였다. 그렇다면대체 누가 크리스틴 다에를 조종하고 있는 걸까? 라울은 이런 의문에 깊이 사로잡혀 발레리우스 부인의 집으로 향했다.

'발레리우스 부인의 집에 가면 뭔가 알아낼 수 있을까?' 노트르담 데 빅투아르가街의 작은 아파트 초인종을 누를 때에도 그의 손은 떨리고 있었다.

잠시 뒤, 크리스틴의 무대 대기실에서 본 적 있는 하녀가 문을 열어 주었다. 발레리우스 부인을 뵐 수 있냐고 묻자 부인이 몸져 누워 계시기 때문에 만날 수 없다는 대답이 돌아왔다.

"그럼, 제 명함이라도 전해주십시오."

잠시 안으로 들어갔다가 나온 하녀가 그를 어두침침한 거실로 안내했다. 가구 몇 점만 덩그러니 놓인 거실엔 발레리우스 교수와 다에 양의 아버지 초상화가 마주보며 걸려 있었다.

"부인께서 나와 뵙지 못해 죄송하다고 하십니다. 다리가 불편하시니 방으로 모시라고 하셨습니다."

5분쯤 뒤, 라울은 빛이라곤 거의 없는 방으로 안내되었다. 하지만 침대방의 어둠 속에서 곧 크리스틴의 자비로운 후원자의 모습을 어렴풋이 볼 수 있었다. 발레리우스 부인의 머리는 완전한 백발이었지만 눈동자만큼은 맑고 순수해서 오히려 어린아이 같았다.

그녀가 방문자의 손을 반갑게 잡으며 말했다. "오, 샤니 씨. 하늘이 드디어 내게 당신을 보내주셨군요! 이제야 그 아이에 대한 얘기를 나눌 수 있게 되었어요."

그녀의 마지막 말은 젊은이에게 왠지 불길한 예감을 주었다. 그가 다짜고짜 물었다.

"부인, 크리스틴은 어디에 있나요?"

노부인이 담담하게 대답했다.

"물론 그녀의 '수호천사'와 함께 있지요!"

"수호천사라니요?" 가엾은 라울이 외쳤다.

"음악의 천사 말이에요!"

그 말에 샤니 자작은 의자에 털썩 주저앉고 말았다. 정녕 크리스틴이 음악의 천사와 함께 있단 말인가! 침대 위의 발레리우스 부인은 조용히 하라는 듯 손가락을 입술에 대며 덧붙였다.

"아무에게도 얘기하면 안 돼요!"

"약속드립니다!" 라울은 자신이 무슨 말을 하고 있는지도 몰랐다. 가뜩이나 크리스틴 때문에 머리가 혼란스러웠던 터라 빈 하늘빛의 눈동자를 지닌 선량하고도 비범한 백발 여인과 함께 이 방의 모든 것들이 자기 주위를 빙빙 도는 듯했다.

그녀가 흐뭇한 미소를 지으며 말했다. "알아요, 알아! 자, 이리 가까이 와 봐요, 당신이 어렸을 때처럼! 그리고 다에의 아버지가 어린 로테 이야기를 들려줄 때처럼 손을 내밀어 봐요. 라울 씨, 아시겠지만 난 당신을 좋아한답니다. 그리고 크리스틴도 당신을 아주 좋아해요."

"그녀가 나를 좋아한다고요?" 젊은이는 한숨을 내뱉었다. 그의 머릿속에선 방금 발레리우스 부인이 말한 수호천사와 크리스틴이 말해준 '음악의 천사'에 대한 믿을 수 없는 이야기, 페로스의 성당 계단에서 꿈처럼 보았던 해골 그리고 그가 직접 목소리까지 들었고 조제프 뷔케도 죽기 직전 보았다던 '오페라의 유령'의 흉측한 몰골과 그에 대한 흉흉한 소문들이 뒤죽박죽 떠다녔다.

"그런데 부인께선 크리스틴 양이 절 좋아한다는 걸 어떻게 아시죠?" 그가 나지막한 목소리로 물었다.

"그 아이는 늘 당신 얘기뿐이랍니다!"

"정말이요? 그래, 무슨 말을 하던가요?"

"당신을 생각해서 더 이상 만나지 말자고 했다더군요."

이렇게 말하면서 노부인은 탐스러울 만치 가지런한 이를 드러내며 웃었다. 라울은 쓰디쓴 회한에 얼굴을 붉히며 벌떡 몸을 일으켰다.

"어딜 가시려고요? 앉아 보세요… 그렇게 가면 어떡해요? 내가 웃는 바람에 화가 났다면 용서해요. 어쨌든 이번 일은 당신 책임이 아닙니다. 당신은 아무것도 몰랐을 거예요. 아직 나이도 젊고… 당신은 크리스틴이 자유로운 몸이라 생각하시겠지만…"

"그럼 크리스틴이 약혼이라도 했단 말인가요?" 라울이 고통스런 목소리로 물었다. "아니요! 아니요! 천만에요… 당신도 알다시피 크리스틴은 결혼 같은 건 하고 싶어도 할 수 없는 처지랍니다!"

"무슨 말씀이죠? 저는 하나도 알아들을 수가 없군요. 대체 크리스틴이 왜 결혼을 할 수 없다는 거죠?"

"그야 음악의 천사 때문이지요!"

"아! 또 그…"

"그래요, 그가 결혼을 막고 있어요!"

"막다니요… 음악의 천사가 왜 결혼을 막는다는 건가요?"

라울이 몸을 굽혀 물어뜯기라도 할 듯 노부인 앞에 턱을 들이대며 말했다. 집어삼키기라도 할 듯 사나운 눈빛이었다. 너무 순수한 영혼은 악마처럼 때로 증오를 불러일으키기도 하는데, 라울에게는 그 순간의 노부인이 그랬다.

하지만 부인은 금세라도 달려들 듯한 라울의 눈빛에도 전혀 놀라는 기색이 아니었다. 그녀는 지극히 평온한 어조로 대답했다.

"오! 그러니까 딱히 금지라고도 할 수는 없는 게… 그녀가 결혼을 하면 더 이상 그의 음성을 듣지 못할 거라고 해서 그렇게 된 거지요. 결혼을 하면 천사는 영원히 그녀 곁을 떠날 테니까… 무슨 소린지 아시겠죠? 크리스틴은 음악의 천사와 헤어지고 싶지 않은 겁니다. 당연하죠!"

"그래요. 그래요. 당연하지요!" 라울이 한숨을 쉬며 말했다.

"내가 듣기로, 크리스틴이 수호천사와 함께 페로스에 갔을 때 당신에게 모든 걸 이야기했다고 하던데…"

"오오! 그러니까 그녀가 수호천사와 함께 갔다는 거군요?"

"설명하자면, 크리스틴이 페로스에 있는 아버지의 무덤을 찾아갔을 때 만나기로 한 거죠! 아버지의 바이올린으로 「라자로의 부활」을 연주해 주겠다고 약속했대요."

라울 드 샤니가 벌떡 일어나며 명령하듯 외쳤다.

"부인, 그 수호천사인가 뭔가 하는 자가 있는 데를 당장 가르쳐주십시오!"

이런 불쾌한 말투에도 노부인은 별로 놀라지 않는 듯했다. 그녀는 청년을 빤히 바라보며 대답했다

"하늘에 있지요!"

노부인의 지나친 천진난만함은 오히려 그를 당황케 했다. 매일 밤하늘에서 내려와 오페라극장의 대기실을 찾는다는 천사를 노파는 곧이곧대로 믿는 것 같았다. 미신에 사로잡힌 떠돌이 악사와 신비주의에 빠진 순진한 부인의 손에 길러진 젊은 여인의 심리상태를 이제야 가늠할 수 있을 것 같았다. 그로 인해 초래될 결과를 상상하니 등골이 오싹했다.

"크리스틴은 순결함을 유지하고 있나요?" 초조한 마음에 그가 느닷없는 질문을 했다.

"내 목숨을 두고 맹세하지요!" 그의 질문에 이번에는 노파가 격분한 듯 외쳤다. "그걸 의심한다면 대체 왜 여기까지 왔나요?"

이번엔 라울이 장갑을 손에서 벗으며 물었다.

"그녀는 언제부터 천사와 알고 지냈죠?"

"한 석 달쯤 되었을 거예요… 그래요, 교습을 시작한 게 그 정도 됐으니까!"

또다시 절망감에 자작이 두 팔을 크게 벌렸다가 떨어뜨렸다.

"천사가 교습을 해주었다고요? 대체 어디서요?"

"지금은 둘이 함께 외출하니 잘 모르겠고, 보름 전까지만 해도 크리스틴의 대기실에서 했어요. 이 집은 너무 비좁아서 안 되고요, 옆집에까지 소리가 들릴 테니… 하지만 오페라극장은 오전 여덟시까지는 드나드는 사람이 없으니 방해를 받지 않아도 되고… 무슨 말인지 이해하시겠죠?"

"이해합니다! 이해하고말고요!" 자작은 그렇게 소리치며 방을 뛰처나갔고, 노부인은 그런 그의 등 뒤에 대고 혹시 기분이 상했냐고 혼잣말처럼 묻고 있었다.

거실을 가로지르던 라울이 하녀와 마주쳤다. 무언가 물어보려 했지만 그녀의 입가에 떠오른 묘한 웃음 때문에 곧 포기하고 말았다. 라울은 하녀마저 자신을 비웃는다고 생각했다. 그는 도망치듯 그곳을 빠져나왔다. 결국 이리 될 줄 몰랐던가? 무엇을 더 이상 알고 싶은 건가… 처량한 마음으로 그는 형님 집을 향해 걷고 있었다.

거리를 걷다 보니 마음이 가라앉고 머릿속의 열기도 조금은 식는 것 같았다. 그는 곧장 집으로 향했다. 어서 침대에 머리를 파묻고 소리 죽여 울고 싶은 마음뿐이었다. 하지만 마침 방에서 자신을 기다리고 있던 형을 보자 라울은 그만 품에 달려들어 어린아이처럼 울음을 터뜨리고 말았다. 백작은 아무것도 묻지 않은 채 아버지처럼 등을 두드려 주었다. 라울도 음악의 정령 따위의 이야기를 꺼낼 수는 없었다. 세상에는 드러내놓고 밝힐 수 없는 일이 있고 남에게 하소연하기조차 수치스러운 일도 있는 법이다.

백작은 동생의 마음도 달래줄 겸 저녁을 함께 하자며 카바레로 향했다. 전날 밤 크리스틴인 듯한 여자 하나가 사내와 함께 불로뉴 숲의 오솔길에 있는 걸 본 사람이 있다고 형이 말해주지만 않았어도 시끄러운 음식점까지 따라갈 생각은 하지 않았을 것이다. 처음엔 라울도 그럴 리 없다고 부정했지만 구체적인 근거를 들이대는 데에야 믿지 않을 수 없었다. 이 모든 것이 결국은 한낱 비속한 연애질에 불과했던가! 사륜마차를 타고 가는 그녀의 모습을 누군가 내려진 창문 틈으로 보았다고 했다. 그녀는 오랫동안 서늘한 밤공기를 들이마시고 있었고, 환한 보름달이 떠 있어 모습을 똑똑히 볼 수 있었다고 했다. 함께 있던 남자는 어둠 속에서 형체만 겨우 알아볼 수 있었는데, 마차는 롱샹 경마장을 뒤로하고 인적이 드문 오솔길로 천천히 사라졌다고 했다.

복장을 갖춘 라울은 괴로움을 잊고 소위 '광란의 밤'에 몸을 맡길 준비를 했다. 하지만 어쩌랴! 아무리 그래도 침울한 마음은 지워질 수 없는 것을… 그는 저녁식사를 마치고 6시 경에 백작과 일찍 헤어져 10시까지 마차를 타고 롱샹 경마장 뒤를 헤매고 다녔다.

바람은 매서웠고 달빛만 인적 없는 도로를 비추고 있었다. 라울은 좁은 길가에 마차를 대고 몸을 감춘 채 덜덜 떨면서 누군가를 기다렸다.

30분이 채 안 되었을 때, 파리 시내 쪽에서 오는 말발굽 소리가 길모퉁이를 돌아 그가 있는 쪽으로 천천히 다가왔다.

'그녀다!' 그는 직감할 수 있었다. 심장이 두방망이질치기 시작했다. 그녀의 대기실 문 뒤에서 남자의 목소리를 들었을 때처럼 귀청이 떨어질 듯한 심장소리였다. 오 하느님, 아직도 그녀에 대한 사랑을 놓지 못하고 있는 겁니까?

마차가 다가오고 있었지만 라울은 꼼짝할 수 없었다. 그는 기다렸다… 정말로 그녀가 틀림없다면, 이대로 말발굽 앞에 뛰어들리라… 그래서 어떤 대가를 치르더라도 음악의 천사와 결판을 지으리라…

마차는 몇 발자국 앞으로 다가왔다. 라울은 틀림없이 그녀가 마차에 타고 있다고 믿었다. 정말로 한 여인이 문 쪽으로 머리를 기대고 있었다.

순간 창백한 달빛 속에 여인의 모습이 드러났다!

"크리스틴!"

그토록 사랑하는 여인의 이름이 억제할 수도 없이 심장과 입술에서 동시에 튀어나왔다! 그는 몸을 솟구쳐 일어나야 했다. 왜냐하면 밤하늘에 울려 퍼진 그녀의 이름을 출발신호로 마차가 갑자기 속도를 내 그를 지나쳤기 때문이다. 계획을 실행할 새도 없었다. 어느 샌가 마차의 창문은 올려져 있었고 젊은 여인의 얼굴도 보이지 않았다. 뒤따라 달리는 그를 멀리한 채 승합마차는 하얀 길 위의 한 점으로 멀어져 갔다.

"크리스틴!" 다시 그가 소리쳤지만 메아리조차 돌아오지 않았다. 그는 적막 속에 멈추어 섰다.

그는 절망의 시선으로 밤하늘과 별들을 올려다보며 타는 가슴을 주먹으로 두드렸다. 그토록 사랑했건만 그는 끝내 사랑으로부터 외면당하고 만 것이다…

그가 소리쳐 불렀음에도 그녀는 한마디 대답도 없이 사라져 버렸다!

그렇다면 여기까지 와서 길목을 지키고 있는 그는 뭐란 말인가?

"가라! 꺼져 버려! 너 따위는 필요 없어…"

라울은 죽음을 생각했다. 하지만 그는 이제 겨우 스무 살이었다!…

다음날 아침, 불쑥 문을 열고 들어온 하인이 침대 맡에 멍하니

앉아있는 그를 발견했다. 전날 외출할 때의 복장 그대로였다. 하인은 큰 병이라도 난 게 아닐까 덜컥 겁이 났다. 하지만 라울은 벌떡 일어나 하인의 손에 들린 우편물을 빼앗듯 낚아챘다. 겉봉에 한눈에도 알아볼 수 있는 크리스틴의 서명이 보였기 때문이다!

나의 친구! 모레 자정, 오페라극장에서 있을 가면무도회에 와 주세요. 극장 대연회장 뒷문 쪽의 작은 휴게실입니다. 로통드 카페로 난 출입구 옆에 서 계시면 돼요. 이 약속을 아무에게도 발설하면 안 돼요. 흰색 도미노 복장에 얼굴을 잘 가리고 오세요. 절대 누구도 당신 얼굴을 알아보지 못하도록.

― 크리스틴이

10. 가면무도회

편지봉투는 진흙이투성이였고 봉투에는 우표조차 붙어있지 않았다. "라울 드 샤니 자작께"라는 글자와 함께 연필로 휘갈긴 주소가 있을 뿐이었다. 길 가던 행인이 주워 집 주소로 전달해주길 바라고 던져놓은 게 틀림없었다. 요행히 오페라광장의 보도 위에서 발견된 편지가 그에게 전해졌다. 흥분에 들뜬 라울은 되풀이해 편지를 읽었다.

편지는 그의 가슴에 다시 희망의 불씨를 살리기에 충분했다. 잠시 크리스틴에게 덧씌워졌던 행실 나쁘고 간교한 여자의 이미지는 어느새 더없이 순수하지만 지나치게 감성적이고 약지 못해서 불행에 빠진 소녀의 이미지로 되돌려져 있었다. 그녀는 대체 얼마나 깊은 수령에 빠져있는 것일까? 누가 그녀를 수령에 빠뜨린 것일까? 그녀는 지금 어떤 상태에 놓여있는 걸까? 가슴이 찢어지는 듯한 아픔을 느끼며 라울은 생각들을 곱씹었다. 그래도 크리스틴을 위선자이자 거짓말쟁이로 몰아붙일 때의 미칠 듯한 고통보다는 훨씬 견딜 만했다! 대체 무슨 일이 있었던 걸까? 대체 무엇이 그녀를 이 지경에 이르게 만들었을까? 어떤 괴물이 어떤 무기를 가지고 그녀를 사로잡았을까?

이렇게 라울의 생각은 크리스틴을 가엾게 여겨야 할지 증오해야 할지 갈피를 못 잡고 동정과 저주의 극단을 오갔다. 그런 중에도 그는 어느 틈에 흰색 도미노 복장을 갖춰 입고 있었다.

마침내 약속 시간이 되었다. 길고 두터운 레이스 장식이 달린 검은 가면을 뒤집어쓰고 광대처럼 도미노* 복장을 걸친 자작은 낭만주의 시대의 이런 가면무도회 복장이 한심해 보였다. 상류 사교계 인사라면 이런 복장을 하고 오페라극장의 무도회에 참석하는 일은 없을 것이다. 그랬다간 곧장 웃음거리가 되고 말 테니 말이다. 그나마 위안이 되는 것은 사람들이 자신을 알아보지 못하리라는 것이었다. 이런 복장과 가면은 또 다른 장점이 있었는데, 그것은 마음의 슬픔과 고뇌를 감출 수 있고 남의 시선을 의식하지 않은 채 행동할 수 있다는 것이었다. 이미 가면을 쓰고 있으니 이제 더 이상 가면 같은 표정을 짓고 다닐 필요가 없는 것이다!

라울은 자정 15분 전쯤에 도착했다. 그는 형형색색의 복장을 하고 화려한 대리석 층계에 늘어선 군중들에게 눈길도 주지 않은 채 곧장 극장 중앙계단을 올라갔다. 익살스런 가면을 쓴 사람들이 이

---

* 중세 사제들이 입던 두건 달린 법의.(역자주)

미 얼큰히 취해 실없는 농담을 던졌지만 그는 아무 대꾸도 하지 않았다. 곧장 홀을 가로질러 파랑돌 춤을 추는 사람들 사이에 갇혔다가 겨우 빠져나온 라울은 마침내 크리스틴이 편지에 일러둔 휴게실에 이르렀다. 그곳의 비좁은 공간도 사람들로 그득했다. 밤참을 먹으러 카페 로통드로 가거나 샴페인을 한잔 걸치고 돌아오는 사람들이 섞이는 지점이라서 더 복잡하고 소란스러웠다. 라울은 크리스틴이 비밀스런 만남을 위해 일부러 혼잡한 장소를 택했을 거라 추측했다. 게다가 가면까지 쓰고 있으니 아무도 알아볼 리 없지 않은가?

라울은 출입문에 기대선 채 한동안 기다렸다. 이윽고 검은 도미노 복장 하나가 지나가며 재빨리 라울의 손끝을 잡았다. 단박에 그녀라는 걸 알 수 있었다.

그가 뒤를 따라갔다.

"크리스틴 맞죠?" 그가 나지막한 소리로 물었다.

검은 도미노가 재빨리 고개를 돌리더니 손가락을 입술에 갖다 댔다.

라울은 입을 다물고 뒤를 따랐다. 이렇게 극적인 재회를 했는데 다시 그녀를 잃어버릴까봐 두려웠다. 그녀에 대한 미움의 감정은 더 이상 찾을 수 없었다. 지금까지의 기이하고 수상한 행동들도 그렇게까지 비난받을 일이 아니라는 생각이 들었다. 이제는 그녀의 어떤 기만이나 실수 또는 비열함도 다 용서할 수 있을 것 같았다. 그리고 이제 곧 그녀의 갑작스런 실종에 대한 납득할 만한 이유를 그녀에게서 직접 들을 수 있으리라…

검은 도미노는 이따금씩 고개를 돌려 하얀 도미노가 따라오고 있는지 확인했다.

군중들 사이를 헤치고 그녀를 쫓던 라울은 군중들 틈에서 유난히 소란스러운 한 무리와 마주쳤다. 특이한 복장과 행동, 왠지 으스스한 외모 등, 유독 눈길을 끄는 한 사람을 무리들이 에워싸고 있었다. 그는 해골 같은 얼굴에 큼직한 깃털 모자를 쓰고 진홍색 복장을 하고 있었다. 해골 분장에서 그는 더 이상 상상을 허락하지 않을 정도로 완벽했다! 주위에 몰려든 화가 지망생들이 누구의 디자인인지, 어느 공방에서 주문했는지 등을 물으며 그의 멋진 해골 분장에 대해 칭찬을 늘어놓았다. 라울을 안내하던 '들창코' 분장의 그녀도 걸음을 멈추고 구경을 했다.

해골 머리에 깃털 모자, 진홍빛 의상의 남자는 불꽃처럼 빨간 색의 기다란 비로드 망토를 걸치고 있었는데, 망토 뒤에 금실로 수놓은 글씨를 사람들은 소리 높여 읽었다.

"내 몸에 손대지 말기를! 나는 잠시 지나가는 붉은 저승사자이다!"

하지만 누군가 호기심에 그를 손으로 만지려는 순간, 자주색 옷소매에서 뼈마디만 남은 손이 불쑥 튀어나오더니 그 경솔한 자의 손목을 움켜잡았다. 결코 놓지 않을 것 같은 저승사자의 엄청난 악력에 그가 공포 섞인 비명을 질렀다. 그러나 붉은 저승사자는 곧 그의 손목을 놓아주었고 군중들의 야유 속을 도망치듯 빠져나갔다. 라울이 이 섬뜩한 인물과 마주친 것은 그가 막 뒤돌아서려는 순간이었다. 그를 본 라울은 하마터면 소리를 지를 뻔했다. "페로스-기렉에서 본 그 해골이다!" 라울은 크리스틴도 잊은 채 그를 향해 달려갔다. 하지만 뭔가 불길한 예감이 든 검은 도미노가 그의 팔을 잡아끄는 바람에 소란스러운 군중을 뒤로한 채 그곳을 떠나야 했다.

검은 도미노는 걸으면서도 계속 뒤를 돌아보았다. 그리고 끔찍한 광경이라도 목격한 듯 몸서리치며 걸음을 재촉했다. 라울 또한 검은 도미노를 놓치지 않기 위해 잰걸음으로 뒤를 쫓았다.

그렇게 허겁지겁 두 개 층을 올라가니 계단과 복도가 비로소 한산해졌다. 검은 도미노가 대기실 문 중 하나를 열더니 들어오라고 손짓했다. 크리스틴은 (라울은 그녀의 목소리를 똑똑히 기억했고 그것은 그녀의 목소리가 틀림없었다) 곧바로 문을 닫더니 나지막한 목소리로 대기실 뒤쪽에 몸을 숨기라고 일렀다. 라울은 가면을 벗었지만 크리스틴은 가면을 그대로 쓰고 있었다. 젊은이가 얼굴을 보여 달라고 말하려는 순간 여가수가 벽 쪽으로 다가가 귀를 갖다 대며 말했다. "틀림없이 '장님 대기실'로 올라갔는데…" 그리고 그녀가 다급하게 외쳤다. "다시 내려오고 있어!"

그녀가 얼른 문을 닫으려 했지만 라울이 이를 제지했다. 위층으로 가는 계단 끝에서 붉은 신발이 먼저 나타나더니 이어서 계단을 천천히 내려오는 붉은 저승사자의 모습이 보였기 때문이다!

"그놈이야!" 라울이 소리쳤다. "이번에는 도망치지 못할 거다…"

하지만 라울이 뛰어나가려는 순간 크리스틴이 급히 문을 닫았다. 라울이 문틈으로 빠져나가려고 애썼다.

"누군데요? 누굴 그냥두지 않겠다는 거예요?" 크리스틴이 아까

와는 전혀 다른 목소리로 물었다.

라울이 그녀의 손을 뿌리치려 했지만 젊은 여인은 젖 먹던 힘까지 다하며 막아섰다. 라울은 그녀의 의도를 알 것 같았고, 그래서 더욱 화가 났다.

"누구냐고요?" 그가 화난 목소리로 말했다. "바로 그놈이지요. 흉측한 해골 가면을 뒤집어쓰고 페로스의 공동묘지에 나타났던 사악한 정령! 그 붉은 죽음인가 뭔가 하는 놈! 당신의 남자친구이자 음악의 천사라 불리는 놈! 전 이제 놈을 붙잡아 정정당당하게 가면을 벗고 누가 당신을 사랑하며 당신의 사랑 받고 있는지 밝힐 예정입니다."

이렇게 말하며 라울은 미친 듯이 웃음을 터뜨렸다. 크리스틴은 가면 뒤에서 슬픈 한숨을 쉬었다.

그러는 동안에도 그녀의 여리고 하얀 두 팔은 빗장처럼 완강하게 출입문을 가로막고 있었다.

"라울, 우리 사랑을 걸고 부탁해요. 제발… 여기서 나가면 안 돼요…"

"당신은 지금 거짓말을 하고 있어요! 당신은 나를 사랑하지 않고 지금껏 한 번도 사랑한 적이 없어요. 그저 사랑에 빠진 불쌍한 젊은 이를 속이고 농락하고 있을 뿐이지! 페로스에서 마주쳤을 때 당신의 태도와 눈빛은 무엇이었던가요? 또한 내게 희망의 빛을 뿌려준

Masquerade(가면무도회), Why So Silent(왜들 조용하지)
* 오페라의 유령 런던 공연 실황
* 얼음 위의 요정(Fairy On The Ice)(2011)

FLO에서 듣기

그 침묵의 의미는 무엇이었나요? 난 진심을 가지고 당신을 대했고 당신의 진심을 믿었는데… 당신은 나의 순진한 희망을 이용해 농락하려고만 했소! 뿐만 아니라 당신은 모든 사람들을 조롱했소! 당신의 후원자인 부인의 믿음에도 불구하고 붉은 죽음과 함께 거리나 쏘다니고… 아, 나는 당신을 경멸해요!"

그리고 라울은 울음을 터뜨렸다. 그녀는 라울이 제멋대로 말하도록 내버려두었다. 그녀에겐 오직 그를 저지해야겠다는 생각밖에 없는 듯했다.

"언젠가는 당신이 오늘 내게 한 모욕적인 말들을 사과할 날이 올 거예요, 라울! 그때가 되면 모든 걸 용서하죠…"

라울이 고개를 가로저으며 외쳤다.

"아니, 아니! 당신은 나를 미치게 만들었소. 오페라의 젊은 여배우에게 내 인생의 모든 것을 걸게끔…"

"오, 라울! 불쌍한 사람…"

"나는 지금 수치심으로 죽고 싶을 지경이오…"

"아니, 살아야 해요!" 크리스틴이 갑자기 정색하며 말했다. "자, 이제 작별할 시간이에요!"

"그래요, 크리스틴! 잘 가요…"

"잘 가요, 라울…"

비틀비틀 발걸음을 옮기던 젊은이가 갑자기 돌아서서 빈정대듯 말했다.

"오! 그래도 가끔 박수를 쳐주러 들르는 건 괜찮겠죠, 아가씨?"

"난 더 이상 노래하지 않을 거예요, 라울!"

그러자 젊은이가 더욱 빈정대는 투로 말했다.

"아, 그렇겠죠… 노래 말고도 즐길 게 많을 테니… 그럼 언젠가 저녁에 불로뉴 숲길에서 마주치겠군…"

"숲이든 어디든 나를 다시 볼 일은 없을 거예요, 라울…"

"오호, 그렇다면 어느 어둠 속으로 사라지실지 알려주실 수 없나요?… 이번엔 어느 지옥으로 돌아갈 예정인가요, 수수께끼 아가씨? 아니면 천국으로?"

"친구로서 당신에게 모든 걸 이야기하려 했는데… 하지만 더 이상 드릴 말씀이 없네요… 나를 믿지 않을 테니까요! 당신은 이제 나를 믿지 않는군요, 라울! 이젠 끝이에요!"

"끝이에요!"라는 절망적인 선언에 겨우 정신을 차린 젊은 청년은 이내 자신이 했던 잔인한 말들을 뼈저리게 후회했다.

"대체…" 그가 소리쳤다. "하려는 말이 뭔지 왜 속 시원하게 밝히지 못하는 거요? 당신은 어디에도 매이지 않은 자유스런 몸이 아닌가요? 시내를 활보하고 도미노 복장으로 무도회에 나타날 정도로… 집에는 왜 안 들어가는 건가요? 지난 보름 동안 무슨 일이 일어났던 건가요? 발레리우스 부인에게 했다는 음악의 천사 이야기는 또 뭔가요? 당신의 맹목적인 믿음을 이용해 누군가 당신을 속이고 있는 건지도 모르잖아요. 이미 페로스에서 내 두 눈으로 똑똑히 보았어요. 하지만 이제 보니 당신은 자기가 무엇에 집착하고 있는지 잘 알고 있는 것 같아요. 정신은 멀쩡한 것 같은데… 자신이 무슨 일을 하고 있는지도 잘 알고⋯ 그런데도 발레리우스 부인은 '수호천사' 어쩌고 하면서 여전히 당신을 믿고 있고⋯ 크리스틴, 제발 뭐라 말을 해 주세요! 대체 이게 무슨 희극이란 말인가요?"

크리스틴이 가면을 벗으며 단호하게 말했다. "내 친구, 이건 희극이 아니라 비극이랍니다!"

라울은 그녀의 얼굴을 보고 놀라 비명을 지르지 않을 수 없었다. 그늘 한 점 없던 귀엽고 매력적인 모습은 간데없고 죽음과도 같은 창백함이 얼굴에 드리워져 있었다. 현재의 고통을 말해주듯 근심의 주름이 깊이 패었고, 호수처럼 맑고 빛나던 아름다운 눈은 깊은 슬픔에 잠겨 불가사의하고도 깊이를 알 수 없는 그늘을 드리우고 있었다.

"오, 크리스틴! 나를 용서해준다고 말하지 않았던가요?" 라울이 두 팔을 벌리며 한탄하듯 말했다.

"언젠가는⋯ 언젠가는 아마 그렇게 될 거예요⋯" 이렇게 말한 뒤 크리스틴은 다시 가면을 썼다. 그리고 뒤따라오지 말라는 손짓과 함께 급히 자리를 떴다.

라울은 뒤쫓으려 했다. 하지만 그녀는 다시 뒤돌아서 한 발짝도 다가오지 못하도록 단호한 손짓으로 작별을 고했다.

라울은 멀어져가는 그녀를 멍하니 바라보았다. 그리고 잠시 후 하릴없이 계단을 내려가 군중들 속에 뒤섞였다. 관자놀이가 지끈거리고 가슴이 찢어지듯 아팠다. 그는 지나가는 사람들을 아무나 붙잡고 붉은 죽음을 못 보았느냐고 물었다. 사람들이 "붉은 죽음이 누구요?"라고 물으면 "해골 분장을 하고 붉은 망토를 걸친 사내 말이에요!"라고 설명했다. 그가 망토를 휘날리며 지나가는 걸 보았다는 사람들은 많았지만 어디에서도 그 모습을 찾을 수는 없었다. 새벽 두 시쯤 되자 라울은 어느새 크리스틴 다에의 대기실로 통하는 복도로 향하고 있었다. 저도 모르는 새 고통이 처음 시작되었던 장소로 발길이 향하고 있었던 것이다. 그는 세차게 대기실 문을 두드렸다. 아무 반응도 없었다. 예전에 낯선 남자의 목소리를 들었을 때처럼 라울은 방으로 뛰어들었다. 방은 텅 비어 있었고 가스등만 희미하게 비치고 있었다. 작은 탁자 위에 놓인 몇 장의 편지지가 라울의 눈에 들어왔다. 크리스틴에게 쪽지를 남길까 하는데 갑자기 복도에서 발소리가 들려왔다. 라울은 커튼으로 가려진 내실 안으로 급히 몸을 숨겼다. 손 하나가 문을 밀고 들어섰다. 크리스틴이었다!

라울은 숨을 멈추었고 숨어서 지켜보기로 했다. 어쩌면 뭔가 알아내고 베일에 싸였던 비밀의 단서도 찾아낼 수 있을 것 같았다!

방으로 들어온 크리스틴은 힘없이 가면을 벗어서 탁자 위에 던졌다. 그리고 깊은 한숨을 쉬며 아름다운 얼굴을 두 손에 파묻었다. 무슨 생각을 하고 있을까? 라울을 생각하고 있을까? 아니었다! 순간 이렇게 중얼거리는 소리가 들렸기 때문이다.

"가엾은 에릭!"

라울은 귀를 의심했다. 가엾게 여겨야 할 사람이 있다면 당연히 라울 자신일 거라고 생각했다. 지금까지의 정황을 보더라도 그녀가 한숨과 함께 내뱉어야 하는 말은 "가엾은 라울"이어야 했다! 하지만 그녀는 머리를 흔들며 "불쌍한 에릭"을 되뇌고 있었다. 크리스틴의 입에서 탄식을 자아낸 에릭은 대체 누구일까? 북쪽 나라의 작은 요정은 왜 불행에 빠진 라울 대신 에릭을 동정하고 있는 걸까?

다시 평온을 되찾은 듯 크리스틴은 더없이 평화로운 자세로 편지를 써내려가기 시작했다. 그 광경을 지켜보는 라울의 몸은 억누를 수 없는 분노의 감정으로 부들부들 떨리고 있었다. "어쩌면 저리도 냉정할까!" 그는 속으로 중얼거렸다. 하지만 그녀는 하나, 둘, 셋, 네 장의 편지를 채워나갔다. 그러던 그녀가 갑자기 고개를 들었고, 블라우스 앞섶에 부랴부랴 편지를 숨긴 뒤 뭔가에 귀를 기울였다. 라울도 덩달아 귀를 기울였다. 먼 곳으로부터 들려오는 이 소리는? 마치 벽 속에서 새어나오는 듯한 노랫소리… 그랬다! 마치 벽이 노래하고 있는 것 같았다! 노랫소리가 점점 또렷해졌고… 이제 가사를 알아들을 수 있고 목소리도 구별할 수 있었다. 마음을 사로잡는, 너무나 감미롭고 아름다운 목소리, 하지만 부드러움 속에 힘이 느껴지고, 그래서 전혀 여성의 목소리가 아니라는 걸 알 수 있었다. 목소리가 점점 가까워지더니 벽을 그대로 통과해 들어왔다. 그렇게 방으로 스며들어온 목소리는 크리스틴의 바로 앞에서 멈춰 섰다. 크리스틴은 몸을 일으키더니 마치 곁에 누군가 있는 듯 말했다.

"왔군요, 에릭! 기다리고 있었어요…. 조금 늦었군요."

커튼 뒤에서 숨죽인 채 모든 걸 지켜보던 라울은 눈앞에서 벌어지는 광경을 도무지 믿을 수 없었다.

크리스틴의 얼굴은 화사하게 피어났고 핏기 없던 입술에는 행복의 미소가 번졌다. 그것은 자신을 덮친 죽음을 물리치고 삶의 희망을 되찾은 환자들에게서나 볼 수 있는 미소였다.

얼굴 없는 목소리가 다시 노래를 시작했다. 지금껏 이 세상에서 한 번도 들어본 적이 없는 노래였다. 단 한 번의 울림으로도 감미로움과 웅장함을 넘나들고, 사람들의 애간장을 녹이며, 우아하면서 힘이 넘치고 힘이 넘치면서도 우아한, 그래서 모든 이들을 굴복하게 만드는 완벽한 조화의 목소리였다.

라울은 열에 들뜬 채 목소리에 귀를 기울였다. 비로소 그날 저녁 크리스틴 다에가 초인적인 능력을 발휘하여 수많은 관객들의 넋을 빼앗고 이제껏 들어본 적이 없던 아름다운 목소리를 낼 수 있었던 비결을 알 것 같았다. 그녀의 뒤에는 자기 모습을 드러내지 않는 신비한 지배자가 있었다! 또한 라울은 그날 저녁 공연에서 크리스틴이 특별할 것이 곡으로 어떻게 그토록 탁월한 음악을 들려줄 수 있었는지 알 수 있었다. 그날 그녀는 진흙을 가지고 보석을 빚어냈던 것이다. 진부한 가사와 평범하고 통속하기까지 한 멜로디지만 영혼의 숨결을 만나 한껏 고쳐되자 천상의 음악으로 승화되어 열정의 날개를 달고 하늘로 날아오를 수 있었던 것이다. 왜냐하면 그것은 이교도의 송가마저도 천상의 것으로 바꾸어놓을 수 있는 목소리였으니까!

목소리는 「로미오와 줄리엣」 중 '결혼의 밤'을 부르고 있었다.

라울은 크리스틴이 페로스의 공동묘지에서 보이지 않는 바이올린으로 「라자로의 부활」을 연주하던 날 그랬던 것처럼 목소리를 향해 두 팔을 들어 올리는 것을 보았다.

그 목소리에는 그 무엇과도 비교할 수 없는 광휘가 있었다.

운명이 널 내게 영원히 묶어두리니…

라울은 날카로운 비수로 심장을 관통당하는 듯한 느낌을 받았다. 모든 의지와 힘과 판단력을 앗아가 버릴 것 같은 마법의 소리에 저항하며 그는 가려졌던 커튼을 열고 크리스틴 쪽으로 걸어갔다. 마침 한쪽 벽면을 모두 채운 큰 거울을 향해 천천히 다가가고 있던 그녀는 자기 몸에 가려 등 뒤에서 다가오는 라울을 보지 못했다.

운명이 널 내게 영원히 묶어두리니…

크리스틴이 거울을 향해 다가가면서 거울에 비친 그녀의 모습도 점점 가까워졌다. 이윽고 그리스틴의 몸과 거울 속의 이미지가 겹치려는 순간 라울이 마치 둘을 한꺼번에 붙잡으려는 듯 팔을 뻗었다.

하지만 마술이라도 부리듯 누군가 몸을 잡아끄는 듯한 느낌에 라울은 주춤 뒤로 물러섰다. 뭔가 얼음장처럼 차가운 기운이 그의 얼굴을 훑고 지나갔다. 순간 그를 비웃듯 크리스틴의 모습이 둘, 넷, 여덟, 스물로 늘어나며 흩날리는 풀씨처럼 주위를 빙빙 돌았다. 그 속도가 너무 빨라 아무리 애써도 크리스틴을 손에 잡을 수 없었다. 이윽고 모든 것이 정지했고, 어느새 거울 속에는 라울의 모습뿐 크리스틴은 사라지고 없었다.

그는 거울을 향해 달려들었지만 아무도 없는 벽에 몸을 부딪쳐야 했다. 방 안에는 점점 멀어져 가는 곡조가 맴돌고 있었다.

운명이 널 내게 영원히 묶어두리니!…

겨우 정신을 차린 라울이 손으로 이마의 땀을 찍어내며 더듬더듬 가스등을 밝혔다. 분명 꿈은 아니었다. 육체와 정신을 다 소진해도 헤어나지 못할 거대한 소용돌이 속에서 허우적대는 느낌이었다. 라울은 마법에 굴하지 않고 사랑을 찾아 장애물들을 헤치고 나가는 동화 속 왕자라도 된 것 같았다.

어디로 간 걸까? 크리스틴은 어느 틈으로 스며들었을까? 그리고 그녀는 어느 틈을 통해 되돌아올까?

그녀가 돌아온다고? 그녀는 이제 끝이라고 말했다! 벽에서는 더 이상 아무 소리도 들리지 않았다! "돌이킬 수 없는 운명이 널 내게 묶어두리니!" 내게? 대체 누구에게?

온갖 상념에 지친 라울은 조금 전까지 크리스틴이 앉아있던 의자에 털썩 주저앉았다. 그리고 그녀처럼 두 손에 얼굴을 묻었다. 잠시 뒤 얼굴을 들었을 때 하염없는 눈물이 그의 두 볼에 흘러내리고 있었다. 그것은 자기연민의 눈물이 아닌, 지상에서 사랑에 빠져 본 사람이면 누구나 흘려보았을 진심어린 질투의 눈물이었다. 그리고 그 질투는 구체적으로 이렇게 말하고 있었다. "에릭은 대체 누구인가?"

144

11. 목소리의 정체

크리스틴이 마술처럼 사라져버린 다음날 샤니 자작은 발레리우스 부인의 집으로 다시 찾아갔다. 그런데 거기서 믿을 수 없는 광경과 마주쳤다!

조용히 앉아 뜨개질을 하고 있는 노부인의 침대 맡에서 크리스틴이 레이스를 뜨고 있던 것이다! 그녀의 얼굴은 더없이 우아했고 이마는 맑았으며 레이스를 향한 시선은 더없이 부드러웠다. 젊은 처녀의 뺨엔 화색이 돌아와 있었다. 눈가에 푸릇하던 그림자는 이제 사라지고 없었다. 그녀의 표정에서 전날의 비극 따위는 더 이상 찾아볼 수 없었다. 흔적처럼 남아있는 우수어린 표정만 아니었으면 이 신비스런 여인이 어젯밤에 벌어진 믿을 수 없는 사건의 여주인공이었다고는 아무도 짐작하지 못할 것이다.

자작이 다가오자 그녀는 아무렇지도 않다는 듯 일어나 손을 내밀었다. 라울은 어리둥절해서 말도 못한 채 서있었다.

"어머나, 샤니 자작님. 이젠 우리 크리스틴도 못 알아보시는 건가요? 수호천사가 아이를 돌려보내주었답니다!" 발레리우스 부인이 큰 소리로 말했다.

"아이, 어머니…" 크리스틴이 얼른 말을 막았다. 하지만 그녀의 얼굴은 물론 눈까지 빨개져 있었다. "이제 그런 이야기는 그만하세요. 음악의 천사 같은 게 없다는 건 이제 아시잖아요…"

"하지만 아가야! 넌 지난 석 달 동안 천사에게 교습을 받지 않았니?"

"어머니, 거기에 대해서는 나중에 다 말씀드리겠다고 했잖아요! 대신 지금은 더 이상 얘기도 하지 말고 묻지도 마세요."

"그러면 다시는 날 떠나지 않겠다고 약속해 주렴! 전에도 약속하지 않았니, 크리스틴?"

"어머니, 샤니 씨도 계시니 이제 그런 얘기는 그만 해요…"

"아니, 그건 그렇지 않아요…" 라울이 말을 끊고 용기를 내 뭔가 말하려 했지만 그의 목소리는 떨리고 있었다. "당신의 모든 것이 나에게 얼마나 소중한지 당신도 언젠가는 알게 될 거예요. 나는 조금 전 당신이 양모님 곁에 앉아있는 것을 보고 얼마나 놀라고 기뻤는지 몰라요. 어제의 일이나 당신이 했던 말들 때문에 당신이 이토록 빨리 돌아올 줄은 꿈에도 생각 못했어요… 당신에겐 위험천만할 수도 있지만, 이젠 절 믿고 비밀을 털어놓아 주세요. 발레리우스 부인처럼, 옛 친구로서 당신이 결코 말려들지 말아야 할 음모에 희생될까봐 두렵습니다."

이 말에 발레리우스 부인이 침대 위에서 몸을 일으키며 소리쳤다.

"이게 대체 무슨 말이냐, 크리스틴? 네가 위험에 빠지다니?…"

"사실입니다, 부인!" 라울이 크리스틴의 만류에도 굽히지 않고 말했다.

"오, 맙소사! 사실대로 말해 보렴, 크리스틴! 왜 날 안심시키려고만 하니? 샤니 씨, 대체 그리스틴이 어떤 위험에 처했다는 건가요?" 순진하고 착한 노부인이 숨을 몰아쉬며 말했다.

"사기꾼 하나가 순진한 크리스틴을 농락하고 있어요!"

"음악의 천사가 사기꾼이란 말인가요?"

발레리우스 부인이 공포에 질린 얼굴로 크리스틴을 돌아보자 그녀가 얼른 부인 앞으로 달려가 두 팔을 붙잡았다.

"믿지 마세요, 어머니! 저 사람 말을 믿지 마세요!" 땅이 꺼질 듯한숨을 내쉬는 노부인의 등을 쓰다듬으며 크리스틴이 그녀를 안심시키려 했다.

"말해다오, 크리스틴! 이제 나를 떠나지 않겠다고." 교수 미망인이 애원하듯 말했다.

크리스틴이 아무 말도 안 하자 라울이 끼어들었다.

"약속해요, 크리스틴! 그것만이 어머님과 나를 안심시키는 일이에요! 당신이 우리 곁을 떠나지 않겠다고 말해주면 지난 일들은 한마디도 묻지 않겠어요. 맹세할게요!"

"전 당신에게 그런 요청을 한 적도 없고, 아무 약속도 하지 않을 겁니다!" 크리스틴이 발끈하여 소리쳤다 "전 자유로운 사람이랍니다, 샤니 씨! 제게 이래라 저래라 할 권리가 없으니 앞으론 제 일에 신경 쓰지 말아주세요. 누군가 지난 보름 동안 제가 무슨 일을 했는지 따져 물을 권리가 있다면 그건 오직 제 남편뿐이에요! 하지만 전 결혼하지 않았고 앞으로도 하지 않을 겁니다!"

크리스틴은 선언이라도 하듯 힘주어 말하면서 손을 내미는 순간 라울의 얼굴이 창백해졌다. 방금 그녀가 한 말 때문이기도 했지만, 그보다 그녀가 내민 손에서 금반지를 보았기 때문이다.

"남편이 없다면서… 결혼반지를 끼고 있군요…"

그가 손을 붙들려 하자 크리스틴이 얼른 손을 감추었다.

"이건 그냥 선물이에요!" 순간 그녀의 얼굴이 붉어졌고 당혹감을 감추려는 기색이 역력했다.

"크리스틴! 당신에게 남편이 없는 건 분명하니, 필경 미래의 남편이 그 반지를 선물했겠군요! 대체 언제까지 우릴 속일 작정인가요? 왜 날 이토록 괴롭게 만드나요? 그 반지는 약혼의 증표가 틀림없어요! 당신은 그 약혼을 받아들인 거고요!"

"그러게 말이에요!" 노부인이 소리쳤다.

"그래, 크리스틴이 부인께는 뭐라 하던가요?"

"이제 그만하세요!" 크리스틴이 화가 나서 소리쳤다. "지나치다고 생각하지 않으시나요? 자꾸 이러시면 저도…"

순간 영원한 결별 선언이라도 튀어나올까봐 라울이 황급히 말을 막았다.

"제 말이 심했다면 용서해요, 크리스틴! 주제넘은 자리에까지 끼어드는 내 마음은 당신도 잘 알 거라 생각합니다. 하지만 제가 본 바로는… 그러니까 크리스틴, 저는 당신이 생각하는 것보다 더 많은 걸 보았답니다… 아니 보았다고 믿는다는 게 맞을 거예요… 엄청난 일을 겪고 나면 자기 눈마저 의심하게 되니까요…"

"대체 무얼 보았다는 거죠? 아니, 무얼 보았다고 믿는 건가요?"

"목소리를 듣고 황홀경에 빠진 당신의 모습을! 벽에서… 아니면 대기실이나 옆방에서 들려오는 그 소리에 취한 당신 모습을… 그 모습은 나를 충격에 빠뜨렸어요!… 당신은 지금 위험한 마법에 걸려 있어요! 게다가 음악의 천사 따위는 없다고 말하는 걸 보니, 당신도 이 사기극에 대해 알고 있는 것 같아요. 그런데 크리스틴, 왜 이번에 도 그를 따라간 건가요? 그토록 환한 얼굴로, 진짜 천사의 음성을 들은 것처럼. 아, 크리스틴, 그건 정말 위험천만한 목소리였어요. 나 역시 듣는 순간 정신이 혼미해져서… 당신이 눈앞에서 사라지는 걸 보고도 어디로 사라졌는지조차 알 수 없었죠! 크리스틴, 제발! 당신 과 나를 아껴주었던, 하늘나라에 계신 당신 아버지를 생각해서라도 그 목소리에 대해 말해 주세요. 그러면 어떻게든 우리가 당신을 구 해주려 노력해 볼게요. 그 남자가 누군가요? 당신 손가락에 반지를 끼워준 그는?"

그러자 여인이 싸늘한 어조로 대답했다. "샤니 씨, 당신은 결코 그 를 알 수 없어요!"

자작을 향한 양녀의 적의에 찬 눈빛을 본 발 레리우스 부인이 소 리쳤다. "이 아이가 정말로 그 남자를 사랑한다면 당신이 나설 일은 아닐 것 같군요, 자작님!"

"그렇군요, 부인…"그러자 라울이 터져 나올 것 같은 눈물을 삼키 삼키며 공손히 대답했다. "그렇군요… 제 생각에도 크리스틴은 그 남자를 사랑하고 있는 것 같아요… 모든 정황이 그래요. 하지만 제가 절망하는 건 단순히 그 때문만이 아닙니다. 크리스틴의 사랑을 받고 있는 그 남자가 과연 그럴 자격이 있는가 하는 생각 때문이에요!"

"그건 제가 알아서 판단해요, 샤니 씨!"크리스틴이 먹이를 노리는 맹수처럼 라울을 쏘아보며 말했다.

"하지만 그토록 교묘한 술수로 젊은 여자를 유혹하려는 걸 보니…"온몸에서 힘이 빠지는 걸 느끼면서 라울이 겨우 말을 이어 갔다.

"그래요, 남자가 비열하든지, 여자가 멍청하든지 둘 중 하나겠죠?"

"크리스틴!"

"라울, 한 번도 본 적이 없고 알지도 못하는 사람에 대해 그런 식으로 악담을 퍼붓는 이유가 뭐죠?"

"그래도 크리스틴… 나는 당신이 그토록 감추려는 사람의 이름 정도는 알고 있답니다! 당신의 그 음악 천사의 이름은… 바로 에릭이죠?"

순간, 크리스틴의 안색이 마치 식탁보처럼 하얘졌다. 그녀가 더듬거리며 말했다.

"대체, 누가 말해주던가요?"

"당신이요!"

"제가 언제 그런 말을?"

"가면무도회가 있던 날 저녁, 대기실에 들어서자마자 당신이 말했죠. '가엾은 에릭'이라고요! 그때 가엾은 라울이 그 소리를 듣고 있었다는 걸 당신은 꿈에도 몰랐겠죠?"

"두 번이나 문밖에서 엿들었군요, 샤니 씨!"

"문밖이 아니었소! 대기실 안이었지… 난 당신의 방 내실에 있었소."

"가엾은 분 같으니! 당신이 정말 죽고 싶은 모양이군요?" 크리스틴이 아연실색해 탄식을 내뱉었다.

"아마, 그런 것 같소!"

그렇게 내뱉는 라울의 표정 속에는 그녀를 향한 갈망과 절망이 한꺼번에 담겨있어서 크리스틴도 비통함을 억누를 수 없었다.

그녀는 라울의 손을 잡고 더없는 애정의 눈길로 그를 바라보았다. 그 눈빛만으로도 라울의 고통은 모두 사라지는 듯했다.

"라울, 이제 그 남자의 목소리는 잊어요! 이름도 기억하면 안 돼요! 더욱이 그 목소리의 비밀을 캐려 들지 마세요!"

"아주 무서운 비밀인 모양이군요."

"세상에 그보다 무서운 건 없을 거예요!"

두 사람 사이에 침묵이 흘렀다. 라울은 갑갑해서 숨이 막힐 지경이었다.

"더 이상은 그에 대해 알려 하지 않겠다고 약속해 주세요, 네?"
그녀가 다그쳤다. "그리고 약속해요. 제가 부르기 전엔 대기실에 절
대 발을 들여놓지 않겠다고!"

"그렇다면 가끔은 나를 불러주겠다고 약속하는 거죠, 크리스틴?"

"약속할게요."

"언제요?"

"내일이요."

"그렇다면 맹세하겠소!"

그날의 대화는 거기까지였다.

라울은 그녀의 손등에 입을 맞추고 에릭이라는 자를 저주하면서,
조금만 더 보자고 스스로를 다짐했다. 그리고 그 자리를 떴다.

12. 지하세계로 통하는 문

다음날, 라울은 크리스틴을 오페라극장에서 다시 만났다. 그녀의
손가락에는 여전히 금반지가 끼어져 있었지만 표정은 평온하고 밝
았다. 둘은 라울의 장래 계획과 앞으로 쌓을 경력에 대해 얘기를 나
누었다.

라울은 극지방 원정 계획이 앞당겨져 늦어도 3주나 한 달 뒤에는
프랑스를 떠나게 될 거라고 말했다.

그녀는 이런 계획을 반기며 미래를 위해 잘된 결정이라고 말해주
었다. 이에 라울이 사랑 없이 미래의 영광 따위는 아무 소용없다고
대답했지만, 그녀는 사랑의 고통은 금방 사라진다며 어린아이를 달
래듯 그를 달랬다.

라울이 얘기했다.

"크리스틴, 이런 심각한 문제를 어찌 그리 가볍게 얘기할 수 있나
요? 어쩌면 우린 다시 볼 수 없을지도 몰라요. 이번 여행에서 난 살

아 돌아오지 못할 수도 있어요."

"저도 마찬가지예요." 그녀가 담담하게 말했다.

그렇게 말하는 그녀의 표정에서 웃음이나 장난기는 찾아볼 수 없었다. 하지만 머릿속에 무슨 생각인가 떠올랐는지 듯 그녀의 눈빛이 이내 밝아졌다.

"무슨 생각을 하고 있나요, 크리스틴?"

"우리는 더 이상 서로 볼 수 없을 거예요…."

"그 생각이 당신 얼굴을 그리 환하게 만들었나요?"

"그리고 우리는 한 달 안에 작별을 고해야 해요, 영원히!"

"영원히 기다려주겠다고 서로 약속을 하지 않는 이상 그렇게 될 거예요."

그러자 크리스틴이 라울의 입술에 자기 손을 갖다 대며 말했다.

"그런 식으로 말하지 말아요, 라울! 그게 아니란 걸 알잖아요… 알겠지만, 우린 결코 결혼할 수 없는 사이예요."

그렇게 말하는 그녀의 얼굴에 문득 즐거운 표정이 떠올랐고, 열에 들뜬 아이처럼 박수를 치기까지 했다. 라울이 이해할 수 없다는 표정으로 그녀를 바라보았다.

"그런데, 그런데 말이에요…" 크리스틴이 젊은이를 향해 두 손을 내밀더니 마치 선물이라도 주듯 이렇게 말했다. "우리가 결혼은 못 하더라도 약혼은, 약혼은 할 수 있잖아요? 우리 둘 외엔 아무도 모르게! 비밀 결혼이란 것도 있으니, 비밀 약혼이라고 못할 건 없죠! 우리 한 달 동안 약혼자로 지내요. 그러면 한 달 뒤에 당신이 떠난다 해도 평생 그날을 기억하며 행복할 수 있을 거예요!"

이렇게 즐거운 생각에 들떠 있던 그녀가 다시 진지한 표정으로 말했다.

"이건, 누구한테도 해를 주지 않는 행복이잖아요."

라울은 이해했고 막 그녀에게 떠오른 생각에 공감했다. 당장에라도 그렇게 하고 싶었다. 그가 더 없이 공손하게 크리스틴 앞에 허리를 굽히며 말했다.

"아가씨, 당신의 손을 잡을 수 있는 영광을 주십시오!"

"오, 하지만 당신은 이미 내 양손을 모두 잡고 있는 걸요! 라울, 우린 정말 행복할 수 있을 거예요! 신랑신부처럼 소꿉놀이를 즐기면서…"

하지만 라울은 마음속으로 생각했다. '어리석은 짓일 뿐이야! 한 달 안에 그 마법의 목소리를 잊게 만들거나 그를 부숴버리고 크리스틴을 내 여자로 만들지 않는 한! 하지만 지금은 여기에 만족하고 때를 기다려야만 해…'

그것은 세상에서 가장 즐거운 유희였다. 둘은 순수했던 어린 시절로 돌아가 마음껏 놀이를 즐겼다. 아, 그들 사이에 얼마나 많은 사랑의 말들과 사랑의 맹세들이 오갔던가! 하지만 이 모든 맹세가 종국엔 모두 물거품이 될 것이라는 생각에 그 한 달은 눈물과 웃음 사이를 오가는 쓰디쓰고 달콤한 시간이었다. 둘은 공놀이를 하듯 서로의 진심을 주고받았지만, 서로에게 상처를 주지 않기 위해 극도로 조심해야 했다. 그리고 일주일이 지난 어느 날, 라울은 가슴에 큰 고통을 느끼며 다음과 같이 파티의 중단을 선언했다. "난 북극으로 떠나지 않을 거예요!"

라울의 예상치 못했던 행동에 크리스틴은 그때서야 이 놀이의 무모함을 깨닫고 순진하기만 했던 자신을 질책했다. 그녀는 한마디 대꾸도 하지 않은 채 집으로 돌아갔다.

크리스틴의 대기실에서 제비꽃다발을 사이에 두고 비스킷 몇 조각을 곁들여 와인을 나누던 어느 오후에 벌어진 일이었다.

그날 저녁에 그녀는 노래를 부르지 않았다. 그리고 라울은 매일 주고받기로 했던 편지도 받을 수 없었다. 다음날 아침 라울은 급히 발레리우스 부인 댁으로 달려갔지만, 크리스틴이 이틀 동안 집에 들어오지 않았다는 소식만을 들을 수 있었다. 전날 저녁 다섯 시 경에 집에서 나가면서 모레까지 돌아오지 않을 거라고 말했다는 것이다. 라울은 혼란스러웠다. 그런 소식을 아무렇지도 않게 말해주는 발레리우스 부인이 원망스러웠다. 다그쳐 묻고 싶어도, 선량한 부인 또한 더는 아는 게 없는 것 같았다. 꼬치꼬치 묻는 그를 향해 노부인은 같은 말만 되풀이할 뿐이었다.

"이건 크리스틴의 사적인 비밀이에요!"

이 말을 하면서 부인은 경거망동하지 말라는 듯 엄숙하게 손가락을 들어 보이기도 했다.

계단을 뛰어 내려오며 라울은 심술궂게 소리쳤다. "그럼요, 그럼요! 부인께서 따님을 어련히 잘 간수하시려고요!"

대체 크리스틴은 어디로 사라진 걸까? 그것도 이틀 동안이나…

우리가 누려야 할 행복한 시간을 이렇게 흘려보내야 하다니! 이건 명백히 라울의 잘못이었다. 혹시 극지로 떠날 마음이 애초부터 없었던 건 아닐까? 마음이 없었다면 그런 이야기를 뭐 하러 그토록 일찍 꺼냈던가? 라울은 자신의 경솔함을 자책하며 크리스틴이 다시 나타나기까지 이틀간을 세상에서 가장 불행한 남자로 지냈다.

크리스틴은 큰 성공과 함께 다시 나타났다. 그녀는 공연 무대에서 또 한 번의 갈채를 받았다. 카를로타는 지난번 '두꺼비 사건' 이후 다시는 무대에 서지 않았다. 언제 또다시 '꾸엑' 소리가 튀어나올지도 모른다는 공포가 그녀의 모든 의욕을 앗아가 버렸다. 그날의 납득할 수 없는 낭패를 경험한 현장과 목격자들 모두가 그녀에게는 영원히 잊고 싶은 저주였다. 그녀는 계약을 해지할 방법을 모색하고 있었다. 그런 그녀의 공백을 메우기 위해 「유태인 여자」에서 임시로 역할을 맡은 데다가 엄청난 박수갈채를 받은 것이다.

그날의 성공 앞에서 유일하게 쓰디쓴 아픔을 곱씹은 사람은 저녁 공연장에 있던 자작뿐이었다. 여전히 크리스틴의 손에 끼워져 있는 금반지를 보았던 것이다. 젊은이의 귀에는 이런 목소리가 환청처럼 맴돌고 있었다. "오늘 저녁 그녀는 반지를 끼고 나왔지만, 네가 준 반지가 아니었어… 오늘 저녁 그녀는 다시 영혼을 바쳐 노래했지만, 너를 위한 노래가 아니었어…"

목소리는 또 말했다. "지난 이틀 동안 그녀가 무얼 했는지, 어디에 숨어있었는지 말해주지 않는다면 에릭한테 가서 직접 묻는 수밖에!"

라울은 무대로 뛰어올라가 곧장 크리스틴에게 다가갔고, 마침 그를 찾고 있던 눈길과 마주쳤다. 그를 발견한 크리스틴이 소리쳤다. "이리로 와요! 빨리…" 그녀가 라울을 이끌고 대기실로 들어갔다.

"세상에, 두 사람 사이에 뭔가 있나봐!" 그녀는 성공을 축하해주기 위해 모인 군중들의 수군거림도 아랑곳없이 문을 걸어 잠갔다.

안으로 들어서자마자 라울은 무릎을 꿇었다. 그리고 시간이 되면 떠날 것이니 제발 자신에게 허락된 행복을 이어가게 해달라고 애원했다. 그녀의 뺨에서도 눈물이 흘러내렸다. 두 사람은 부모를 잃은 오누이처럼 부둥켜안고 울었다.

그러던 크리스틴이 문득 라울의 수줍은 포옹을 풀고 어떤 소리에 귀를 기울이는 듯했다. 그리고 문 쪽을 가리키며 짧은 동작으로 어서 가라는 신호를 했다. 라울이 문 앞으로 다가가자 크리스틴이 들릴 듯 말 듯한 소리로 말했다.

"내일 봐요, 나의 피앙세! 행복해야 해요… 오늘 밤의 노래는 당신을 위한 거였어요!"

그리고 다음날 라울은 같은 자리로 돌아왔다.

하지만 어쩌랴… 이틀간의 이별 이후 두 사람 사이의 달콤한 밀회는 더 이상 이어지지 않았다. 대기실에서 두 사람은 아무 말 없이 서로를 슬픈 시선으로 쳐다보기만 했다. 라울은 가슴 속에서 튀어나오려는 외침을 억누르고 있었다. '질투가 나! 질투가 나서 견딜 수가 없어!' 그리고 크리스틴은 이 모든 외침을 듣고 있는 듯했다.

이윽고 그녀가 입을 열었다. "라울, 우리 나가서 산책이라도 할까요? 바람이라도 쐬면 좀 나아질 거예요."

라울은 이 말을 에릭이라는 간수가 담장 위를 배회하는 이지긋지긋한 감옥에서 벗어나 멀리 야외로 나가자는 말로 이해했다. 하지만 정작 그녀가 손을 잡고 이끈 곳은 극장 무대 위였다. 그녀는 다음 공연을 위해 설치해 놓은 조용하고 서늘한 분수대의 삐걱거리는 나무 테두리에 라울을 앉혔다. 그녀는 진짜 공기, 진짜 하늘, 진짜 꽃, 진짜 흙 같은 극장 밖의 대자연을 누리는 걸 금지당한 여인 같았다. 라울은 사소한 질문조차 그녀에게 고통만 안겨주는 것 같아 묻기를 망설였다. 그녀는 인간의 눈을 속이기 위해 만든 이 아름다운 가짜 조형물의 세계로 기꺼이 뛰어들고 싶어 했다. 라울이 뜨거운 손을 조금씩 죄어오는 동안에도 그녀는 마냥 황홀경에 취해 있었다. 그녀는 말했다. "봐요, 라울! 이 울타리와 숲 덤불, 장미넝쿨 길과 캔버스 위의 그림 배경들 속에서 얼마나 숭고한 사랑 이야기들이 펼쳐졌나요? 그것은 이곳이 인간의 상상력을 훨씬 넘어선 위대한 시인들에 의해 창조되었기 때문이에요. 맞아요, 라울! 우리의 사랑도 이곳에 있어요! 왜냐하면, 우리의 사랑도 창조된 것이고 불행하게도 환상 속에 만들어졌으니까요!"

쓸쓸한 마음에 라울은 아무 대답도 하지 못했다. 그녀가 다시 말을 이어갔다.

"지상에서의 우리 사랑은 너무나 슬프니 이제 하늘을 산책해요. 자, 가 봐요! 얼마나 쉬운데요?"

그녀는 거대한 철제 선반들로 이리저리 이어진 구름 배경이 있는 곳까지 그를 인도했다. 그리고 허공 위에서 밧줄에 매달린 여러 무대장치들 사이를 누비며 천장 지지대의 약한 부분을 마구 밟고 뛰어다녀 그를 아찔하게 만들었다. 그가 머뭇거리면 그녀는 뾰로통한 표정을 지으며 사랑스럽게 말하곤 했다. "용감한 선원이 그렇게 겁이 많아서야 되겠어요?"

크리스틴은 온갖 무대의상들이며 창과 방패, 투구들이 유물처럼 보관된 커다란 방으로 그를 이끌었다. 자신의 왕궁에서 그녀는 먼지를 뒤집어쓰고 침묵 속에 도열한 유령 전사들의 사열을 받았다. 그녀는 유령들을 격려하며, 언젠가 화려한 음악과 빛나는 조명 아래로 돌아가 박수갈채를 받게 될 날이 있을 거라고 속삭여주었다.

소중한 시간들이 흐르고 있었다. 라울과 크리스틴은 온갖 세상사에 대한 관심을 가장함으로써 진짜 가슴에 품고 있는 단 하나의 생각을 감추려고 했다. 또 한 가지 주목할 변화는 그동안 의연한 모습을 유지하던 크리스틴이 갑자기 예민해진 것이었다. 함께 어딘가로 갈 때에도 그녀는 이유 없이 서둘렀고, 그러다가 갑자기 되돌아 뛰어와서는 차가운 손으로 라울을 잡아끌곤 했다. 그녀의 눈동자는 상상 속의 망령을 쫓고 있는 것 같았다. 그렇게 "여기요, 여기!", "어서, 이리로 와요!" 조급하게 소리치다가 이내 눈물을 쏟기도 했다. 그럴 때마다 라울은 약속도 잊은 채 이유를 물었다. "아니에요… 정말 아무 일도 아니라니까요." 그때마다 그녀는 뭔가에 홀린 듯 멍한 눈빛으로 대답하곤 했다.

한번은 무대 위를 지나던 라울이 바닥문의 어두운 구멍을 내려다

160

보며 말했다.

"당신의 왕국은 이미 구경했으니 이제 저 아래 있는 세상으로 내려가 볼까요? 사람들 얘기로는 저 아래에 정말 재미난 것들이 많다던데…" 그 말을 들은 크리스틴이 마치 라울이 그 검은 구멍 속으로 빨려 들어가기라도 할 듯이 팔을 붙잡아 끌며 떨리는 목소리로 말하는 것이었다. "안돼요! 거기는 절대 가면 안 돼요…. 거긴 내 영토가 아니에요… 땅 밑의 것은 모두 그에게 속해 있어요!"

라울이 그녀의 눈동자를 들여다보며 말했다.

"그가 저 아래에 산다고요?"

"전 그런 얘기한 적 없어요…. 누가 그래요? 우리 여기서 이러지 말고 딴 데로 가요! 당신, 머리가 정말 어떻게 된 것 같아요… 그런 이상한 소리를 늘어놓다니… 자! 가요, 어서!"

라울이 여전히 바닥문 주위를 맴돌자 그녀는 마치 구덩이에서 건져 올리듯 라울을 잡아끌었다.

그때 갑자기 털컹 하고 바닥문이 닫혔다. 보이지 않는 손이라도 있는 것처럼 순식간에 일어난 일이어서 두 사람 다 어리둥절했다.

"누군가 뚜껑을 닫은 게 아닌가요?" 라울이 한참 뒤 입을 열었다.

말없이 어깨만 으쓱했지만 크리스틴도 뭔가 께름직한 표정이었다.

"아니, 아니에요! 바닥문 관리자가 그랬을 거예요. 그들도 자기 일을 해야 하니까… 그 사람들, 저렇게 일없이 바닥문을 열었다 닫았다 한다니까요… 장난으로 그랬을 거예요.

"하지만 크리스틴, 만약 그자의 짓이라면?"

"말도 안돼요! 그럴 리가 없어요! 그는 어딘가에 틀어박혀 일에만 열중하고 있는걸요!"

"아, 일을 하고 있다?"

"그래요, 일을 하면서 바닥문을 여닫을 수는 없잖아요. 그러니 신경 쓰지 마세요."

그렇게 말하는 그녀의 목소리가 떨리고 있었다.

"대체 그는 무슨 일을 하죠?"

"아, 아주 끔찍한 일을… 우리가 상관할 바는 아니지만… 그 일을 할 때에는 보지도, 먹지도, 마시지도 않을 뿐더러 숨조차 쉬지 않는답니다. 몇날며칠을 살아있는 시체처럼 지내는데 바닥문 따위에 신경 쓸 시간이 어디 있겠어요?"

그렇게 진저리를 치던 그녀가 갑자기 바닥문에 귀를 기울이며 몸을 기울였다. 라울은 그녀가 하는 대로 내버려두었다. 더 이상 아무 말도 하지 않은 것은 이제 겨우 비밀을 말하기 시작한 그녀의 마음이 흔들릴까봐서였다.

크리스틴은 라울의 손을 꼭 잡은 채 떠나지 못하게 하더니 결국 한숨을 내쉬며 말했다.

"그래요, 그가 맞아요…"

"그가 두려운가요?" 라울이 조심스럽게 물었다.

"아니요, 조금도요!" 그녀가 대답했다.

다음날에도, 그 다음날에도 그들은 되도록 바닥문을 피해 다녔고, 대부분의 시간을 지붕 가까운 곳에서 지내며 순진하고 애틋한 밀회를 즐겼다. 하지만 시간이 흐를수록 크리스틴의 불안은 커져 갔다. 그러던 어느 날 오후, 늦게 약속 장소에 도착한 크리스틴의 얼굴은 창백했고 눈은 충혈되어 있었다. 급기야 라울이 결심한 듯 이렇게 선언했다. "목소리의 주인공에 대해 털어놓지 않는다면 나도 북극으로 가지 않겠어요!"

"조용히! 제발, 조용히요! 오 가엾은 라울, 그가 당신 말을 들을지도 몰라요!" 그녀가 겁먹은 눈으로 주변을 두리번거렸다.

"크리스틴, 맹세하겠소! 내가 당신을 그로부터 구해주겠다고!" 이제 더는 그를 걱정할 일이 없을 거요!"

"정말 그럴까요?"

크리스틴은 젊은이를 무대 바닥문에서 가장 멀리 떨어진 극장의 꼭대기까지 이끌었다. 그때서야 그녀는 겨우 두려움에서 벗어난 듯했다.

"세상으로부터 가장 멀리 떨어지고 가장 외진 곳에 당신을 숨겨줄게요! 그렇다면 당신도 무사할 수 있을 거예요! 아무와도 결혼하지 않겠다고 맹세했으니 나도 마음 놓고 북극으로 떠날 수 있고…"

크리스틴은 그의 품으로 달려들었다. 라울은 그녀를 힘껏 안아주었다. 하지만 곧 다시 불안이 몰려왔다. 그녀는 주위를 둘러보았다.

"더 높이, 더 높은 곳으로…" 그녀는 그렇게 중얼거리며 극장 꼭대기로 다시 라울을 이끌었다. 그는 그녀를 간신히 따라 올라갔다. 두 사람은 곧 지붕의 골조들이 복잡하게 얽혀있는 꼭대기에 이르렀다. 부벽과 서까래, 버팀목과 벽면 그리고 경사면들 사이를 마치 밀림 속에서 나뭇가지를 건너뛰듯 미끄러지며 나아갔다.

크리스틴은 매번 뒤를 돌아보았지만 그녀를 따라 멈춰서고 다시 뒤따라오는 소리 없는 그림자를 전혀 눈치 채지 못했다. 앞서가는 크리스틴 외엔 관심이 없던 라울도 뒤따르는 존재를 눈치 채지 못한 건 당연했다.

13. 지붕 위의 그림자

두 사람은 마침내 지붕 위에 다다랐다. 크리스틴은 한 마리 제비처럼 날렵하게 지붕 위를 미끄러졌다. 두 사람의 시선은 세 개의 둥근지붕과 삼각지붕 사이 넓게 펼쳐진 공간으로 향했다. 크리스틴은 한창 바쁘게 돌아가고 있을 파리의 골목들을 내려다보며 크게 심호흡을 했다. 그리고 믿음 가득한 눈길로 라울을 바라보았다. 그녀는 라울을 가까이 오게 한 뒤, 함석과 주철로 이루어진 지붕 위의 길을 나란히 걸었다. 더울 때 스무 명 남짓한 어린 사내 무용수들이 물놀이도 하고 수영도 배우는 커다란 수조에 이르렀을 때엔 고요한 수면에 자신들의 모습을 비추어 보기도 했다. 등 뒤의 그림자는 모습을 드러냈다가 다시 지붕 위로 납작 몸을 엎드리기도 하며 민첩

Why Have You Brought Me Here?(여긴 왜 온 거죠?)
* 오페라의 유령 런던 공연 O.S.T.
* 오페라의 유령(Phantom Of The Opera)(2006)

FLO에서 듣기

하게 그들을 뒤쫓았다. 그림자는 철골로 된 길목들을 통과하고 물탱크를 돌아 소리 없이 돔 지붕을 우회했다. 전혀 그림자를 눈치 채지 못한 불행한 연인들은 하늘을 향해 커다란 칠현금을 치켜들고 있는 청동 아폴론상 아래에 앉았다.

봄날의 불타는 저녁 빛이 그들을 둘러쌌다. 석양을 받아 금빛과 자줏빛으로 옅게 물든 구름들이 옷자락을 끌며 천천히 젊은 연인들 머리 위를 지났다. 크리스틴이 라울에게 속삭였다. "라울, 이제 곧 우리는 저 구름보다 먼저 세상의 끝에 도달해 있을 거예요. 당신은 저를 그곳에 버려두고 떠나겠죠? 하지만 라울, 저를 두고 떠나야 할 때가 오면 설사 따라 가지 않겠다고 우기더라도 절 꼭 데리고 가주어야 해요. 이렇게 말하며 그녀는 라울의 품으로 파고들었다. 이 말은 젊은이의 마음을 울렸다.

"크리스틴, 아직도 마음을 바꾸기가 두려운 거군요?"

"모르겠어요." 그녀가 자신 없다는 듯 머리를 흔들었다. "그는 악마예요!"

그녀는 다시 몸을 떨기 시작했고, 한숨을 내쉬며 라울의 품으로 파고들었다.

"돌아가 땅속 세상에서 그와 함께 있어야 한다는 게 두려워요!"

"누가 당신에게 돌아가도록 강요하기라도 하나요?"

"내가 그의 곁으로 돌아가지 않으면 큰 재앙이 닥칠지도 몰라요! 하지만 더는 못 하겠어요… 이젠 그럴 수 없어요… 물론 저 지하에 사는 사람들이 가엾다는 건 알아요. 하지만 그곳은 너무 끔찍해요.

시간이 점점 다가오고 있어요. 이제 하루밖에 남지 않았잖아요. 만약 내가 돌아가지 않는다면 목소리가 찾으러 올 거예요. 아마 나를 지하로 데려가 무릎을 꿇고 해골 같은 머리를 조아리며 애원하겠죠? 내게 사랑을 고백하며 눈물을 흘릴 거예요! 검게 뚫린 구멍으로 눈물을 뚝뚝 흘리면서 말이에요! 이제 더 이상 그런 눈물은 보고 싶지 않아요!"

그녀는 소름이 끼치는 듯 자기 손을 비틀었다. 라울도 그런 절망감에 전염된 듯 그녀를 힘껏 끌어안았다. "아니, 아니, 더는 그자의 사랑타령을 들을 필요가 없어요! 더는 그자의 눈물도 볼 필요가 없어요! 크리스틴, 우리 지금 도망쳐요. 지금 당장!" 그렇게 말하면서 그는 벌써 크리스틴의 손을 잡아끌고 있었다.

그러나 크리스틴이 그를 말렸다.

"아니요. 안 돼요!" 그녀가 두려운 듯 고개를 저으며 말했다. "지금은 곤란해요! 그건 너무 잔인한 짓이에요. 내일 저녁에 마지막으로 그를 위해 노래를 불러줄 거예요. 우리 그런 다음에 떠나요. 있다가 자정이 되면 내 대기실로 오세요. 자정 정각이에요! 그때쯤 그는 물이 괸 지하식당에서 날 기다리고 있을 테니…. 그러면 당신은 아무도 모르게 날 데리고 갈 수 있겠죠! 그때 설령 내가 거부한다 해도… 약속해 줘요, 라울! 반드시 저를 데려가 주겠다고… 왠지 이번에 돌아가면 다시 빠져나올 수 없을 것 같아요…" 이렇게 말한 그녀가 한숨을 쉬며 덧붙였다. "당신은 아마 이해하지 못하겠죠?"

그런데, 그 순간 뒤에서 또 다른 한숨 소리가 들렸다.

"방금 그 소리 못 들었어요?" 크리스틴이 이가 부딪힐 정도로 떨며 말했다.

"아니, 아무 소리도요…." 라울이 그녀를 안심시켰다.

"이렇게 매일매일 가슴을 졸이며 사는 건 정말 끔찍해요!… 하지만 여긴 안전해요. 이렇게 하늘에 닿아 공기와 햇빛을 누릴 수 있는 내 집, 아니 우리 집에 와 있으니까요. 저렇게 태양도 빛나고 있잖아요. 하지만 밤새들은 햇빛을 싫어하죠. 그가 햇빛 아래 모습을 보인 걸 본 한 번도 본 적이 없어요! 아, 그 모습은 얼마나 끔찍할까?" 그녀는 혼란스러운 눈빛으로 주변을 둘러보았다. "아! 처음 그의 모습을 보았을 때… 난 그가 죽어가고 있다고 생각했어요!"

"왜죠?" 이상할 정도로 확신이 담긴 말투에 놀라 라울이 물었다. "왜 그가 죽어간다고 생각했나요?"

"그냥… 분명 그렇게 보였어요!!!"

이번에는 라울과 크리스틴이 동시에 주위를 둘러보았다.

"누군가 다친 사람이 있나 봐요! 무슨 소리 안 들려요?" 라울이 중얼거렸다.

"그가 곁에 없더라도 내 귓속은 언제나 그의 탄식으로 가득 차 있어요, 라울! 하지만 당신 귀에까지 들렸다면…."

두 사람은 동시에 일어나 주변을 둘러보았다. 하지만 넓은 함석지붕 위엔 그들밖에 없었다. 둘은 다시 자리에 앉았고 라울이 물었다.

"그를 처음 보았을 땐 어땠나요?"

"석 달 전이었어요. 보지는 못했고 목소리만 들렸죠. 가까이서 아름다운 노랫소리를 들었을 땐 저도 근처 대기실에서 나는 목소리인 줄만 알았어요. 밖으로 뛰어나가 이리저리 둘러보았죠. 하지만 라울! 당신도 알다시피 제 대기실은 다른 대기실과 멀리 떨어져 있어요. 밖에서 찾을 수 없다면 목소리의 주인공은 분명 내 방 안 머물고 있는 거예요. 더구나 목소리는 노래만 부른 게 아니라 진짜 내 눈앞에 있는 것처럼 대화까지 했어요. 천사처럼 아름다운 목소리로 말이에요. 이런 믿을 수 없는 일을 어떻게 설명할까요? 난 가엾은 우리 아버지가 보내주겠다고 약속한 음악의 천사를 한시도 잊어본 적이 없어요. 나는 어린 로테와 같은 감성과 순진함을 지니고 있었고, 양어머니인 발레리우스 부인과 살면서도 이런 심성을 간직하려 애썼어요. 이런 순진한 소녀 앞에 천사의 것이라고밖에 할 수 없는 목소리가 나타난 거예요. 순진한 나로서는 영혼을 몽땅 빼앗겨버릴 수밖에요! 물론 내 양어머니에게도 조금의 잘못은 있어요. 내게 일어난 믿을 수 없는 일들을 말씀드리자, 어머니는 당장 이렇게 말씀하시는 거예요. '천사가 틀림없구나! 그 목소리에게 직접 물어보렴!' 그래서 전 목소리에게 물어보았죠. 그랬더니 돌아가신 아버지가 약속했고 제가 그토록 기다리던 천사가 맞다고 하더군요. 그때부터 목소리와 서슴없이 대화를 하기 시작했고, 그를 절대적으로 신뢰하게 되었어요. 목소리는 불멸의 음악이 가져다주는 최고의 기쁨을 인간들이 맛보게 하기 위해 땅으로 내려왔다면서, 내게 매일 음악 교습을 해주면 어떻겠냐고 물었어요. 나는 너무나 기뻐서 당장 동의했죠. 그때부터 하루도 빠지지 않고 그가 정해준 장소로 나갔어요. 오페라극장이 비어있는 시간을 틈타 주로 내 대기실에서 수업을 했어요. 수업이 어땠냐고요? 그의 목소리를 들어본 당신도 상상하기 힘들 정도였어요.

"그래요! 대체 어떤 식으로 수업을 받았을지 상상하기 힘들군요…." 젊은이가 수긍했다.

"생전 처음 들어보는 소리였어요. 벽 뒤에서 들려왔지만 음정은 더할 수 없이 정확했죠. 놀랍게도 그는 아버지가 돌아가시기 전에 어디까지 가르쳤고 어떤 방식으로 가르쳤는지까지 모두 알고 있었어요. 내 몸은 과거에 배웠던 소리를 금세 기억해낼 수 있었고, 몇 년이 걸릴 정도의 단계를 단번에 오를 수 있었죠! 당신도 기억할지 모르겠지만, 내 목은 너무 예민하고 개성이 없었어요. 저음 부분은 원래부터 불안했고 고음 부분은 무뎠고, 중간음도 희미했죠. 아버지는 이런 단점들을 고쳐주려고 무척 애를 쓰셨고 잠시 성공한 적도 있었어요. 한데, 그 목소리가 되살아난 거예요. 그것도 아주 완벽하게요! 전 아주 조금씩 성량을 키워갔고, 전에는 도저히 생각할 수 없었던 수준까지 올라갔어요. 호흡을 최대한 길게 끄는 법도 배웠죠. 하지만 무엇보다 그가 전수해 준 최고의 비법은 흉성으로 소프라노 소리를 내는 거였어요. 그는 나를 영감에 휩싸이게 만들었고, 삶에서 최고의 짜릿함을 안겨주었어요. 그의 목소리는 듣는 것만으로도 최고의 경지에 오르게 만들어주는 힘을 가지고 있었어요. 그래서 자신과 함께 날개를 달고 높은 곳을 훨훨 날 수 있도록 해주었죠. 그는 자기 영혼을 나의 입에 불어넣어 줌으로써 완벽함을 선물해 주었어요!

　나의 음악적 성장은 그와 나 그리고 양어머니, 셋만의 비밀이었어요. 목소리가 그렇게 명령했죠. 재미있는 건 대기실 밖에서 저는 평소처럼 노래했고 아무도 나의 성장을 눈치 채지 못했다는 거예요. 전 목소리가 시키는 대로 했어요. 그는 늘 이렇게 말했죠. "조금만 더 기다려. 우린 곧 파리를 놀라게 할 거야!" 그래서 나는 기다렸어요. 당시 나는 그가 연출해낸 꿈에 젖어 살았던 것 같아요. 내가 라울 당신을 객석에서 발견한 것은 그즈음의 저녁이었어요. 난 기쁜 나머지 대기실로 와서도 표정을 감추지 못했죠. 그런데 내 대기실에 와있던 그가 단박에 무슨 일이 있다는 걸 알아차렸어요. 그는 내게 무슨 일이냐고 물었고, 난 바보처럼 우리의 추억뿐 아니라 내 마음을 차지하고 있던 당신의 자리까지 숨김없이 털어놓았죠. 그런데 얘기를 다 하고 나자 더 이상 아무 소리도 들리지 않는 거예요. 그를 불러 보았지만 아무 대답도 없었어요. 영원히 나를 떠나버렸을지도 모른다는 생각에 난 두려움에 휩싸였어요. 오, 하느님! 그날 저녁 절망에 빠져 집으로 돌아온 나는 발레리우스 부인의 품으로 달려들어 이렇게 외쳤어요. '목소리가 떠났어요! 이젠 다시 돌아오지 않을 거예요!' 부인은 나보다 더 놀라며 자초지종을 물었어요. 나는 모든 걸 이야기했죠. 이야기를 들은 부인이 말했어요. '저런, 목소리가 질투를 하는 모양이구나!' 그때야 내가 라울 당신을 사랑하고 있다는 사실을 깨달았어요."

　여기서 크리스틴은 잠시 말을 멈추었다. 그녀는 라울의 가슴에 조용히 머리를 기댔고, 둘은 이렇게 포옹한 채 한참 동안 가만히 있었다. 벅찬 감동 때문에 두 사람은 불과 몇 발짝 떨어진 곳까지 다가온 검은 그림자를 눈치 채지 못했다. 지붕에 바짝 몸을 엎드리고 서서히 다가온 그림자는 금세라도 검은 날개를 펼치고 두 사람의 목덜미를 향해 달려들 것만 같았다.

"다음날 나는 복잡한 심경으로 대기실로 돌아왔어요." 크리스틴이 한숨을 내쉬며 말을 이어갔다. "그런데 목소리가 거기 있었어요. 오 라울! 그는 너무나 침통한 목소리로 내게 경고했어요. 내가 세속의 것들에 마음을 둔다면 자신은 더 이상 이곳에 머물 필요가 없으며 다시 하늘로 올라가 버릴 거라고! 한데, 그렇게 말하는 그의 말투는 너무나도 '인간적'이었어요. 그날부터 그에 대한 의구심이 일었고, 내가 지나치게 감정에 휘둘렸던 게 아닌가 하는 생각도 들었어요. 하지만 아버지에 대한 애틋한 감정 때문에 천사에 대한 나의 믿음은 확고했었어요. 그 목소리를 더 이상 듣지 못하는 것보다 두려운 일은 없었지만, 한편으론 자꾸 당신에게로 향하는 내 마음에 대해서도 곰곰이 생각해 보았어요. 그로 인해 닥칠 위험들에 대한 부질없는 생각들과 함께, 과연 당신이 날 기억해주기나 할까 하는 생각도 들었고요. 당신의 신분을 볼 때 우리가 정상적으로 결혼하는 것은 불가능할 테니까요 그래서 당신과는 그냥 남매 같은 사이이며, 세속적 사랑 따위는 앞으로 마음에서 지워 버리겠다고 그에게 맹세했어요. 이것이 무대나 복도에서 마주쳤을 때 당신을 외면하고 당신이 나를 찾아왔을 때도 못 알아보는 척했던 이유랍니다. 그러는 사이에도 목소리와의 신들린 교습은 계속되었어요. 마침내 내가 더는 올라설 수 없는 경지에 이르렀을 때 목소리는 말했어요.

'크리스틴 다에! 이제 인간들에게 가서 천상의 음악을 들려줄 때가 되었다!'

그날 왜 카를로타가 극장에 못 오게 되었는지, 어떻게 내가 그 자리를 대신하게 되었는지는 잘 몰라요. 어쨌든 그날 나는 스스로도 알 수 없는 힘에 이끌려 노래를 불렀어요. 마치 날개를 달고 날아오르는 느낌이었어요. 어느 순간엔 내 몸을 감싸고 있던 영혼이 육신을 떠나 떠돌고 있는 느낌마저 들었어요!"

라울이 눈물을 글썽이며 화답했다. "오, 크리스틴! 그날 저녁 내 심장은 당신이 부른 음정의 마디마디마다 요동쳤답니다! 당신의 흰 볼을 타고 흐르는 눈물을 나는 보았어요. 나 또한 당신과 함께 눈물을 흘렸지요. 어떻게 당신은 눈물을 흘리면서도 노래를 부를 수 있었나요?"

크리스틴이 말을 이었다. "노래를 마치자 기력이 다했어요. 전 눈을 감고 말았고⋯ 다시 눈을 떴을 땐 당신이 내 곁에 있었어요! 하지만 목소리도 거기에 함께 있었답니다! 당신이 걱정됐어요. 이번에는 당신을 알은체할 수 없었어요. 당신이 스카프를 바다에서 건져 준 이야기를 듣자마자 웃음을 터뜨린 것도 그 때문이에요!

오, 하지만 목소리를 속일 수는 없었어요. 목소리는 단번에 당신을 알아보았고 당신을 질투했어요. 그는 이틀 동안이나 나를 괴롭혔어요. '그를 사랑하고 있군! 그를 사랑하지 않는다면 그렇게 피할 이

유도 없잖아? 정말 옛 친구라면 남들처럼 손을 잡고 맞아주었어야지. 그를 사랑하지 않는다면 내가 대기실에 있는 걸 그렇게 불편해할 필요도 없었을 텐데… 그렇게 황급히 그를 방에서 쫓아내지도 않았을 테고…'

계속해서 이죽거리는 목소리에게 소리쳤어요. '제발 그만 하세요! 내일 난 페로스의 아버지 묘소에 갈 생각이에요. 그때 라울 드 샤니 자작도 함께 가자고 할 거예요.'

'좋으실 대로!' 목소리가 대답했어요. '하지만 알아둬. 나도 내일 페로스에 있을 거야. 네가 있는 곳엔 어디든 내가 함께 있다는 걸 잊지 마! 만약 네가 거짓을 말하지 않고 여전히 나를 따를 자격이 있다면 자정을 알리는 종소리와 함께 네 아버지의 무덤 위에서 죽은 자의 바이올린으로 「라자로의 부활」을 연주해 주지!'

그래서 당신에게 페로스로 와달라는 편지를 썼던 거예요. 아, 난 어쩜 그리도 어리석었는지… 목소리의 사심 가득한 집착 앞에서 왜 한 번도 수상하다는 생각을 해보지 않았는지… 아무튼 그때 난 제정신이 아니었고 그의 노리갯감에 불과했으니까요… 목소리는 나 같은 어린아이쯤은 맘대로 주무를 수 있는 수완을 가지고 있어요!"

"하지만 곧 진실을 깨달았잖아요!" 자신의 신중하지 못했던 처신에 순수한 참회의 눈물을 흘리는 크리스틴을 향해 라울이 외쳤다. "그런데, 왜 이 지긋지긋한 악몽에서 빠져나오지 못하는 겁니까?"

"진실을 깨달았다고요? 악몽에서 빠져나온다고요? 오, 라울! 진실을 알게 된 재앙의 그날 난 다시 악몽 속으로 들어갔는걸요… 아,

그냥 모른 척하세요, 라울! 난 아무 얘기도 하지 않았어요… 이제 우린 낙원에서 다시 지상으로 내려가야 해요. 차라리 날 원망하세요! 그날 저녁, 운명의 그날 저녁이 바로 재앙의 시작이었다고… 무대 위의 카를로타를 한평생 흙탕물 속에서 뒹굴던 두꺼비로 만들어 끔찍한 소리를 내뱉게 하던 그날… 객석이 온통 어둠에 뒤덮이고, 샹들리에가 불벼락처럼 객석 한가운데로 떨어져 내리던 그날… 사망자와 부상자의 비명소리로 극장이 온통 아수라장이 되었던 그날 저녁이!…

  그날의 비극이 벌어졌을 때 내 머릿속은 온통 라울 당신과 목소리 걱정뿐이었어요. 그때 두 사람은 내 마음속에서 똑같이 반반을 차지하고 있었으니까요… 당신이 형님과 함께 박스석에 앉아 있는 걸 보고 당신이 무사하다는 걸 알았죠. 하지만 이번엔 그날 공연을 보러 오기로 한 목소리가 걱정됐어요. 그래요! 마치 그가 죽을 수도 있는 평범한 인간이기라도 한 것처럼… 그래서 나도 모르게 '맙소사! 샹들리에가 목소리의 머리 위로 떨어져 내렸을지도 몰라!' 하고 외쳤어요. 무대 위 있던 나는 실성한 듯 객석으로 달려가서 사상자 중에 그가 있는지 찾아보았죠. 그때 문득 한 가지 생각이 스쳤어요. 만약 그가 끔찍한 일을 당하지 않았으면 틀림없이 날 안심시키기 위해 대기실로 왔을 거라고! 난 지체 없이 대기실로 달려갔어요. 그는 없었어요. 그래서 문을 걸어 잠그고 무사하다면 모습을 보여 달라고 눈물로 간청했죠. 처음엔 아무 대답도 없었지만, 이내 그의 익숙한 신음소리를 들을 수 있었어요. 그건 마치 예수의 목소리

를 듣고 눈을 떠 세상의 광명을 보게 된 라자로의 신음소리 같았어
요. 그리고 마치 우리 아버지의 바이올린 소리 같았죠… 나는 즉시
페로스의 공동묘지에서 날 얼어붙게 만들었던 아버지의 바이올린
소리를 떠올렸어요. 그러자 보이지 않는 악기의 장엄한 연주와 함께
생명의 환희를 노래하는 목소리가 들렸어요. 그 목소리는 '와서 나
를 믿으라! 나를 믿는 자는 죽음으로부터 되살아나리니! 내게로 오
라! 나를 믿은 자, 영원히 죽지 않으리로다!'라고 노래하고 있었어요.

가엾은 사람들이 거대한 샹들리에에 깔려 죽은 재앙의 날, 지척
에서 불멸의 삶을 노래하는 목소리를 들었을 때 제 느낌이 어땠을
까요? 그건 마치 '몸을 일으켜 소리가 있는 곳으로 오라'는 명령처
럼 들렸어요. 목소리는 차츰 멀어졌고, 나는 그 소리를 따라갔죠.
'내게로 오라! 나를 믿으라!' 나는 그 목소리를 믿고 따라갔어요. 그
런데 신기하게도 목소리를 따라갈수록 발 앞의 공간이 점점 확장되
는 느낌이었어요. 거울의 효과 때문일지도 모르겠다는 생각을 하는
순간… 어찌된 영문인지 나는 대기실 밖으로 밀려나와 있었어요!

그때 라울이 말을 가로막았다. "영문을 모르겠다고요? 제발 꿈에
서 깨어나요, 크리스틴!"

"아, 가엾은 라울! 꿈을 꾼 게 아니었어요. 분명 나도 모르는 사이
에 대기실 밖으로 나와 있었어요. 그날 저녁 당신도 내가 사라지는
걸 봤다고 했잖아요. 그렇다면 당신이 직접 설명해 보세요. 나는 도
저히 설명할 수가 없군요. 내가 이야기할 수 있는 건, 분명 눈앞에
거울이 있었는데 뒤를 돌아보니 어느새 거울은 물론 대기실도 없어

졌다는 거예요. 나는 어두운 복도에 있었고… 너무나 무서워 소리를 질렀어요!

주위는 온통 캄캄했고 멀리 복도 끝의 벽 한쪽에 붉은 불빛이 희미하게 비쳐왔죠. 나는 다시 비명을 질렀지만, 목소리는 벽에 부딪혀 되돌아왔어요. 이미 바이올린 소리도 노랫소리도 그쳐 있었어요. 한데, 깜깜한 어둠 속에서 갑자기 손 하나가 나타나 내 손을 살며시 잡는 거예요… 손이라기보다는 온기 없는 뼈다귀가 움켜쥐는 느낌이었어요. 나는 다시 비명을 질렀죠. 그러자 이번엔 팔 하나가 내 몸 전체를 휘어 감더니 번쩍 들어 올렸어요. 겁에 질려 물기가 서려있는 담벼락을 움켜쥐며 몸부림쳤지만 붙잡을 데가 없었어요. 더는 저항할 수 없게 되자 죽음과도 같은 공포가 몰려왔어요. 검은 그림자는 나를 안고 붉은 빛이 희미하게 비치는 쪽으로 걸어갔어요. 불빛에 들어가서야 나는 검은 망토를 두르고 가면으로 얼굴을 가린 사내를 알아볼 수 있었어요. 다시 있는 힘을 다해 저항했지만 팔다리를 쥐고 있어 꼼짝할 수도 없었고 손으로 입을 틀어막아 소리도 낼 수도 없었어요. 그 손, 내 입술과 살갗에 닿은 그 손에서 죽음의 냉기가 느껴졌어요! 결국 나는 정신을 잃고 말았죠…

얼마나 기절해 있었을까? 다시 눈을 떴을 때, 여전히 그와 함께 어둠 속에 있다는 걸 알았어요. 바닥에 놓인 램프 하나가 말없이 고인 물을 비추고 있었는데, 벽 에서 흘러내린 물줄기는 바닥에 이르자마자 어디론가 사라져 버렸어요. 그 바닥에 나는 누워 있었죠. 내 머리가 검은 망토를 두른 가면의 무릎 위에 놓여 있었어요. 그는 말없이 앉아 부드러운 손길로 내 이마를 식혀주었어요. 그 모습은 나를 거칠게 끌고 오던 때보다도 견딜 수 없을 만큼 끔찍했어요. 그의 손길은 바람결처럼 가벼웠지만 죽음의 냄새는 결코 지울 수 없었어요. 나는 그를 밀어내려 했지만 힘이 부쳤어요. 나는 간신히 호흡을 가다듬으며 물었어요. '누구시죠? 목소리는 어디에 있나요?' 하지만 한숨 소리가 대답을 대신했어요. 순간 더운 숨결이 얼굴에 느껴졌고, 검은 사내의 곁에서 뭔가 하얀 물체가 있다는 걸 알아차렸어요. 검은 사내는 나를 들어 올리더니 하얀 물체 위에 올려놓았어요. 말안장 위에 거의 눕혀진 자세로 끌려가면서 나는 그게 「예언자」의 백마라는 사실을 알아차릴 수 있었어요. 내가 사탕을 주며 무척이나 귀여워했던 말이었어요. 어느 날 갑자기 극장에서 사라진 뒤 오페라의 유령에게 납치됐다는 소문이 퍼졌었죠. 그때까지 천사의 목소리만 믿었을 뿐, 나는 유령에 대한 소문 따위는 믿지 않았어요. 순간, 혹시 내가 혹시 유령의 포로가 된 건가 하는 생각에 소름이 끼쳤어요. 나는 마음속으로 목소리가 달려와 나를 구해주길 간절히 빌었죠. 그때까지 목소리와 유령이 같은 존재라곤 꿈에도 생각해보지 못했으니까요. 라울, 당신도 오페라의 유령에 대해서는 들어보았겠죠?

"물론입니다." 젊은이가 대답했다. "그래서 크리스틴! 그 「예언자」의 백마에 실려 간 뒤 무슨 일이 일어났는지 어서 얘기해 봐요."

"나는 꼼짝 않고 말에게 몸을 맡겼어요. 그러자 조금 전까지의 끔찍했던 불안과 공포 대신 묘한 나른함이 몰려왔어요. 검은 형체가 여전히 날 붙잡고 있었지만, 그에게서 벗어나야겠다는 생각이 들지 않았어요. 야릇한 평온함이 몰려오는 게 마치 마법의 묘약에 취한 기분이었어요. 온몸의 감각이 살아나는 느낌이었죠. 캄캄한 어둠 속에서도 여기저기 깜박거리는 불빛이 보였어요. 내 판단으로는 좁은 회랑을 돌고 있는 것 같았어요. 저는 그곳이 오페라극장의 지하에 있는 너른 공간일 거라고 짐작했죠.

예전에 한번 그 어마어마하다는 극장 지하로 내려가 본 적이 있어요. 하지만 지하 3층까지만 내려가고 그 이상은 내려갈 엄두를 못 냈어요. 한데 거기서 두 층이나 더 내려갈 수 있었다니⋯ 발밑으로 도시가 하나 펼쳐져 있는 셈이죠. 내 눈앞에 나타난 형상들은 나를 기함하게 만들었어요. 시커먼 악마들이 커다란 화덕 앞에서 부삽과 쇠스랑을 휘두르며, 누군가 다가서면 당장 붉은 불길을 토해낼 듯 위협하고 있었어요. 그럼에도 나를 실은 세자르는 침착하게 칠흑 같은 어둠을 지났어요. 그리고 나는 망원경을 거꾸로 보는 것처럼 아주 멀리서 깨알만한 크기로, 시뻘건 불길을 피워 올리고 있는 검은 악마들을 발견할 수 있었어요. 검은 복장의 사내는 여전히 나를 꽉 붙잡고 있었고, 세자르는 확신에 찬 발걸음으로 뚜벅뚜벅 앞으로 나아가고 있었어요. 그 어둠 속의 여정이 대체 얼마나 지속되었는지

**The Phantom of the Opera(오페라의 유령),
[금세기 최고의 뮤지컬](2009)**

* 피오나 헨들리(Fiona Hendley) & 폴 존스(Paul Jones)
* 금세기 최고의 뮤지컬(2009)

FLO에서 듣기

짐작조차 할 수 없어요. 그냥 어딘가를 빙빙 돌고 있는 느낌이었어요! 이렇게 우린 돌고 또 돌았죠! 끝없는 나선형의 내리막길을 돌아 땅 끝의 심연에 닿으려는 듯… 어쩌면 빙빙 돌고 있던 건 내 머릿속이었는지도 몰라요. 하지만 난 그렇게 생각하지 않아요. 절대 그렇지 않아요! 당시 내 머리는 믿을 수 없을 정도로 맑았으니까요! 그때, 세자르가 콧등을 위로 쳐들며 심호흡을 하는 것 같더니 속도를 내기 시작했어요. 그리고 잠시 뒤 따뜻한 공기가 느껴지며 세자르가 멈춰 섰어요. 캄캄하던 주변이 환해졌죠. 푸르스름한 불빛이 주변을 감싸고 있었어요. 내가 어디에 있나 주변을 살펴보았어요. 알고 보니 어느 호숫가였어요. 납빛의 수면이 어둠 속에 펼쳐져 있고 푸른 물가의 선착장에는 작은 배 한척이 쇠사슬에 매여 있었어요! 실제 지옥의 뱃사공도 나를 배로 실어 날라준 그 사내만큼 음산하진 않았을 거예요. 그런데, 묘약의 효력이 다한 걸까요? 아니면 호수의 차가운 공기가 정신을 돌아오게 한 걸까요? 무감각 상태가 사라지자 다시 두려움이 살아나면서 나는 몇 번 몸을 뒤척였어요. 검은 사내가 낌새를 알아챘는지 재빨리 나를 내려주고 말을 돌려보냈어요. 세자르는 회랑의 어둠을 뚫고 사라졌고, 계단을 달리는 말발굽 소리가 내 귀에 들려왔어요. 그리고 사내는 잽싸게 배에 오르더니 묶여있던 쇠사슬을 풀고 힘껏 노를 젓기 시작했어요. 그 사이에도 가면 뒤의 눈은 날 계속 바라보고 있었어요. 우리는 푸르스름한 빛 위를 미끄러져 검은 어둠 속을 지나 곧 물가에 닿았습니다. 배가 쿵, 하고 어딘가 부딪히는 소리와 함께 나는 다시 그의 팔에 안겨 어디론가 옮겨졌어요. 어느 정도 기운을 차린 나는 다시 비명을 질러댔어요. 하지만 곧 눈을 찌르는 빛 때문에 입을 다물어야 했어요. 그래요! 눈을 찌를 것 같은 빛이었고, 그 한복판에 나는 내려졌어요. 나는 벌떡 일어났죠. 이미 나는 기력을 회복해 있었어요. 둘러보니 온통 꽃들로 장식된 거실 한가운데에 내가 있더군요. 도회풍의 냄새를 풍기는 꽃들 한가운데 가면을 쓴 검은 사내가 팔짱을 낀 채 서 있었어요!

'크리스틴, 안심하오! 여긴 안전하니까!'

목소리였어요!

놀라움만큼이나 분노가 치솟았죠. 난 그에게 달려들어 가면을 벗기려고 했어요. 얼굴이라도 보고 싶어서… 그러는 내게 검은 그림자는 엄숙하게 말했어요.

'가면에만 손대지 않으면 당신은 안전할 거요!'

그는 간단히 내 손목을 잡아 주저앉혔어요.

그러더니 목소리는 내 앞에 무릎을 꿇고 더 이상 아무 말도 하지 않았어요.

그의 고분고분한 태도를 보니 다시 용기가 솟았어요. 주위를 환하게 비춘 빛도 내게 현실감을 주었죠. 벽에 걸린 태피스트리며 가구들, 촛불과 단지들… 그리고 어디서 얼마에 샀는지까지 알 수 있을 것 같은 금칠한 꽃바구니까지… 오페라극장 지하라는 걸 빼면 흔히 볼 수 있는 평범한 거실에 불과했어요. 단지 알 수 없는 이유로 극장 측의 묵인 하에 지하에 머물면서 그곳에 현대판 바벨탑을 짓고 온갖 이방의 언어로 말하고 노래하는 기이한 인간과 마주하고 있을 뿐이라는 생각이 들었죠.

그리고 난 알 수 있었어요! 가면 따위로는 정체를 감출 수 없는 저 목소리… 지금 내 앞에 무릎을 꿇고 있는 저 목소리가 그냥 한 인간일 뿐이라는 사실을!

내가 왜 이런 끔찍한 상황에 처하게 되었는지, 마치 하렘의 규방이나 지하 감옥 같은 이곳으로 날 끌고 와서 가두려는 속셈이 무언지, 더 이상 알고 싶지도 않았어요. 다만 마음속으로 이렇게 소리쳤죠. '아니야! 아니야! 아니야! 그럴 리가 없어! 그 목소리가 한낱 인간이었다니!' 그리고 나는 그만 울음을 터뜨리고 말았어요. 여전히 무릎을 꿇고 있던 그도 내 눈물의 의미를 알아챈 게 틀림없어요. 그가 이렇게 말했으니까요.

'맞아요, 크리스틴! 나는 천사도, 정령도, 유령도 아니오… 내 이름은 에릭이오!'

여기서 크리스틴의 이야기가 멈췄다. 두 젊은이의 등 뒤에서 "에릭…" 하는 메아리 소리가 들려왔기 때문이다. "무슨 소리지?" 뒤를 돌아보았지만 두 사람은 어느새 밤이 되었음을 알아차렸을 뿐이었다. 라울이 이제 그만 일어나자는 듯 몸을 일으켰지만, 크리스틴이 그를 붙잡아 곁에 앉혔다. "여기 더 있어요! 여기서 모든 걸 알고 가야 해요!"

"왜 꼭 여기어야만 하죠? 밤공기가 너무 차서 걱정이 돼요."

"라울, 우리가 두려워해야 할 곳은 저 바닥문 아래예요. 우린 지금 바닥에서 가장 먼 꼭대기에 와 있고요… 게다가 극장 밖에서는 당신을 볼 수가 없잖아요. 지금은 그를 거스르면 안 돼요. 의심을 사선 안 된다고요.”

“크리스틴! 내일 저녁까지 기다려선 안 될 것 같은 생각이 들어요! 지금이라도 당장 도망칩시다!”

“말했잖아요. 내일 저녁 내가 노래를 부르지 않으면 그는 큰 고통을 받게 될 거예요.”

“그에게 고통을 주지 않고 도망칠 방법은 없어요!”

“그건 당신 말이 맞아요… 내가 도망치면 그는 아마 죽어버릴 거예요!”

그리고 여인이 무거운 목소리로 덧붙였다.

“반대로 그가 우릴 죽일 수도 있겠죠…”

“당신을 사랑한다면서 어떻게 그럴 수 있나요?”

“충분히 그럴 수 있는 사람이에요.”

“하지만 거꾸로 그가 숨어있는 곳을 찾아낼 수도 있어요… 우리가 그를 찾아낼 수 있을 거예요! 에릭이 진짜 유령이 아니라면 그를 붙잡아 모든 걸 자백하게 할 수도 있잖아요!”

크리스틴이 고개를 저었다.

“아니에요! 아니에요! 우린 그에게 맞설 힘이 없어요! 도망치는 수밖에!”

“대체 어떻게요? 도망칠 수 있었는데도 당신은 그에게로 돌아갔잖아요…”

"그럴 수밖에 없었어요… 그걸 이해하려면 내가 어떻게 그의 소굴을 빠져나왔는지 알아야 해요…"

"아, 정말 그가 증오스럽군요, 크리스틴…" 라울이 외쳤다. "하지만 크리스틴, 이 비정상적인 사랑 이야기를 참고 듣기 전에 확인할 게 있어요. 당신도 그를 증오하나요?"

"아뇨, 그렇지 않아요!" 크리스틴이 단호하게 말했다.

"그럼, 지금까지 한 말은 다 뭔가요? 결국 그를 사랑하고 있다는 얘긴가요? 당신이 느끼는 두려움이나 공포들은 결국 감미로운 사랑의 다른 감정에 불과한 건가요? 물론 인정하지 않겠지만, 그를 생각하면 몸이 떨릴 테죠? 땅 밑의 궁전에 사는 그 남자를 생각하면…" 라울이 비아냥거렸다.

"내가 거기로 되돌아가길 바라나요?" 여인이 말을 끊었다. "들어봐요, 라울! 이미 말했지만 지금 돌아가면 난 다시 올 수 없어요!"

세 사람 사이에 무거운 침묵이 흘렀다. 대화하는 두 사람과 뒤에서 몰래 듣고 있는 그림자, 세 사람 사이에…

라울이 침묵을 깨고 말했다. "그 전에 당신의 감정부터 알고 싶군요. 그에 대한 감정이 증오가 아니라면 대체 뭐죠?"

"공포예요!" 크리스틴이 대답했다. 그녀가 이 단어를 얼마나 힘주어 발음했던지 밤공기마저 흔들리는 듯했다.

그녀가 격양된 어조로 말했다. "가장 끔찍스러운 건 그거예요. 두려워하면서도 그를 미워할 수는 없다는 거! 어떻게 그를 미워할 수 있을까요? 지하 호숫가의 소굴에서 내 발 밑에 무릎을 꿇은 사람을… 스스로를 질책하고 저주하며 내게 용서를 구하던 사람을…

그는 날 속였다고 고백했어요. 그는 나를 사랑해요! 그래서 내 발 앞에 거대하고도 비극적인 사랑의 덫을 뿌려놓은 거예요… 그는 사랑으로 나를 훔쳤어요! 그리고 사랑 때문 자신과 함께 날 땅속에 유폐시키려 했죠… 하지만 그는 날 위하고 내 발밑을 기고 고통에 울며 신음했어요! 내가 자리를 박차고 일어나 당장 지상 위의 자유로운 곳으로 돌려보내주지 않으면 그를 경멸하겠다고 말하자, 놀랍게도 날 풀어주었어요. 그는 날 풀어주었어요. 난 그냥 거기서 걸어 나오기만 하면 됐고, 그는 나가는 길까지 가르쳐주었죠. 그는 천사도 정령도 유령도 아니었지만, 목소리의 주인공임엔 틀림이 없었어요. 왜냐하면 그가 노래를 들려주었으니까요…

나는 그의 노래를 들었고, 거기에 머물렀죠. 더 이상 아무 말도 필요 없었어요… 하프를 손에 쥐고 그는 나를 위해 노래를 불러주었죠. 인간이자 천사의 목소리로 데스데모나의 로망스를요! 한때 내가 그 노래를 불렀었다는 게 부끄럽더군요. 그의 목소리는 내게 고통과 기쁨, 절망과 희열, 순교의 고난과 승리의 도취감을 모두 맛보게 해주었어요. 나는 귀를 기울였고, 그는 노래를 불렀어요. 목소리는 내가 알지 못하는 노래의 한 대목도 들려주었죠. 감미롭고 우울하면서 한편으론 안도감을 주는, 묘한 느낌의 전혀 색다른 음악이었어요. 영혼을 잔뜩 고양시켰다가 차츰 진정시키는, 그래서 꿈의 문턱까지 이르게 만드는… 그리고, 나는 그만 스르르 잠이 들고 말았죠…

깨어나니 어느 소박한 방의 긴 의자 위에 혼자 누워 있었어요. 평범한 마호가니 침대가 놓인 방에 벽걸이 그림이 걸려 있었고, 루이-필립 풍의 낡은 대리석 서랍장 위에 램프가 밝혀져 있었어요. '이 낯선 풍경은 뭐지?' 악몽이라도 쫓듯 손으로 이마를 짚으면서 나는 깨어났어요. 하지만 얼마 지나지 않아 꿈이 아니란 걸 깨달았죠. 나는 감금된 거예요! 욕실에 갈 때 빼고는 그 방에서 벗어날 수 없었어요. 신식으로 꾸민 욕실은 뜨거운 물과 차가운 물을 마음대로 쓸 수 있게 되어 있었어요. 방으로 되돌아왔을 때 서랍장 위에서 붉은 잉크로 쓴 쪽지 하나를 발견했어요. 쪽지는 내가 처한 비참한 상황을 이야기해주고 있었어요. 거기엔 이렇게 씌어 있었죠. '친애하는 크리스틴, 당신은 안전합니다. 세상에서 나만큼 친절하고 좋은 친구는 없을 거요. 당신은 그곳에서 혼자 지내게 될 겁니다. 필요한 물품들은 내가 직접 가져다주겠습니다.'

'이럴 수가!' 나는 외쳤어요. 결국 미치광이의 손아귀에 걸려든 거예요. '난 이제 어떻게 되는 거지? 저 자가 언제까지 나를 이 지하 감옥에 가두어 둘까?'

좁은 방 안을 미친 듯이 둘러보았지만 어디에도 빠져나갈 구멍은 없었어요. 벽에서 들려오는 천사의 목소리 따위의 미신을 믿은 내 어리석음을 비웃으면서도 묘한 전율을 느꼈어요. 나같이 어리석은 여자에겐 어떤 재앙이 닥쳐도 싸다는 생각이 들었죠. 스스로에게 매질이라도 하고 싶은 심정이었어요. 자책하며 울다가 웃다가를 반복했어요. 그러고 있는데 에릭이 다시 나타났습니다.

그는 벽을 세 번 가볍게 두드리더니 내가 전혀 발견할 수 없었던 문을 열고 조용히 들어왔어요. 내가 온갖 저주를 퍼부어대는 동안 그는 가지고 온 물건들을 말없이 침대 위에 내려놓았죠. 급기야 나는 선량한 척하는 그 얼굴의 가면을 벗어보라고 소리쳤어요. 그러자 그는 여전히 침착한 태도로 대답했어요.

'당신은 절대로 에릭의 얼굴을 보지 못할 거요.'

그러면서 오히려 그때까지 단장을 하지 않은 나를 나무라는 거예요! 벌써 오후 두시가 되었다며, 앞으로 30분 시간을 줄 테니 준비하라고 말하더군요. 그는 내 시계태엽을 감고 시간을 맞춰 주었어요. 맛있는 점심식사가 준비된 식당으로 날 초대할거라면서요. 마침 배가 많이 고팠던 나는 욕실로 들어가면서 그의 코앞에서 거칠게 문을 닫았어요. 그리고 큰 가위를 옆에 두고 목욕을 했어요. 만일 에릭이 이성을 잃고 본색을 드러내면 그 가위로 내 목숨을 끊을 생각으로…

시원하게 몸을 씻고 나니 정신이 맑아졌어요. 다시 에릭 앞에 서면 쓸데없이 그를 자극하기보다는 비위를 맞춰서 잠깐의 자유라도 얻어야겠다고 생각했어요. 날 안심시키려는지, 그가 먼저 앞으로의 계획을 자세히 설명해 주더군요. 어제는 내가 두려움에 떠는 바람에 자리를 피했지만 지금은 나와 함께 있는 게 너무나 행복하다고 했어요. 이제는 그가 옆에 있어도 겁먹을 필요가 없다는 생각이 들었어요. 왜냐하면 그는 나를 사랑하지만 내가 허락할 때에만 감정을 드러낼 것이고, 앞으로 남은 시간은 오로지 음악으로만 채울 것이라고 말했기 때문이죠. 그래서 내가 물었어요.

'앞으로 남은 시간이란 게 무슨 뜻이죠?'

'앞으로 닷새 동안이오!' 그가 단정적으로 말했어요.

'그 다음에는 절 풀어줄 건가요?'

'그렇소, 크리스틴! 닷새가 지나면 더 이상 날 두려워할 필요가 없게 될 거요. 가끔 불쌍한 에릭을 보러 와주기만 하면 되오.'

스스로를 '불쌍한 에릭'이라고 할 때의 말투가 얼마나 내 마음을 아프게 하던지…

나는 그의 가면 뒤에 숨겨진 비참함과 절망감을 생생히 느낄 수 있었어요. 가면 속에 숨은 눈동자는 제대로 보이지 않았고, 신비스런 검은 비단 테두리 너머의 얼굴에 대한 불편한 기분은 여전했지만, 가면 밑으로 흐르는 눈물만은 분명히 느낄 수 있었어요.

그는 방 한가운데 있는 조그만 탁자를 조용히 가리켰어요. 전날 불안에 떨던 나를 앉혀놓고 하프를 연주하던 곳이었는데, 나는 그곳에서 가재요리와 헝가리산 포도주에 절인 닭 날개 요리를 마음껏 먹었어요. 예전에 팔스타프*가 드나들던 쾨니히스베르크의 지하 저장고에서 직접 가져온 거라고 하더군요. 하지만 그는 아무것도 먹지 않았어요. 그에게 어느 나라 사람이냐고 묻고 혹시 '에릭'이 스칸디나비아식 이름이 아니냐고 질문했죠. 그러자 자신은 이름도 국적도 없으며 '에릭'이라는 이름도 우연히 얻은 것이라고 대답했어요.

---

* 베르디의 희극 오페라 「팔스타프」에 나오는 주인공 이름.(역자주)

그에게 따져 물었죠. 정말 사랑한다면 어떻게 이런 지하 동굴에 날 가둘 수 있냐고… 이것 말고도 마음을 표현할 다른 방법은 얼마든지 있지 않느냐고… 그리고 말했어요. 이런 무덤 속에서의 사랑은 너무나 가혹하다고! 감정이 없는 어조로 그는 '약속은 약속일 뿐'이라고 대답하더군요.

식사를 마친 뒤 그는 자기 숙소를 구경시켜 주겠다며 내게 손을 내밀었어요. 하지만 나는 뒤로 물러서며 비명을 지르고 말았어요. 손끝이 닿을 때의 축축하고 오싹한 느낌이 마치 시체의 손을 잡는 기분이었거든요.

'미, 미안하오…' 그가 신음하듯 말했어요.

이어서 그가 문을 열며 말했죠.

'이곳이 내 방이오. 재미있는 곳인데, 구경 한번 해 보겠소?'

나는 망설이지 않고 들어갔어요. 태도나 말투로 볼 때 겁을 먹을 필요가 없을 것 같아 마음이 놓였죠.

하지만 막상 방 안으로 들어가 보니 시체안치실에 들어온 기분이었어요. 벽은 온통 까만색이었고 장례식장에나 어울릴만한 휘장 뒤에는 미사곡의 악보가 펼쳐져 있었어요. 방 한가운데에는 빨간 비단 커튼이 드리워진 닫집이 있었고 그 아래로 뚜껑이 열린 관 하나가 놓여 있었어요.

나는 깜짝 놀라 뒷걸음쳤죠.

'여기가 내가 자는 곳이오.' 에릭이 태연히 말했어요. '살다보면 영원이라는 것에 익숙해질 필요가 있으니까…'

섬뜩한 기분에 난 고개를 돌려 버렸어요. 방의 벽 한 면을 오르간이 차지하고 있었고 책상 위에는 붉은 잉크로 휘갈겨 쓴 악보와 책들이 놓여 있었어요. 그의 허락을 얻어 첫 페이지를 훑어보았죠. '위풍당당 돈 후안'이라는 제목이 적혀 있었어요.

'가끔 작곡도 한다오. 벌써 20년이나 됐군. 이것만 완성되면 관 속으로 들어가 깨어나지 않을 작정이오.'

'가능한 천천히 작업을 해야겠군요.' 내가 말하자 그가 대답했어요.

'어떨 때는 보름동안 밤낮으로 쉬지도 않고 작업을 할 때도 있소. 오로지 음악만을 생각하며 산다고 할 수 있지. 그런 다음엔 몇 년 동안 휴식을 취하기도 하고…'

'위풍당당 돈 후안'을 조금 들려줄 수 있나요?' 시체 안치실 같은 방의 섬뜩한 기운도 떨쳐내고 기분도 맞춰줄 겸 내가 슬쩍 떠보았어요. 하지만 그는 어두운 목소리로 이렇게 말했어요.

'그것만은 부탁하지 말아주오. 나의 돈 후안은 술이나 시시한 연애, 온갖 타락에서 영감을 받고 만들어져 결국 천벌로 끝을 맺는 로렌초 다 폰테*의 희곡과는 아무 상관이 없으니까. 원한다면 차라리 모차르트의 곡을 연주해 주겠소. 그 곡은 순수한 영감을 자극하고 당신의 아름다운 눈에서 눈물이 나도록 만들어줄 거요. 하지만 크리스틴, 이 '돈 후안'은 나를 불타오르게 만들고 하늘이 내리는 벼락에도 견디게 만들지!'

---

*   18세기 이탈리아의 극작가이자 시인. 모차르트의 오페라 「돈 지오반니」, 「피가로의 결혼」 등의 대본을 썼다.(역자주)

우리는 다시 거실로 돌아왔어요. 문득 방 어디에서도 거울을 찾아볼 수 없다는 걸 깨달았어요. 이런 생각에 빠져있는 사이 에릭은 어느새 피아노 앞에 앉아 있었어요.

'봐요, 크리스틴! 너무도 강렬해서 다가오려는 사람들을 모두 태워버리는 음악이 있소. 지금껏 그런 음악을 만나지 않은 건 당신에게 행운이었소. 만약 그랬다면 당신은 모든 생기를 잃어버려, 파리로 돌아갔을 때엔 아무도 당신을 알아보지 못하게 될 것이오! 자, 오페라나 불러 볼까, 크리스틴 다에 양!'

그는 분명 그렇게 말했어요. '오페라나 불러볼까, 크리스틴 다에 양!'

그 말은 마치 나를 모욕하는 것 같았어요.

하지만 그의 말투에 신경 쓸 틈이 없었어요. 곧바로 우리는 「오델로」의 이중창을 노래하기 시작했어요. 그 유명한 재앙이 시작되는 부분이었어요. 그는 내게 데스데모나 역을 노래하도록 했고, 나는 지금껏 느껴본 적이 없는 공포와 절망을 담아 노래했죠. 그와 함께 노래하려니 몰입은커녕 오히려 큰 두려움이 몰려왔어요. 실제로 내가 재앙의 희생양이라도 된 양, 가사의 내용과 함께 당시 작곡가를 사로잡았던 게 무엇이었는지 이해할 수 있었어요. 에릭 또한 복수심에 불타는 영혼을 강한 목소리로 폭풍우처럼 노래했어요. 우리가 노래하는 동안 사랑과 질투와 애증의 외침이 온 세상을 뒤덮는 느낌이었어요. 에릭이 쓴 검은 가면은 베니스의 무어인인 오델로를 생각나게 했어요. 그래요, 그는 영락없는 오델로였어요! 그의 일격에 내가 쓰러지게 될지도 모른다는 생각이 들었지만, 나는 겁에 질린 데스데모나처럼 피하지 않고 오히려 그에게로 다가갔죠! 열정 한가운데에 자리한 죽음의 유혹에 이끌리듯이 말이에요. 죽기 전 마지막으로 그의 숭고한 모습을 눈에 담아야겠고 생각했어요. 영원한 예술의 불길을 담은 그의 감춰진 얼굴을… 그래요! 나는 그 목소리의 모습을 보고 싶었어요! 그래서 본능에 이끌려, 자신도 믿을 수 없을 정도의 재빠른 동작으로 그의 가면을 벗겨 버렸죠!

아! 끔찍하게도! 끔찍하게도! 끔찍하게도!

여기서 말을 멈춘 크리스틴이 머릿속 기억을 떨쳐버리기라도 하려는 듯 두 손을 부들부들 떨었다. 때마침 '에릭'의 이름을 메아리로 돌려주듯 다음과 같은 외침이 밤하늘에 울려 퍼졌다.

"아! 끔찍하게도… 끔찍하게도… 끔찍하게도…"

라울과 크리스틴은 고조되는 공포에 바싹 서로 몸을 붙인 채 차가운 밤하늘에 조용히 반짝이는 별들을 올려다보았다.

라울이 말했다.

"이상하지 않아요, 크리스틴? 이렇게 아름답고 조용한 밤에 고통스런 신음 소리가 느껴지다니! 밤하늘마저 우리와 함께 눈물을 삼키나 봐요."

"라울, 이제 비밀을 알았으니 당신의 두 귀도 나처럼 눈물로 차오

The Music of the Night(밤의 노래)
* 안드레아 보첼리(Andrea Bocelli)
* 안드레아 보첼리 영화음악 특별 에디션(Cinema-Special Edition)(2016)

FLO에서 듣기

192

르게 될 거예요."

떨리는 손으로 라울의 손을 잡으며 크리스틴이 이야기를 이어갔다.

"그래요! 그의 입에서 인간의 것이라고 할 수 없는 고통과 분노의 절규가 터져 나왔어요. 그 잠깐 동안 마치 백년의 세월이 흘러가버린 것 같았죠. 그의 흉측한 몰골에 입에서 비명조차 나오지 않았어요.

오, 라울! 다시는 그런 흉측한 몰골을 보고 싶지 않아요! 아직도 비명소리가 귓가에 맴도는 것 같고 그 모습을 눈앞에서 보는 듯해요. 어떻게 하면 잊어버릴 수 있을까? 라울, 당신은 몇백년이 지나 말라비틀어진 해골들을 봤다고 했죠? 페로스의 그날 밤에도 악몽이 아니라 진짜 해골을 보았다고 했죠? 무도회에서 '붉은 죽음'이 돌아다니는 것도 보았다고 했잖아요. 그 해골들은 움직이지도 않고 말도 하지 않는 죽은 해골들이었어죠! 하지만 상상해 보세요. 눈과 코와 입, 네 개 검은 구멍이 뚫린 데스마스크가 악마처럼 눈앞에서 고통과 분노의 저주를 퍼붓는 장면을! 그 검은 구멍이 어디를 보고 있는지조차 알 수 없었어요! 나중에야 알았지만, 이글거리는 그의 눈빛은 오로지 깜깜한 밤에만 볼 수 있었어요. 나는 벽에 몸을 붙인 채 두려움에 떨었어요. 그는 입술도 없는 입을 앙다문 채, 주저앉아 덜덜 떨고 있는 나를 향해 이를 갈면서 다가왔어요. 그리고 실성한 사람처럼 알아들을 수 없는 저주의 말들을 퍼부었죠!

그는 내게 다가오며 소리쳤어요. '자, 보라고! 이걸 보기 원했지? 어서 봐! 이 저주받은 흉측한 몰골에 네 영혼을 빼앗겨 보란 말이야! 에릭의 얼굴을 똑똑히 봐둬! 목소리의 얼굴을 보니 이제 흡족

한가? 목소리를 듣는 것만으론 만족하지 못했겠지, 안 그래? 내가 어떻게 생겼는지 몹시 궁금했을 거야! 당신네 여자들은 알고 싶은 게 너무나 많으니까!'

그는 '여자들은 알고 싶은 게 많으니까'라는 말을 반복하며 웃기 시작했어요. 그는 으르렁거리고, 위협하고, 난폭한 웃음을 터뜨리다 이런 말도 했죠.

'어때? 이제 만족해? 이 정도면 괜찮지 않나? 여자들은 나를 보는 순간 곧 내 여자가 되고 말지. 너처럼 말이야! 영원히 나만을 사랑하게 되지! 왜냐하면 내가 바로 돈 후안이니까!' 그리고 몸을 세우고 허리에 손을 얹더니 그 끔찍한 얼굴을 흔들어대며 이렇게 소리치는 것이었어요.

'나를 봐라! 내가 바로 위풍당당 돈 후안이다!'

내가 고개를 돌리자 그는 머리카락을 움켜쥐고 자기를 억지로 보게 했어요."

그때, 갑자기 라울이 그녀의 말을 막았다.

"그만! 그만! 내가 그놈을 반드시 죽이고 말겠어요! 그를 죽여 버릴 거예요, 크리스틴! 그 호숫가의 식당이 어디에 있는지 말해 줘요! 그를 죽이러 가야겠어요!"

"라울, 모든 진실을 알고 싶다면 제발 조용히 해요."

"알았어요. 당신이 어떻게, 왜 그곳으로 돌아갔는지 알아야겠어요. 거기에 바로 비밀이 있겠죠? 하지만 어쨌든 그놈은 내 손에 죽게 될 거예요."

"오, 라울! 정말 진실을 알고 싶다면 내 얘기를 마저 들어 봐요… 그는 내 머리채를 휘어잡고 끌고 다녔어요. 그리고, 그리고…. 아, 그보다 끔찍한 건…"

"어서 말해 봐요, 빨리!" 라울이 미친 듯이 소리쳤다.

"그가 말하더군요. '왜, 내가 겁나나? 물론 그렇겠지…. 내가 아직도 가면을 쓰고 있다고 생각하는 건가? 자, 자, 자, 어디 보라고! 이것도 가면일까? 아까처럼 벗겨보시지! 자, 어서 해보라니까! 네 손으로, 그 두 손으로! 손을 내밀어 봐! 네 두 손이 모자라면 내 두 손도 빌려주지. 우리 둘이 함께 힘을 합해 이 가면을 벗겨 보자구!' 나는 그의 발밑에서 몸부림쳤지만 그는 내 손을 놓아주지 않았어요. 오, 라울… 그는 내 손을 억지로 자기 얼굴로 가져가 내 손톱으로 자신의 죽은 살갗을 마구 후벼 팠어요. '알아 둬! 알아 두라구!' 그가 씩씩거리며 악을 썼어요. '내가 머리끝에서 발끝까지 온통 죽음으로 이루어진 존재라는 걸, 너를 죽도록 사랑하고 네 곁을 영원히 떠나지 않을 내가 바로 죽은 육신이라는 걸… 관을 더 크게 만들어야겠지, 크리스틴? 우리의 마지막 사랑의 날들을 위해서 말이야… 나를 봐! 이제 난 더 이상 웃지 않아! 대신 이렇게 울고 있지! 크리스틴, 내 가면을 벗긴 너를 위해, 그 때문에 내게서 벗어날 수가 없게 된 너

I Remember(나는 기억해요), Stranger Than You Dreamt It(비밀스런 꿈을 꾸어요)
* 오페라의 유령 25주년 기념 공연
* 오페라의 유령 로열 앨버트 홀 공연(The Phantom Of The Opera At The Royal Albert

FLO에서 듣기

를 위해! 내가 잘생겼다고 믿었다면 내게로 왔겠지만, 이제 내 끔찍한 몰골을 봤으니까 영원히 내게서 도망치려 하겠지? 그러니 이제 널 가두어야겠어. 대체 왜 내 모습을 보려고 했지? 바보 같은 크리스탄… 내 모습을 그토록 보고 싶어 하다니! 내 아버지는 한 번도 날 쳐다보지 않았어. 내 어머니도 날 보지 않으려고 가면을 선물했지…'

그는 마침내 나를 놓아주고 딸꾹질을 하며 이리저리 방 안을 돌아다녔어요. 그리곤 파충류처럼 기어서 방문을 쾅 닫고 자기 방으로 들어가 버렸죠. 혼자 남은 나는 두려움과 혼란에 빠졌지만, 더 이상 그의 모습을 보지 않게 되어 다행이라고 생각했어요. 폭풍 뒤에 커다란 고요가 찾아오듯, 한참 동안 무덤 속 같은 침묵이 흘렀어요. 그때서야 나는 가면을 벗기는 행동이 얼마나 끔찍한 결과에 초래했는지 알 수 있었어요. 그가 마지막에 남긴 말로 인해 심각함을 짐작할 수 있었죠. 내가 스스로를 영원히 감옥에 가두고 말았다는 걸! 나의 호기심이 모든 불행을 가져왔다는 걸! 사실, 그는 내게 충분히 경고했어요. 가면에 손만 대지 않는다면 어떤 위험도 없을 거라고 여러 번 말했죠. 그런데 내가 그의 가면에 손을 댄 거예요! 난 스스로의 경솔함을 원망했어요. 그러면서도 괴물의 말이 딱딱 들어맞았다는 생각에 소름이 끼쳤어요. 맞아요! 그의 얼굴을 보지 않았더라면 아마 난 그를 다시 찾아갔을 거예요. 그는 내 마음을 흔들었고, 내 관심을 끌었고, 가면 아래로 흐른 눈물을 본 뒤에는 애틋함도 느꼈죠. 때문에 다시 와달라는 그의 간청을 외면하지 못했을 거예요. 난 그렇게 배은망덕한 사람이 못 되니까요. 더구나 그가 바로 목소리이고 그의 재능이 나의 열정을 되살렸다는 걸 부인 할 수 없잖아요. 그의 얼굴을 보지 않았더라면 난 틀림없이 돌아갔을 거예요! 하지만 그 지하무덤에서 빠져나온 지금은 다시 돌아갈 생각이 없어요! 세상 누가 자신을 사랑해주는 시체를 위해 무덤 속으로 들어가겠어요?

그 광란의 시간에 나를 쏘아보던 맹렬한 눈빛에서, 두 개의 보이지 않는 구멍으로 내게 달려들던 눈빛에서, 나는 그의 야만적인 열정을 느낄 수 있었어요. 하지만 저항할 힘도 없는 나를 안지 않은 걸로 봐서 한편으로는 괴물이 진짜 천사일지도 모른다는 생각을 했어요. 신이 아름다운 얼굴만 주었다면 그는 음악의 천사, 아니 진짜 천사가 되었을지도 모른다는…

내게 닥친 가혹한 운명 앞에서 난 혼란스러웠어요. 방문이 다시 열리고 가면을 벗은 끔찍한 얼굴이 다시 나타날 거라는 생각에 나의 불행한 삶을 끝내줄 날카로운 가위를 움켜쥐고 있었어요. 한데, 바로 그 순간, 오르간 소리가 들렸어요…

아까 왜 에릭이 빈정대는 투로 오페라나 불러보자고 말했는지 이해할 수 있었어요. 내 귀에 들려온 그 음악은 이제까지 나를 매혹시켰던 다른 음악들과는 차원이 달랐어요! 그의 '위풍당당 돈 후안'은 (분명 그는 지금의 끔찍한 상황을 잊기 위해 이 걸작을 연주했을 거예요.) 저주받은 자신을 향한 장엄하고도 무서운 절규처럼 들렸어요.

붉은 잉크로 적은 악보를 다시 들여다보고 나는 그것이 진짜 피로 씌어졌다는 걸 알게 되었어요. 그 음악은 순교자의 열정으로 나를 이끌었어요. 흉측한 몰골로 살아야 하는 사내의 어두운 심연을 구석구석 보여주었죠. 지옥의 벽에 흉측한 머리통을 부딪치며 사람들의 시선을 피해 지옥으로 도망치는 에릭의 모습이 눈에 보이는 듯했어요. 그렇게 한참 동안 넋을 잃은 채 고통을 웅장한 화음으로 승화시킨 그의 음악을 듣고 있었어요. 심연에서 솟아난 소리가 한데 모이더니, 웅장하게 고조되어 위풍당당한 교향곡이 태양을 향해 날개를 편 독수리처럼 온 세상을 삼켜버릴 듯 울려 퍼졌어요. 나는 깨달았어요. 비로소 그의 작품이 완성되었음을! 사랑의 날개를 단 추악함이 이제 당당한 아름다움과 손을 잡았음을! 나는 도취되었고, 에릭과 나를 가로막고 있던 문이 내 손에 의해 저절로 열렸어요. 내가 들어오는 것을 느낀 그가 벌떡 일어섰지만, 감히 뒤돌아보지는 못했어요. 나는 자신도 모르게 소리쳤죠. '에릭, 두려워 말고 당신의 얼굴을 보여주세요. 당신은 엄청난 고통을 받고 있지만 고결한 사람임에 틀림없어요. 앞으로 이 크리스틴 다에가 당신을 보고 떤다면 그건 아마 당신의 재능을 두려워해서일 거예요.'

그제야 에릭이 천천히 고개를 돌리더군요. 그는 내 말을 믿었어요. 오, 맙소사… 나마저도 내가 한 말을 완전히 믿고 있었죠! 그는 운명의 여신을 향해 기도라도 하듯이 두 팔을 들더니 내 앞에 무릎을 꿇고 사랑의 말을 속삭였어요.

음악이 멈춘 대신, 시체 같은 그의 입에서 사랑의 언어가 흘러나왔어요.

내 옷자락을 붙잡고 있느라고 그는 내가 눈을 감고 있다는 사실을 알아채지 못했어요.

라울, 무엇을 더 말해야 할까요? 이 끔찍한 이야기의 진상을 이제 아셨죠? 그 보름 동안 그는 생기를 되찾았어요. 내가 거짓을 말했던 그 보름 동안… 내가 한 거짓말들은 날 그렇게 만든 괴물만큼이나 끔찍했어요. 하지만 덕분에 나는 자유를 되찾을 수 있었죠. 나는 아예 그의 가면을 불태워 버렸어요. 내 그럴듯한 연극에 그는 노래를 부르지 않을 때에도 주인 곁을 맴도는 겁 많은 강아지처럼 나를 쫓아다녔어요. 그렇게 그는 충직한 노예처럼 내 주변을 서성거리며 나를 배려해주었어요. 내가 조금씩 믿음을 심어주자, 그는 지옥의 기슭까지 날 데려가기도 하고 호수에서 배를 태워주기도 했어요. 마지막 날 밤, 대기하던 마차가 우리를 불로뉴 숲으로 곧장 데려다주었어요.

숲길에서 당신을 마주쳤던 날 밤엔 정말 큰 비극이 벌어질 수도 있었어요. 그렇잖아도 그는 당신을 심하게 질투하고 있었어요. 당신이 곧 북극으로 떠나 돌아오지 않을 거라고 말하며 간신히 마음을 돌려놓을 수 있었죠. 연민과 열정, 절망, 공포로 얼룩졌던 보름 동안의 감옥생활을 끝낸 뒤에 남긴 '다시 돌아올게요!'라는 말을 그는 완전히 믿었어요.

"그리고 당신은 정말 되돌아갔잖아요!" 라울이 한숨을 쉬며 말했다.

"네, 그랬어요. 하지만 그건 협박 때문이 아니었어요. 지하세계의 문턱에서 나를 보내며 가슴 아프게 울던 그의 모습 때문이었죠. 아,

그 처절함이란…" 이렇게 말하며 그녀가 머리를 세차게 흔들었다.

"헤어지던 그 순간의 흐느낌은 불행한 그 사람과 나를 생각보다 끈끈하게 묶어 놓았어요. 가엾은 에릭… 가엾은 에릭…"

마침내 라울이 자리에서 벌떡 일어서며 말했다.

"크리스틴, 당신은 나를 사랑한다면서도 자유를 찾은 지 얼마 되지도 않아 에릭 곁으로 돌아갔어요. 가면무도회가 있던 그날을 생각해 봐요!"

"네… 그렇게 되고 말았죠… 하지만 당신도 요 며칠 동안 내가 누구와 함께 지냈는지 잘 아시잖아요. 둘 모두를 위험에 빠뜨릴 수도 있었는데…"

"그 며칠 동안에도 난 당신이 날 정말 사랑하는지 의심스러웠어요!"

"라울, 아직도 날 의심하나요? 하지만 에릭과 함께하는 동안 내 두려움이 점점 커져만 갔다는 걸 알아야 해요. 그 시간 동안 마음이 진정되기는커녕 나에 대한 사랑은 점점 깊어만 갔죠. 난 두려웠어요! 정말 두려웠어요!"

"당신이 그를 두려워하는 걸 알아요… 하지만 날 정말 사랑하긴 하나요? 만약 에릭이 잘생겼다 해도 당신은 날 사랑할 건가요?"

"불쌍한 사람! 왜 운명을 저울질하나요? 죄의식처럼 마음 깊은 곳에 감춰진 걸 왜 굳이 꺼내 보려 하나요?"

그녀가 일어나더니 라울의 머리를 두 팔로 안았다.

"이제 하루밖에 남지 않았어요. 당신을 사랑하지 않는다면 내 입술을 허락할 리가 없겠죠? 내 생에 처음이자 마지막으로…"

라울은 그녀의 입술을 가만히 받아들였다. 그리고 두 사람은 폭풍우에라도 쫓기듯 매서운 밤공기를 피해 서둘러 자리를 떠났다. 어둠 속으로 사라지기 전, 두려움 속에서 두 사람은 아폴론 조각상의 칠현금에 커다란 새처럼 매달려있는 에릭의 불타는 눈을 본 듯도 했다.

All I Ask of You(나의 바람은 그것뿐이예요)
* 클리프 리처드(Cliff Richard) & 사라 브라이트만(Sarah Brightman)
* 앤드류 로이드 웨버 콜렉션(The Andrew Lloyd Webber Collection)(1997)

FLO에서 듣기

14. 크리스틴의 실종

라울과 크리스틴은 달리고 또 달렸다. 깊은 어둠 속에서만 볼 수 있는 이글거리는 눈빛을 피해 달아난 그들은 8층에 이르러서야 겨우 숨을 돌릴 수 있었다. 그날 밤은 공연이 없어서 극장 복도가 텅 비어 있었다. 그런데 갑자기 사람의 형체 하나가 불쑥 나타나 그들을 가로막으며 소리쳤다.

"안 돼요! 그쪽이 아니에요!"

그리고 형체는 무대 뒤로 통하는 다른 쪽 복도를 가리켰다. 라울은 영문을 모르고 멈춰 서려 했다.

"서둘러야 해요, 어서!"

소매 없는 긴 외투에 뾰족한 모자를 쓴 희미한 형체가 명령하듯 소리쳤다.

크리스틴도 라울의 팔을 잡고 빨리 가자고 재촉했다.

"저 사람은 누구죠? 누군데 갑자기 나타난 겁니까?" 라울이 물었다.

"페르시아인이에요!" 크리스틴이 대답했다.

"그런데 여기서 뭘 하는 거죠?"

"그건 잘 모르겠어요. 항상 저렇게 오페라극장을 배회하죠."

"크리스틴! 아까 도망친 건 나답지 않은 비겁한 행동이었어요. 당신이 잡아끄는 바람에 따라오긴 했지만 내 일생에 도망친 건 처음이에요!" 라울이 흥분을 감추지 못하고 말했다.

"우리가 그림자에 지레 놀란 건지도 몰라요." 침착함을 되찾은 크리스틴이 대답했다.

"아까 본 게 정말 에릭이었다면, 브르타뉴의 농장 벽에 올빼미를 못 박듯이 아폴론 조각상에 놈을 단단히 못 박아뒀어야 했는데! 더 이상 아무 짓도 못하도록 말이에요."

"그러려면 아폴론 조각상까지 올라가야 했겠죠. 하지만 그건 쉬운 일이 아니에요."

"분명 이글거리는 눈빛을 보았어요."

"당신도 저처럼 어디서나 그가 보이는 모양이군요. 하지만 그 타오르는 눈빛은 칠현금 줄 사이로 비친 별빛이었을 거예요."

"크리스틴, 정말 그로부터 도망칠 결심이라면 지금 떠나는 게 좋겠어요. 내일까지 기다릴 이유가 없잖아요? 오늘 저녁 그가 우리 얘기를 다 엿들었을지도 몰라요!"

크리스틴은 한 층을 더 내려갔고 라울이 뒤를 따르며 주장했다.

"아뇨, 그렇지 않아요! '위풍당당 돈 후안'을 작곡하느라 그는 우리에게 신경 쓸 여유가 없어요!"

"하지만 자꾸 뒤를 돌아보는걸 보니 당신도 안심하지 못 하는 것 같군요."

"아무튼, 얼른 대기실로 가요!"

"차라리 오페라극장 밖으로 나가는 게 좋겠어요."

"그건 절대로 안돼요! 우리가 도망칠 때까진 그럴 수 없어요! 만일 내가 약속을 어기면 우리 모두에게 엄청난 불행이 닥칠 거예요. 그에게도 극장 안에서만 당신을 만나겠다고 약속했어요."

어느새 두 사람은 크리스틴의 대기실 문 앞에 있었다.

"이곳 대기실이 안전하다고 어떻게 믿죠? 당신도 벽을 통해 그의 목소리를 들었으니 그도 우리 얘기를 들을 수 있잖아요." 라울이 물었다.

"아니에요! 다시는 내 대기실 벽 뒤에 숨지 않겠다고 약속 했어요. 난 그 약속을 믿어요. 이 대기실과 저 아래 호숫가의 숙소는 나만의 공간이에요. 그에게는 신성한 장소죠."

"크리스틴, 그런데 어떻게 이 방에서 저 어두운 복도로 빠져나갈 수 있죠? 그때의 상황을 다시 보여줄 수 있나요?"

"그건 위험해요! 거울을 통해 도망치다간 호숫가에 이르기도 전 비밀통로에서 길을 잃고 말 거예요. 그렇게 되면 에릭의 도움을 청해야 할지도 몰라요."

"당신이 부르기만 하면 그가 어디서든 듣고 있단 말인가요?"

"부르면 어디서든 내 소리를 들을 수 있다고 했어요. 그의 입으로 그렇게 말했죠. 정말 놀라운 능력이죠? 에릭이 그저 재미삼아 지하에 살고 있다고 생각하면 안 돼요. 그는 보통 사람이 엄두도 내지 못할 많은 일들을 할 수 있어요. 또한 살아있는 사람들은 절대 알 수 없는 것들도 알고 있죠."

"정신 차려요, 크리스틴. 당신은 그를 다시 신비한 유령으로 만들고 있어요!"

"물론 그는 유령이 아니에요. 하지만 굳이 표현하자면 하늘과 땅 모두에 속한 사람이지요."

"하늘과 땅 모두에 속한 사람이라…. 대단하군요! 그런데도 그에게서 도망칠 결심을 했군요!"

"네, 바로 내일이요."

"내가 왜 오늘밤에 도망치자고 하는지 알고 싶지 않나요?"

"알고 싶어요. 말해 주세요."

"내일이면 당신이 또 결정을 못하고 망설일 것이기 때문이죠."

"그래서 강제로라도 데려가 달라고 부탁드린 거예요! 모르시겠어요, 라울?"

라울이 마침내 어두운 표정으로 말했다. "좋아요! 내일 밤 자정에 이곳 대기실에서 만나요. 무슨 일이 있어도 약속은 지킬게요. 그자가 공연 뒤에 호숫가 식당에서 당신을 기다릴 거라고 했죠?"

"네, 거기서 만나기로 했어요."

"하지만 거울을 통해 대기실을 빠져나갈 수 없다면 대체 거기까지 어떻게 갈 생각인가요?"

"곧장 호숫가로 가야죠."

"지하층을 다 거쳐서 간다고요? 무대장치 기술자들과 일꾼들로 득실대는 계단과 복도를 지나서? 당신의 행적이 다 드러날 텐데요? 잘못하면 많은 사람들이 당신을 따라가 호숫가에 모여들 수도 있어요."

크리스틴이 대답 대신 상자에서 큼직한 열쇠 하나를 꺼내 보여주었다.

"이게 뭐죠?"

"스크리브가의 지하 철창문 열쇠예요."

"알겠어요, 크리스틴! 호수로 곧장 통하는 열쇠로군요. 이걸 내게 주는 겁니까?"

그러자 그녀가 정색을 했다.

"천만에요! 그건 그를 배신하는 일이에요."

그때 갑자기 크리스틴의 얼굴색이 바뀌었다. 그녀의 안색이 주검처럼 창백해졌다.

"어쩜! 라울, 라울! 이걸 어쩌죠?" 그녀가 소리쳤다.

"조용히! 그가 어디서든 당신의 소리를 듣는다고 했잖아요!"

라울이 진정시켜보았지만, 여가수는 제대로 못하고 허둥대며 정신 나간 사람처럼 말도 자기 손가락을 더듬었다.

"아! 이럴 수가!"

"대체 무슨 일이에요, 크리스틴?"

"반지요…"

"정신 차려요! 무슨 반지요?"

"그가 준 금반지요."

"아! 그 반지는 역시 에릭의 것이었군요."

"당신도 알고 있었잖아요, 라울! 하지만 그가 반지를 주면서 무슨 얘기를 했는지는 모를 거예요. '크리스틴, 당신의 자유를 돌려주겠소. 단 이 반지를 항상 손가락에 끼고 있어야만 하오. 이 반지를 간직하는 한 당신은 모든 위험으로부터 안전할 것이고, 이 에릭은 영원히 당신의 친구로 남을 거요. 하지만 그걸 손가락에서 빼는 순간, 당신은 불행해지고 나의 복수가 시작될 것이오!' 아, 라울! 그런데 그 반지가 없어졌어요… 이제 곧 우리에게 불행이 닥칠 거예요!…"

두 사람은 반지를 찾으려고 주위를 뒤져 보았지만 헛수고였다. 크리스틴은 도무지 마음을 진정하지 못했다.

"아폴론 조각상 아래서 키스할 때 반지가 빠져 지붕 아래로 떨어졌나 봐요! 그걸 어떻게 찾죠? 우리에게 어떤 불행이 닥칠까요? 도망쳐야 해요, 라울!"

"그래요. 지금 당장이라도 도망칩시다!" 라울이 다시 한 번 주장했다.

크리스틴은 망설였다. 라울의 기대와 달리 그녀의 맑은 눈빛이 흔들리더니 결국은 이렇게 말했다.

"안돼요, 내일까지는!"

그리고는 잃어버린 반지가 다시 나타나기라도 할 듯 손가락을 만지작거리며 그 자리를 떠났다. 머리가 복잡했지만 라울도 일단 집으로 돌아가는 수밖에 없었다.

"그 사기꾼의 손아귀에서 구해주지 않으면 그녀는 결국 미쳐 버릴 거야. 내가 꼭 구해내고야 말겠어!" 방으로 들어온 라울이 침대에 몸을 던지며 소리쳤다.

램프를 끄고 어둠 속에 누운 라울은 거듭 소리 높여 에릭에게 저주의 말을 퍼부었다.

"사기꾼! 사기꾼! 사기꾼 같으니라고!"

그러던 그가 갑자기 몸을 일으켰다. 관자놀이에서 식은땀이 흘렀다. 침대 발치에서 숯불처럼 타오르는 두 눈을 보았기 때문이다! 두 눈은 캄캄한 어둠 속에서 라울을 쏘아보고 있었다.

그는 떨리는 손으로 탁자 위를 더듬어 겨우 성냥을 찾아 불을 켰다. 하지만 눈동자는 어느새 사라지고 없었다. 라울은 곰곰이 생각했다.

'그의 눈은 어둠 속에서만 보인다고 했지? 지금은 불이 켜져서 보이지 않는다고 해도 여전히 어딘가에 숨어있을지 몰라.'

그는 일어나 침착하게 방 안 구석구석을 살폈다. 어린아이처럼 침대 밑을 들여다보던 라울은 스스로 어이가 없어 웃음을 터뜨렸다.

"도대체 무슨 짓을 하고 있는 거지? 그런 동화 같은 이야기를 믿다니! 대체 어디까지가 진짜고 어디까지가 환상인 거야?" 라울이 큰 소리로 말하더니 갑자기 몸을 부르르 떨며 덧붙였다.

"그런데 방금 나는 뭘 본 거지? 그건 정말 이글거리는 눈빛이었을까? 아니면 나의 상상이었을까? 아, 이젠 눈으로 본 것조차 믿을 수가 없구나!"

라울은 다시 자리에 누웠다. 어두워지자 이글거리는 눈동자가 다시 나타났다.

라울이 벌떡 몸을 일으켜 지지 않고 두 눈을 노려보았다. 그리고 심호흡을 한 뒤 있는 힘을 다해 소리쳤다.

"에릭, 당신인가? 인간인지 유령인지 정체를 밝혀라!"

그리고 그는 생각했다.

'만약 에릭이라면 틀림없이 발코니에 있을 거야…'

라울이 벌떡 일어나더니 작은 서랍장을 더듬어 권총을 찾았다. 불타는 눈은 여전히 침대 발치에서 이글대고 있었다. 라울이 이번에는 침착하게 권총을 들더니 천천히 목표물을 겨누었다. 총구 끝에는 두 개의 황금빛 별이 꼼짝도 하지 않은 채 그를 노려보고 있었다.

라울은 두 개의 별 바로 위쪽을 겨냥했다. 저 별빛이 인간의 눈이라면 바로 위에 이마가 있을 것이다… 그리고 실수만 하지 않는다면…

마침내 커다란 총성이 잠들어 있던 저택의 정적을 깨뜨렸다. 놀란 사람들의 발소리가 어지럽게 복도를 울리는 동안에도 라울은 침대에 그대로 앉아 다시 방아쇠를 당길 준비를 하고 있었다.

그러자 이번에는 두 개의 별빛이 사라졌다.

불이 켜지고 필립 백작을 필두로 놀란 사람들이 방으로 뛰어들었다.

"무슨 일이냐, 라울?"

"꿈을 꾼 것 같아요…" 젊은이가 대답했다. "별 두 개가 잠을 방해서 제가 쏘아버렸어요."

"무슨 헛소리를 하는 거냐, 라울? 어디 아프기라도 한 게냐? 대체 무슨 일이 있었던 건지 말해 보렴!" 이렇게 말하며 백작이 권총을 빼앗았다.

"아니요, 헛소리가 아니에요! 잠시 후면 모든 걸 알게 될 거예요."

침대에서 일어난 라울이 실내복으로 갈아입고 실내화를 신더니 하인에게서 등불을 뺏어 발코니로 나갔다.

창문에는 사람 키 높이의 총알구멍이 나 있었다. 라울이 등불을 들어서 발코니 주위를 살폈다.

"오, 이걸 봐! 피야, 피! 여기도 있고 저쪽에도 있어… 아, 다행이다… 피를 흘리는 유령이라니… 그렇다면 더 이상 겁낼 필요가 없어!" 라울이 소리쳤다.

"라울! 정신 차려라, 제발!"

백작이 위험에 빠진 몽유병 환자를 깨우듯 라울을 잡아 흔들었다.

"형님, 전 꿈을 꾸고 있는 게 아니에요. 여기 핏자국이 안 보이세요? 저도 꿈을 꾸다가 두 개의 별을 향해 총을 쏜 줄만 알았어요. 하지만 그건 에릭의 두 눈이었어요. 여기 그의 핏자국이 있잖아요."

하지만 그는 곧 불안한 듯 덧붙였다.

"하지만 총을 쏜 게 잘 한 짓인지 모르겠어… 크리스틴이 절대 용서하지 않을 텐데… 아, 잠들기 전에 커튼을 쳐 둘걸…"

"라울! 갑자기 미치기라도 한 거냐? 제발 정신을 차리렴!"

"또 그 소리예요? 차라리 저와 함께 에릭을 찾아봐요. 뒤져보면 어딘가에 유령이 피를 흘리며 쓰러져 있을 거예요!"

백작의 하인이 끼어들었다.

"맞아요, 주인님! 발코니에 핏자국이 있어요!"

하인이 등불을 들고 발코니를 비추자 모든 것이 분명해졌다. 핏자국은 발코니의 난간을 따라 빗물받이 홈통으로 향하더니 계속 그것을 타고 올라가고 있었다.

"이런… 고양이를 쏜 모양이구나." 백작이 말했다.

"불쌍한 고양이!" 라울이 이죽거리듯 말했고 그런 말투는 백작을 더욱 걱정스럽게 했다. "상대가 에릭이라면 아무것도 장담할 수 없어요! 총에 맞은 게 에릭인지, 고양이인지, 유령인지, 그냥 물체인지 아니면 캄캄한 허공인지… 에릭이라면 정말 아무것도 장담할 수 없어요!"

그러면서 라울은 자신의 머릿속을 온통 차지하고 있는 기묘한 이야기들을 최대한 상세하고 조리 있게 설명하려 노력했다. 하지만 크리스틴 다에가 들려준 꿈 같은 이야기들을 그대로 믿고 있는 라울을 사람들은 정신이 이상하다고 생각할 수밖에 없었다. 그건 백작도 마찬가지였고, 나중에 경찰서장의 보고서를 접한 판사도 같은 판단을 내릴 수밖에 없었다.

"대체 에릭이 누구냐?" 백작이 덜덜 떨고 있는 동생의 손을 잡으며 물었다.

"제 연적이죠! 그가 죽지 않았다면… 정말 큰일인데…"

백작이 손짓으로 하인들을 내보냈다. 곧 방문이 닫혔고 두 형제만 남았다. 문밖에서 서성대던 하인들은 라울이 큰소리로 외치는 소리를 들을 수 있었다.

"오늘밤 제가 크리스틴 다에를 구출할 거예요!"

이 말은 나중에 포르 예심판사에게 그대로 전해졌지만, 형제간에 구체적으로 어떤 대화가 오갔는지는 지금도 알 수 없다.

하인들에 따르면 두 형제가 방 안에서 언성을 높인 것은 그날이 처음이 아니었다.

벽 너머로 간간이 들려오던 형제간의 말다툼은 거의가 크리스틴 다에라는 여배우를 둘러싼 것이었다고 한다.

백작은 주로 서재에서 아침을 먹었는데, 그날따라 하인을 시켜 동생을 불러오라 했다. 잠시 뒤, 라울이 어두운 표정으로 말없이 서재에 들어왔다. 뒤에 벌어진 상황은 이렇다.

백작 : 이걸 읽어 봐라!

필립이 동생에게 「에포크」 신문 한 장을 내밀었고 그가 손가락으로 가리킨 곳은 가십난이었다.

자작이 우물우물 신문을 읽기 시작했다.

"도시 외곽에 큰 뉴스가 발생했다. 오페라 가수인 크리스틴 다에 양과 라울 드 샤니 자작이 혼인을 약속 했다는 소식이다. 하지만 소식통에 따르면 형인 필립 백작이 사상 처음으로 샤니 가문의 서약을 거부할 것이라고 한다. 사랑은 오페라에서처럼 모든 것을 가능하게 만들어 줄까? 동생인 자작이 새로운 마르그리트의 손을 잡고 신성한 제단을 오르는 것을 백작이 과연 어떤 방법으로 막을수 있을지 귀추가 주목된다. 형제 사이는 무척 돈독한 것으로 알려져 있다. 하지만 형제의 우애가 사랑마저 뛰어넘을 수 있다고 생각한 다면 백작은 대단한 착각을 하고 있는 것이다."

백작 (슬픈 표정으로) : 라울, 네가 우리 집안을 웃음거리로 만들었구나! 그 계집이 유령 얘기로 너를 완전히 미치게 만들었어!

(자작은 크리스틴 양이 한 얘기를 이미 형에게 다 털어놓은 상태였다.)

자작 : 형님, 이제 작별인사를 해야겠어요!

백작 : 무슨 말이냐? 오늘밤에 떠나겠다는 거냐? (자작, 아무 대답도 하지 않는다.) 그 여자랑 말이니? 정말로 그런 바보짓을 하려는 건 아니겠지? (자작, 계속 아무 말도 하지 않는다.) 네가 그렇게 가도록 내버려둘 수는 없다!

자작 : 안녕히 계세요, 형님! (자작이 방을 나간다.)

이상은 백작 자신이 예심판사에게 진술한 내용이다. 오페라극장에서 크리스틴이 사라지기 전 그를 본 뒤로 백작은 다시는 동생을 보지 못했다.

사실 그날 라울은 연인과 함께 달아날 준비를 하느라 하루 종일 바빴다. 말과 마차, 마부, 식량, 여행용 가방, 필요 경비, 지도 등등을 챙겨야 했다. 유령을 따돌리기 위해 기차는 피하기로 했다. 저녁 아홉 시가 다 되어서야 모든 준비를 끝낼 수 있었다.

아홉 시가 되자, 커튼으로 창문을 가린 독일형 마차가 로통드 카페 앞에 도착해 대기했다. 마차에는 건장한 말 두 필이 매여 있었고 마부는 두꺼운 목도리를 두르고 있어서 누군지 알아보기 힘들었다. 그 앞에는 다른 세 대의 마차들이 주인을 기다리고 있었다. 나중에 수사를 통해 확인된 바에 의하면 뒤의 두 대는 갑작스레 파리로 돌아온 카를로타 양의 사륜마차와 라 소렐리 양의 마차였고 맨 앞에 서있던 마차는 필립 드 샤니 자작의 것이었다. 독일형 마차에선 아무도 내리지 않았고, 마부는 자리를 지키며 대기했다. 나머지 세 대의 마부들도 마찬가지로 안에서 대기하고 있었다.

어둠 속에서 커다란 검정 외투에 검정 펠트 모자를 쓴 그림자 하나가 로통드 앞에 대기 중인 마차들을 스쳐 인도로 지나갔다. 그림자는 독일형 마차에 유독 관심을 보이며 말과 마부 쪽으로 다가왔다가 말없이 사라졌다. 나중에 예심판사는 그림자가 라울 드 샤니 자작이었을 거라고 추측했지만 내 생각은 다르다. 샤니 자작은 그날도 평소처럼 높은 모자를 쓰고 있었다. 이를 감안할 때 그림자는 자작이 아니라 모든 것을 눈치 챈 유령이 틀림없었다. 이에 대해서는 나중에 다시 얘기할 기회가 있을 것이다.

그날은 「파우스트」 공연이 있는 날이었다. 객석은 화려하게 차려입은 관객들로 가득했고 화려한 무대도 준비되어 있었다.

오페라극장에 모이는 사람들은 자주 만나지 않아도 서로에 대해 잘 알았다. 그날 아침 「에포크」지에 실린 기사 얘기는 이미 널리 퍼져 있었으므로 필립 백작이 무표정한 얼굴로 홀로 앉아있는 박스석을 사람들이 힐끗거리는 것은 당연했다. 호기심 많은 부인들은 벌써 부채로 얼굴을 가린 채 자작이 함께 오지 않은 것에 대해 수군

대고 있었다. 그래서인지 크리스틴 다에가 무대에 올랐을 대 관객의 반응은 싸늘했다. 신분 높은 관객들에게 오르지 못할 나무를 넘보는 여가수가 좋게 보일 리 없었다.

관객들의 냉담한 반응을 알아차린 디바는 매우 당황한 표정이었다.

자작의 사랑 이야기를 잘 알고 있다고 자부하는 관객들은 마르그리트의 몇몇 대사에서 묘한 웃음을 짓기도 했다. 크리스틴이 "그 젊은 분이 누구인지 알고 싶어라. 지체 높으신 분일까, 이름은 무얼까?" 하고 노래할 때엔 백작이 있는 박스석을 쳐다보기도 했다.

하지만 턱을 괴고 앉은 백작은 사람들의 시선은 아랑곳없이 무대만을 바라보고 있었다. 그는 정말로 공연을 보고 있는 걸까? 그런 것 같지는 않았다…

그 순간 갑자기 무대 맞은편 박스석에 카를로타가 모습을 드러냈다. 가엾은 크리스틴은 옛 디바의 예상치 못한 출현을 바라보았다. 그녀는 자신의 라이벌을 알아보았고, 카를로타가 틀림없이 자신을 비웃고 있을 거라고 생각했다. 하지만 오히려 이런 생각이 크리스틴을 위기에서 벗어나게 했다. 그녀는 이 모든 것에도 불구하고 다시 한 번 성공을 이뤄 보겠다고 굳게 마음먹었다.

그녀는 혼신의 힘을 다해 노래 불렀다. 그녀는 자신이 이뤄냈던 성취를 뛰어넘어 보겠다고 마음먹었다 그리고 결국 거기에 도달할 수 있었다. 천사들에게 호소하는 마지막 장면에서 그녀가 지상을 벗어나 천천히 하늘로 올라갈 때에는 모든 관객들이 자신들의 어깨에서 날개라도 돋아난 듯 전율을 느꼈다.

그때 이런 초자연적인 부름에 답하듯 원형 객석 한가운데에서 남자 하나가 벌떡 일어서더니 따라서 하늘로 올라갈 듯 여배우를 향해 팔을 뻗었다. 라울이었다!

순수한 천사들이여! 눈부신 천사들이여!
순수한 천사들이여! 눈부신 천사들이여!

크리스틴은 어깨 위로 흘러내린 머리카락을 후광처럼 두르고 크게 팔을 벌린 채 마지막 힘을 다해 천상의 목소리를 뽑아냈다.

내 영혼을 저 하늘로 데려가 주오!

그때 갑자기 극장 안이 암흑처럼 캄캄해졌다. 곧바로 조명이 다시 밝혀졌기 때문에 당황한 관객들이 소리를 지를 틈조차 없었다.

하지만 크리스틴 다에는 이미 무대에 없었다! 어찌된 일일까? 모두가 영문을 몰라 멍하니 서로를 바라보았다. 객석의 웅성거림이 걷잡을 수 없이 퍼져갔다. 무대 위에서도 놀라기는 마찬가지였다. 무대 뒤에 있던 사람들은 조금 전까지 크리스틴 다에가 열창하던 무대로 뛰쳐나갔다. 공연이 중단되고 모두가 혼돈에 빠졌다. 대체 어디로 사라진 걸까? 크리스틴에게 무슨 일이 일어난 걸까? 카롤루스 폰타의 품에 안겨 관객의 갈채를 받던 그녀가 어떻게 이토록 감쪽같이 사라질 수 있단 말인가? 그녀의 열렬한 기도에 감동한 천사들이 그녀의 육신과 영혼을 하늘로 데리고 올라가 버린 걸까?

원형객석 한가운데 있던 라울이 비명을 질렀다. 그 소리에 필립 백작도 박스석에서 벌떡 일어났다. 사람들은 무대와 백작 그리고 라울을 번갈아 쳐다보며 이 사건이 아침 신문에 났던 기사와 무슨 연관이라도 있는 건 아닐까 생각했다. 라울이 자리에서 뛰쳐나간 것과 동시에 백작도 박스석에서 사라졌다. 그 사이 무대의 막이 내려졌고 관객들은 무대 입구 쪽에 몰려 웅성대며 극장 측의 공식 발표를 기다렸다. 모두가 제 나름대로 추측을 내뱉느라 정신이 없었다. "무대 바닥으로 떨어졌을 거야!"라는 사람도 있었고, "무대 커튼에 휘말려 올라갔을 거야! 새로 온 무대감독이 고안한 장치에 사고를 당한 거지!"라고 주장하는 사람도 있었다. "이건 누군가 꾸민 일이 틀림없어! 하필 불이 나간 순간 사라진 것만 봐도 알 수 있잖아!"라고 단언하는 사람도 있었다.

마침내 무대 커튼이 천천히 다시 올라갔고, 카롤루스 폰타가 오케스트라 악장의 자리까지 걸어 나와 심각하고 비통한 소리로 선언문이라도 낭독하듯 말했다.

"신사숙녀 여러분, 방금 보신 바와 같이 믿지 못할 사건이 우리 눈앞에서 벌어졌습니다! 우리 동료인 크리스틴 다에 양이 도저히 이해할 수 없는 방식으로 우리 눈앞에서 사라졌습니다!"

15. 크리스틴! 크리스틴!

크리스틴 다에가 마법처럼 사라지고 난 뒤 라울의 머리에 제일 먼저 떠오른 사람은 바로 에릭이었다. 음악의 천사가 오페라극장 안에 악마의 소굴을 만들고 초자연적인 힘을 발휘하고 있다는 사실을 라울은 더 이상 의심하지 않았다.

크리스틴이 갑자기 사라진 뒤, 라울은 절망감에 제 정신이 아닌 채로 무대 위로 뛰어 올라왔다. "크리스틴! 크리스틴!" 그는 천사들과 함께 괴물에게 잡혀간 크리스틴이 깊은 동굴 속에서 대답이라도 할 것처럼 바닥에 대고 애타게 그녀를 불렀다.

"크리스틴! 크리스틴!" 그러자 여인의 비명소리가 지하에서 나무판을 뚫고 올라오는 것 같기도 했다. 라울은 바닥에 엎드려 귀를 가까이 대기도 했다가 다시 정신 나간 사람처럼 무대 위를 이리저리 헤매고 다니기도 했다. 내려가야 해! 내려가야 해! 굳게 닫혀버린 어둠의 통로를 뚫고…

"크리스틴! 크리스틴!"

무대 위에 있던 사람들은 웃고 밀치면서 라울을 조롱했다. 그들은 가엾은 청년이 급기야 미쳤다고 생각하고 있었다.

에릭은 오직 자신만 아는 비밀통로를 지나 문만 열면 지옥의 호수로 통하는 루이 필립-풍의 끔찍한 방으로 그녀를 끌고 간 게 틀림없었다. '크리스틴! 크리스틴! 왜 대답이 없나요? 아직 살아있기는 한 건가요? 그 괴물의 뜨거운 입김이 닿는 순간 너무나 무서워 마지막 숨을 내쉰 건 아니겠죠?'

온갖 끔찍한 상상들이 라울의 머릿속을 스쳤다.

에릭은 둘의 언약과 크리스틴의 배신을 눈치 챈 게 분명했다! 자, 이제 어떤 보복이 두 사람을 기다리고 있을까?

"크리스틴! 크리스틴!" 방에 들어서니 도망칠 때 입으려 했던 크리스틴의 옷가지들이 가구 위에 흐트러져 있었다. 이 광경에 라울의 눈에 쓰디쓴 눈물이 흘러내렸다. 왜 좀 더 일찍 도망치지 않았던가? 왜 머뭇거렸을까? 재앙이 닥쳐오는데 어쩌자고 놀이에만 정신이 팔려 있었을까? 대체 무슨 연민이 남아있어 악마에게 마지막 천상의 노래를 바치려 했을까?

순수한 천사들이여! 눈부신 천사들이여!
나의 영혼을 저 하늘로 데려가 주오!…

라울은 저주와 복수의 눈물을 흘렸다. 그리고 언젠가 눈앞에서

문처럼 열리며 크리스틴을 어둠의 세계로 데려갔던 거울을 더듬어 보았다. 눌러도 보고 두드려도 보고 어루만져도 보았지만, 에릭 앞에서만 열리는지 거울은 꿈쩍도 하지 않았다. 어떻게 하면 거울이 열릴까? 무슨 주문을 외어야 열릴까? 문득 어린시절 들었던 이야기가 떠올랐다! 주문만 외우면 마음먹은 대로 움직일 수 있는 신비한 물건들에 대한…

갑자기 한 가지 생각이 떠올랐다. "스크리브가로 난 철책문… 호수에서 스크리브가로 직접 통하는 통로가 있다는…" 그렇다. 크리스틴은 분명 그렇게 말했다! 상자 안에서 이미 열쇠가 없어진 걸 확인한 라울은 곧바로 스크리브가로 향했다.

밖으로 나온 그는 입구를 찾기 위해 떨리는 손으로 돌 벽을 더듬으며 다녔다. 이 창살일까? 저 창살일까? 아니면 저 환풍구? 하지만 아무리 들여다보고 귀를 기울여도 보이는 것은 캄캄한 어둠뿐이고 들리는 것은 적막뿐이었다. 라울은 극장 주변을 샅샅이 더듬었다. 아, 저기 또 창살이 있다! 그는 마침내 커다란 철책 문을 발견하고 달려갔다. 그것은 극장 행정실 안뜰로 통하는 입구였다.

라울은 건물 관리인에게 달려갔다. "실례합니다… 혹시 창살문이 어디 있는지 아십니까? 스크리브가로 나 있고 호수로 통하게 되어 있는… 호수는 아시죠? 오페라극장 지하에 있는 호수 말이에요."

"오페라극장 지하에 호수가 있다는 얘긴 들었지만, 어느 문으로 가는지 몰라요. 한 번도 가본 적이 없으니까요."

"그럼 스크리브가는? 스크리브가 말이에요! 거기도 가 본 적이 없나요?"

이 말에 여자 관리인이 어이없다는 듯 웃음을 터뜨렸다. 라울은 얼른 자리를 떴다. 그는 비통한 마음으로 극장 계단들을 오르내리고 건물 구석구석을 헤매고 다녔지만 결국 돌아온 곳은 다시 무대 조명 아래였다.

그의 심장은 금방이라도 터질 듯 뛰고 있었다. 그동안 혹시 누군가 크리스틴을 찾아내지나 않았을까? 라울은 주위에 모여 있는 사람들에게 물었다.

"실례합니다만, 혹시 크리스틴 다에 양을 못 보셨습니까?"

사람들이 웃어댔다.

바로 그때, 무대 위가 술렁이더니 한 남자가 검은 제복을 입은 사람들의 호위를 받으며 나타났다. 그는 냉철한 눈매에 호감형의 인상이었고 혈색 좋은 얼굴과 잘 정돈된 곱슬머리, 조용히 빛나는 푸른 눈동자를 가지고 있었다.

지배인 메르시에는 이 새로운 인물을 샤니 자작에게 소개했다.

"당신의 궁금증을 해결해 주실 분입니다. 경찰서장 미프루아 씨이지요."

"아, 샤니 자작이시군요! 만나 뵙게 되어 반갑습니다! 괜찮으시다면 저와 함께 가 주실 수 있을까요? 그나저나 극장장님들은 모두 어디 계신 거죠?"

지배인이 대답을 하지 않자 비서 레미가 나서서 두 분 모두 집무실에 있는데, 아직까지 사건에 대해 전혀 모르고 있다고 대답했다.

"그럴 리가요… 집무실로 가 봅시다!"

미프루아는 점점 많은 사람들이 뒤를 따르는 가운데 집무실로 향했다.

얼마 뒤 한 무리의 사람들이 집무실 문 앞에 도착했다. 그러나 메르시에가 아무리 애원하며 두드려도 문은 열리지 않았다.

"법의 명령이오, 문을 여시오!"

미프루아 씨가 조금은 걱정스러우면서도 단호한 목소리로 명령하자 살며시 문이 열렸다. 모두들 경찰서장을 따라 집무실로 들어갔다.

마지막으로 라울이 따라 들어가려는 순간, 어떤 손이 그의 어깨를 잡아끌었다.

"에릭의 비밀을 누구도 알아선 안 되오!"

라울은 너무 놀라 소리도 지르지 못하고 뒤를 돌아보았다. 검은 피부에 비취색 눈동자, 아스트라칸 모피 모자의 인물이 어깨를 잡았던 손가락을 자기 입술에 대며 조용히 하라는 신호를 보냈다. 페르시아인이었다!

수수께끼의 인물은 몸조심하라는 신호를 보내더니 라울이 뭔가 물으려 하려 하자 고개 숙여 인사하고 사라져 버렸다.

The Point of No Return(돌아갈 수 없어)
* 오페라의 유령 런던 공연
* 오페라의 유령 런던 공연 하이라이트(Highlights From Phantom Of The Opera)
  (2013)

FLO에서 듣기

16. 경찰서장, 자작, 페르시아인

극장장의 집무실에 들어서며 경찰서장이 맨 먼저 물은 것은 여가수의 행방이었다.

"혹시 크리스틴 다에가 여기 있습니까?"

앞서 얘기했듯이, 경찰서장의 뒤에는 한 떼의 무리가 뒤따르고 있었다.

"크리스틴 다에 말인가요? 여기 없는데, 왜 그러시죠?" 리샤르가 대답했다.

"그걸 왜 저희한테 묻죠, 서장님? 크리스틴 다에가 없어지기라도 했나요?" 리샤르가 다시 물었다. 경찰서장을 둘러싼 많은 사람들이 무거운 침묵 속에서 두 사람을 치켜보고 있었다.

"하루빨리 크리스틴 다에 양을 찾기 위해서입니다, 국립오페라극장 극장장님!" 경찰서장이 엄숙한 목소리로 말했다.

"예? 그녀를 찾아야 한다고요? 그녀가 사라지기라도 했다는 겁니까?"

"그렇습니다. 그것도 공연 도중에 느닷없이요!"

"공연 도중에요? 거 참 희한한 일이군요!"

"그렇죠! 한데, 이런 소식을 제가 극장장님들께 알려주어야 하는 게 더 희한하지 않습니까?"

"그건 그렇군요… 하지만 어떻게 그런 짓을? 그랬다면 정말로 해고감이군요." 리샤르가 얼굴을 문지르며 중얼거렸다. 그는 자신도 모르게 콧수염을 잡아 뜯고 있었다.

"마술도 아니고 공연 도중에 갑자기 사라지다니…"

"그렇습니다. 감옥 장면에서 하늘을 향해 기도하던 중에 사라졌다는군요. 천사들이 데리고 하늘로 올라가기라도 한 것처럼."

"전 그렇다고 확신합니다!" 모든 사람들이 뒤를 돌아보았다.

창백한 안색의 젊은이가 떨리는 목소리로 다시 말했다.

"저는 그렇다고 확신해요!"

"대체 뭘 확신한다는 말입니까?" 미프루아가 물었다.

"천사가 크리스틴 다에를 데려갔다는 걸요! 그 천사의 이름도 말씀드릴 수 있어요."

"샤니 자작님, 그러니까 크리스틴 다에 양이 천사에게, 그것도 오페라의 천사에게 납치됐다는 말씀입니까?"

라울은 주위를 둘러보았다. 누군가를 찾고 있는 것 같았다. 약혼녀를 구하기 위해서는 경찰의 도움이 급했지만, 조금 전 자신에게 조심하라고 경고했던 정체불명의 사내가 자꾸 마음에 걸렸던 것이다. 하지만 그의 모습은 보이지 않았다. '그래! 이제 모든 걸 말해야 한다!' 하지만 노골적인 호기심을 드러내며 자신을 쳐다보는 군중 앞에서 어디서부터 설명해야 할지 막연했다.

"그래요, 오페라의 천사에게 납치된 겁니다… 그가 어디에 살고 있는지에 대해서는 미프루아 씨와 단둘이만 얘기하고 싶군요." 라울이 경찰서장을 보며 말했다.

"좋아요, 그렇게 합시다!"

경찰서장은 라울을 옆에 앉게 한 뒤 모든 사람들을 내보냈다. 이 사건과 무관하지 않은 극장장들은 자연스레 방에 남게 되었다.

"그의 이름은 에릭입니다. 오페라극장에 살고 있으며 '음악의 천사'라고도 부르죠."

"음악의 천사라니! 정말이오? 거 참 흥미롭군, 음악의 천사라니!"

경찰서장 미프루아는 극장장들을 쳐다보았다.

"극장장님, 이 극장에 그런 천사가 있습니까?"

리샤르와 몽샤르맹이 웃음기를 거두고 고개를 가로저었다.

"저분들도 오페라의 유령에 얘기는 많이 들어보았을 겁니다. 먼저 오페라의 유령과 음악의 천사가 같은 존재라는 것부터 말씀드리고 싶군요! 또한 그의 진짜 이름은 에릭입니다."

경찰서장이 자리에서 일어나며 라울을 뚫어지게 쳐다보았다.

"실례지만, 혹 우리 사법당국을 조롱하고 계신 건 아니겠죠?"

"그럴 리가요?" 강력히 부인하면서 라울은 속으로 생각했다. '결국, 이 사람도 내 말을 믿지 않는구나!…'

"좋아요, 그 오페라의 유령 얘기를 계속해 보시죠."

"저분들도 오페라의 유령에 관한 소문은 들어서 알고 계실 겁니다."

"두 분도 오페라의 유령에 대해 알고 계신가요?"

그러자 리샤르가 조금 전 뽑은 콧수염 몇 가닥을 손에 쥐고 벌떡 일어서며 말했다.

"아니요, 경찰서장님! 모릅니다. 하지만 이제 알고 싶군요."

미프루아는 손으로 머리를 한차례 쓸어 넘긴 뒤 입을 열었다.

"자, 샤니 자작님! 차근차근 얘기해 보세요. 에릭이라는 자가 크리스틴 다에 양을 납치했다고요? 그렇다면 에릭이라는 자를 잘 아시겠군요? 그를 만나본 적은 있나요?"

"그렇습니다, 서장님."

"어디서 만났습니까?"

"묘지에서 봤습니다."

자리에서 일어난 미프루아가 라울을 다시 찬찬히 뜯어보며 말했다.

"물론 그렇겠지요… 유령은 보통 그런 장소에서 만나곤 하니까요. 그런데 그곳엔 왜 가셨죠?"

"서장님! 제 대답이 이상하게 들리리라는 것도, 서장님이 절 이상하게 생각하시리라는 것도 잘 압니다. 하지만 제 정신이 멀쩡하다는 걸 믿어주십시오. 세상에서 가장 소중한 여인과 존경하는 제 형 필립의 안위가 달린 문제입니다. 일분일초가 아까운 상황이라 저도 몇 마디로 서장님을 납득시켜드리고 싶지만, 유감스럽게도 이런 이상한 이야기를 먼저 하지 않으면 믿지 않으실 것 같아서… 자, 서장님 오페라의 유령에 관해 제가 아는 걸 모두 말씀드리겠습니다. 아, 그런데 저도 유령에 대해 그리 많은 걸 알고 있지는 않아서…"

"괜찮으니 어서 얘기 해보세요!" 리샤르와 몽샤르맹이 갑자기 관심을 보이며 외쳤다. 하지만 그들은 곧 샤니 자작이 완전히 미쳤다는 서글픈 결론에 도달하고 말았다. 페로스-기렉에서의 이야기며 해골 이야기, 신들린 바이올린 이야기 등등 사랑에 미치지 않으면 할 수 없는 허황된 내용들뿐이었기 때문이다.

미프루아 서장도 두 극장장과 비슷한 생각을 하는 것 같았다. 게다가 자작의 이런 두서없는 이야기는 갑작스런 돌발 상황에 자연스레 중단되고 말았는데, 갑자기 문이 벌컥 열리며 헐렁한 검은색 프록코트에 닳아서 반질반질해진 모자를 눌러쓴 남자가 들어왔기 때문이다. 그는 곧장 경찰서장에게로 달려가 작은 소리로 무언가 속삭였다. 급한 용무로 달려온 형사 같았다.

형사에게 이야기를 듣고 있는 동안에도 미프루아 씨의 시선은 줄곧 라울에게 머물러 있었다.

마침내 그가 라울 쪽으로 다가가며 말했다.

"자작님, 유령에 대해선 그 정도면 됐고, 지금부턴 본인에 대한 이야기를 듣고 싶군요. 오늘 저녁 크리스틴 다에 양과 함께 떠나기로 하셨다죠?"

"네, 그렇습니다."

"극장을 탈출해서요?"

"네, 그렇습니다."

"준비는 다 마친 상태였고요?"

"네, 그렇습니다."

"타고 오신 마차가 두 분을 모시기로 했고, 마부도 대기되어 있었고, 여정도 미리 얘기되어 있었고요… 훌륭하시군요! 기착지마다 새로운 말들도 준비해 놓으셨을 테지요?"

"모두 맞습니다, 서장님."

"당신이 타고 온 마차는 아직도 로통드 길가에서 대기 중이죠, 맞죠?"

"네, 맞습니다."

"그럼 바로 옆에 당신의 마차 말고 세 대의 다른 마차가 있었다는 사실을 알고 계셨나요?"

"거기까지는 주의 깊게 보지 못해서…"

"그 세 대의 마차는 델 곳을 찾지 못한 라 소렐리 양과 카를로타 양, 그리고 당신 형인 샤니 백작의 마차였습니다."

"그럴 수도 있겠죠…"

"그런데 지금 확실한 건 말입니다…. 당신의 마차와 라 소렐리 양, 카를로타 양의 마차는 모두 로통드 옆길에 그대로 세워져 있는데, 샤니 백작의 마차만 보이지 않는다는 겁니다."

"그게 이 사건과 무슨 상관이죠, 서장님?"

"상관이 있죠! 백작께서 당신과 다에 양의 결혼을 반대하지 않으셨습니까?"

"그건 그냥 가족 간의 문제일 뿐입니다."

"그러니까 반대를 하긴 하셨군요! 크리스틴 다에를 데리고 떠나려던 것도 형님이 무슨 일을 꾸밀지 모르니 피하려 했던 거고요! 그런데 유감스럽게도 형님이 한 발 빨랐던 것 같습니다. 즉, 크리스틴 다에 양을 납치한 건 바로 당신 형님이란 말입니다."

이 말에 라울이 가슴에 손을 갖다 대며 신음했다. "오, 그럴 리가… 그게 확실합니까?"

"차차 밝혀지겠지만, 공모자인 듯한 사람에게 크리스틴 다에 양이 납치된 직후, 백작은 곧장 마차를 타고 파리 시내를 미친 듯 가로질러 갔다더군요.

"파리 시내를 가로질러 갔다고요?" 가엾은 라울이 숨을 헐떡이며 물었다. "그래서, 어디로 갔나요?"

"파리를 벗어나서…"

"파리를 벗어나서 어디로?"

"브뤼셀 쪽으로 간 모양입니다!"

가엾은 청년의 입에서 신음이 새어 나왔다. 그리고 곧 소리쳤다.

"그렇다면 지금도 따라잡을 수 있겠군요!"

라울은 이렇게 말하며 순식간에 집무실을 뛰쳐나갔다.

"그녀를 꼭 다시 데리고 오시기 바랍니다!" 뛰쳐나가는 라울의 등에 대고 경찰서장이 쾌활한 목소리로 외쳤다.

"어때요, 음악의 천사에 대한 정보보다 쓸모있지 않나요?" 미프루아는 어리둥절해 있는 사람들을 한번 둘러보더니 경찰의 임무에 대한 어쭙지않은 강의를 시작했다.

"사실 샤니 백작이 크리스틴 다에를 납치했는지 어쨌는지는 저도 잘 모릅니다. 몹시 궁금하기도 하고요. 하지만 지금 샤니 자작보다 그걸 잘 밝혀낼 사람은 없죠. 지금쯤 그는 새처럼 날아가고 있을 겁니다. 다시 말해 내 충실한 하수인 역할을 하고 있는 셈이지요! 흔히들 수사기법이 매우 복잡할 거라 생각하지만, 일반인들이 경찰 업무를 수행하도록 만드는 방법만 안다면 이보다 간단한 일도 없답니다!"

하지만 새처럼 재빠르게 그곳을 빠져나간 하수인이 복도 모퉁이에서 발길을 멈춰버린 걸 알았더라면 서장은 결코 만족하지 못했을 것이다. 호기심에 찬 군중들이 다 빠져나간 텅 빈 복도에서 라울은 자기 앞을 가로막는 커다란 그림자와 마주쳤던 것이다.

"샤니 씨, 어딜 그리 급히 가시나요?" 그림자가 물었다.

마음이 급한 라울이 고개를 들었다. 그림자는 예전에 봤던 아스트라칸 모직의 챙 없는 모자를 쓰고 있었다. 라울은 멈춰 섰다.

"또 당신이군요!" 라울이 떨리는 목소리로 외쳤다. "에릭의 비밀을 알고 있다면서 왜 나한테는 아무것도 알려주지 않는 거죠? 그리고 대체 당신 정체는 뭐죠?"

"아시다시피… 난 페르시아인이오!" 그림자가 말했다.

17. 회전하는 거울

순간 라울에게 공연 관람 중에 형이 했던 말이 떠올랐다. 형은 그가 페르시아인이라고 불린다는 것과 리볼리가의 작고 낡은 아파트에 살고 있다는 것 외에 거의 알려진 게 없다고 했었다.

"설마 에릭의 비밀을 털어 놓은 건 아니겠죠, 자작?"

아스트라칸 모직 보닛 모자를 눌러쓰고 검은색 피부에 비취색 눈동자를 가진 그가 라울 쪽으로 다가서며 말했다.

"대체 내가 왜 그 괴물의 비밀을 지켜주어야 하죠? 그가 당신 친구라도 됩니까?" 라울이 비키라는 듯 손을 휘저으며 소리쳤다.

"에릭의 비밀을 감추려는 건 그의 비밀이 곧 크리스틴 다에양의 비밀이기도 하기 때문이지요! 한 사람의 비밀을 말하면 다른 한 사람의 비밀도 밝혀지게 되니까요."

"아, 그래요?" 라울이 말했다. "보아하니 내가 관심 가질 만한 것들을 많이 알고 계신 것 같은데, 지금은 당신 이야기를 들어줄 시간이 없군요."

"그래서 묻는 겁니다, 샤니 자작! 대체 어딜 그리 급히 가시는 거요?"

"몰라서 묻습니까? 크리스틴 다에를 구하러 가는 길이죠."

"그렇다면 여기 그냥 계시는 게 좋겠군요! 크리스틴 다에 양은 이곳에 있으니까."

"에릭과 함께 말입니까?"

"그래요, 에릭과 함께!"

"당신이 그걸 어떻게 알죠?"

"나도 공연장에 있었어요. 그리고 그런 짓을 할 사람은 에릭 밖에 없습니다." 페르시아인이 깊은 숨을 내쉬며 덧붙였다. "그리고 난 그 괴물의 손을 알아볼 수 있죠."

"그와 잘 아는 사이로군요!"

페르시아인은 아무 대답도 하지 않았지만, 라울은 그의 신음소리를 들을 수 있었다.

"당신의 목적이 뭔지는 잘 모르겠지만, 나를 좀 도와주시겠습니까? 그러니까 크리스틴 다에를 위해서…" 라울이 간청하듯 말했다.

"그럽시다, 샤니 씨! 그러려고 당신을 따라왔으니까요."

"그래, 무얼 해주실 수 있습니까?"

"그녀를 따라가 봅시다. 즉, 그자의 뒤를 밟는 거지요."

"오늘 저녁에도 찾아 보았지만 아무 소용이 없었어요! 하지만 당신이 도와준다면 내 목숨이라도 바치죠! 그리고 또 한 가지는, 방금 경찰서장 얘기가 나의 형이 크리스틴 다에를 납치했다고 하던데…"

"오, 샤니 씨! 절대 그렇지 않습니다."

"그렇죠? 그럴 리가 없죠?"

"그럴 이유가 있는지는 잘 모르겠지만, 내가 알기로 필립 백작이 그런 허무맹랑한 짓을 할 사람은 아닙니다."

"얘기를 듣고 보니 내가 정말 바보 같은 생각을 했군요! 제정신이 아니었던 모양입니다. 자, 어서 서두릅시다. 당신만 믿겠습니다! 아무도 날 믿어 주지 않는데 내가 누굴 믿겠습니까? 에릭이라는 이름을 꺼냈을 때 비웃지 않은 사람은 당신밖에 없었어요!"

그렇게 말하며 젊은이는 뜨거운 손을 내밀어 페르시아인의 손을 잡았다. 상대방의 손은 얼음처럼 차가웠다.

"쉿, 조용히요!" 페르시아인은 갑자기 걸음을 멈추더니 극장 벽과 멀리 복도 끝 쪽을 향해 귀를 기울였다.

"이제부터 에릭이라고 부르지 말고 그냥 '그'라고 합시다. 가능한 한 그의 눈과 귀를 피해야 하니까요."

"그가 지금 우리 가까이 있다는 말씀인가요?"

"그럴 수도 있죠. 자기가 납치한 포로와 함께 호수의 거처에 있지 않다면…"

"당신도 그의 거처를 아는군요?"

"지금 그는 자기 거처가 아니라도 벽 속이나 마룻바닥, 천장 위 어디든 있을 수 있습니다! 누가 압니까? 이 자물쇠에 눈이 달려있고 저 대들보에 귀가 달려 있을지…" 페르시아인은 라울에게 발소리를 죽이라고 계속 주의를 주며 복도 이곳저곳을 살피고 다녔다. 라울이 크리스틴의 손에 이끌려 극장의 미로를 헤매고 다닐 때에도 보지 못한 곳이었다.

어느 새 두 사람은 희미한 불빛이 새어나오는 널찍한 방 한 가운데에 이르렀다. 페르시아인이 발길을 멈추더니 알아듣기 힘들 정도로 목소리를 낮춰 물었다.

"경찰서장에게는 뭐라고 말했습니까?"

"크리스틴 다에를 납치한 자는 음악의 천사이며, 그가 바로 오페라의 유령이라고 말했어요. 그리고 그의 진짜 이름은…"

"쉿! 그래 경찰서장이 믿는 눈치던가요?"

"아니요!"

"당신의 정보를 전혀 믿지 않았다는 얘기죠?"

"전혀!"

"당신이 제정신이 아니라고 생각했겠죠?"

"맞아요."

"다행이군요." 페르시아인이 안도의 숨을 내쉬었다.

그리고 그는 다시 걸음을 재촉했다.

라울이 처음 보는 계단들을 몇 차례나 오르내린 끝에 두 사람은 어느 문 앞에 당도했다. 페르시아인은 조끼 주머니에서 조그만 만능 열쇠를 꺼내더니 문을 열었다.

"당신의 높은 모자는 우리가 일을 하는 데 거추장스러울 것 같군요. 대기실에 놔두는 게 좋겠어요." 페르시아인이 말했다.

"어느 대기실 말입니까?" 라울이 물었다.

"그야 물론 크리스틴 다에 양의 대기실이죠!"

페르시아인은 그렇게 말하고서 방금 문이 열린 곳으로 라울을 이끌었다. 그곳은 바로 크리스틴의 대기실 앞 복도였다. 라울은 평소에 다니던 길 외에 크리스틴의 대기실로 통하는 다른 길이 있다는 걸 전혀 모르고 있었다. 그녀의 대기실로 가기 위해 깊은 생각에 잠겨 걸어갔던 긴 복도의 다른 쪽 끝에 문이 있었던 것이다.

"당신은 오페라극장 구석구석을 잘 알고 계시군요!"

"그 만큼은 잘 알지 못하죠." 페르시아인이 낮은 소리로 말하고는 라울을 크리스틴의 대기실 안으로 밀어 넣었다.

방 안은 라울이 조금 전 보았던 상태 그대로였다.

방문을 닫은 페르시아인이 대기실과 바로 옆의 창고 방을 가르는 얇은 칸막이 앞으로 다가갔다. 그리고 거기에 귀를 기울이더니 큰 소리로 기침을 했다.

그러자 캐비닛에서 뭔가 부스럭대는 소리가 들렸고, 잠시 후 누군가 대기실 문을 노크했다.

"들어오게!" 페르시아인이 말했다.

그러자 한 남자가 들어왔는데, 아스트라칸 모직의 보닛 모자에 긴 망토를 걸치고 있었다. 그가 인사를 하더니 망토 안에서 화려하게 세공된 상자를 하나 꺼냈다. 그는 그것을 화장용 탁자 위에 올려놓고 문 쪽으로 물러났다.

"아무에게도 들키지 않았겠지, 다리우스?"

"네, 주인님."

"나갈 때에도 눈에 띄어선 안 되네."

하인은 문 바깥쪽을 한번 훑어보더니 재빠르게 방을 빠져나갔다.

페르시아인은 상자를 열었다. 안에는 화려하게 장식된 권총 두 자루가 들어있었다.

"결투라도 하려는 겁니까?" 난데없는 무기에 라울이 놀라며 물었다.

"맞아요. 결국엔 결투를 하게 되겠지요··· 아주 멋진 결투가 될 겁니다!" 페르시아인이 총의 뇌관을 살펴보며 말했다.

그는 둘 중 한 자루를 라울에게 건네며 말을 이었다.

"이 결투는 우리 둘과 다른 한 사람의 싸움이 될 겁니다. 하지만 만반의 준비를 갖추지 않으면 안 됩니다. 왜냐하면 상대는 상상 이상으로 무서운 놈이기 때문이지요. 당신은 크리스틴 다에를 사랑하죠, 그렇죠?"

"그야 물론이죠! 하지만 그녀를 사랑하지도 않는 당신은 왜 이런 위험을 무릅쓰는 거죠? 혹시 에릭에게 원한이라도 있나요?"

"아닙니다. 저는 에릭을 미워하지 않아요." 페르시아인은 슬픈 표정으로 말했다.

"미워했다면 더 이상 나쁜 짓을 하지 못하도록 오래 전에 해치웠을 겁니다."

페르시아인은 보조의자를 대형 전신거울의 맞은편 벽에 붙이고 올라가더니 벽지에 코를 들이대고 뭔가를 열심히 살폈다.

"뭐 하십니까? 이제 그만 가시죠!" 조급한 마음에 라울이 재촉했다.

"어딜 간다는 말이오?" 페르시아인이 고개도 돌리지 않고 대꾸했다.

"괴물한테로 가야죠! 어서 지하로 내려가요! 당신에게 무슨 방법이 있다고 하지 않았습니까?"

"지금 그걸 찾고 있는 거요." 페르시아인은 여전히 코를 벽에 박은 채 벽면을 뒤지고 있었다.

"아, 여기다!" 그가 손가락을 높이 들더니 벽지 한구석을 꾹 눌렀다. 그리고 재빨리 몸을 돌려 의자 아래로 뛰어내리며 소리쳤다.

"이제 곧 그를 찾으러 갈 겁니다!"

페르시아인은 다시 방을 가로지르더니 대형거울을 더듬기 시작했다.

"아냐… 아직 꿈쩍을 않는군!" 그가 중얼거렸다.

"아, 거울을 통해 빠져나가려는 거군요? 크리스틴이 그랬던 것처럼…"

"크리스틴이 거울을 통해 빠져나가는 걸 보았나요? 눈앞에서 똑똑히 보았죠. 난 그때 분장실 커튼 뒤에 숨어있었는데, 그녀는 거울을 통해, 아니 거울 속으로 사라졌어요!"

"유령의 새로운 마술이라 할 수 있지요." 페르시아인이 계속 거울을 살피며 말했다. "차라리 진짜 유령을 상대하는 거라면 얼마나 좋을까요? 그랬다면 권총 같은 건 꺼내지도 않았을 거예요! 자, 모자는 여기 벗어두고 나처럼 몸을 거울 쪽으로 바짝 당겨요… 저고리를 여미고 깃을 세워요. 되도록 우리의 모습을 감추도록…"

그가 잠시 말을 멈추더니 거울을 힘주어 눌렀다.

"대기실에서 용수철에 힘을 가해 추를 작동시키려면 시간이 걸립니다. 저 벽 뒤에서 직접 추를 작동시키면 훨씬 빠르고 쉽겠지만…자 이제 거울이 돌아가면서 순식간에 길이 열릴 겁니다."

"추를 작동시키다니요?" 라울이 물었다.

"회전축을 돌려 벽면 전체를 움직이는 추 말입니다. 설마 마법의 힘으로 벽이 움직인다고 생각하는 건 아니겠죠?"

페르시아인은 한 손으로 라울을 자기 쪽으로 끌어당긴 뒤 권총을 쥔 다른 손을 여전히 거울에 댄 자세로 기다렸다.

"이제 조금만 기다리세요! 주의해서 살펴보면 이 거울이 조금 들어올려졌다가 왼쪽에서 오른쪽으로 미세하게 움직이는 걸 알 수 있을 겁니다! 그리고 이제 회전축을 타고 회전을 하게 되죠. 추가 어떻게 작동하는지는 잘 모르겠지만, 분명한 건 어린아이도 손가락 하나만으로 집 전체를 돌릴 수 있다는 거예요. 벽이 아무리 무거워도 균형만 맞추면 거의 무게가 실리지 않도록 할 수 있으니까요."

"그런데 아직 돌아가지 않는데요…" 라울은 조바심치며 말했다.

"조금만 기다려요! 시간이 좀 걸릴 거예요. 기계가 녹슨데다 용수철도 낡았고…" 페르시아인이 갑자기 걱정스러운 표정으로 이마를 찌푸리며 말했다. "그밖에, 또 다른 문제가 있을 수도 있죠."

"또 무슨 문제요?"

"그가 추를 매단 줄을 끊어버렸으면 시스템 전체가 작동하지 않을 수도 있어요."

"그가 이 벽들을 마음대로 조종할 수 있다는 겁니까?"

"벽뿐만 아니라 극장의 모든 문과 바닥문들을 마음대로 할 수 있죠."

"크리스틴도 비슷한 얘기를 한 적 있어요. 그는 불가사의에 가까운 엄청난 힘을 가지고 있다고… 그런데 내게는 이 모든 것들이 이상하게만 여겨지는군요. 왜 이 벽들은 오직 그에게만 복종하는 걸까요? 그가 이 벽들을 만들기라도 했나요?"

"그렇습니다, 샤니 자작!"

갑자기 손가락을 입에 가져다대며 거울을 가리키는 페르시아인을 라울은 어리둥절한 채 쳐다보았다. 순간 거울에서 미세한 흔들림이 느껴졌다. 거울에 비친 두 사람의 모습이 잠시 물결처럼 출렁댔지만, 벽은 이내 정지한 채로 움직이지 않았다.

"보시다시피 움직이질 않아요. 다른 길을 찾아 봐야겠어요." 라울이 말했다.

"지금으로선 다른 방법이 없습니다. 이제 집중해서 사격 준비를 하십시오." 페르시아인이 결심한 듯 비장한 목소리로 말했다.

그는 거울을 향해 총을 겨누었고 라울도 그를 따라했다. 그 순간 페르시아인이 총을 쥐지 않은 손으로 라울을 끌어당겼다. 눈부신 빛이 쏟아지면서 거울이 회전을 시작했다! 마치 실내로 들어가는 회전문처럼 거울이 빙글 돌았고… 라울과 페르시아인은 저항할 수 없는 힘에 이끌려 눈부시게 밝은 빛에서 깊은 어둠 속으로 내던져졌다.

18. 지하로 통하는 길

"총을 들고 사격 자세를!" 다급한 목소리로 페르시아인이 라울에게 지시했다.

회전하던 벽이 그들의 등 뒤에서 다시 닫혔다.

두 사람은 숨을 고르면서 잠시 그대로 멈춰있었다.

깊은 정적과 함께 완벽한 어둠이 주위를 지배하고 있었다.

이윽고 페르시아인이 무릎을 꿇고 손으로 주변을 더듬는 소리가 들렸다.

갑자기 소리 없이 전등불이 밝혀졌다. 라울은 숨은 적이라도 만난 듯 본능적으로 흠칫 물러섰다. 하지만 그 불빛이 페르시아인의 것이라는 걸 알게 된 라울은 다시 그를 따라 움직였다. 작은 원반 모양의 붉은 불빛이 벽면 위아래를 샅샅이 훑으면서 지나갔다. 오른쪽은 하나의 벽면으로 되어 있었지만, 왼쪽은 두 개의 나무판자가 위아래로 나뉘어 있었다. 라울은 크리스틴도 천사의 목소리를 따라

이곳을 지났으리라는 생각을 했다. 페르시아인의 얘기를 통해 그는 유령이 이 비밀 통로들을 직접 설계하여 만들었으리라 짐작했다. 그러나 나중에 알려진 사실은 달랐다. 에릭이 이 비밀통로를 발견하여 비밀스럽게 이용한 것은 맞지만, 사실 이곳은 파리코뮌 시절 포로들을 지하 감옥으로 호송하기 위해 만든 길이었다. 3월 18일 오페라극장 건물을 점령한 코뮌군은 건물 꼭대기를 선언문을 실어 나르는 열기구들의 이륙 장소로 썼고, 건물 지하는 정치범들의 감옥으로 사용했다.

페르시아인은 무릎을 꿇고 램프를 땅에 내려놓았다. 그리고 판자벽 쪽으로 잠시 귀를 기울이더니 급히 손으로 램프 불빛을 가렸다.

뭔가 덜컥 하는 소리와 함께 판자벽에 사각형의 희미한 빛이 새겨졌다. 오페라극장 지하실의 창문 중 하나가 열린 모양이었다. 모습은 보이지 않았지만 바로 옆에서 페르시아인의 나직한 한숨 소리가 들려왔다.

"나를 따라와요. 그리고 내가 하는 대로 따라하세요."

권총을 입에 문 페르시아인이 무릎을 꿇더니 바닥문의 가장자리를 잡고 바닥으로 미끌어져 내려갔다.

라울도 페르시아인처럼 무릎을 꿇고 두 손으로 바닥문에 매달렸다. 얼마 뒤 '손을 놓으세요!' 하는 소리가 들렸고, 라울은 페르시아인의 두 팔에 안긴 채 떨어졌다. 페르시아인은 라울에게 엎드리라고 명령하더니 자기도 옆에 엎드려 머리 위의 바닥문을 닫았다. 라울이 뭔가 물으려는데, 페르시아인이 손으로 입을 가리키며 조용히 하라는 신호를 했다. 그때, 방금 전에 라울을 심문했던 경찰서장의 목소리가 들렸다.

라울과 페르시아인은 자신들이 판자벽 뒤에 있다는 걸 깨달았다. 그들의 바로 옆에는 작은 방으로 이어지는 좁은 계단이 있다. 경찰서장이 방 안을 왔다 갔다 하는 발소리와 함께 누굴 심문하는지 계속 질문하는 소리가 들려왔다. 빛은 아주 미약했지만, 비밀통로의 깊은 어둠을 금방 빠져나온 터라 사물의 형체를 구분하는 일은 어렵지 않았다.

순간, 라울은 터져 나오려는 비명을 겨우 목구멍 안으로 삼켜야 했다. 그의 앞에 세 구의 시체가 놓여있었던 것이다!

시체 한 구는 경찰서장의 목소리가 들려오는 방문 앞 좁은 층계참에 누워 있었고, 나머지 두 구는 두 팔을 포갠 채 계단 밑에 널브러져 있었다. 시체는 라울이 칸막이벽 사이로 손가락만 넣으면 바로 닿을 거리에 있었다.

"조용!" 페르시아인이 다시 속삭였다. "그의 짓이야!"

이제 경찰서장의 목소리가 더 또렷이 들렸다. 그는 무대감독을 상대로 조명장치의 고장에 대해 캐묻고 있었다. 경찰서장은 파이프오르간과 그 부속시설들을 살피고 있는 것 같았다.

조명 담당자는 프롬프터 박스 옆 좌석에 앉아 조수들에게 지시를 내리도록 되어 있었다. 공연 때마다 이런 역할을 수행한 사람이 바로 모클레르였다.

그런데 그 자리를 지켜야 할 모클레르는 물론 조수들마저 보이지 않았던 것이다.

"모클레르! 모클레르!"

무대감독이 모클레르를 부르는 소리가 들렸지만 아무 대답도 없었다.

앞에서도 말했지만, 현재 경찰서장이 있는 방의 문을 열면 곧장 지하 2층으로 통하는 작은 계단이 나타나게 되어 있었다. 경찰서장은 그 문을 열려고 했지만 꼼짝도 하지 않았다. "이봐요, 무대감독! 왜 문이 안 열리는 거요? 원래 이런 거요?"

무대감독이 어깨로 문을 힘껏 밀었다. 문이 열림과 동시에 사람의 시체가 나타났고, 당연히 그의 입에서 비명이 터져 나왔다.

"모클레르!"

조명장치를 살피려고 경찰서장을 따라온 사람들이 웅성대며 몰려들었다.

"불쌍한 사람 같으니, 죽어 있었어!" 무대감독이 탄식하듯 말했다.

하지만 경찰서장 미프루아는 전혀 놀라는 기색도 없이 큼직한 체구의 시신을 살펴보았다.

"그냥 취해서 곯아떨어진 거요, 죽은 게 아니라."

"이렇게까지 곯아떨어진 적은 없는데…" 무대감독이 말했다.

"누군가 마취제를 먹인 것일 수도 있고…"

그때 계단을 몇 발자국 내려가던 미프루아가 소리쳤다.

"이걸 봐요!"

희미한 불빛 아래 두 사람이 축 늘어진 채 계단 아래 쓰러져 있었다. 무대감독이 모클레르의 조수들이라고 확인해 주었다. 미프루아가 내려가 그들을 살폈다.

"아주 깊이 잠들었구먼. 아무래도 이상해. 누군가 조명 팀에 잠입한 게 틀림없어! 그리고 납치를 위해 작업을 했겠지? 그래도 공연 중에 배우를 납치할 생각을 하다니… 잘은 몰라도 위험한 놀이를 즐기는 자인 것 같군… 누가 극장 전속 의사를 불러주겠소?"

미프루아는 같은 말을 되풀이했다.

"이상하군! 참 이상해!"

이후 서장은 다시 작은 방으로 돌아가 누군가와 얘기를 나누었는데, 라울과 페르시아인의 눈에는 보이지 않았다.

그때 생각에 잠긴 듯 오른손으로 턱을 받치고 있던 무대감독이 말했다.

"모클레르가 극장 안에서 잠든 게 이번이 처음은 아니에요. 어느 날 밤인가 그가 코담배갑을 옆에 두고 잠들어 있는 걸 본 적이 있어요."

"오래 전 일인가요?" 미프루아가 코걸이 안경을 꼼꼼히 닦으면서 물었다.

"아, 맞다…" 조명감독이 낮게 소리쳤다. "그래요, 오래전 일이 아니에요! 바로 그날 밤이었어요! 서장님도 아시겠지만, 카를로타가 그 유명한 두꺼비 소리를 냈던 날 밤…"

"카를로타가 두꺼비 소리를 냈던 날 밤?"

경찰서장은 깨끗해진 코걸이 안경을 다시 걸치더니 무대감독의 생각을 투시라도 하듯 그를 똑바로 쳐다보았다.

그리고 서장은 관심 없다는 듯 말했다. "모클레르가 코담배를 즐기는 모양이죠?"

"그럼요! 여기에도 담뱃갑이 있잖아요. 그는 대단한 코담배 애호가예요."

"저도 그렇습니다." 그렇게 말하며 미프루아는 담뱃갑을 주워 호주머니에 넣었다.

라울과 페르시아인은 무대장치 기술자들이 축 늘어진 세 사람을 옮기는 걸 숨어서 지켜보았다. 경찰서장과 다른 사람들이 기술자들을 따라 계단을 올라갔다. 그들이 사라진 뒤에도 발소리가 한동안 무대 바닥을 울렸다.

이제 아무도 없음을 확인한 페르시아인이 라울에게 일어나도 된다는 신호를 했다. 라울이 일어나는 걸 지켜보던 페르시아인이 곧바로 사격자세를 취하지 않는 라울에게 주의를 주었다.

"팔만 아플 뿐이에요! 그러다 진짜 필요할 때엔 제대로 쏘지도 못할 걸요?" 라울이 투덜댔다.

"팔이 아프면 다른 팔로 바꿔 들어요!"

"왼손으로는 쏠 줄 몰라요."

그러자 페르시아인은 라울의 머리론 도저히 이해할 수 없는 말들을 늘어놓았다.

"왼손으로 쏘느냐 오른손으로 쏘느냐는 중요하지 않아요. 중요한 건 손을 들고 팔을 앞으로 당겨 사격 자세를 취하는 거죠. 그런 자세만 취하면 권총이 주머니에 있든 손에 있든 상관이 없어요."

그는 또 이렇게 덧붙였다.

"명심해요! 더 이상은 얘기하지 않습니다. 이건 생사가 달린 문제요! 이제 입 다물고 나를 따라와요!"

그렇게 해서 두 사람은 지하 2층에 다다랐다. 호롱 속 양초의 희미한 불빛에 동화처럼 신기하고 흥미로운 오페라극장 지하세계의 일부를 어렴풋이 드러내 주었지만, 나머지는 심연처럼 어둡기만 했다.

지하는 모두 다섯 개 층을 가진 어마어마하게 넓은 공간으로 이루어져 있었다.

라울은 페르시아인 말에 더 이상 토를 달지 않고 총을 앞으로 한 채 뒤따랐다. 그를 따르는 것만이 크리스틴에게로 갈 수 있는 유일한 길이라 다짐하면서…

두 사람은 하염없이 밑으로 내려가 마침내 지하 3층에 도착했다. 멀리서 비치는 희미한 불빛 덕분에 겨우 발밑이 보였다.

아래로 내려갈수록 페르시아인은 조심스러워졌다. 그는 몇 번이나 라울을 돌아보며 방아쇠 당기는 시늉을 했다. 총 쏘는 자세를 계속 유지하라는 신호였다.

그런데 갑자기 큰 소리가 들려 두 사람은 그 자리에 멈춰 섰다. 위쪽에서 누군가 고함을 질러대고 있었다.

"문 여닫는 담당자들은 모두 무대 위로 올라오시오!" 경찰서장의 목소리였다.

몰려가는 발소리가 들렸고, 어둠속에 그림자들이 지나가는 것도 보였다. 페르시아인이 라울을 기둥 뒤로 잡아당겼다. 오랜 세월 동안 무대장치 일로 허리가 굽은 늙은 일꾼들이 그들의 머리 위를 지나고 있었다. 어떤 일꾼들은 걸음도 제대로 뗄 수 없을 정도로 기력이 없었고, 어떤 일꾼들은 오랫동안 문을 여닫고 다닌 탓인지 심하게 허리가 굽어 있었다.

그들은 문 여닫는 사람들이었다. 예전에 무대장치 기술자들이었던 그들은 나이가 들고 기력이 쇠해 이제는 극장 지하와 지상의 문을 여닫는 일을 하고 있었다.

페르시아인과 라울은 성가신 존재들을 떼어버릴 수 있어 기뻤다. 문 여닫는 일을 하는 노인들은 거처도 없고 일도 별로 많지 않아 하릴없이 오페라극장을 배회하거나 지하에서 잠을 자는 경우가 많았다. 마주치거나 잠을 깨우거나 하면 일일이 변명해야 하고 주목을 끌 수 있었는데, 때마침 미프루아가 그들을 불러준 덕에 난처한 상황에서 벗어날 수 있었던 것이다.

하지만 두 사람만의 오붓한 시간은 오래 가지 않았다. 문 여닫는 사람들이 올라간 바로 그 길을 따라 또 다른 그림자들이 내려오고 있었다. 그림자들은 각자 램프를 하나씩 들고 들었다 내렸다를 반복하며 주변을 살피고 있었다. 무슨 물건이나 사람을 찾고 있는 것 같았다.

"저런! 뭘 찾고 있는지는 모르겠지만 까닥하다간 발각되고 말겠어! 어서 여길 떠납시다! 사격자세를 잊지 말고, 결투 할 때처럼 팔을 구부려 손을 눈높이로! 내가 발사를 외칠 때까지 그 자세를 유지해야 해요… 자, 이제 권총은 주머니에 잠깐 넣어두세요. 밑으로 내려가야 하니까. (페르시아인은 라울을 지하 4층으로 이끌었다.) 팔을 눈높이까지 올리는 자세에 우리 목숨이 달려 있어요… 자, 이쪽 계단으로… (그들은 지하 5층에 도착했다.) 정말 멋진 대결이 될 겁니다… 멋진 결투가 될 거예요!"

지하 5층에 도착하자 페르시아인은 긴 숨을 내쉬었다. 아까 지하 3층에 갇혀있을 때보다는 덜 위험한 것 같았지만, 여전히 총을 든 팔은 내리지 않았다.

그는 라울에게 자리를 지키고 있으라고 신호를 보내고 방금 지나온 계단을 재빨리 올라갔다 다시 내려왔다. "우리가 어리석었어!" 그가 숨을 몰아쉬며 말했다. "아까의 랜턴 불빛은 금세 지나가는 거였는데… 램프를 든 사람들은 순찰중인 소방관들로 곧 지나갈 사람들이었어요."★

두 사람은 결투 자세를 취한 채 5분 동안이나 꼼짝 않고 기다렸다. 드디어 소방관들의 발소리가 그치자 페르시아인이 라울을 이끌고 계단을 올라갔지만 곧 다시 움직이지 말라는 신호를 보냈다.

그들 앞에서 공기가 흔들리고 있었다.

"엎드려요!" 페르시아인이 낮게 소리쳤다.

두 사람은 그 자리에 납작 엎드렸다. 긴급한 상황이었다.

★ 당시 소방관들은 공연이 벌어지는 무대 주위를 순찰하며 오페라의 안전을 책임질 의무가 있었다. 하지만 이후 이런 임무는 사라졌는데, 페드로 가야르 씨에게 이유를 물으니 이렇게 답변했다. "극장 지하에 대해 전혀 무지한 소방관들이 자꾸 불을 지피곤 해서요."

이번엔 램프를 들지 않은 그림자 하나가 두 사람 옆을 스쳐 갔다. 두 사람의 얼굴에 그가 입은 망토의 바람이 느껴졌다.

어둠 속에서도 머리에서 발끝까지 망토로 감싼 그림자의 모습을 볼 수 있었다. 그는 머리에 부드러운 펠트 모자를 쓰고 있었다.

그림자는 벽에 바싹 몸을 붙이고 지나갔다. 모퉁이를 돌아설 때엔 발로 벽을 툭툭 차기도 했다.

"휴! 간신히 피했어요. 저자는 내 얼굴을 잘 알아요. 두 번씩이나 날 극장장 집무실로 끌고 갔거든요." 페르시아인이 낮은 소리로 말했다.

"극장을 순찰하는 경찰입니까?" 라울이 물었다.

"그보다 더한 놈이죠." 페르시아인이 그렇게만 대답하고 입을 다물었다.★

"그는 아니겠죠?"

"그라고요? 그였다면 뒤쪽에서 다가오지 않는 한 황금빛 눈을 못 보았을 리가 없지! 더욱이 어둠 속에서라면… 하지만 만약 그가 뒤에서 몰래 다가온다면 우린 죽은 목숨이나 다름없어요. 이렇게 총

★ 저자 역시 페르시아인처럼 그림자의 정체에 대해 다른 설명은 하지 않겠다. 실화를 바탕으로 한 이 이야기에서는 종종 일어나는 비정상적인 사건들에 대해서도 논리적인 설명이 필요할 때가 있다. 그렇다 하더라도 페르시아인이 "그보다 훨씬 지독한 놈이죠!"라고 말한 속뜻까지 독자들에게 일일이 설명할 필요는 없을 것 같다. 이쯤 되면 여러분도 짐작할 것이다. 저자는 이 흥미로운 그림자의 존재에 대한 비밀을 지키기로 전직 극장장인 페드로 가야르 씨와 약속했다. 긴 망토를 입고 다니는 그림자는 평생 동안 극장 지하를 배회하는 걸 직업으로 하는 자인데, 예를 들어 축하공연이 있는 날 제 분수에 맞지 않는 행동을 하는 사람들에게 끔찍한 서비스를 해주는 게 일이었다. 아무튼 이것이 국가가 공인한 서비스직이라는 사실을 밝히는 정도로 줄이겠다.

을 들고 쏠 준비를 하고 있지 않으면!"

하지만 페르시아인은 설교를 끝낼 수 없었다. 그들 앞에 갑자기 기이한 형상 하나가 나타났기 때문이다. 그것은 두 개의 황금빛 눈동자가 아닌 얼굴 전체였다….

불덩이에 휩싸인 몸통 없는 얼굴 하나가 사람 키 높이에서 떠 오고 있었다. 게다가 얼굴은 불덩어리를 토해내고 있었다!

어둠 속에서 그것은 영락없이 불덩이로 된 얼굴이었다.

"아, 저런 건 처음 봐!" 페르시아인이 신음을 내뱉었다. "소방대장이 미친 게 아니었어. 그는 저걸 봤던 거야… 도대체 뭐지, 저 불꽃은? 분명 그는 아닌데… 하지만 그가 저걸 우리에게 보냈을지도 몰라… 조심해요! 손을 눈높이로 올리고 총사격 자세로!"

그것은 불타는 악마처럼 사람의 키 높이에서 얼이 빠진 두 사람을 향해 다가오고 있었다.

"그가 놈을 우리 앞으로 보낸 거야… 뒤쪽이나 옆쪽에서 우릴 덮치려고! 놈의 생각은 도저히 읽을 수가 없다니까! 그가 쓰는 속임수들은 거의 다 알고 있다고 생각했는데… 도망칩시다! 침착하게 손을 눈높이로 하고…"

두 사람은 앞쪽의 지하통로로 도망쳤다. 그렇게 몇 초밖에 달리지 않았는데도 몇 분은 달린 것처럼 숨이 찼다.

"하지만 그가 이 길로 지나다니는 일은 거의 없는데!" 페르시아인이 말했다. "여긴 그가 잘 다니지 않는 길이에요. 이 길은 호수에 있는 그의 거처와 통하지 않거든요. 아무래도 우리가 뒤쫓고 있는 걸 눈치 챈 모양이에요. 더 이상 그의 일에 간섭하지 않고 과거도 묻지 않겠다고 약속했는데…"

이렇게 말하면서 그는 뒤를 돌아보았다. 라울도 마찬가지로 뒤를 돌아보았다. 그리고 불타는 머리통이 두 사람의 바로 뒤에 있는 걸 발견했다. 불꽃은 그들을 쫓아오고 있었다. 그것도 빠르게 뜀박질하며… 오히려 두 사람보다도 더 빠르게 뛰고 있는 것 같았다. 두 사람과의 간격은 아까보다 훨씬 좁혀져 있었다.

형체가 가까워지면서 알 수 없는 소음도 함께 가까워졌다. 이 정체 모를 소음은 불타는 얼굴과 함께 다가오고 있었다. 뭔가 삐걱거리는 소리 같기도 했고 이를 가는 소리 같기도 했다. 수많은 돌이 들어간 분필로 칠판을 긁는 듯한 끔찍한 소리도 섞여 있었다.

두 사람은 계속 뒷걸음질 쳤지만 불타는 얼굴은 멈추지 않고 다가왔다. 이제 얼굴의 생김새까지 구분할 수 있을 정도로 가까워졌다. 앞을 응시하는 두 눈은 동그랗고 코는 약간 삐뚤어졌으며 커다란 입은 아래쪽으로 반원을 그리며 늘어져 있었다. 붉게 타오르는 달덩이 같은 얼굴에는 눈과 코와 입의 형태가 붙어 있었다.

더 이상 물러설 곳이 없음을 깨달은 페르시아인과 라울이 벽에 몸을 붙였다. 정체불명의 불타는 얼굴과 점점 또렷해지는 끔찍한 소음이 그들에게 무슨 짓을 할지 도무지 판단이 서지 않았다. 얼굴이 가까워질수록 불꽃 머리 아래의 어둠 속에서 들리는 소음이 작은 소리들이 뭉쳐져서 나는 것이라는 사실을 알 수 있었다.

벽에 붙어 있던 두 사람이 소음의 출처를 알아내는 순간 머리카락이 곤두섰다. 불타는 달의 얼굴 아래에서 해안가의 파도처럼 부서지며 몰려오는 알 수 없는 검은 알갱이들을 보았기 때문이다.

그리고 잠시 뒤, 검은 알갱이들이 걷잡을 수 없이 두 사람의 가랑이 사이로 빠져나가는 게 느껴졌다. 페르시아인과 라울의 입에서 동시에 공포의 비명이 새어나왔다.

더 이상 팔을 들어올리는 자세를 유지할 수 없었다. 그보다 다리로 기어오르는 검은 물결을 밀쳐내는 게 급했다. 그 물결은 짐승의 발과 날카로운 발톱 그리고 이빨 같은 것들로 이루어져 있었다.

라울과 페르시아인은 소방대장 파팽이 왜 기절했는지 알 수 있었다. 그런데 바로 그때, 불타는 머리가 비명을 질러대는 두 사람을 돌아보며 외쳤다.

"움직이지 마요! 그리고 절대 뒤에서 쫓아오면 안 됩니다! 나는 쥐 잡는 사람이오! 쥐들을 몰고 지나갈 때까지 가만히들 있어요!"

이렇게 불타는 얼굴은 순식간에 어둠 속으로 사라졌다. 하지만 앞으로 난 복도 끝에는 아직 환하게 불이 밝혀져 있었다. 쥐를 잡는 사람이 램프를 높이 들어 복도 멀리까지 비쳤기 때문이다. 조금 전까지는 몰고 가는 쥐들이 놀라지 않도록 램프 불을 얼굴 쪽에 대고 있다가 이제는 걸음을 재촉하려 불꽃을 키워 복도 먼 곳을 비추었던 것이다. 쥐 잡는 사람은 삐걱거리는 소리와 이빨 가는 소리만을 남긴 채 쥐떼와 함께 멀어져 갔다.

겨우 공포에서 벗어났지만 라울과 페르시아인은 여전히 몸을 떨고 있었다.

"이제야 에릭이 쥐 잡는 사람 얘기를 해준 게 기억나는군… 하지만 저런 모습을 하고 있다곤 상상한 적이 없어. 아직까지 한 번도 마주치지 않은 게 이상할 정도군. 난 정말 괴물이 나타난 줄 알았어요. 그럼 그렇지, 그가 이 구역에 나타날 리가 없지!"★

그러자 라울이 말했다. "그럼, 여기서 호수까지는 먼가요? 언제 도착할 수 있죠? 어서 호수로 갑시다, 어서요! 호수에 도착하면 벽을 두드리고 소리를 질러 크리스틴을 부를 거예요. 그러면 크리스틴이 소리를 듣고 응답하겠죠. 물론 그도 소리를 들을 거고… 그를 잘 안다고 하니 대화를 해 봅시다!"

"어리석은 소리!" 페르시아인이 말했다. "절대 호수를 통과해 그의 거처로 가진 않을 거예요!"

"왜죠?"

"거기는 철저하게 방비가 되어 있을 테니까요. 나도 그의 거처는 커녕 호수조차 건너본 적이 없어요! 방비가 너무 철저해요! 전직 무대장치 기술자나 문을 여닫는 일을 하는 사람들 가운데 호수를 건너려다 사라진 사람들도 많아요. 기억하기도 싫지만 나도 같은 신세

★ 전직 오페라극장장인 페드로 가야르 씨가 피에르 볼프 부인의 집에서 나에게 해준 얘기가 있다. 극장 지하에 있는 엄청난 쥐떼들에게 시달리던 중 한 남자가 나타나서 자신을 지하에 보름동안만 머물게 해주면 쥐들을 다 처치해 주겠다고 공언하기에 높은 보수를 주고 일을 맡겼다. 그리고 약속한 날짜가 되자 그가 장담한 대로 쥐들이 깨끗이 사라졌다. 가야르 씨 말로는 그가 쥐를 취하게 해 자신을 따르게 만드는 향수 같은 것을 발명했다고 하는데, 과연 그가 가는 곳마다 쥐떼가 모여들었고 보름 뒤에는 엄청나게 수가 불어난 쥐떼를 지하수에 몽땅 빠뜨려 죽일 수 있었다고 한다. 이 이야기의 초반에도 소방대장을 혼비백산하게 만든 불타는 얼굴이 등장했는데, 마침내 라울과 페르시아인이 그 끔찍한 형상의 정체를 밝혀준 것이다.

가 될 뻔했고… 괴물이 나를 알아보았기에 망정이지! 충고하지만, 절대로 호수에 접근할 생각은 말아요. 무엇보다도 물 밑에서 사이렌요정의 노랫소리가 들려오면 귀를 막아야 해요."

"그러면 대체 여기에 뭘 하러 온 겁니까? 당신이 크리스틴을 위해 해줄 게 없다면 나라도 그녀를 위해 죽도록 내버려두세요!" 라울이 화를 참지 못하고 말했다.

페르시아인은 젊은이를 진정시켰다.

"크리스틴 다에를 구할 수 있는 방법은 딱 한 가지, 괴물이 눈치 못 채게 그의 소굴로 들어가는 겁니다."

"호수가 아니라면 어딜 통해 그의 거처로 들어가죠?"

"조금 전 우리가 도망쳤던 지하 3층을 통해서요… 이제 거기로 돌아갈 겁니다." 이어서 페르시아인이 갑자기 낮은 목소리로 덧붙였다. "정확하게 말하면 무대 벽면과 버려진 「라호르의 왕」 무대장식 사이, 그러니까 조제프 뷔케가 죽은 바로 그 지점이죠."

"아! 목을 매 죽은 채로 발견되었다는 무대감독 말인가요?"

"맞아요!" 그리고 페르시아인이 의미심장한 말투로 덧붙였다. "사라진 밧줄은 아직 발견하지 못했죠… 자, 용기를 냅시다! 팔을 앞으로 올려 주위를 살피고… 그런데 대체 여기가 어디쯤이지?"

페르시아인은 다시 램프에 불을 붙였다. 램프가 두 개의 길이 직각으로 교차하는 넓은 복도를 비추었다. 천장이 꽤나 높아 보였다.

"물을 저장해 둔 구역에 온 것 같아요. 난방장치의 열기가 전혀 느껴지지 않는군요."

앞장서 가던 페르시아인은 하수도 처리 기사들과 마주치지 않으려고 가끔씩 걸음을 멈추었다. 이윽고 두 사람은 손으로 얼굴을 가려야 할 정도로 지하 화덕의 불기운이 느껴지는 지점까지 왔다. 라울은 거기서 크리스틴이 처음으로 지하에 끌려왔을 때 보았다는 악마의 두상을 알아보았다.

그렇게 두 사람은 무대 밑의 거대한 지하세계로 서서히 접근하고 있었다.

파리의 지층 아래 15미터 깊이의 지하수 층을 파내려간 걸 감안한다면, 지금 두 사람은 수조의 밑바닥까지 내려와 있는 셈이었다. 거기서 퍼 올렸을 물의 양은 어마어마해서, 루브르 광장 정도의 면적에 깊이는 노트르담사원 탑 높이의 1.5배나 된다고 했다.

"내가 틀리지 않았다면 바로 이 벽이 호수 근처 그의 거처 부근일 겁니다." 페르시아인이 벽을 만지며 말했다. 이 말을 하면서 그는 벽을 몇 차례 두드려보기도 했다. 이쯤에서 지하에 물을 가둔 거대한 수조가 어떻게 만들어졌는지 알아두는 것도 나쁘지 않을 것이다.

건축물 전체를 둘러싼 물은 극장 전체의 무대장치를 지탱 하는 벽과 직접 맞닿아서는 안 된다. 건축물의 골조와 목재들, 잠금장치나 그림들은 습기가 차지 않게 보호되어야 하기 때문이다. 그래서 건축가는 건물 곳곳에 이중의 보호막을 둘러야 했다.

이렇게 이중으로 둘러싸는 작업을 하는 데에만 꼬박 1년이 걸렸다. 페르시아인이 괴물이 사는 호숫가 거처의 벽이라며 두드렸던 곳은 바로 이중 벽체의 안쪽이었다. 즉 방책으로 지어진 벽돌과 그 바깥에 다시 엄청 난 양의 시멘트를 부어 만든 몇 미터나 되는 두꺼운 벽 사이에 그의 거처가 있었던 것이다.

라울은 페르시아인의 설명에 얼른 벽으로 다가가 귀를 기울였지만 아무 소리도 들을 수 없었다.

페르시아인이 다시 램프를 켰다.

"자, 이제 조심해야 합니다! 팔을 계속 들어올리고⋯ 지금부터 그의 거처로 들어갈 것이니 조용히 따라오세요!"

그렇게 말하고 그는 조금 전 내려왔던 좁은 계단으로 라울을 이끌었다.

두 사람은 어둠 속에서 발소리를 죽인 채 한 계단 한 계단 조심스럽게 올라갔다.

이렇게 해서 그들이 도달한 곳은 다시 지하 3층이었다.

페르시아인이 라울에게 무릎을 꿇으라는 신호를 했다. 한 손은 약속한 자세를 유지한 채 나머지 한 손과 두 무릎으로 기어서 두 사람은 반대편 내벽까지 갔다. 벽에는 「라호르의 왕」 무대장식에 쓰고 버려진 커다란 그림이 기대어져 있었다. 그리고 그림 옆에는 기둥이 하나 서 있었는데, 그 기둥과 그림 사이가 바로 목을 매단 조제프 뷔케의 시체가 놓여 있던 자리였다.

페르시아인은 무릎을 꿇은 채 멈춰 서서 유심히 귀를 기울였다.

그가 잠시 멈칫하는 듯하더니, 라울을 한번 쳐다본 후 다시 지하 2층 쪽을 올려다보았다. 두 개의 판자 사이로 희미한 불빛이 새어나오고 있었다.

그는 「라호르의 왕」 무대장식과 기둥 사이로 미끄러져 들어갔다. 라울도 주저하지 않고 그의 뒤를 따랐다.

페르시아인이 총을 들지 않은 손으로 벽면을 더듬었다. 그리고 크리스틴의 대기실에서 그랬던 것처럼 이번에도 벽의 한 부분을 지그시 눌렀다.

그러자 돌이 삐걱대며 움직이더니, 벽에 구멍이 하나 생겨났!

페르시아인은 곧바로 주머니에서 권총을 꺼냈다. 그리고 라울에게도 따라하라는 지시와 함께 권총을 장전했다.

페르시아인이 마침내 무릎을 꿇고 구멍 속으로 몸을 집어넣었다.

구멍은 매우 좁았다. 앞서가던 페르시아인이 갑자기 동작을 멈추었다. 그가 주변의 돌을 더듬는 소리가 뒤에 있는 라울에게 들렸다. 페르시아인이 램프를 꺼냈고, 잠시 뭔가 부스럭거리는 소리가 들리더니 곧 불이 밝혀졌다. 그가 라울에게 속삭였다.

"나는 돌 귀퉁이를 붙잡고 매달려 있다가 그의 거처로 곧장 뛰어내릴 겁니다. 당신도 나와 똑같이 하면 돼요! 걱정할 필요 없어요. 내가 밑에서 받아줄 테니."

그러고 나서 페르시아인은 자기가 말한 대로 했다. 라울은 그가 땅에 떨어지면서 내는 둔탁한 소리를 들을 수 있었다. 혹시라도 소리 때문에 들키면 어쩌나 하는 생각에 라울의 등골이 오싹했다.

하지만 라울을 더 불안하게 만드는 건 자신들의 소리 외에 아무 소리도 들리지 않는다는 사실이었다. 어찌 된 일일까? 페르시아인은 벽만 통과하면 호수에 있는 그의 거처로 곧바로 들어갈 수 있다고 했는데… 하지만 크리스틴의 목소리는 물론 그녀의 비명소리나 신음소리조차 들리지 않는다! 아, 너무 늦게 온 걸까?

라울은 무릎을 꿇은 채 기어갔다. 그리고 삐져나온 돌 한 귀퉁이를 붙들더니 아래로 몸을 던졌다. 그러자 약속대로 페르시아인이 아래서 그를 받아 주었다.

"조용! 저예요!"

두 사람은 미동도 없이 귀를 기울였다. 지금까지 이토록 짙은 어둠은 경험한 적이 없었다.

페르시아인은 다시 램프에 불을 붙여 머리 높이까지 들어올렸다. 방금 빠져나온 구멍을 찾으려 했지만 이상하게도 구멍은 보이지 않았다.

"이런… 그새 돌이 저절로 닫힌 모양이군."

그는 램프를 벽에 바짝 붙인 채 바닥까지 내렸다.

허리를 숙인 페르시아인이 무슨 끈 같은 것을 주워들고 잠시 살피더니 몸서리치며 다시 던져 버렸다.

"펀지브의 올가미야!" 페르시아인이 중얼거렸다.

"그게 뭔데요?"

"조제프 뷔케의 목을 맨 그 밧줄입니다. 사람들이 그토록 찾아

FLO에서 듣기

Magical Lasso(마법의 올가미)
* 제니퍼 엘리슨Jennifer Ellison & 케빈 맥널리Kevin McNally & 미란다 리처드슨 Miranda Richardson
* 영화 오페라의 유령 –영화 사운드트랙 딜럭스 에디션(The Phantom Of The Opera – Original Motion Picture Soundtrack / Deluxe Edition)(2017)

헤매던…"

그가 벽 이곳저곳을 램프로 비추어 보았다. 빛을 비추자 이상하게도 잎들이 푸릇푸릇하게 살아있는 나무 한 그루가 보였다. 나뭇가지들은 보이지 않는 천장 꼭대기까지 벽을 따라 뻗어 있었다.

불빛이 희미해서 사물을 분간하기 힘들었지만, 나뭇가지마다 잎들이 보였다. 그 너머로는 뭔가 빛을 반사하고 있는 것 같았다. 라울이 손을 뻗어 아무것도 없는 쪽을 만져보았다.

"맙소사! 벽이 거울로 되어 있어요!"

"맞아요, 거울이에요!" 페르시아인도 흥분된 어조로 말했다. 그리고 권총을 든 손으로 이마의 땀을 훔치며 말했다.

"아무래도 우리가 고문실로 떨어진 것 같아요!"

FLO에서 듣기

Down Once More(다시 한 번 지하 세계로), Track Down This Murder(살인자를 찾아서)

* 에미 로섬(Emmy Rossum) & 제라드 버틀러(Gerard Butler) & 패트릭 윌슨(Patrick Wilson)

* 영화 오페라의 유령 – 영화 사운드트랙 / 딜럭스 에디션(The Phantom Of The Opera – Original Motion Picture Soundtrack / Deluxe Edition)(2017)

19. 마잔다란의 장밋빛 시절

페르시아인의 이야기 1

　페르시아인은 그날 자신과 샤니 자작 그리고 유령 사이에 벌어졌던 일들을 소상히 글로 남겼다. 나는 그 내용을 한 글자도 바꾸지 않고 그대로 전하려고 한다. 이 전직 다로가*가 라울과 함께 함정에 빠지기 전, 호숫가의 집 주변에서 무슨 일들이 벌어지고 있었는지 밝히고 넘어가야 할 필요가 있기 때문이다. 무슨 일들이 벌어졌는지에 대해 잠시 이야기를 미루어 두기로 하겠다. 몇 가지 중요한 사실들과 함께 페르시아인이 그동안 보여 주었던 태도나 행동들이 어디에서 비롯되었는지 먼저 설명하고 넘어가야 할 것 같아서이다.

　내가 호수의 집에 들어가 본 건 그때가 처음이었다. 그동안 나는 이 함정 사냥꾼(우리는 에릭을 그렇게 불렀다)에게 그의 비밀거처를 보

---

*　페르시아의 경찰청장에 해당하는 직급(역자주)

여 달라고 여러 번 졸랐지만 소용이 없었다. 나는 그의 비밀과 속임수를 밝혀내기 위해 온갖 방법들을 동원했고, 혹독한 대가도 치렀지만, 끝내 허락을 받아낼 수 없었다. 에릭이 새 거처로 정한 오페라 극장에서 그를 다시 만난 뒤 나는 그의 행동을 감시해 왔다. 나는 그의 뒤를 밟았다. 때로는 지상 복도에서, 때로는 지하통로에서, 때로는 호수 기슭에서, 그를 볼 수 있었다. 또한 미행당하는 줄도 모르고 맞은편 벽을 향해 작은 배를 저어 가는 그를 목격할 수 있었다. 하지만 주변이 워낙 어두웠기에 벽의 어느 지점에서 문이 열리고 닫혔는지는 알아낼 수 없었다. 그러던 어느 날, 나는 작은 배에 올라 그가 사라졌던 벽 쪽으로 직접 노를 저어 갔다. 호숫가를 지키고 있다가 치명적인 마력으로 지나가는 사람들을 홀리는 요정 사이렌을 만나 목숨을 잃을 뻔했던 것도 바로 그때였다. 내가 배를 타고 기슭을 출발하자마자 주변을 감싸고 있던 침묵 대신 마치 노랫소리 같은 바람소리가 주변을 감쌌다. 그것은 사람의 숨소리 같기도 했고 또는 음악 소리 같기도 했다. 소리는 호수로부터 서서히 올라와서 순식간에 나를 에워쌌다. 마치 호수가 나에게 조화라도 부리는 것 같았다. 소리는 내가 움직이는 곳마다 따라왔지만, 너무나 감미로워서 두렵다는 생각은 들지 않았다. 오히려 나는 이 매혹적인 소리의 진원지를 찾기 위해 조각배 너머로 몸을 숙여 호수를 살펴보았다. 그 노래가 틀림없이 호수 밑에서 흘러나오는 것 같았기 때문이다. 나는 호수 한가운데에 있었고 배 안에 나 외에는 없었다. 그 목소리는 (그것은 틀림없는 사람의 목소리였다.) 바로 내 앞의 물속에서 들려왔다. 나는 몸을 기울였고 호수 쪽으로 점점 더 깊숙이 숙였다. 호수는 완벽한 적막에 싸여 있었다. 잉크처럼 새까만 수면 위에는 스크리브가의 지하 환기창을 통과한 달 하나만 떠 있었다. 윙윙거리는 소리가 들리는 것 같아 귀를 문질러 보았지만, 이내 그것이 내 귀에서 나는 소리가 아니라는 걸 깨달았다. 그것은 나를 쫓아다니며 유혹하려는 아름다운 노랫소리였던 것이다.

만약 내가 미신이나 옛날이야기에 혹하는 사람이었다면, 그것이 호수의 집으로 무모하게 접근하려는 여행자를 홀리는 요정의 노랫소리라고 믿었을 것이다. 하지만 다행스럽게도 나는 환상을 좋아하는 나라에서 왔기 때문에 간단한 속임수로 사람들의 빈약한 상상력을 혼란시키는 것이 얼마나 쉬운지 알고 있었다.

나는 에릭이 새로운 속임수를 쓰고 있다고 생각했다. 하지만 그가 고안해낸 새 기술은 너무나 완벽했다. 나는 트릭을 밝히려하기보다는 그 마법에 취해 조각배 너머로 더 깊이 몸을 숙였다.

그렇게 나는 배가 뒤집힐 정도로 조금씩, 조금씩 몸을 기울여 갔다. 갑자기 괴물 같은 두 팔이 수면으로부터 튀어나와 내 목을 잡고 엄청난 힘으로 끌어당겼다. 그때 내 비명소리를 에릭이 알아듣지 못했더라면 나는 지금 이 세상 사람이 아니었을 것이다.

모든 게 에릭이 꾸민 짓이었다. 그냥 익사시켜버리고 싶었겠지만 그는 날 구해서 기슭까지 데려왔다.

"자네가 얼마나 경솔한 짓을 했는지 보게나!" 기슭에서 지옥의 물을 뚝뚝 흘리고 있는 나를 내려다보며 그가 말했다. "대체 왜 내 집에 들어오려 한 건가? 자넬 초대한 적이 없는데! 난 자네는 물론 세상 누구도 원치 않아! 이렇게 괴롭히려고 날 구해 주었던 건가? 자네가 아무리 큰 은혜를 베풀었다 해도 이 에릭은 기억하지 않아. 명심하게! 자네는 물론 나 자신도 에릭을 막을 수 없어!"

그가 말하는 동안에도 난 그가 어떤 방법으로 사이렌의 속임수를 만들어냈는지 궁금했다. 에릭은 늘 나의 호기심을 불러일으켰고, 그런 의미에서 그는 진정한 괴물이었다. 내가 그를 인정하는 것은 페르시아에서부터 그가 한 짓들을 직접 봐 왔기 때문이다. 그에게는 어린애와 같은 허세와 과시욕이 있었다. 그래서 그는 세상을 깜짝 놀라게 함으로써 자신의 천재성을 보여주는 걸 즐겼다.

그가 웃음을 터뜨리더니 내게 기다란 갈대 줄기 하나를 보여주었다.

"그런 건 누워서 떡먹기지! 이것만 있으면 물속에서 숨도 쉬고 노래도 부를 수 있어! 통킹의 해적들에게서 배운 거야. 그들은 이걸 사용해서 몇 시간이고 강물 속에 숨어있을 수 있다네."

"그 기술이 하마터면 나를 죽일 뻔했어! 그리고 수많은 사람들의 목숨을 빼앗았겠지?" 내가 그를 향해 힐난하듯 물었다.

그는 대답 대신 위협적인 태도로 나를 내려다보았다.

나는 그런 태도에 아랑곳하지 않고 말했다.

"에릭! 나와 약속한 걸 잊지 않았겠지? 이제 더 이상 나쁜 짓은 안 되네!"

"내가 나쁜 짓을 한 걸까?" 그가 조금은 누그러진 목소리로 물었다.

"불쌍한 친구 같으니! 마잔다란의 장밋빛 시절을 잊었단 말인가?" 내가 소리 질렀다.

"그렇다네!" 그가 갑자기 슬픈 표정으로 말했다. "차라리 깡그리 잊어버릴 수 있다면! 그땐 어린 왕비님을 꽤나 즐겁게 해드렸는데…"

"과거는 과거고 지금은 현재가 있을 뿐이지! 그리고 자네는 내게 현재를 빚지고 있어! 내가 아니었더라면 자네의 현재도 없었을 테니까… 잊지 말게, 에릭! 내가 자네 목숨을 구해 주었다는 걸!"

대화의 분위기가 바뀐 틈을 타 나는 예전부터 마음에 품고 있던 얘기를 꺼냈다.

"맹세해주게, 에릭!"

"맹세라고? 내가 맹세 따위를 싫어한다는 건 잘 알 텐데? 맹세란 멍청이들을 속여먹을 때나 필요한 거야!"

"이봐… 내게라도 이야기해줄 수 없겠나?"

"뭘 말인가?"

"그 샹들리에 말이야…"

"샹들리에?"

"뭘 말하는지 자네도 알잖아?"

"아, 샹들리에… 그까짓 거 말해주지…" 그가 킬킬대며 말했다. "그건 내가 한 짓이 아니야… 샹들리에가 너무 낡았던 거지."

에릭은 웃을 때가 더 흉측했다. 그가 어찌나 음산하게 웃으며 배에 뛰어내렸는지 나는 저절로 몸서리가 쳐졌다.

264

"친애하는 다로가 나리! 그 샹들리에는 너무 오래된 고물이었다구! 그래서 저절로 떨어진 거야. 쿵, 하고 말이야! 이제 내가 충고 하나 할까? 어서 가서 몸이나 말리게! 감기에 걸리지 않으려면 말이야! 그리고 다시는 내 배에 올라타거나 내 집 근처를 얼씬할 생각 말게. 내가 늘 거기 있는 건 아니니까… 자네를 위해 추도미사를 올리는 비극은 부디 없길 바라네."

그는 그렇게 킬킬대더니 배 뒤쪽에서 노를 저어 멀어졌다. 황금빛 눈동자 때문인지 그는 마치 재앙을 부르는 암초처럼 느껴졌다. 이렇게 그는 호수의 어둠속으로 사라져 버렸다.

그날 이후 나는 호수를 통해 그의 거처로 접근하는 것을 포기했다. 내가 자기 거처를 알아냈다고 판단한 그가 더 철저하게 호수를 방어할 게 뻔했기 때문이다. 에릭이 지하 3층으로 사라지는 것을 여러 번 보았던 나는 그쪽 통로를 찾아 보기로 했다. 에릭이 오페라극장을 배회하는 걸 본 뒤로 나는 끔찍한 상상에서 벗어날 수 없었다. 그 공포는 나에 대한 위협 때문이 아니었다.* 그것은 에릭이 죄 없는 사람들에게 무슨 짓을 저지를지 모른다는 생각 때문이었다. 나는 끔찍한 사고나 사건이 일어날 때마다 '에릭의 짓이 분명해…' 하고 중얼거리곤 했다. 하지만 다른 사람들은 그것을 '유령의 짓'이라며 시시덕거렸다. 그 유령이 자신들이 상상하는 허깨비가 아니라

★ 테헤란 정부가 에릭이 살아있다는 것을 안 다면 전직 다로가에게 지급하던 얼마 안 되는 연금도 끊어지게 될 것이다. 하지만 고결하고 자비로운 페르시아인의 성품으로 볼 때 에릭 때문에 닥칠 재앙을 먼저 걱정했을 거라는 건 의심의 여지가 없다. 이번 사건에서 그가 했던 행동만으로도 그의 진심은 충분히 증명되었으리라 본다.

진짜 살과 뼈를 지닌 괴물이란 걸 안다면 그들은 더 이상 장난처럼 유령의 이름을 부르지 못했을 것이다! 더구나 에릭이 오페라극장 안에서뿐만 아니라 광장 한복판에서도 주저없이 끔찍스러운 짓을 저지를 수 있다는 걸 안다면… 아, 내 머리 속 생생한 기억들의 일부만이라도 사람들이 들여다볼 수 있다면!

나는 살아도 사는 것 같지 않았다. 에릭은 자신이 예전과 달라졌다고, 있는 모습 그대로 사랑받게 된 이후로는 (이 말을 들었을 때 나는 온갖 생각이 다 들었다.) 착하게 살기로 결심했다고 말했지만, 그의 괴물 같은 본성을 잘 아는 나는 소름이 끼치지 않을 수 없었다. 오래 전부터 추하고 끔찍한 외모 때문에 사람들로부터 외면당해 왔던 그는 인간에 대한 도리 따위는 얼마든지 내던져도 된다고 생각했다. 그런 그가 사랑에 빠졌다고 고백 했을 때 내 가슴은 철렁했고, 평소의 모습처럼 뻐기며 연애담을 늘어놓을 때엔 더 큰 재앙이 닥칠 거라는 예감에 등골이 오싹했다. 에릭이 느껴왔을 고통과 절망이 어느 정도인지 알고 있던 나는 예전에 그가 스치듯 내뱉었던 엄청난 재앙의 예고가 머릿속에서 떠나지 않았다.

괴물과 크리스틴 다에 사이에 심상찮은 정신적 거래가 있다는 걸 알아차린 나는 젊은 디바의 대기실에 숨어서 음악수업을 지켜보았다. 수업 시간에는 크리스틴을 황홀경으로 빠트릴 수 있었지만, 천부적으로 타고난 에릭의 (천둥처럼 웅장하고 천사의 음성처럼 부드러운) 목소리가 추하기 이를 데 없는 얼굴까지 잊게 해줄 수는 없을 것 같았다. 크리스틴이 아직 그의 얼굴을 본 적이 없다는 사실을 알고서야 나는 비로소 모든 정황을 이해할 수 있었다. 나는 크리스틴의 대기실로 몰래 숨어들었다. 그리고 예전에 에릭이 내게 가르쳐주었던, 거울의 벽을 축을 이용해 회전시키는 장치라든가, 속이 텅 빈 벽돌들을 통해 바로 곁에서처럼 목소리를 들을 수 있는 기술 등을 확인할 수 있었다. 그곳에서 나는 극장 지하의 샘과 파리코뮌 시대의 감옥으로 통하는 비밀통로를 찾아냈고, 에릭이 무대 밑으로 드나들었던 바닥문도 발견할 수 있었다.

그로부터 며칠 뒤, 에릭과 크리스틴 다에가 지하에 함께 있는 모습을 직접 본 나는 얼마나 놀랐는지 모른다. 괴물은 예전 코뮌 가담자들이 다니던 물가에서 몸을 숙인 채 기절한 크리스틴 다에의 이마를 적셔주고 있었다. 그 옆에는 오페라극장 지하 마구간에서 도난당한 「예언자」의 백마 세자르도 있었다. 나는 얼떨결에 그의 앞에 모습을 드러냈다. 결과는 가혹했다. 에릭의 황금빛 눈동자에서 불꽃이 튀었고, 말 한마디 할 새도 없이 이마 한가운데를 정통으로 얻어맞고 나는 정신을 잃었다. 비로소 정신을 차렸을 때 에릭은 물론 크리스틴과 백마도 사라지고 없었다. 불쌍한 여인은 호숫가 저택에 감금된 것이 분명했다. 위험천만한 일이었지만, 나는 호수를 통해 접근하기로 결심했다. 제방 뒤에 숨어서 24시간 동안 괴물이 나타나기를 기다렸다. 먹을 것을 구하기 위해서라도 그가 언젠간 모습을 드러낼 것이라고 생각했기 때문이다.

나는 그가 '지옥의 호수'라고 이름 붙인 호숫가에 숨어서 기다렸다. 한참을 기다리다가 혹시 그가 다른 문, 그러니까 지하 3층의 문을 통해 빠져나간 게 아닐까 생각하고 있을 즈음 검은 수면 위에서 뭔가 찰랑거리는 소리가 들렸다. 이어서 램프 불빛처럼 빛나는 두 개의 눈과 함께 작은 배 한 척이 다가왔다. 에릭이었다! 그는 배에서 내려 곧장 내게로 왔다.

"24시간 동안이나 나를 기다리다니, 정말 성가신 친구로군! 결과가 좋지 않을 거라고 경고했을 텐데… 정말 그렇게 되길 바라나? 그동안 나도 많이 참았네. 자네는 날 미행한다고 생각했겠지만, 사실은 내가 거꾸로 자네를 감시하고 있었어! 자네가 내 뒤를 밟고 있는 걸 오래 전부터 알고 있었으니까! 어제 코뮌 가담자의 길에서도 자네를 용서해 주었어. 다시는 이런 곳에서 마주치지 않길 바라네! 더 이상 경솔한 짓은 하지 말게나! 이젠 이런 충고를 들을 기회조차 없을 거야."

그가 너무 화가 나 있었기 때문에 나는 잠자코 그의 말을 듣고 있어야 했다. 그는 바다표범처럼 거칠게 숨을 내쉬며 자신의 머릿속에 든 끔찍한 생각들을 털어놓았다. 내가 두려워하던 그대로였다.

"알아두게! 이게 마지막이란 걸! 이미 자네는 펠트 모자를 쓴 어둠 속의 사내에게 잡혀 두 번씩이나 극장장 집무실로 끌려갔었어. 다행히 그자는 자네가 극장 지하에서 뭘 하는지 몰랐어. 극장장들도 자네를 무대 뒤편이나 기웃거리는 얼빠진 페르시아인 정도로 생각했겠지. (사실은 나도 그때 극장장들 집무실에 있었네. 자네도 알다시피 난 어디에든 존재하니까!) 계속 그렇게 경솔한 짓을 하면 자네가 왜 여기저기 쑤시고 다니는지 모두들 궁금해 할 테고, 자네가 나 에릭을 찾고 있다는 걸 알게 될 거야. 그리고 결국 호숫가의 내 거처도 찾아내겠지… 그건 곤란해, 친구! 절대 있어선 안 될 일이지… 더는 긴 말 않겠네!"

그는 또 한 번 바다표범처럼 거칠게 숨을 몰아쉬었다.

"더는 안 돼! 나의 비밀은 어디까지나 나 에릭만의 것으로 남아야하지… 그렇지 않으면 많은 인간들이 다치게 될 거야… 내 말 알아들었겠지?"

뱃머리에 걸터앉은 에릭은 나의 대답을 기다리면서 발꿈치로 바닥을 가볍게 두드렸다. 하지만 내 대답은 간단했다.

"내가 여기서 찾으려 했던 건 에릭 자네가 아니야."

"그럼 누군가?"

"자네도 알 텐데? 바로 크리스틴 다에지."

"내 집에서 그녀를 만나는 게 잘못인가? 그녀는 내 모습 그대로 날 사랑하고 있다네." 그가 대꾸했다.

"그건 사실이 아니야! 자넨 그녀를 납치해서 가두어 놓았어!"

"만약 내가 내 모습 그대로 사랑받고 있다는 걸 증명하면 그땐 더 이상 내 일에 상관하지 않겠다고 약속하겠나?"

"좋아, 약속하지." 나는 망설이지 않고 대답했다. 괴물에게 그런 일은 절대 없을 거라고 생각하면서…

"좋아! 이제 간단해졌군! 크리스틴 다에는 이곳을 나갔다가 다시 제 발로 돌아올 걸세! 물론, 자진해서 말이야. 그녀는 있는 그대로의 나를 사랑하고 있으니까!"

"오, 과연 그럴까? 하지만 그 전에 자네는 그녀를 여기서 내보내 줄 의무가 있어!"

"의무라고? 바보 같은 소리… 그건 내 의지라네! 내 의지로 그녀를 돌려보낼 거고, 그래도 그녀는 돌아올 걸세. 왜냐하면 그녀는 날 사랑하니까… 그리고 마침내 우린 결혼식을 올리게 되겠지… 마들렌 성당에서 성대한 결혼식을 치를 생각이야… 알겠나, 멍청한 친구… 결혼 미사곡도 준비해 놨어. 기리에*를 한번 들어 보겠나?"

그는 배 바닥을 발꿈치로 차면서 낮은 목소리로 노래를 부르기 시작했다.

"기리에~ 기리에~ 기리에 엘레이송~ 이제 곧 내 결혼 미사를 보게 될 걸세!"

"크리스틴 다에가 호수의 집에서 풀려나면 자네를 믿어 주지!" 나는 못을 박았다.

"만약 그렇게 하면 더는 내 일에 간섭하지 않는 거지? 좋아, 오늘 밤 당장 보여주지! 가면무도회에 참석해 주게! 나도 크리스틴과 함께 갈 거야. 자네가 대기실에 숨어 있으면 크리스틴이 다시 '코뮌 가담자의 길'로 돌아가는 모습을 볼 수가 있을 거야."

"좋네!"

사실 나는 그렇게 되더라도 어쩔 수 없는 일이라고 생각했다. 아름다운 여인도 끔찍한 괴물을 사랑할 권리는 있으니까! 더욱이 그

---

* 미사예식 중 초반에 부르는 입당송(역자주)

괴물이 여인을 매혹시킬 만한 음악적 재능을 가지고 있다면… 상대 여인이 큰 가능성을 지닌 여가수라면 말이다!

"자, 이제 가 보게! 나도 시장에 가 봐야 하네."

나는 크리스틴을 걱정하며 자리를 떴다. 하지만 머릿속에서는 괴물이 다시금 일깨워 준 끔찍한 상상들이 떠나지 않았다.

"이 모든 것들의 끝은 어디일까?" 나는 혼자서 중얼거렸다. 나는 숙명론자였지만, 많은 사람들의 생명을 위협할 수 있는 괴물을 살려주었다는 죄책감에서 벗어날 수 없었다. 그런데 놀랍게도 그가 말한 대로 이루어졌다! 크리스틴 다에는 호수의 집에서 풀려났지만, 몇 차례나 그곳으로 되돌아갔다. 적어도 강제는 아닌 것 같았다. 이알 수 없는 사랑놀이에 관심을 끊겠다고 다짐했지만, 마음 한편에서는 에릭에 대한 불안감을 지울 수 없었다. 어쨌든 나는 조심했고, 호숫가로 다시 가본다거나 코뮌 가담자들의 길을 찾는 등의 경솔한 행동은 더 이상 하지 않았다. 그래도 지하 3층에 있을 비밀 출입구에 대한 생각은 머릿속을 떠나지 않았다. 나는 비어있는 낮 시간에 그곳을 몇 차례 둘러보기도 했고, 더 이상 공연이 없는데도 늘 방치되어 있는 「라호르의 왕」 배경 무대 뒤에서 한참을 숨어 있기도 했다. 오랜 인내에 대한 보상이었을까? 어느 날 우연히 나는 무릎을 꿇은 채 그곳으로 기어오는 괴물을 목격할 수 있었다! 분명 그는 나를 보지 못한 것 같았다. 그는 장식품과 기둥 사이로 들어가 벽이 있는 곳까지 기어갔다. 그가 벽의 어느 한 부분을 만지자 돌덩이가 움직여 통로가 열리는 걸 조금 먼 거리였지만 똑똑히 볼 수 있었다.

그가 통로 안으로 사라지자 구멍은 이내 닫혔다. 이렇게 나는 괴물이 드나드는 비밀통로를 알아냈다!

그가 완전히 사라진 걸 확실히 하기 위해서 30분을 기다린 뒤 에릭이 했던 대로 시도했더니 역시나 구멍이 열렸다. 하지만 그가 집에 있는 걸 알면서도 혼자 통로로 들어가는 건 무모한 짓이라고 생각했다. 오히려 기습을 당할 수도 있다는 생각과 함께 조제프 뷔케의 죽음도 떠올랐다. 그런 식으로 죽음을 당해 사람들의 입에 오르내리고 싶지는 않았다. 나는 페르시아에서 배운 원칙대로 조심스럽게 돌덩이를 원래 있던 자리에 끼워 맞추고 극장을 떠났다.

내가 에릭과 크리스틴 다에의 연애에 너무 깊이 간섭하는 게 아니냐고 말하는 사람도 있을 것이다. 하지만 그건 단순한 호기심 때문이 아니라, 앞에서 말한 대로 머릿속을 떠나지 않은 두려움 때문이었다. 에릭이 있는 그대로의 모습으로 사랑을 받고 있는 게 아니라는 걸 깨닫는 순간 무슨 일이 벌어질지 모르기 때문이다! 오페라극장을 조심스레 배회하던 어느 날, 나는 우연한 기회에 괴물의 슬픈 사랑의 진실을 알게 되었다. 그는 공포를 이용해 크리스틴의 마음을 잡아두려 했지만, 정작 그녀의 마음은 라울 드 샤니 자작에게 가 있었다. 라울과 크리스틴은 동심에 젖은 아이들처럼 오페라극장 지붕 위를 뛰어다니며 즐거워했지만, 누군가 자신들을 쫓아다니며 감시하고 있다는 사실을 전혀 눈치 채지 못했다. 그때 나는 결심했다. 괴물을 내 손으로 죽이는 한이 있더라도 모든 걸 밝혀내고 말리라⋯ 그리고 그 뒤에 법의 심판을 받으리라⋯ 하지만 이후 에릭은 전혀 모습을 드러내지 않았고, 나는 더 이상 아무것도 확신할 수 없게 되었다.

그때 나의 계획은 이랬다. 괴물이 질투심에 사로잡혀 집을 비운 사이에 지하 3층의 통로를 통해 호수의 거처로 잠입해 들어가는 것이다. 세상의 모든 사람들처럼 나도 그의 거처 안에 무엇이 있는지 궁금했다. 어느 날, 기회를 엿보다 지루해진 나는 돌덩이를 슬며시 밀어 보았다. 그런데 거기에선 아름다운 음악소리가 들려오는 게 아닌가? 괴물은 창문을 다 열어놓은 채 자신의 「위풍당당 돈 후안」을 연주하고 있었다. 난 그 곡이 그의 인생을 건 역작이라는 걸 알고 있었다. 나는 들키지 않기 위해 어두운 통로 안에서 꼼짝 않고 한참을 기다렸다. 그런데 괴물이 갑자기 연주를 멈추더니 미친 사람처럼 집안을 왔다 갔다 하며 외치는 것이었다. "그전에 이걸 완성해야 해! 꼭 완성해야 해!" 그의 말은 나를 더욱 불안하게 했다. 다시 연주 소리가 들렸을 때 난 조용히 돌덩이를 제자리에 끼워 넣었다. 구멍을 닫았는데도 희미한 음악 소리가 땅속 깊은 곳에서 울려 왔다. 깊은 호수에서 들려오던 사이렌 요정의 노랫소리처럼…

그러고 보니 조제프 뷔케가 죽었을 때 무대장치 기술자들이 한 말이 생각났다. "시체 주위에서 어렴풋이 장송곡 같은 노랫소리가 들렸습니다." 그때 사람들은 이 말을 비웃었다.

크리스틴 다에가 납치되던 날, 나는 뒤늦게 끔찍한 소식을 듣고 몸을 떨며 극장에 도착했다. 아침에 크리스틴과 샤니 자작의 결혼 기사를 읽은 나는 이젠 괴물의 존재를 세상에 알려야 할 때가 되지 않았나 하루 종일 고민했다. 하지만 나는 곧 이성을 되찾고, 그것이 재앙을 재촉할 뿐이라는 결론에 도달했다.

오페라극장 앞에 마차를 댈 때엔 극장이 아직도 그 자리에 서 있다는 게 놀라울 정도였다!

동방 사람들이 그렇듯 나도 숙명론자였기에, 모든 걸 받아들이겠다는 각오로 극장 안으로 들어갔다.

크리스틴 다에가 납치되었다는 사실은 모든 사람들에게 놀라운 일이었겠지만, 나에게는 모두 예정되었던 일처럼 여겨졌다. 크리스틴을 감쪽같이 사라지게 한 것은 마술의 제왕인 에릭이 한 짓이 틀림없었다. 나는 크리스틴뿐만 아니라 그곳에 있는 사람들 모두 이제 끝장이라고 생각했다. 극장에 있는 사람들을 향해 살고 싶으면 지금이라도 당장 도망치라고 외치고 싶었다. 하지만, 모두 날 미친 사람 취급할 것이기에 입을 다물었다. "불이야!" 크게 소리라도 질러 사람들을 재앙에서 구하고 싶었지만, 그랬다가는 내 외침이 오히려 재앙의 빌미가 될 것 같았다. 당황한 사람들이 뛰쳐나오다가 부딪치고 넘어지면 더 큰 재앙이 일어날 수도 있기 때문이다.

그렇다고 이대로 손을 놓고 있을 수만은 없었다. 아니, 오히려 지금이 기회일 수도 있었다. 에릭은 지금 포로에게만 온 신경이 쏠려 있을 테니, 오히려 좋은 기회가 될 수도 있는 것이다. 이 틈을 타 지하 3층을 거쳐 그의 거처로 들어가자! 계획을 실행하기 위해 나는 가엾은 자작을 끌어들이기로 마음 먹었다. 고맙게도 그는 아무 의심 없이 제안을 받아들였다. 나는 하인에게 권총 두 자루를 가져오게 했다. 하인 다리우스가 권총이 든 상자를 들고 크리스틴의 대기실로 왔다. 나는 자작에게 권총을 나눠주고, 에릭이 벽 뒤에서 노리고 있을지도 모르니 항시 쏠 준비를 하라고 단단히 일렀다. 이후 우리는 코뮌 가담자들의 길을 지나 바닥문을 통과했다.

권총을 본 젊은 자작은 결투를 하러 가는 거냐고 물었다. 나는 그렇다고 대답했다. 결투라니… 하지만 그에게 일일이 설명해줄 시간이 없었다. 자작은 용감한 청년이었지만, 상대방에 대해선 전혀 정보가 없었다. 아니, 모르는 게 차라리 나았다!

그가 기절한 크리스틴을 호숫가 자기 집으로 데려가 꼼짝 않고 틀어박혀 있는 것이 내 최상의 시나리오였다. 반면, 가장 큰 공포는 그가 '펀자브의 올가미'를 움켜쥐고 우리 주변을 맴도는 것이었다. 이 마술사는 펀자브의 올가미를 세계에서 가장 잘 다루는 최고의 교살자이기도 했다! 마잔다란의 장밋빛 시절에 놀이에 싫증이 난 어린 왕비가 오싹한 공포를 느끼게 해달라고 졸랐을 때, 그가 사용한 것이 바로 '펀자브의 올가미'였다. 한때 인도에 머물렀던 에릭은 거기서 가공할 교살 기술을 배웠다. 그는 긴 창과 커다란 검으로 무장한 검투사들(그 대부분은 사형수들이었다!)과 경기를 자청했고, 상대 전사가 마지막 일격을 가하려는 순간 바람처럼 올가미를 날려 얇은 끈으로 순식간에 상대의 목을 옭아매곤 했다. 이렇게 그가 적의 시체를 끌고 나오면 창문을 통해 내다보던 왕비와 하녀들은 환호를 보냈다. 어린 왕비도 그에게서 올가미 던지는 법을 배웠는데, 그 때문에 하녀들은 물론 잠시 놀러온 친구들까지 교살당하는 불상사가 벌어졌다. 마잔다란의 장밋빛 시절에 얽힌 끔찍한 이야기는 이제 그만 하기로 하자! 내가 하고 싶은 얘기는 오페라극장 지하로 샤니 자작을 데려온 만큼 언제 닥칠지 모르는 교살의 위험에서 그를 보호할 필요가 있었다는 것이다.

이 모든 걸 자작에게 설명해줄 시간이 없었다. 설사 시간이 있어도 괴물이 어둠속에서 언제든 펀자브의 올가미를 던질 준비를 하고 있다는 사실을 설명하다 그만 지쳐 버렸을 것이다. 일을 복잡하게 만들고 싶지 않아 젊은 자작에게는 사격 자세를 취하고 있으라고만 말해 주었다. 그런 자세라면 아무리 숙달된 교살자라도 펀자브의 올가미를 제대로 사용할 수 없기 때문이다. 올가미를 목에 던져도 손과 팔이 함께 묶이기 때문에 쉽게 올가미를 풀어버릴 수 있는 것이다.

우리는 경찰서장과 문 여닫는 일을 하는 사람들, 소방관들을 피해야 했다. 처음으로 쥐 잡는 사람과 마주치기도 했으며, 펠트 모자를 쓴 남자를 피해 숨기도 했다. 이렇게 자작과 나는 지하 3층 「라호르의 왕」 무대장식과 기둥 사이에 겨우 다다를 수 있었다. 우리는 돌덩이를 움직여 오페라극장의 이중벽 안에 지어진 에릭의 거처로 들어갔다. (그곳은 세상에서 가장 비밀스러운 은신처일 것이다. 에릭은 오페라극장을 설계한 필리프 가르니에의 최고 석공 중 한 명이었는데, 파리 코뮌 시절 공사가 중단되었을 때에도 혼자서 몰래 작업을 계속하여 자신의 은신처를 만들었다.)

내가 아는 에릭이라면 자신이 만든 장치들을 과시할 날을 기다려 왔을 것이다. 때문에 그의 거처에 들어왔다고 조금도 안심할 수 없었다. 나는 그가 마잔다란 궁전을 만들 때 무슨 일을 했는지 잘 알고 있었다. 그는 가장 우아한 건축물부터 한마디만 해도 메아리가 울려 모두가 엿들을 수 있는 악마의 방까지, 수많은 건축기술을 발명해냈다. 그곳에서 얼마나 많은 가족들의 참극이 벌어졌으며 얼마나 많은 사람들이 괴물이 만들어 놓은 덫에 걸려 피를 흘렸던가! 그가 만든 신기한 발명품들 가운데 가장 끔찍하고 위험한 것이 바로 고문실이었다. 어린 왕비가 부자 상인들을 골탕 먹이려 할 때를 빼곤 주로 사형수들이 그곳에 보내졌다. 내 생각에는 마잔다란 궁전에서 가장 잔혹한 상상력이 발휘된 곳이 바로 고문실이었다. 고문실의 강철로 만든 나무 아래엔 펀자브의 올가미가 매어져 있었다. 거기 들어갔던 사람은 더 이상 고통을 견딜 수 없을 때 비로소 스스로 목숨을 끊을 자유가 주어졌다!

그러니 샤니 자작과 내가 괴물의 거처로 잠입해서 떨어진 곳이 마잔다란을 재현해놓은 고문실이란 걸 알았을 때 내 심정이 어땠겠는가?

나의 발 아래 밤마다 나를 공포에 떨게 했던 '펀자브의 올가미'가 놓여 있었다. 조제프 뷔케를 죽일 때 썼던 올가미가 틀림없었다. 무대장치 기술자는 우연히 에릭이 지하 3층의 돌덩이 문을 여는 광경을 목격했을 것이다. 호기심을 못 이긴 그는 비밀통로로 들어갔다가 고문실에 떨어졌고, 결국은 고문을 견디지 못해 스스로 목을 맸을 것이다. 내 머릿속에는 에릭이 시체를 끌고 나와 「라 호르의 왕」 무대장치가 있는 곳에 매다는 광경이 훤히 그려졌다. 에릭은 그를 본

보기로 사람들에게 미신적 공포를 불어넣음으로써 자신의 지하 거처를 지키려 했을 것이다. 하지만 에릭이 고심 끝에 펀자브의 올가미를 다시 가져간 것은, 고양이의 창자를 꼬아 만든 특이한 끈이 경찰들의 호기심을 끌 수도 있다고 판단했기 때문일 것이다. 조제프 뷔케의 목에 감겨 있던 밧줄이 사라진 것도 같은 이유에서였을 것이다. 그 올가미를 고문실에서 발견한 것이다! 나는 심장이 약한 편이 아니었는데도 이마에서 식은땀이 줄줄 흘렀다.

악명 높은 고문실 벽을 비춘 램프의 불빛이 심하게 흔들리고 있었다. 내가 떨고 있는 걸 눈치 챘는지 샤니 자작이 물었다.

"무슨 일이 있나요?"

나는 다급히 조용히 하라는 신호를 보냈다. 우리가 고문실에 있는 걸 괴물이 눈치채지 못했기를 간절히 바라며…

하지만 이런 희망은 오래 가지 않았다. 지하 3층의 비밀통로에서 곧바로 고문실로 떨어지도록 만든 것부터가 자기 거처를 보호하기 위한 장치라는 생각이 들었기 때문이다. 이제는 고문실의 장치가 자동으로 작동하는 일만 남은 것이다!

우리가 어떤 동작을 취했을 때 장치는 작동을 시작할까? 나는 자작에게 절대로 움직이지 말라고 당부했다. 무거운 침묵이 우리 주위를 짓누르고 있었다.

나는 손에 든 램프의 붉은 불빛으로 고문실 이곳저곳을 비추었다. 그랬다! 내가 알고 있는 그곳이 틀림없었다!

20. 고문실에서

페르시아인의 이야기 2

우리는 완벽한 육각형을 이룬 작은 방 한가운데 있었다. 여섯 개의 벽면은 위에서 아래까지 온통 거울로 채워져 있었다. 한구석에 거울의 이음새 부분들을 발견할 수 있었다. 축을 중심으로 회전문처럼 돌아가게 되어 있었다. 모두 본 적이 있는 것들이었다. 거울 면이 끝나는 구석에 놓인 강철 나무도 마찬가지였다. 나무의 강철 줄기와 가지는 바로 목을 매다는 데 사용하는 것이었다!

나는 옆에서 몸을 부들부들 떨고 있는 자작의 팔을 움켜쥐었다. 그가 언제 약혼녀를 향해 소리를 질러댈지 알 수 없었기 때문이다.

그때 갑자기 왼편에서 무슨 소리가 났다. 옆방의 문이 열렸다가 닫히는 소리 같았다. 잠시 후 긴 한숨 소리가 새어나왔다. 나는 다시 자작의 팔을 세게 붙들었다.

"어떻게 할 건지 선택해!… 결혼미사를 거행할 건지, 아니면 추도미사를 거행할 건지…"

괴물의 목소리였다.

다시 긴 한숨 소리와 함께 침묵이 이어졌다.

괴물은 우리의 존재를 아직 모르는 것 같았다. 우리가 있는 걸 알았다면 자기 말소리가 새어나오지 않도록 했을 것이다. 이쪽에서는 보이지 않는 창문만 닫아도 아무도 모르게 방을 엿볼 수 있기 때문이다.

말하자면 우리가 에릭보다 유리한 고지를 점령하고 있었다. 우리가 바로 곁에 있음에도 그는 우리의 존재를 모르고 있으니 말이다.

중요한 것은 그가 눈치채지 못하게 하는 것이었다. 무엇보다 걱정스러운 건 자작이 크리스틴 다에를 구한답시고 충동적으로 뛰쳐나가는 것이었다. 옆방에서 계속 신음소리가 들리고 있었기 때문이다.

"추도미사는 그리 유쾌하지 않겠지만 결혼미사는 너무나 근사할 거야!" 에릭의 목소리가 이어졌다. "자, 이제 결정을 해! 어떤 게 좋을지 생각해 보라구! 이제부터는 남들처럼 보란듯이 살아 볼 거야. 결혼도 하고 일요일에는 아내와 함께 산책도 하면서 말이야. 당신은 이 세상에서 가장 행복한 아내가 되겠지⋯ 함께 죽을 때까지 우리 둘을 위한 노래를 부르면서⋯ 울고 있군! 나를 두려워하나? 하지만 나도 뼛속까지 나쁜 인간은 아니란 걸 알아줘! 나를 사랑해 보면 알게 될 거야! 사랑만 받는다면 나도 얼마든지 착한 사람이 될 수 있다구! 당신이 나를 사랑해준다면 양처럼 순해지고, 원하는 건 뭐든지 해줄 수 있어!"

이렇게 사랑타령이 이어지는 가운데 신음 소리도 점점 커져 갔다.

그 동안 이토록 절망스러운 목소리는 들어본 적이 없었다. 샤니 자작과 나는 이 끔찍스러운 탄식 소리가 에릭의 입에서 나오는 소리라는 걸 알 수 있었다. 에릭은 목에서 돌덩이를 토해내듯이 세 차례나 원망의 말을 쏟아냈다.

"당신은 날 사랑하지 않아! 날 사랑하지 않아! 날 사랑하지 않아!"

그러다가 문득 누그러진 목소리로 물었다. "왜 울지? 당신이 나를 얼마나 고통스럽게 하는지 알고는 있나?"

우리의 머릿속은 어떻게든 괴물 몰래 우리의 존재를 알려야겠다는 생각으로 가득 차 있었다. 고문실에서 벗어나려면 크리스틴이 벽 안쪽에서 문을 열어주는 방법밖에 없었다. 그래야만 우리도 그녀를 구출할 수 있었다. 우리를 둘러싼 거울벽 어딘가에 출입구가 있을 테지만 도저히 찾아낼 수 없었다.

그때, 갑자기 초인종 소리가 옆방의 침묵을 깼다. 우당탕 뛰쳐나가는 소리와 함께 천둥 같은 에릭의 목소리가 들렸다.

"누군가 초인종을 눌렀어! 고맙게도 누군가 날 찾아 주셨군!"

킬킬대는 에릭의 음산한 목소리가 들렸다.

"누가 우리를 방해하러 왔을까? 잠시만 기다려! 사이렌에게 문을 열어주라고 해야지."

발소리가 멀어지고 문 닫히는 소리가 들렸다. 그가 또다시 뭔가 무서운 짓을 저지르리라는 걸 그때 우리는 미처 깨닫지 못했다. 괴물이 외출을 하는 것은 또 무슨 짓인가 저지르기 위해서라는 걸 깜박할 만큼 내 머릿속은 벽 너머의 크리스틴 생각밖에 없었다.

"크리스틴! 크리스틴!"

샤니 자작은 벌써 크리스틴을 애타게 부르고 있었다.

우리가 옆방에서 얘기하는 소리를 들을 수 있다는 것은 그쪽에서도 우리 소리가 들린다는 얘기였다. 하지만 자작이 몇 번이나 소리쳐 불러도 아무 대답도 없었다.

그때 마침내 희미한 소리가 들려왔다.

"내가 꿈을 꾸고 있는 게 분명해…"

"크리스틴! 크리스틴! 나예요, 라울!"

다시 아무 대답도 없었다.

"대답해요, 크리스틴… 혼자 있다면 제발 뭐라고 말을 해 봐요."

그러자 라울의 이름을 부르는 크리스틴의 목소리가 벽 너머로 들려 왔다.

"맞아요, 저 라울이에요! 꿈이 아니에요! 힘을 내요, 크리스틴! 당신을 구하기 위해 우리가 왔어요! 하지만 조심해요. 괴물이 돌아오는 소리가 들리면 우리에게 즉시 알려줘야 해요."

"라울… 라울…"

이것이 꿈이 아니며 라울 드 샤니가 자신을 구하러 왔다는 걸 확인하려는 듯 크리스틴이 몇 번이나 이름을 불렀다. 그녀는 곧 라울이 에릭에 대해 모든 걸 알고 있는 헌신적인 동료도 데리고 왔다는 걸 알게 되었다.

하지만 기쁨도 잠시, 크리스틴은 더 큰 두려움에 휩싸였다. 에릭에게 잡힐까봐 두려워진 그녀는 라울에게 빨리 이곳을 떠나라고 애원했다. 이번에 라울과 마주친다면 망설임 없이 죽여 버릴 게 분명했기 때문이다. 크리스틴은 지금 에릭이 사랑에 미쳐 있으며, 시장과 마들렌 성당의 주임 신부 앞에서 혼인서약을 해주지 않으면 세상 사람들과 함께 자기도 죽어버리겠다고 협박하고 있다고 우리에게 다급한 목소리로 설명했다. 또한, 내일 밤 11시까지 결혼미사와 추도미사 중 한 쪽을 선택할 수 있는 마지막 기회를 주겠다고 했다는 말도 전했다.

크리스틴은 에릭이 알 수 없는 얘기도 했다고 말했다.

"예, 아니오로만 대답해! 만약 아니오라고 말하면 모두 함께 죽어서 파묻히게 될 거야!"

"에릭은 지금 어디에 있습니까?" 내가 물었다.

그녀는 에릭이 밖으로 나간 게 분명하다고 대답했다.

"확실한가요?"

"확실한 건 모르겠어요. 전 지금 묶여 있어서 조금도 움직일 수가 없어요."

그 말을 듣는 순간 샤니 자작과 나는 탄식을 내뱉을 수밖에 없었다. 우리 세 사람이 무사하기 위해서는 크리스틴이 자유롭게 움직일 수 있어야만 했기 때문이다!

"그녀를 풀어주어야 해요! 어떻게 하면 그쪽으로 갈 수 있죠?"

"지금 어디에 계세요?" 크리스틴이 물었다. "라울, 이 방에는 두 개의 문밖에 없어요. 하나는 에릭이 드나드는 문이고 또 하나는 내 앞에서 한 번도 열린 적이 없어요. 위험한 문이니 절대로 열지 말라고 에릭이 말했어요. 고문실이라고…"

"크리스틴, 우리가 바로 그 문 뒤에 있어요!"

"그럼 고문실에 있단 말이에요?"

"그래요. 하지만 여기선 문이 전혀 안 보여요."

"아, 거기까지 기어갈 수 있다면 문을 두드려서 어디에 있는지 알려줄 텐데…"

"문이 자물쇠로 잠겨 있나요?" 내가 물었다.

"네. 그래요."

나는 생각해 보았다. 저쪽에서는 열쇠로 열수 있다고 해도 이쪽에서는 용수철과 균형추 장치만으로 열게 되어 있을 것이다. 하지만 그 장치를 찾아내는 일은 쉽지 않았다.

"아가씨, 우리를 위해 꼭 문을 열어 주셔야 합니다."

"하지만 어떻게요?" 가련한 여인이 울먹이는 소리로 물었다. 묶인 끈을 벗어내려고 안타깝게 몸부림치는 소리도 들렸다.

"여기서 벗어나려면 뭔가 수를 써야 해요. 그러려면 먼저 열쇠가 필요해요"

"열쇠가 어디 있는지 알아요." 크리스틴이 대답했다. "하지만 몸이 묶여있어서 꼼짝도 할 수 없는 걸요?" 몸부림치다가 지쳤는지 크리스틴이 힘없는 소리로 말했다.

그리고 흐느끼는 소리가 들렸다.

"열쇠는 어디에 있습니까?"

"오르간 옆이요! 절대 만지지 말라고 한 청동열쇠와 함께예요. 조그만 가죽 주머니 속에 함께 들어 있는데, 에릭은 그걸 '생사의 주머니'라고 불렀어요! 라울, 라울. 빨리 여기서 도망쳐요! 여긴 이상하고 끔찍한 곳이에요! 에릭은 이제 곧 미쳐버릴 거예요. 게다가 당신은 지금 고문실에 있잖아요. 그런 끔찍한 이름을 붙인 데엔 다 까닭이 있을 거예요. 들어왔던 곳으로 다시 도망쳐요!"

"당신과 함께 나가거나 함께 죽거나 둘 중 하나뿐입니다!" 라울이 대답했다.

"모두 무사히 빠져나가려면 침착해야 해요!" 내가 한숨을 쉬며 말했다.

"그런데 왜 아가씨를 묶어 놓았죠? 혼자서는 여길 빠져나갈 수 없다는 걸 잘 알 텐데?"

"제가 자살을 하려고 했으니까요! 그날 저녁, 괴물은 내게 클로로포름을 반병을 마시게 해 기절시킨 뒤 끌고 왔어요. 그리고 은행인가 어딘가에 다녀오겠다면서 나가더군요. 그가 돌아왔을 때 내 얼굴은 온통 피투성이었어요. 죽어버리려고 벽에 머리를 부딪쳤거든요."

"아, 크리스틴!" 라울이 흐느끼며 소리쳤다.

"그래서 나를 꽁꽁 묶어 둔 거예요. 저는 죽으려고 해도 내일 밤 11시까지 기다려야 해요."

"아가씨, 괴물이 당신을 묶어 놓았으니 괴물만이 그걸 풀 수 있어요… 그러려면 연극이 필요합니다… 놈이 당신을 사랑하고 있다는 걸 잊지 마세요." 내가 다짐하듯 말했다.

"아, 차라리 그걸 잊을 수 있는 방법을 가르쳐 주세요!"

"그걸 잊지 않아야 웃는 낯을 보일 수 있어요… 그에게 애원해 보세요… 묶인 데가 아프다고…."

그 순간 크리스틴이 낮게 소리쳤다.

"쉿! 호숫가 벽 쪽에서 소리가 났어요… 그 사람이에요! 빨리 도망쳐요, 어서!"

"도망치고 싶어도 그럴 수가 없어요. 우리는 지금 고문실에 갇혀 있어요!" 나는 그녀에게 다시 한 번 우리의 처지를 일깨워 주었다.

"쉿!" 다시 크리스틴이 속삭였다.

셋이 동시에 입을 다물었다.

무거운 발소리가 천천히 다가와서 멈추었고, 다시 마룻바닥 삐걱거리는 소리가 들렸다.

"이런 모습을 보여서 미안하오… 정말 꼴이 말이 아니군… 그렇지 않소? 이건 내 잘못이 아니오. 그 사람 탓이지… 대체 왜 초인종을 누른 거지? 그리고 아무한테나 시간을 물어보다니! 하지만 이젠 아무한테도 시간을 물을 수 없을 거요… 어쨌든 이건 모두 사이렌의 실수 때문이오…"

그리고 다시 가슴 깊은 곳으로부터 새어 나오는 듯한 한숨소리가 들렸다.

"한데 왜 울고 있소, 크리스틴?"

"아파서 그래요, 에릭."

"난 내가 무서워서 우는 줄 알았지…"

"에릭, 끈을 좀 풀어주실 수 없나요? 어차피 나는 당신에게 붙잡힌 몸이 아닌가요?"

"당신이 다시 죽으려고 할까봐 그랬던 거요."

"내일 저녁 11시까지 시간을 준다고 했잖아요, 에릭."

다시 마룻바닥을 걷는 소리가 들렸다.

"어쨌든 우린 함께 죽을 운명이니… 나도 당신만큼이나 마음이 초조하오… '당신이 아니요!'라고 말하는 순간 모든 것이 끝나는 거요… 이 세상과 함께… 그래… 당신 말이 맞소! 내일 밤 11시까지 기다릴 이유가 뭐 있겠소? 이젠 다 어린애 장난 같아… 사람들은 누구나 자기만의 삶을 생각하다가 자기만의 죽음을 맞게 되는 거지… 나머지는 그저 군더더기일 뿐… 내가 왜 물에 젖었는지 궁금하지 않소? 처음부터 나가는 게 아니었소! 이런 날씨엔 개들도 밖에 내보내는 게 아닌데… 그건 그렇고 크리스틴, 아무래도 내가 헛것을 본 것 같소. 아까 사이렌의 집 초인종을 누른 사람 말이오… 어쨌든 그자가 누구랑 많이 닮았더군… 자, 몸을 돌려봐요… 이제 괜찮소? 이제야 몸이 자유로워졌군… 맙소사, 크리스틴! 이 손목을 봐… 얼마나 아팠을까? 내가 한 짓은 결코 용서받지 못할 거요… 아, 이왕 죽음이라는 말이 나왔으니… 죽은 자를 위해 진혼곡이라도 들려줘야겠군!"

이 끔찍한 이야기를 듣는 순간 내 머릿속엔 뭔가 무서운 생각이 지나갔다. 언젠가 나도 괴물의 집 문 초인종을 누른 적이 있었다. 잘은 모르겠지만 초인종 무슨 경보 장치를 작동시켰는지, 칠흑처럼 검은 수면 위로 불쑥 팔 두 개가 솟아올랐다! 아, 또 어느 불행한 운명이 호수 위를 떠다니고 있을까?

희생자를 생각하니 크리스틴을 둘러싸고 벌어지는 이 음모를 더 이상 두고 볼 수 없다는 생각이 들었다. 그런 중에도 샤니 자작이 옆에서 정신 나간 사람처럼 중얼거리는 소리가 들렸다. "크리스틴은 풀어줬는데… 그렇다면 누구지… 누구를 위해 진혼곡을 들려준다는 거지…"

아, 하지만 그의 목소리는 장엄하면서도 격정적이었다! 호수의 집 전체가 포효하는 것 같았고 땅속 깊은 곳까지 울려 퍼지는 듯했다. 크리스틴 다에가 우리를 구하기 위해 어떤 연기를 하는지 알아보려고 거울벽에 귀를 대보았지만, 죽은 자를 위한 진혼곡밖에는 들리지 않았다.

순간 그의 노랫소리와 오르간 소리가 함께 멈췄다. 벽에 귀를 대고 있던 샤니 자작과 내가 깜짝 놀라 뒤로 물러섰다. 에릭이 갑자기 변한 목소리로 한 마디 한 마디 음절을 끊으며 말했다.

"지금 내 가방을 가지고 뭘 하고 있지?"

21. 복화술사

페르시아인의 이야기 3

성난 목소리가 거듭 물었다.

"내 가방을 가지고 뭘 하느냐고 물었어!"

크리스틴 다에는 우리보다도 더 떨고 있었다.

"가방을 갖다 달라고 날 풀어준 게 아니었나요?"

그녀가 숨을 곳을 찾으려는 듯 루이-필립 풍의 방을 가로질러 우리가 있는 벽 쪽으로 달려오는 소리가 들렸다.

"그런데 왜 도망치지? 내 가방을 순순히 돌려주는 게 좋을 거야! 그게 생사를 좌우하는 가방이라는 건 이미 얘기했을 텐데?" 그녀를 뒤쫓는 성난 목소리가 들렸다.

"내 말 좀 들어봐요, 에릭…" 크리스틴이 숨을 몰아쉬며 말했다. "우린 이제 함께 살 거잖아요… 그런데 누구의 것인지가 뭐가 중요해요? 당신 것은 모두 내 것이기도 하잖아요…"

하지만 그녀의 말소리가 어찌나 떨려 나오는지 듣기에도 애처로

울 지경이었다. 불쌍한 여인은 몰려오는 두려움을 이겨내기 위해 안간힘을 쓰고 있었다.

하지만 이렇게 이를 덜덜 부딪치면서 하는 서툰 속임수로는 괴물을 속일 수 없었다.

"그 안에는 열쇠 두 개밖에 들어있지 않다는 걸 잘 알 텐데… 그걸로 뭘 하려는 거지?" 그가 추궁했다.

"당신이 자꾸 감추려 하는 방을 한번 둘러보고 싶었어요. 여자들은 원래 호기심이 많잖아요…"

크리스틴은 일부러 쾌활한 척했지만 어색한 변명이 에릭의 의심만 키울 뿐이었다.

"난 호기심 많은 여자는 질색이야! 당신도 「푸른 수염」 이야기는 잘 알겠지? 자, 가방이나 이리 주시지 호기심 많은 아가씨! 그 안에 있는 열쇠를 내놓으란 말이야!"

크리스틴이 비명을 내지르는 사이 그가 비웃듯이 가방을 낚아챈 모양이었다.

바로 그 순간이었다! 분노와 안타까움에 치를 떨던 자작이 내가 미처 입을 막을 새도 없이 소리를 지른 것은…

"이게 무슨 소리지? 못 들었소, 크리스틴?" 괴물이 물었다.

"아니, 전혀요! 아무 소리도 못 들었어요." 가엾은 여인이 대답했다.

"누가 소리를 지른 것 같은데…"

"소리를 지르다니요? 에릭, 당신 정신이 어떻게 된 모양이군요… 이렇게 외진 곳에서 누가 소리를 지르겠어요? 당신이 아프게 해서 내가 비명을 지른 거예요!… 난 아무 소리도 못 들었어요."

"아, 그러신가?… 그런데 왜 떨고 있지? 그렇게 흥분하는 걸 보니 거짓말을 하고 있는 게 분명하군… 누군가 소리를 질렀어! 분명 소리를 질렀다구! 고문실에 누가 있어… 아, 이제야 알겠어…"

"거긴 아무도 없어요, 에릭!"

"이제 알겠어…"

"아무도 없어요."

"그래, 당신 약혼자야!"

"뭐라구요? 난 약혼자가 없어요!… 당신도 아시잖아요."

그러자 그가 더욱 심술궂게 말했다.

"좋아! 그걸 알아내는 건 어렵지 않지, 귀여운 크리스틴! 문을 열지 않아도 고문실 안에서 무슨 일이 벌어지고 있는지 다 볼 수 있다구… 보고 싶나? 보고 싶나구? 저 안에 누가 있다면… 만약 정말로 저 안에 누가 있다면… 천장 바로 밑에 있는 보이지 않는 창문에서 빛이 쏟아지는 걸 보게 될 거야… 검은 커튼을 치고 이렇게 불을 끄기만 하면 되니까… 이렇게 말야… 자, 이제 불을 꺼 봐! 당신 남편과 함께니 밤이 무섭진 않겠군!"

그러자 다 죽어가는 크리스틴의 목소리가 들렸다.

"안돼요… 무서워요… 밤이 무섭단 말이에요! 전 이제 저 방에 흥미 없어요! 당신이 나를 어린애 취급하며 겁을 줘서, 그래서 호기심이 생겼던 거예요… 정말이에요! 하지만 이젠 관심 없어요… 정말이에요…"

순간 내가 가장 걱정했던 일이 벌어졌다. 우리는 쏟아지는 빛의 홍수 속에 갇히게 되었다. 예상 못한 일에 샤니 자작이 놀라 비틀거렸다. 바로 옆에서 성난 목소리가 들려왔다.

"내가 말했지? 누군가 있다고… 저 창문 보이지? 빛이 가득한 저 창문 말이야. 하지만 벽 뒤에 있는 사람에겐 이 창문이 보이지 않아! 이제 당신이 사다리 위로 올라가서 직접 확인해 보라구! 저 사다리는 그런 데 쓰라고 있는 거니까! 당신도 저게 왜 있냐고 물었지? 창문을 통해 고문실 안을 들여다보기 위한 것이었어! 이제 알겠나, 호기심 많은 아가씨?"

"고문이라뇨? 저 안에서 무슨 고문을 한다는 말이에요? 에릭! 에릭! 왜 겁을 주는 거예요? 말해 줘요! 나를 사랑한다면서요? 고문 같은 건 없는 거죠, 그렇죠? 아이에게 처럼 겁을 주려고 꾸며낸 얘기죠?"

"저 창으로 올라가 보면 알게 될 거야, 꼬마 아가씨!"

내 옆의 자작은 겁에 질린 크리스틴의 대화는 제대로 듣지도 않은 채 눈앞에 벌어지는 광경에만 정신이 팔려 있었다. 하지만 마잔다란의 장밋빛 시절부터 작은 창문을 통해 이런 광경을 자주 보았던 나는 옆방에서 들려오는 소리에만 집중하면서 이 난국을 어떻게 헤쳐 나갈지 고민하고 있었다.

"어서 창문으로 가 봐! 그래야 놈의 가짜 코가 이렇게 생겨먹었다고 일러바칠 거 아냐?"

이어서 사다리를 끌고 와 벽에 기대는 소리가 들렸다.

"자, 어서 올라가! 아니면 내가 올라가지!"

"알았어요, 알았어요! 제가 직접 올라갈 테니 그만 하세요!"

"착하기도 하지, 꼬마 아가씨! 나이 많은 나를 생각해 대신 올라가 준다니 기특하군… 사람들은 코가 붙어있다는 게 얼마나 행복한지 잘 몰라… 자기 코를 가졌다는 게 얼마나 행복한지 말야… 그런 걸 알았다면 저렇게 고문실을 배회하는 일도 없었을 텐데 말야…"

그때 바로 머리 위에서 말소리가 들렸다.

"여긴 아무도 없어요."

"아무도 없다고? 진짜 아무도 없다고?"

"정말이에요… 아무도 없어요."

"그거 다행이군… 그래서 기분이 좋아졌나, 크리스틴? 꽤나 만족스럽겠어! 아무도 없으니 말야!… 자, 이제 내려와! 아무도 없으니 안심하고… 그래 방을 구경하니 어떻던가?"

"오! 아주 좋았어요."

"그래? 잘 됐군… 아주 다행이야… 기분이 좀 나아진 모양이군… 그렇지 않나? 더구나 멋진 풍경까지 구경할 수 있었으니… 정말 괜찮은 집 아닌가?"

"그래요… 마치 그레뱅 박물관에 와 있는 것 같았어요… 맞아요, 에릭! 저 방은 고문실이 아니에요… 난 당신이 하도 겁을 주기에…"

"아무도 없다면 겁낼 필요도 없겠지!"

"당신이 저 방을 만들었나요, 에릭? 정말 멋진 방이에요. 당신은 위대한 예술가임에 틀림없어요."

"맞아, 그 쪽에서는 나름대로 최고라 할 수 있지!"

"그런데 왜 저 방을 고문실이라 부르죠?"

"그건 아주 간단해. 거기서 맨 먼저 뭘 보았지?"

"숲을 보았어요."

"숲속에서는 뭐가 있던가?"

"나무들이요…"

"그럼 나무 안에는?"

"새들이요…"

"거기서 새들을 보았다?"

"아니, 아니! 새는 못 본 것 같아요…"

"그럼 또 뭘 보았을까? 잘 생각해 봐! 나뭇가지들이 보였을 거야! 그럼 나뭇가지에는 뭐가 있을까? 바로 교수대야. 그래서 내가 그 숲을 고문실이라고 부르는 거야… 물론 말이 그렇다는 거고, 다 우스개로 하는 얘기일 뿐이야… 내가 원래 다른 사람들과는 좀 다르게 얘기하니까… 물론 하는 행동도 다르고… 하지만 이젠 다 지겨워… 집안에 숲을 가지는 것도, 고문실도, 협잡꾼처럼 이중벽으로 둘러싸인 상자 속에 처박혀 사는 것도, 정말 지겨워… 모든 게 지긋지긋할 뿐이야! 나도 다른 사람들처럼 평범한 문과 창문이 달린 집에서 정숙한 아내와 평화롭게 살고 싶어! 내 말 듣고 있소, 크리스틴? 이제 더 이상 날 거부하지 말아 줘요! 나를 사랑해 주오! 아니, 아니! 당신은 날 사랑하지 않아! 하지만 상관없어! 결국엔 나를 사랑하게 될 테니까! 전엔 가면 뒤에 숨겨진 얼굴을 보고 날 똑바로 쳐다보지도 못했지만… 하지만 지금은 그 얼굴을 잊은 채 날 이렇게 바라보고 있지 않소! 더 이상 날 거부하지도 않고… 모든 건 마음먹으면 익숙해지기 마련이야… 세상에 나 같은 사람도 없으니까… 신에게 맹세하지만, 세상에 나처럼 복화술을 잘 하는 사람은 없지… 복화술사로는 내가 세계 제일이지! 웃는 걸 보니 못 믿는 모양이군… 잘 들어보라구!"

불쌍한 사내는 (사실 그는 세계 최고의 복화술사였다.) 어떻게든 크리스틴의 관심을 고문실에서 떼어놓으려 애쓰고 있었다. (이런 의도를 나는 꿰뚫어 볼 수 있었다.) 하지만 그것은 어리석은 생각이었다! 크리스틴의 머릿속은 오직 우리들 생각밖에 없었다. 그녀는 최대한 부드러운 목소리로 그에게 애원했다.

"에릭, 제발 저 불을 꺼 주세요! 부탁이에요, 제발 불을 꺼 주세요!"

크리스틴은 갑작스럽게 밝혀진 창문의 빛이 괴물이 협박한 것처럼 끔찍스런 재앙을 불러일으킬 걸 알았다. 그나마 그녀가 침착함을 유지할 수 있었던 것은 엄청난 열기에도 불구하고 벽 뒤의 두 사람이 잘 버텨주고 있기 때문이었다. 이제 저 불만 꺼지면 훨씬 더 안심할 수 있을 텐데…

그러는 사이 괴물은 벌써 복화술 시범을 보이고 있었다.

"자, 이제 가면을 조금만 벗어보지! 아주 조금만… 내 입술이 보이지? 내 입술은 닫힌 채 움직이지 않지만, 내 말은 잘 들릴 거야!

나는 지금 뱃속에서 얘기하고 있어… 아주 감쪽같지 않나? 이런 걸 복화술이라고 하지… 아주 유명한 기술이오! 내 목소리를 잘 들어 보오… 내 목소리가 어디로 갈까? 당신 왼쪽 귀? 아니면 오른쪽 귀? 책상 속? 벽난로 위의 흑단상자 속으로? 어때, 놀랍지 않나? 목소리 가 벽난로 위 흑단상자 속으로 들어가 버렸어! 더 멀리 가길 바라 나? 아니면 아주 가까운 곳? 웅장하게 들리길 바라나? 아니면 날카 롭게? 아니면 코맹맹이 소리를 내 볼까? 내 목소리는 어디든 갈 수 있어… 어디든! 잘 들어 봐, 꼬마 아가씨! 벽난로 위의 오른쪽 작은 상자에 귀를 기울여 봐요… 뭐라고 하는지 잘 들어 보라구. '전갈을 돌릴까?' 철컥…! 자, 이젠 왼쪽 상자? 철컥… '메뚜기를 돌릴까?' 이 젠 저 가죽가방 안에서 뭐라고 하는지 들어 볼까… '어머나, 나는 생사가 달린 가방이라구요!' 철컥! 이젠 카를로타의 목구멍 속으로 들어가 볼까? 황금과 수정으로 치장한 그녀의 목구멍이 뭐라고 지 껄이는지… '난 두꺼비 선생이에요. 내 노래를 들어볼래요? 외로운 목소리를… 꾸엑… 노래하는 목소리를… 꾸엑!' 철컥… 자, 이제 목 소리가 유령의 의자 위로 올라갔네! '카를로타 양의 노래가 오늘밤 샹들리에를 떨어뜨릴 거야…' 이것도 철컥!… 하! 하! 하! 그런데 에릭의 목소리는 어딨지? 들어봐, 크리스틴! 들어보라구!… 내 목소 리는 지금 고문실에 있어! 내가 뭐라고 하는지 들어볼까, 진짜 자기 코를 가진 사람들이 고문실을 배회하고 있군… 하! 하 !하!"

그가 화려한 복화술로 내뱉는 저주의 목소리는 세상 어디에든 도 달할 수 있었다! 목소리는 보이지 않는 창문을 넘고 벽을 통과해 우리 주변을 맴돌고, 우리 몸 안까지 파고들었다. 에릭은 어디에든 있었고 그 목소리로 말을 걸었다. 우리는 저항하듯 목소리를 향해 덤벼들었지만 목소리는 메아리보다도 빨리 벽 뒤로 사라져 멀어졌다.

"에릭! 에릭! 당신 목소리 때문에 너무 피곤해요… 이제 그만해요! 여기 너무 덥지 않나요?" 크리스틴의 목소리였다.

에릭이 대답했다. "맞아! 열기가 점점 뜨거워질거야…"

"어찌된 일이죠? 벽이 온통 뜨거워요! 불타는 것처럼…" 다시 걱정스러운 크리스틴의 목소리가 들렸다.

"내가 설명해 줄까? 옆에 있는 숲 때문이지!"

"그게 무슨 말씀이에요? 숲이라뇨?"

"옆방에 있는 숲이 바로 '콩고의 숲'이라는 걸 몰랐소?"

괴물의 끔찍한 웃음소리가 높아지면서 애원하는 크리스틴의 외침소리와 섞였다. 샤니 자작이 미친 듯이 소리를 지르며 벽을 두드렸다. 문득 툭탁툭탁 싸우는 소리와 함께 바닥에 누군가 쓰러져 질질 끌려가는 소리가 이어졌다. 이어서 문이 닫히는 소리… 그리고 아무 소리도 들을 수 없었다. 아프리카 정글의 한가운데서 타오르는 한낮의 침묵만 우리를 감싸고 있었다.

22. 거울의 방

페르시아인의 이야기 4

온통 거울로만 이루어진 이 수상한 벽은 단단한 강철로 된 나무 장식을 빼면 손으로 붙잡을 데가 없었다. 방 안의 죄수들은 맨발과 맨손으로 갇히게 되는데, 거울은 아무리 미친 듯이 두들겨도 끄떡없을 만큼 두껍게 만들어져 있었다. 방 안에서 가구 같은 건 찾아볼 수 없었다. 천장에는 빛이 쏟아지는 장치가 있었다. 방의 온도는 훗날 유행하게 될 전기 난방으로 벽의 온도를 높여 조절할 수 있었다.

천장이 밝혀지고 우리 주변에 숲이 나타나자 자작은 상상을 초월한 광경에 그만 얼이 빠진 듯했다. 돌연 나뭇가지와 줄기로 끝없이 이어진 숲이 눈앞에 펼쳐졌으니 그럴 법도 했다. 그는 환영을 쫓으려는 듯 두 손으로 이마를 감싸 쥐고는 현실감각을 잃지 않으려고 연신 눈을 깜박거렸다.

그래서 난 계속해서 옆방에서 나는 소리에 귀를 기울였다. 내가 관심을 가진 건 비밀을 알고 있는 거울의 마술이 아니라 거울 그 자체였다. 그래서 난 거울을 계속 응시했고 거울 여기저기에 금이 가 있는 걸 발견했다!

그랬다! 거울 곳곳에 상처가 나 있었다. 아무리 내리쳐도 표시조차 나지 않을 단단한 거울을 누군가 부수려 애쓴 게 틀림없었다. 그건 이 고문실이 이미 사용된 적이 있다는 증거였다.

그 불쌍한 자는 분명 '죽음의 환각' 속에 떨어진 뒤 분노에 사로잡혀 거울을 내리쳤을 것이다. 하지만 거울에 난 가벼운 상처는 스스로 고통을 끝내기 위해 목을 맨 사람의 흔들리는 시신을 수천 개의 왜곡된 영상으로 비춘 채 그의 마지막 길을 배웅했을 것이다.

그렇다! 조제프 뷔케도 그런 길을 갔을 것이다!

그렇다면 이제 우리도 그렇게 죽게 되는 일만 남은 것인가?

나는 그렇게 생각하지 않았다. 우리에겐 아직 시간이 있었고, 조제프 뷔케와 달리 그 시간을 더 잘 이용할 수 있었다. 더구나 나는 에릭이 쓰는 대부분의 속임수들을 꿰뚫고 있었다. 지금이 그걸 활용할 가장 좋은 기회였다!

이 저주받은 방으로 통하는 길을 따라 되돌아갈 생각은 없었다. 통로를 막은 돌덩이를 다시 안쪽에서 열기는 힘들 거라고 생각했기 때문이다. 이유는 간단했다. 우리가 뛰어내린 곳이 너무 높았다. 방안에는 타고 올라갈 수 있는 가구 같은 것도 전혀 없었다. 강철로 된 나무 위에 올라가 두 사람이 인간 사다리를 만들기에 천장은 너무 높았다.

나갈 수 있는 방법은 단 하나! 에릭과 크리스틴 다에가 있는 루이-필립 풍의 방을 통과하는 수밖에 없었다. 크리스틴 쪽에 있는 평범한 문은 반대쪽에서는 전혀 보이지 않았다. 거울 속에서 어딘가에 있을 문을 찾는 건 결코 쉬운 일이 아니었다.

더 희망이 없다고 생각하는 순간, 괴물이 크리스틴을 방 밖으로 끌고 가는 소리가 들렸다. 우리를 고문하는 데 방해가 되지 않게 하기 위해서인 것 같았다. 나는 그 틈을 이용해 어떻게든 일을 끝내기로 마음먹었다.

하지만 그러려면 먼저 샤니 자작을 진정시켜야 했다. 그는 이미 실성한 사람처럼 횡설수설하며 방 안을 돌아다니고 있었다. 괴물과 크리스틴의 짧은 대화를 엿듣고 난 뒤부터 그는 극도의 흥분 상태에서 감정을 다스리지 못했다. 더구나 숲의 환영이 보이고 땀을 줄줄 흘릴 정도로 열기가 고조되자 그는 더욱 흥분했다. 옆에서 아무리 어르고 달래도 정신을 차리지 못했다.

"우리는 지금 작은 방에 갇혀있습니다. 끊임없이 그 사실을 상기해야만 해요. 출입문만 발견하면 이곳에서 빠져나갈 수 있어요. 어서 문을 찾아봅시다!"

나는 숲의 환영 따위는 잊은 채 손가락의 모든 감각을 동원하여 거울을 더듬으며 장치를 찾았다. 에릭이 고안한 회전문 시스템은 어딘가 누르면 문이 열린다는 사실을 알고 있었기 때문이다. 보통 그것은 거울에 난 콩알 만한 흠집처럼 보였는데, 실제로 그 안에는 용수철 스위치가 숨겨져 있었다. 나는 더듬고 또 더듬었다. 손을 뻗어 닿을 수 있는 곳은 모두 더듬어 보았다. 에릭은 나와 키가 비슷했기 때문에 더 높은 곳에 장치를 달지는 않았을 것이다. 물론 추측에 불과했지만 그것은 나의 유일한 희망이기도 했다. 여섯 개의 거울벽을 샅샅이 뒤진 다음 바닥까지 꼼꼼하게 살펴볼 예정이었다. 동시에 나는 일분일초라도 아끼려고 했다. 왜냐하면 방의 열기가 점점 뜨거워지면서, 말 그대로 요리처럼 익어버릴 지경이었기 때문이다.

그렇게 30분 동안 세 개의 거울벽을 조사했을 때, 안타깝게도 자작이 다시 비명을 지르기 시작했다.

"아, 숨이 막혀요! 거울에서 지옥의 열기가 뿜어져 나와요! 용수철 장치는 언제 찾을 수 있나요? 더 늦어지면 우린 이대로 익어버릴 거예요!"

샤니 자작처럼 상황을 절망적으로 보고 싶지 않았다. 나는 그에게 용기를 북돋는 말 몇 마디를 해 주고 다시 거울벽으로 돌아왔다. 하지만 그와 얘기를 하면서 몇 걸음 옮긴 것은 실수였다! 환영의 숲이 끝없이 펼쳐진 곳에서 내가 조금 전 어디를 더듬고 있었는지 잊어버리고 만 것이다! 이제 처음부터 다시 시작하는 수밖에 없었다. 나는 탄식을 내뱉었다. 모든 사정을 알아차린 자작은 다시 충격에 휩싸였다.

"우린 절대로 이 숲을 빠져나가지 못할 거예요." 자작이 신음하듯 말했다.

나는 다시 거울을 더듬어 출구를 찾기 시작했다. 정말로 아무 실마리도 발견할 수 없게 되자, 다시 열기가 나를 괴롭혔다. 옆방에서는 여전히 아무 소리도 들리지 않았다. 우리는 숲속에서 길을 잃은 것이다! 출구도, 나침반도, 지도도, 아무것도 없이…

샤니 자작과 나는 몇 번씩이나 옷을 벗었다 입었다를 반복했다. 옷 때문에 더 더운 것 같았지만 반대로 옷이 열기를 막아주는 것 같다는 생각이 들었기 때문이다.

"아, 목이 말라!" 마침내 그가 실성한 사람처럼 소리쳤다.

목이 마르긴 나도 마찬가지였다. 목구멍이 타는 것만 같았다.

하지만 바닥에 쓰러진 뒤에도 나의 눈은 보이지 않는 문을 열어줄 용수철을 찾고 있었다. 숲속에서는 밤이 되면 더 위험하다는 걸 잘 알기 때문이었다. 벌써 어둠의 그림자가 우리를 감싸기 시작했다. 진짜 적도처럼 짧은 황혼과 함께 어둠이 찾아왔다.

밤이 되었지만 열기는 좀처럼 수그러들지 않았다. 푸른 달빛이 비치자 오히려 방 안은 더 뜨거워지는 것 같았다. 나는 자작에게 권총을 들고 절대 자리를 떠나지 말라고 지시한 뒤 용수철 찾기를 계속했다.

에릭이 옆방에서 속임수를 쓰고 있다는 생각이 들자 차라리 그와 협상을 해보는 게 어떨까 하는 생각이 들었다. 그가 고문실을 훤히 들여다보고 있는 한 급습하겠다는 계획은 틀어진 거나 다름이 없었다. "에릭! 에릭!" 나는 그의 이름을 큰 소리로 불렀다. 아무 대답도 돌아오지 않았다. 주위에는 침묵과 돌덩이로 이루어진 광활한 사막만이 펼쳐져 있었다. 이 끔찍한 고독 한가운데서 우리는 어떤 운명을 맞게 될까?

말 그대로 우리는 더위와 배고픔과 갈증으로 서서히 죽어가고 있었다. 특히 갈증이 가장 견디기 힘들었다. 그런데, 갑자기 샤니 자작이 팔꿈치로 몸을 반쯤 일으키더니 지평선 한곳을 가리켰다! 그는 오아시스를 본 것이다!

그랬다! 저 멀리 사막 한가운데 오아시스가 있었다. 물이 있는 오아시스… 거울처럼 투명한 물이 강철 나무를 비추는 오아시스… 아, 그렇지만 그것은 신기루였다! 가슴 아프게도 난 그걸 알고 있었다… 나는 정신을 잃지 않고 물을 탐하지 않으려고 이를 악물었다… 강철나무를 비추는 물가로 다가가 보아야 결국엔 거울에 머리를 부딪치고 말 것이다… 그리고 남은 건 강철 나무에 목을 매는 일뿐!

나는 샤니 자작을 향해 소리쳤다. "저건 신기루예요… 신기루일 뿐이라고요! 물 따위는 믿지 마세요! 거울의 속임수일 뿐입니다…"

"물… 물…" 그는 이렇게 중얼대면서 진짜 물을 마시려는 듯이 입을 벌렸고… 나도 그를 따라 물을 마시려고 입을 벌렸다.

고문은 점점 견디기 힘든 지경에 이르렀다. 비가 내리지 않는데 빗소리까지 들렸다. 그건 정말 악마의 발명품이라고밖에 할 수 없었다. 나는 에릭이 어떻게 그런 소리를 내는지 잘 알고 있었다. 폭이 매우 좁고 긴 상자를 나무 판과 금속판으로 나누고, 그 안에 돌 부스러기들을 떨어뜨리면 된다. 그러면 돌들이 칸막이에 부딪히고 쓸리면서 요란한 빗소리가 만들어지는 것이다. 샤니 자작과 나는 혀를 내밀고 물가로 엉금엉금 기어갔다. 우리의 눈과 귀에는 물이 가득했지만 혀는 갈증으로 타들어가고 있었다.

마침내 거울 앞에 다다른 샤니 자작과 나는 거울을 게걸스럽게 핥아댔다…

거울은 뜨거웠다.

우리는 절망적으로 헐떡이며 바닥을 뒹굴었다. 샤니 자작은 장전한 총을 관자놀이에 갖다 댔고, 나는 발밑에 떨어져 있는 '펀자브의 올가미'를 내려다보았다.

나는 세 번째 배경에서 왜 강철 나무가 눈에 들어오도록 배치되는지 알고 있었다!

강철 나무가 나를 기다리고 있는 것이다!

그때 펀자브의 올가미를 바라보던 내가 무언가 발견하고 소리쳤다! 그 바람에 방아쇠를 당기려던 자작의 손이 멈췄다. 나는 얼른 그의 팔을 붙들고 권총을 빼앗았다. 그리고 방금 본 것을 향해 무릎으로 기어갔다.

펀자브의 올가미 바로 옆 바닥 틈서리에 용도를 알 수 없는 검은 못대가리가 있었던 것이다!

마침내, 용수철 장치를 찾아냈다! 문을 열어줄 용수철! 우리에게 자유를 주고 에릭에게로 데려다줄 바로 그 장치였다!

나는 못을 만지며 샤니 자작에게 환한 웃음을 지어 보였다. 그리고 검은 못을 깊이 눌렀다!

그러자….

…덜커덩하고 열린 건 벽 쪽의 문이 아니라 바닥문이었다.

바닥의 검은 구멍으로부터 시원한 공기가 올라왔다. 맑은 샘물에 머리를 담그기라도 하듯 우리는 사각의 어둠 속에 고개를 들이밀었다. 서늘한 어둠 속에 턱을 담그고 우리는 시원한 공기를 들이마셨다.

우리는 더 깊이 몸을 들이밀었다. 이 비밀의 문 안쪽에는 무엇이 있을까?

아마도 물이 있지 않을까? 마실 수 있는 물이…

구멍 속으로 팔을 뻗자 돌덩이 하나가 만져졌다. 그리고 그 아래 또 하나가 만져졌다. 그것은 계단이었다. 지하로 내려가는 계단… 자작은 벌써부터 구멍 속으로 뛰어들려 하고 있었다. 물은 발견하지 못하더라도 최소한 빛이 내리쬐는 거울방의 숨 막히는 더위로부터는 벗어날 수 있었다.

하지만 괴물이 새로운 함정을 파놓았을지도 모르기에 나는 일단 자작을 제지했다. 그리고 램프에 불을 붙인 뒤 조심스럽게 앞장섰다. 계단은 깊은 어둠 속에서 빙글빙글 나선형으로 뻗어 있었다. 아! 어둠으로부터 계단을 타고 시원한 공기가 올라왔다.

그렇다면 멀지 않은 곳에 호수가 있을지도 모른다…

우리는 마침내 계단의 마지막에 이르렀고… 우리의 눈이 어둠에 차차 익숙해지자, 주위에 있는 둥근 형체들을 겨우 구분할 수 있었다. 나는 램프를 들어 좀 더 멀리까지 비추어 보았다. 둥근 형체들은 다름 아닌 술통이었다!

우리가 있는 곳은 에릭의 지하 저장고였던 것이다.

아마 여기에는 포도주뿐 아니라 마실 물도 저장되어 있을 것이다…

에릭이 포도주 애호가라는 걸 나는 잘 알고 있었다.

아니, 그보다는 마실 것을 찾았다는 게 너무 감격스러웠다.

"통이야, 통! 정말 통들이 많네!"

샤니 자작은 둥근 통을 어루만지면서 끊임없이 중얼거렸다.

자세히 보니 둥근 통들은 두 줄로 열을 지어 서 있었고 그 사이에 우리 두 사람이 있었다. 크기가 작은 통들이었는데, 나는 에릭이 집까지 옮기기 편하도록 그런 크기를 고른 거라고 짐작했다.

통들을 하나하나 살펴보면서, 지금 마시느라 뚜껑이 열려 있는 게 있을지 찾아보았다.

하지만 통들은 모두 봉인되어 있었다.

그중 하나를 살짝 들어 속이 차 있는지 확인했다. 그리고 무릎을 꿇은 채 몸에 지니고 있던 칼로 마개를 열었다.

우리는 마개를 따기 시작했다. 샤니 자작은 통의 밑 부분을 잡고, 내가 있는 힘을 다해 마개를 뽑았다.

"뭐지? 이건 물이 아니잖아!" 자작이 놀라서 소리쳤다.

자작이 두 손을 램프 가까이 댔고 나는 몸을 숙여 그 손을 바라보았다. 순간! 나는 램프를 멀리 내던질 수밖에 없었다. 램프가 날아가면서 사방이 캄캄해졌다.

샤니 자작의 손바닥 위에서 방금 내가 본 것은… 바로 화약가루였다!

23. 전갈을 돌릴까, 메뚜기를 돌릴까?

페르시아인의 이야기 5

　지하 저장고 바닥까지 내려가서야 비로소 내가 그토록 걱정했던 끔찍한 현실을 확인할 수 있었다! 그 흉악한 자가 인간들을 모두 죽여 버리겠다고 했던 건 거짓이 아니었다! 인간세계를 피해 어두운 지하세계에 숨어든 그는 짐승처럼 굴을 파고 자신의 괴물 같은 몸을 숨겼다. 그리고 지상의 인간들이 자신을 찾아 내려오면 주저없이 모든 것을 한 방에 날려 버릴 재앙을 계획하고 있었다!

　우리가 조금 전 발견한 것은 지금까지 느꼈던 고통과 현재의 괴로움을 모두 잊게 만들 정도로 엄청났다! 이제야 우리는 괴물이 무얼 얘기하려 했는지, 크리스틴 다에에게 '아니요'라고 답하면 모두 파묻히게 될 것이라고 한 말이 무슨 뜻인지 알 수 있었다. 그렇다! 파리 오페라극장은 무너지고 모든 사람들이 그 더미 속에 파묻히게 될 것이다! "내일 밤 11시가 마지막 기회야!"라며 그는 이미 시간까지 정해놓았다. 그때는 사람들이 축제에 몰려들 시간이다! 지상에 있는 화려한 음악의 전당은 인간들로 북적댈 것이다… 그 어떤 죽음의 행렬이 이보다 더 장관일 수 있을까? 가장 멋진 옷을 차려 입고 화려한 보석으로 치장한 사람들이 하나 둘씩 무덤 속으로 떨어지는 광경을 상상해 보라! 내일 밤 11시… 그때 만약 크리스틴 다에가 "아니요"라고 말하면 우리 모두는 죽음의 장관을 목격하게 될 것이다! 내일 밤 11시… 크리스틴 다에는 분명 "아니요!"라고 대답할 것이다. 살아있는 해골보다는 죽음과 결혼하기를 원할 것이다. 더구나 그녀는 자신의 대답 한마디에 얼마나 많은 사람들의 운명이 걸려있는지 모른다! 내일 밤 11시…

화약가루를 피해 우리는 어둠 속 계단을 찾아 헤맸다. 머리 위의 바닥문을 통해 새어나오던 불도 완전히 꺼져 버렸다. "내일 밤 11시…" 우리는 이 말만을 계속 중얼거리고 있었다.

마침내 찾고 있던 계단에 발을 내딛은 순간 문득 끔찍한 생각이 머리를 스쳤다.

"지금 몇 시지?"

아, 지금 몇 시나 되었을까? 내일 밤 11시라면… 오늘이 이미 그 날일 테고… 시간은 얼마 남지 않았을 텐데… 하지만 누가 시간을 가르쳐 주겠지? 이 지옥에 갇힌 지 벌써 며칠, 몇 주, 아니 몇 년은 된 것 같다…

샤니 자작과 나는 완전히 이성을 잃고 미친 사람처럼 소리를 질러댔다. 견딜 수 없는 공포가 우리를 짓눌렀다. 우리는 정신없이 계단을 달려 올라갔다. 저 위 바닥문은 벌써 닫혔을지도 모른다! 그래서 사방이 이렇게 어두운 것일지도… 아, 이 어둠으로부터 도망쳐야 해! 어둠을 벗어나야 해! 거울방의 끔찍한 빛이라도 다시 찾아가야 해!

하지만 계단을 올라가자 의외로 바닥문은 그대로 열려 있었다. 다만 거울의 방은 금방 벗어난 지하 저장고처럼 깜깜했다. 이것저것 따질 겨를도 없이 우리는 화약가루가 있는 지하를 벗어나 고문실로 뛰어들었다! 끔찍스럽게만 여겼던 고문실 바닥이 이제는 화약가루로부터 우리를 보호해 주고 있었다. 지금 몇 시쯤 되었을까? 우리는 소리를 지르고 이름을 불러댔다. 샤니 자작은 있는 힘을 다해 크리스틴을 불렀고, 나는 에릭의 이름을 불렀다. 내가 생명을 구해 주었다는 것을 기억해… 하지만 아무 응답도 없었다. 되돌아오는 건 절망과 공포뿐… 도대체 지금 몇 시나 되었을까? 내일 밤 11시! 우리는 머리를 맞댔다… 여기서 보낸 시간이 얼마였을지 계산해보려 애썼지만 감을 잡을 수 없었다… 아, 시계 바늘을 볼 수 있다면… 내 시계는 오래 전에 멈춰 섰지만 샤니 자작의 시계는 아직 가고 있었다. 오페라극장으로 오던 날 저녁 옷을 갈아입으며 시계태엽을 감아 주었었다고 했다. 그런 기억을 떠올리면서 우린 아직 운명의 시각이 되지 않았을 거란 조심스런 희망을 가져 보았다.

아주 작은 소리만 들려도 헛되이 바닥문을 닫으려 애썼지만 불안만 더 커질 뿐이었다. 도대체 몇 시지? 이젠 불을 켤 성냥도 없다… 하지만 반드시 알아야 해… 바로 그때 샤니 자작이 시계의 유리를 깨서 손으로 바늘의 위치를 확인하는 방법을 생각해냈다. 그가 시계

유리를 깨서 손끝으로 바늘의 위치를 더듬는 동안에도 말없이 시간은 흘렀다. 시곗줄을 매는 고리가 기준점이 되었다. 고리로부터 바늘이 벌어진 간격으로 볼 때 11시쯤 된 것 같았다…

우리를 공포로 몰아넣은 11시는 이미 지난 건가? 11시 10분쯤 된 것 같은데… 하지만 지금이 낮이라면 밤까지는 약 12시간 정도가 남은 것이다.

"조용히!"

갑자기 옆방 쪽에서 무슨 소리가 들리는 것 같아 나는 신호를 보냈다.

잘못 들은 게 아니었다. 문소리가 들렸고 서둘러 움직이는 발소리도 들렸다. 그리고 곧 벽을 두드리는 소리가 들렸다.

"라울! 라울!"

크리스틴의 목소리였다. 벽을 사이에 두고 세 사람이 동시에 소리를 질렀다. 라울이 살아있음을 확인한 크리스틴이 흐느꼈다.

"크리스틴, 지금 몇 시인가요?"

"11시 5분 전이에요."

"오전 11시인가요, 오후 11시인가요?"

"삶과 죽음을 결정하게 될 그 11시에요… 그가 나가면서 다시 일깨워주었어요. 정말 끔찍했어요… 미친 사람처럼 가면을 벗었는데, 그 황금빛 눈동자에 불꽃이 일더군요… 그러다가 갑자기 소리 내어 웃는 거예요. 마치 술 취한 악마 처럼요. '5분 남았군. 당신이 정숙한 여자라는 걸 알기에 혼자 내버려두는 거야… 수줍은 신부처럼 내게

'예'라고 말하면서 얼굴을 붉히는 꼴은 정말 보고 싶지 않거든.' 그가 이렇게 말하더군요. 정말 술 취한 악마 같았어요. 그리고 생사가 달린 가방을 뒤지면서 말했어요. '자, 이 열쇠로 루이-필립 방의 벽난로 위에 있는 두 개의 흑단 상자들을 열 수 있어… 그중 하나에는 전갈이 들어있고 다른 하나에는 메뚜기가 들어있지… 각각 긍정과 부정을 의미하는 일본산 청동 곤충 인형들이야… 내가 이 방에 되돌아 왔을 때 당신이 전갈을 반대 방향으로 돌려놓으면 수락의 뜻이 되어 이 방은 신혼방이 될 거야… 하지만 메뚜기를 돌려놓으면 거절의 뜻으로, 이 방은 죽음의 방이 되겠지…' 그렇게 말하면서 그는 악마처럼 웃어댔죠. 나는 무릎을 꿇고 고문실 열쇠만 주면 영원히 그의 여자가 되겠다고 맹세했어요. 하지만 그는 이제 열쇠가 필요 없게 되었다며, 호수에 던져버린다고 했어요! 그러면서 다시 한 번 술 취한 악마처럼 웃어댔죠. 그는 5분 후에 다시 오겠다 말하고 나갔어요. 아, 맞아요… 그는 또 이렇게도 말했어요. '메뚜기 말이야… 메뚜기는 조심해야 해! 녀석은 그냥 돌아가지 않고 펄쩍 뛰어 오르거든… 펄쩍! 펄쩍! 아주 멋지게 말이야…'"

메뚜기가 펄쩍 뛰어 오르면 인간들도 함께 하늘로 솟아오르리라는 걸 누구나 쉽게 예상할 수 있었다. 틀림없이 메뚜기는 지하저장고의 화약을 폭발시킬 어떤 전기장치와 연결되어 있을 것이다. 크리스틴의 목소리를 듣고 다시 기운을 차린 샤니 자작은 우리 세 사람과 오페라극장이 지금 얼마나 큰 위험에 처해있는지 그녀에게 설명해 주었다. 그리고 더 생각할 것도 없이 당장 전갈을 돌리라고 말했다.

"자 어서요! 사랑하는 크리스틴" 라울이 명령했다.

그리고 잠시 침묵이 흘렀다.

"크리스틴, 지금 어디 있나요?" 불안한 생각이 들어 내가 큰 소리로 외쳤다.

"전갈 옆에요!"

"잠깐, 아직 만지지 말아줘요!"

문득 어떤 생각이 내 머릿속을 스쳤다. 나는 에릭을 잘 알고 있었고, 괴물이 분명 젊은 아가씨를 속일 거라는 생각이 들었다. 어쩌면 전갈이 이 모든 것을 폭발시킬 진짜 열쇠일지 모른다… 벌써5분이 지났을 텐데 그는 아직 나타나지 않고 있다… 아마 어딘가에 피해서 숨어있을지도 모른다… 어마어마한 폭발이 일어나길 기대하면서! 그가 바라는 건 오직 그것이었으니까… 그도 크리스틴이 정말로 자신의 아내가 될 거라고는 생각하지 않았을 것이다… 그렇지 않다면 왜 돌아오지 않는가? 절대 전갈을 만지면 안 된다!

"그 사람이에요! 소리가 들려요… 그가 오고 있어요…" 크리스틴이 외쳤다.

정말로 그가 오고 있었다. 루이-필립 풍의 방에서 뚜벅거리는 발소리가 들렸다. 크리스틴에게 돌아온 그는 아무 말도 하지 않았다. 나는 목소리를 높여 그를 불렀다.

"에릭! 에릭! 날세! 내 목소리를 알아듣겠나?"

그러자 그는 뜻밖의 평온한 말투로 대답했다.

"그 안에서 아직 죽지 않았군! 살아있다면 조용히 입 다물고 있게!"

나는 말을 계속하려 했지만 너무나 차가운 그의 목소리에 입이 얼어붙을 수밖에 없었다.

"한마디만 더 하면 몽땅 날려버리겠네, 다로가!"

그리고는 그가 이어서 말했다.

"나는 아가씨와 할 이야기가 남았어… 당신은 전갈에 손을 대지 않았더군, 아가씨! (그의 목소리는 아주 조용했다.) 메뚜기 또한 손을 대지 않았고! (이번엔 아주 냉랭한 목소리였다.) 하지만 아직 많이 늦진 않은 것 같군. 열쇠가 없어도 나는 그것을 열 수 있어! 난 함정 전문가니까…! 원하는 건 무엇이든 열고 닫을 수가 있지! 이 조그만 흑단 상자를 열어 볼까? 자, 흑단 상자 속을 한번 들여다봐! 아주 귀여운 짐승이 있지? 정말 정교하게 만들어졌어! 겉으로 보기에는 전혀 공격적이지 않을 것 같지만, 꼭 그렇지만은 않아. (지극히 건조한 목소리로) 메뚜기를 돌리면 우리 모두가 솟아오르게 될 거야. 지금 우리 발밑엔 파리의 한 구역을 몽땅 날려버릴 만큼의 화약이 준비되어 있지… 하지만 전갈을 돌려놓으면 화약은 모두 물에 잠기게 될 거야. 그러니 우리 결혼을 위해 마이어베어*의 작품 따위에 환호하고 있을 파리 시민들에게 멋진 선물을 선사하지 않겠나? 당신이 그들에게 생명이라는 최고의 선물을 주도록… 그 아름다운 손으로

---

* 독일의 오페라 작곡가(역자주)

전갈을 돌리기만 하면 돼… (완전히 지친 듯한 목소리로) 그리고 우리 둘은 기쁜 마음으로 결혼식을 올리는 거지."

잠시의 침묵 뒤에 그가 말했다.

"자 이제 2분 안에 전갈을 돌려야 해. 내게 시계가 있는데, 아주 잘 돌아가지… 당신이 전갈을 돌리지 않으면, 내가 메뚜기를 돌릴 거야… 그러면 메뚜기는 멋지게 솟아오르겠지!"

그 어느 때보다도 끔찍한 침묵이 흘렀다. 에릭의 목소리가 저토록 평온하고, 조용하고, 나른한 것은 그가 엄청난 일을 치를 준비가 되어있으며, 조금이라도 거슬리면 곧장 돌이킬 수 없는 일이 벌어지게 되리라는 걸 암시하고 있었다. 샤니 자작은 기도밖에 방법이 없다고 생각했는지 곧장 무릎을 꿇고 기도를 시작했다. 반면 나는, 곧 닥칠 거대한 재앙의 두려움에 터질 듯한 심장을 움켜쥐고 있었다. 최후의 선택까지 크리스틴이 느낄 공포와 망설임이 우리에게까지 생생히 전해지는 듯했다. 하지만 우리 모두를 솟아오르게 만드는 선택이 전갈이라면? 에릭이 이미 자신과 함께 우리 모두를 파묻어 버리기로 결심했다면?

드디어 천사처럼 부드러운 에릭의 목소리가 들려왔다….

"2분이 지났군… 잘 가요, 아가씨! 뛰어올라라 메뚜기야!"

"에릭! 당신의 사랑을 걸고 맹세할 수 있나요? 전갈을 돌려야 하는 것이 확실하다고!" 크리스틴이 괴물의 손을 황급히 붙잡으며 소리쳤다.

"맞소! 우리가 천국으로 뛰어들려면…"

"아! 그러니까 우리 모두를 하늘나라로 보내 버리겠다는 거군요."

"아니, 내 얘긴 결혼식으로 뛰어든다는 얘기였소. 순진한 아가씨… 전갈은 우리에게 결혼 무도회장의 문을 열어줄 거요! 하지만 됐소! 당신은 전갈을 원하지 않는군! 그렇다면 내가 메뚜기를 돌릴 수밖에…"

"안돼요, 에릭!"

"이제 끝이오…"

순간 크리스틴과 나의 외침소리가 동시에 터져 나왔고, 샤니 자작은 여전히 무릎을 꿇은 채 기도를 하고 있었다.

"에릭! 내가 전갈을 돌렸어요!!!"

아! 정말 한평생이 지나버린 것 같은 순간이었다!…

우리는 기다렸다. 엄청난 굉음 속에서 모두가 가루가 되어버리는 순간을…

…발밑의 어두운 터널 속에서 뭔가 공포의 서막을 알리는 소리가 들린 것 같았다… 왜냐하면 검게 입을 벌린 바닥문 아래에서 부지직 하고 심지가 타들어가는 듯한 소리가 들렸기 때문이다.

소리는 처음에 매우 가느다랗다가… 점점 굵어졌고… 마침내 아주 또렷이 들려왔다!

하지만 그것은 심지가 타들어가는 소리가 아니었다.

혹시 물이 쏟아지는 소리?

정말 콸콸콸 소리가 났다!

바닥문! 바닥문 쪽이야!

아, 시원해! 시원해! 물소리와 함께 공포로 잊었던 갈증이 다시 살아났다.

물이다, 물! 물이 차오르고 있다!…

화약통들로 가득 찬 지하로 물이 차오르고 있었다! 타는 갈증으로 지하 저장고로 뛰어 내려간 우리는 턱까지 차오른 물을 벌컥벌컥 들이켰다.

물을 다 마시고 우리는 어두운 층계를 한 계단 한 계단 더듬어 올라왔다. 물을 향해 뛰어 내려갔던 우리가 이제는 물살에 떠밀려 층계를 오르고 있었다.

화약통이 물에 잠겨 떠내려가고 있었다. 엄청난 장관이었다! 이렇게 그냥 내버려두면 호수 전체가 지하저장고를 덮칠 것 같았다.

우리로서는 도저히 멈출 방법이 없었다!

우리가 지하 저장고에서 올라온 뒤에도 물은 계속 차올랐다.

이제 지하 저장고를 점령한 물은 고문실 바닥까지 차 있었다. 이렇게 계속되면 집 전체가 물에 잠길 것이다… 물은 이미 우리 발목까지 차올랐고, 거울방은 작은 호수가 되어 있었다. 물은 이제 우리를 위협하고 있었다! 에릭이 수도꼭지를 잠그지 않는 한 방법이 없었다. "에릭! 에릭! 화약은 이제 충분히 젖었네! 제발 수도꼭지를 잠가주게! 전갈을 제자리에 돌려놓으라고!

하지만 에릭에게선 아무 대답도 없었고… 차오르는 물소리밖엔 들리지 않았다. 물은 벌써 무릎을 적시고 있었다.

"크리스틴! 크리스틴! 물이 올라와요! 무릎까지 올라왔어요!" 샤니 자작이 소리쳤다.

하지만 크리스틴도 대답이 없었다… 여전히 차오르는 물소리 외엔 아무 소리도 들리지 않았다.

옆방에는 크리스틴도 에릭도 없었다! 아무도 없었다! 수도꼭지를 잠글 사람도, 전갈을 돌려놓을 사람도…

우리는 캄캄한 어둠 속에서 점점 차오르는 차가운 물과 싸워야 했다. 에릭! 에릭… 크리스틴! 크리스틴…

우리는 갑자기 동시에 발을 헛디디며 저항할 수 없는 힘에 떠밀려 물속을 한 바퀴 빙그르르 돌았다. 이렇게 보이지 않는 거울벽에 부딪히며 떠밀리다가 겨우 목만 물 밖으로 내밀 수 있었다.

이대로 여기서 죽는 건가? 고문실에서 물에 빠져… 에릭! 에릭! 자네 목숨을 구해준 건 나야! 그걸 잊지 말게나! 자넨 사형수였어… 죽을 운명이었지… 그런 자네를 내가 살려주지 않았나, 에릭…

아, 그러나 우리는 난파선처럼 물 위를 떠다니고 있었다…

그때, 갑자기 강철나무의 몸통이 손에 잡혔다. 나는 얼른 샤니 자작을 불렀고 우리 두 사람은 그 강철나무에 매달렸다.

하지만 물은 계속 차오르고 있었다!

아, 기억해 봐요… 강철 나뭇가지에서 거울의 방 천장까지 얼마나 됐는지… 물은 어느 정도까지 차오르면 멈출 것이다! 분명 한계가 있을 테니까… 아! 이제 멈춘 건가? 이런, 아니다… 헤엄을 쳐야 한다! 헤엄을 쳐야 한다! 헤엄을 치는 우리의 팔다리가 엉켰다… 숨이 막혔다… 검은 물속에서 우리는 발버둥 쳤다… 물 밖으로 고개를 내밀어도 숨을 쉬기가 힘들었다. 머리 위 어디선가 통풍장치가 돌아가며 공기 빠져나가는 소리가 들렸다. 어디쯤인지 알 수 없었다. 그래도 통풍구를 찾아 돌고 또 돌았다. 마침내 통풍구를 찾은 우리는 번갈아가며 입을 대고 숨을 쉬었다. 그러나 다시 온몸에서 힘이 빠져나갔다. 나는 벽을 붙잡으려고 애썼지만 거울벽에 손가락이 미끄러졌다. 우리는 돌고 또 돌았다. 그러면서 점점 물속으로 잠겼다⋯ 마지막 안간힘을 다해 소리를 질렀다⋯ 에릭⋯ 크리스틴⋯ 콸콸⋯ 콸콸⋯ 그러나 마지막으로 정신을 잃기 전에 콸콸거리는 소리 가운데 또 하나의 소리를 들은 것 같았다⋯

"통 삽니다! 통이요! 파실 통들 없나요?"

24. 유령의 눈물

여기까지가 페르시아인이 해준 이야기의 전부다. 아찔한 상황이었지만 크리스틴 다에의 숭고한 희생 덕분에 샤니 자작과 페르시아인은 목숨을 건질 수 있었다. 이후의 이야기 또한 전직 다로가가 내게 해준 것들이었다.

내가 페르시아인을 만나러 갔을 때 그는 여전히 튈르리공원 앞 리볼리가의 작은 아파트에 살고 있었다. 전기 작가로서 숨겨진 진실을 밝혀내려는 나의 열정을 높이 샀는지 병색이 짙어 보였음에도 그는 내가 이 비극적인 사건을 기술하는 데 끝까지 협조해 주었다. 나이가 많았음에도 여전히 그의 시중을 들고 있는 다리우스가 날 그에게 안내해 주었다. 다로가는 창가의 널찍한 안락의자에 앉아 정원을 내려다보고 있었다. 그가 나를 보자 몸을 일으켰는데, 아직 젊은 시절의 건장함이 남아있었다. 그의 눈빛은 여전히 빛났지만 얼굴은 지친 기색이 역력했다. 면도로 완전히 머리카락을 밀어버렸음에도 그는 여전히 챙 없는 아스트라칸 모자를 쓰고 있었다. 그는 품이 넓고 소박한 외투를 걸치고 있었는데, 외투의 소맷자락 속에서 엄지손가락을 빙글빙글 돌리는 습관을 가지고 있었다. 그럼에도 그의 정신은 상당히 맑아 보였다.

아픈 과거를 떠올리는 걸 힘들어했지만, 나는 그의 기억을 통해 이 기이한 사건의 놀라운 결말에 도달할 수 있었다. 그는 때로 과거의 고통스런 기억에 한동안 말을 잇지 못했고, 때로는 매우 격앙된 어조로 에릭에 관련된 무서운 기억과 그의 호숫가 집에서 샤니 자작과 함께 겪었던 끔찍한 시간들을 생생히 증언하기도 했다.

물난리 이후 루아-필립 풍 방의 불안한 어둠 속에 눈을 떴을 때의 상황을 이야기하면서 그는 몸을 부들부들 떨었다. 이 글의 결말을 위해 그가 내게 들려준 이야기를 옮겨 보면 다음과 같다.

눈을 떴을 때 다로가는 침대에 누워있는 자신을 발견했다. 샤니 자작은 거울이 달린 옷장 곁의 소파에 누워 있었다. 그리고 천사와 악마가 동시에 그들을 내려다보고 있었다.

고문실에서 환영과 신기루를 본 그에게는 부르주아 풍으로 꾸민 이 조용하고 작은 방마저 악몽 속에 갇힌 사형수들의 혼을 빼놓기 위해 고안된 장치처럼 보였다. 배 모양의 침대, 반들반들 윤이 나는 마호가니 의자들, 서랍장과 놋그릇들, 안락의자의 등을 받친 사각의 자수 레이스, 추시계와 벽난로의 양쪽 끝에 놓인 평범해 보이는 상자들 그리고 선반 위에 널린 소라껍질들과 붉은색 반짇고리, 배 모양의 자개 장식, 커다란 타조알까지… 이 모든 것이 작은 원탁 위의 갓을 씌운 램프 불빛 아래 희미한 자태를 드러내고 있었다. 오페라 극장의 지하 깊은 곳에 놓인, 싸구려 티가 나는 무난하고 소탈해 보이는 이 가구들은 마치 환등기를 보는 것 같은 몽환적인 분위기를 풍겼다.

말끔하고 세심하게 정돈되었지만 시대를 착각하게 만드는 이런 방 한가운데서 가면을 쓴 남자의 그림자는 더욱 섬뜩하게 느껴졌다. 그림자는 몸을 숙이더니 페르시아인의 귀에 대고 나지막이 속삭였다.

"이제 좀 정신이 드나, 다로가? 이 가구들이 보이지? 불쌍한 내 어머니가 물려주신 것들이라네…"

그러고 나서 그림자는 뭐라고 더 말을 했지만 페르시아인은 기억을 하지 못했다. 하지만 세월이 멈춰버린 듯한 이 루이-필립 풍의 방 안에서 말을 했던 게 오직 에릭 혼자였다는 사실만은 (이상하게도) 그의 기억에 또렷이 남아 있었다. 크리스틴 다에는 마치 묵언수행하는 수녀처럼 말없이 주변을 오가기만 했다. 그녀가 작은 찻잔에 음료수인지 차인지 모를 것을 내오자, 가면을 쓴 남자가 그것을 받아 페르시아인에게 건넸다.

샤니 자작은 여전히 잠들어 있었다.

에릭은 약간의 럼주를 다로가의 찻잔에다 부어준 다음, 누워있는 자작을 가리키며 말했다.

"그는 괜찮을 거야… 잠을 자고 있을 뿐이니 깨우지 않는 게 좋아…"

에릭이 잠시 방을 나간 뒤 페르시아인은 팔꿈치로 겨우 일어나 주위를 둘러보았다. 벽난로 구석에 조용히 앉아있는 크리스틴 다에의 하얀 윤곽이 보였다. 그는 그녀의 이름을 부르며 말을 붙여 보려 했지만 기운이 없어 그만 베개 위에 고개를 떨구고 말았다. 크리스틴은 말없이 그에게 다가와 이마를 짚어본 뒤 제자리로 돌아갔다. 페르시아인은 그녀가 바로 곁에 잠들어 있던 샤니 자작에게는 눈길 한번 주지 않았다고 회상했다. 그녀는 벽난로 구석에 있는 안락의자로 돌아가 묵언수행 하는 수녀처럼 가만히 앉아 있었다.

잠시 후에 돌아온 에릭은 벽난로 위에 작은 병 하나를 올려놓았다. 그리고 페르시아인의 머리맡으로 와서 맥을 짚어보더니 샤니 자작을 깨우지 않으려는 듯 목소리를 낮춰 말했다.

"이제 두 사람을 다 살려낼 수 있겠군. 내가 곧 두 사람을 지상으로 데려다 줄 거야. 그래야 내 아내가 기뻐할 테니…."

말을 마치자 그는 아무 설명도 없이 자리에서 일어나 다시 어디론가 사라졌다.

페르시아인은 램프 불빛에 비친 크리스틴 다에의 옆모습을 가만히 바라보았다. 그녀는 종교서적인 듯, 단면이 금박으로 칠해진 작은 책을 읽고 있었다. 페르시아인의 귓가에 조금 전 에릭이 했던 말이 맴돌았다. '그래야 내 아내가 기뻐할 테니…'

다로가는 다시 작은 소리로 크리스틴을 불러보았지만 책에 깊이 빠졌는지 전혀 듣지 못했다.

에릭은 곧 다시 돌아와서 페르시아인에게 물약을 건네며, 자기 '아내'는 물론 누구에게도 말을 걸지 말라고 충고했다. 그렇지 않으면 모두의 건강에 좋지 않을 거라면서…

페르시아인은 머릿속에 에릭의 검은 그림자와 크리스틴의 하얀 윤곽이 방 안을 조용히 돌아다니다가 종종 샤니 자작을 내려다보곤 하던 잔영이 아직도 생생하다고 했다. 거울 달린 옷장 문을 여닫는 작은 소음에도 머리가 아플 만큼 허약한 상태였던 페르시아인은 결국 샤니 자작처럼 깊이 잠이 들고 말았다.

다시 눈을 떴을 때 그는 자기 집에서 충직한 하인 다리우스의 간호를 받고 있었다. 다리우스가 간밤에 집 앞에서 쓰러져있는 그를 발견했다고 했다. 누군가 거기까지 데려다 준 것이 분명했다. 사라지기 전에 초인종을 누른 것으로 보아 그를 도와주려 했던 것 같다고 했다.

다로가는 기력을 회복하자마자 필립 백작의 집에 사람을 보내 안부를 물었다. 하지만 놀랍게도 젊은 자작은 행방불명 상태이며 필립 백작은 이미 사망했다는 대답이 돌아왔다. 백작의 시체는 스크리브가 바로 근처, 오페라극장의 호숫가에서 발견되었다고 했다. 그 말을 듣는 순간 페르시아인은 거울방 벽 너머로 들었던 진혼곡을 떠올렸다. 무슨 일이 일어났었는지, 누가 그런 일을 저질렀는지 훤히 알 것 같았다. 에릭을 너무나 잘 알고 있는 그로서는 사건을 재구성하는 것이 그리 어려운 일이 아니었다. 동생이 크리스틴 다에를 납치했다고 생각한 필립은 동생이 도피할 것으로 예상한 브뤼셀가로 곧장 내달렸을 것이다. 하지만 두 젊은 남녀를 만나지 못하고 돌아왔고, 문득 동생이 연적이라 말했던 불가사의의 인물을 생각해냈을 것이다. 동생이 무슨 짓을 할지 두려웠던 백작은 지옥 같은 지하의 미궁 속으로 따라 들어갔을 것이다. 죽음의 호수를 관리하는 사이렌 요정과 노랫소리… 결국 호숫가에서 백작의 시체가 발견된 사연 등… 페르시아인이 눈으로 보고 귀로 들었던 것은 그 어느 것 보다도 사건의 정황을 잘 설명해주고 있었다.

페르시아인은 가만히 앉아 있을 수 없었다. 이런 충격적인 소식을 듣고 자작과 크리스틴의 행방을 모르는 척할 수는 없었다. 그는 모든 사실을 사법당국에 알리기로 결심했다.

이 사건을 포르 판사가 담당하게 되었다는 소식을 들은 페르시아인은 그의 집 문을 두드렸다. 의심 많고 속물적이며 경솔한 예심판사가 (적어도 내 생각에는 그렇다) 다로가의 방문을 어떻게 받아들였을지는 짐작하고도 남음이 있다. 그는 페르시아인을 미친 사람 취급했다.

자기 말을 아무도 믿어주지 않는 데에 실망한 페르시아인은 모든 사연을 글로 남기기로 했다. 사법당국은 그의 증언을 무시했지만, 신문사에서는 기사로 다뤄 줄지도 모른다고 생각했던 것이다. 그리고 어느 날 저녁, 여러분이 앞에서 읽은 글을 마지막으로 손질하고 있을 때에 낯선 사내 하나가 그를 찾아왔다. 다리우스가 그에게로 와서, 웬 낯선 사람이 찾아왔는데, 이름뿐만 아니라 얼굴도 밝힐 수 없으며 전직 다로가를 직접 만나기 전에는 절대로 돌아가지 않겠다고 말했다고 전했다. 그는 수상한 방문객이 누구인지 즉시 알아채고 그를 즉시 안으로 모시라고 했다. 다로가의 예상은 맞아떨어졌다!

그는 바로 유령… 아니 에릭이었다!

그는 매우 병약해 보였고, 금세 쓰러질 듯 벽에 기대어 있었다. 모자를 벗자 밀랍처럼 창백한 이마가 드러났다. 얼굴의 나머지 부분은 모두 가면으로 가려져 있었다.

페르시아인이 앞을 막아서며 말했다. "필립 백작을 죽였더군! 그의 동생과 크리스틴 다에는 어떻게 했나?"

페르시아인이 쏘아붙이자 에릭이 비틀거렸다. 한참을 침묵하던 그가 간신히 걸어가 안락의자에 쓰러지듯 앉더니 깊은 한숨을 내쉬었다. 그리고 겨우겨우 짧은 단어들을 이어가며 말을 시작했다.

"필립 백작 얘기는 내게 묻지 말게… 그 사람… 내가 집에서 나갔을 땐… 이미 죽어있었어… 이미 사이렌이 노래를 불렀고… 그건 사고였어… 유감스러운 일이야… 정말 유감스럽지만… 그건 사고였어… 단지 호수에서 익사했을 뿐이야…"

"거짓말하지 말게!" 페르시아인이 소리쳤다.

그러자 에릭은 고개를 숙인 채 이렇게 말하는 것이었다.

"내가 온 건… 필립 백작 얘기를 하기 위해서가 아니야… 내가 곧 죽을 거라는 얘길 해주려고 왔네…"

"라울 드 샤니와 크리스틴 다에는 어디에 있나?"

"사랑 때문이야, 다로가… 나는 사랑 때문에 죽는 거라구… 결국 이렇게 됐어… 그녀를 정말 사랑했는데… 지금도 그녀를 여전히 사랑하고 있다네… 다로가, 나는 정말 사랑 때문에 죽는 거야… 그녀가 작별을 고하며 진심으로 내게 키스를 해주었을 때… 그녀는 얼마나 아름다웠는지… 정말 난생 처음이었네… 누군가로부터 진심 어린 키스를 받아본 건… 자네도 알지? 그녀는 정말 죽고 싶을 만큼 아름다웠다네!"

페르시아인이 자리에서 벌떡 일어나 에릭의 팔을 잡아 흔들며 말했다.

"그녀가 살았는지 죽었는지나 어서 말해!"

"내게 묻지 말게… 곧 죽는 건 바로 나란 말일세… 내가 키스 할 때 그녀는 분명 살아 있었어…" 에릭이 간신히 대답했다.

"그럼 지금은 죽었다는 얘긴가?"

"난 그녀의 이마에 입을 맞췄어… 내 입술이 다가오는데도 전혀 물러서지 않더군… 아 정말 착한 여자였어… 나는 그녀가 죽었다고 생각하지 않아… 어차피 나와는 상관없는 얘기지만… 아냐! 그녀는 죽지 않았어! 어느 누구든 그녀의 머리카락 한 올도 건드려서는 안 되네! 자네의 목숨을 구해준 사람은 용기 있고 진실한 그녀였어! 내가 주저 않고 자네를 죽이려는 순간, 자네를 구원해준 게 바로 그녀였단 말일세! 다로가… 사실 자네가 어찌 된다고 아쉬워할 사람은 아무도 없지 않나… 대체 자네는 왜 그 애송이를 데리고 날 찾아온 건가? 자네는 거기서 죽을 운명이었어… 크리스틴은 청년을 살려달라고 애원했지… 하지만 전갈을 돌렸으니 내가 당신의 약혼자라고 냉정히 말했네. 한 여자에게 두 명의 약혼자는 있을 수 없다고 말이야… 그때 자네는 존재하지도 않았네. 다시 말해 다른 한 명의 약혼자와 함께 죽임을 당할 운명이었지…

　다로가, 내 말을 잘 듣게. 물난리 속에서 자네와 청년이 비명을 지르자 크리스틴은 내게 와서 파란 눈을 깜박이며 맹세했어… 그 친구를 구해주면 진짜 내 아내가 되어주겠다고! 난 그때까지 그녀의 눈동자 속에서 죽은 여인만을 보았네… 하지만 그녀의 눈빛은 진실한 영혼을 담고 있었네. 자살도 하지 않겠다고 했어. 그렇게 우리의 거래가 끝났네. 삼십 분 뒤에 물은 다시 호수로 빠져나갔고… 나는 자네를 구했지… 그대로 내버려두었다면 자넨 죽었을 거야. 그렇게 된 거라네! 그리고 난 자네를 지상의 집까지 데려다주었지! 자네와 그 청년을 루이-필립 풍의 방에서 내보낸 뒤에 나는 혼자서 방으로 되돌아왔지…"

　"샤니 자작은 어떻게 한 건가?" 페르시아인이 에릭의 말을 끊고 물었다.

　"아! 다로가… 자네도 알겠지만… 그를 바로 지상으로 돌려보낼 수는 없었네… 말하자면 볼모였던 셈이지… 그렇다고 그 친구를 언제까지나 호수의 거처에 데리고 있을 수도 없었지. 크리스틴 때문에 말야… 그래서 나는 그를 움직이지 못하게 만든 뒤 (사실은 마잔다란의 향수로 기절을 시켰네.) 오페라극장 지하 5층보다 더 밑에 있는 코뮌 병사들의 지하 저장고에 편히 모셔 두었어. 그곳이라면 사람들 눈에 띌 리도 없고 아무리 소리 질러도 들을 사람이 없으니까… 나는 그제야 마음을 놓고 크리스틴 곁으로 돌아왔지… 그녀는 나를 기다리고 있었어…

여기까지 이야기하고 유령은 엄숙한 태도로 자리에서 일어섰다. 그 태도가 어찌나 진지했던지 페르시아인도 저절로 안락의자에서 따라 일어나야 했다.

"그래! 그녀는 날 기다리고 있었어!" 에릭은 정말로 감정에 복받친 듯 몸을 떨면서 말을 이어갔다. "…살아있는 진짜 약혼자로서, 그녀는 나만을 생각하며 나를 기다리고 있었던 거야… 진짜 살아있는 배우자로서 말이야… 그리고 내가 아이처럼 수줍게 다가가는데도 피하지 않았어… 아니, 피하기는커녕 자리에서 일어나 날 맞아주었지… 나를 기다렸던 거야… 다로가, 게다가 말이야… 그녀는 살며시… 그래, 많이는 아니었지만… 살며시 자신의 이마를 내밀었어… 살아있는 진짜 아내처럼 말이야… 나는 바로 그 이마에 입을 맞추었지… 내가, 내가 말이야! 그녀는 분명 살아있었어! 내가 이마에 입을 맞춘 뒤에도 그녀는 당연하다는 듯 내 곁에 머물러 주었네… 아! 다로가… 누군가에게 키스를 한다는 건 정말 달콤한 일이더군… 아마 자네는 모를 거야… 난 말일세… 내 어머니에게조차… 불쌍한 내 어머니에게조차 키스를 받아본 적이 없네… 어머니는 나를 피했지… 그리고 내게 가면을 던져주었어… 그 어떤 여자와도… 단 한번도 키스를 해 본 적이 없었어… 아! 아! 그러니 내가 어찌… 어찌 그런 행복 앞에서 눈물을 흘리지 않을 수 있겠나? 난 눈물을 흘렸어… 그녀의 발 앞에 무릎을 꿇고 흐느꼈지… 다로가, 자네도 우는군! 그래, 그녀도 울었다네… 나의 천사도 울고 있었어…"

그렇게 이야기하며 에릭은 흐느꼈다. 마스크를 쓴 사내가 고통과

감격에 겨워 두 손으로 가슴을 움켜진 채 어깨를 들썩이는 모습을 보고 페르시아인도 눈물을 참기 어려웠다.

"오! 다로가… 그녀의 눈물이 내 이마를 타고 떨어지는 게 느껴졌어… 바로 내 이마 위로 말이야! 따뜻하고 부드러운 눈물이었어! 그녀의 눈물은 내 가면 뒤의 얼굴을 적셨지! 내 눈물과 섞여서 내 입술까지 흘러내렸어… 아, 그녀의 눈물이 내 얼굴을 적셨다네… 다로가, 잘 들어 보게… 내가 어떻게 했는지 아나? 난 그녀의 눈물을 한 방울도 놓치지 않으려고 가면을 벗어 버렸어… 하지만 그녀는 피하지 않았네! 그녀는 분명 살아 있었고, 그렇게 살아서 눈물을 흘리고 있었어! 나를 위해서… 나와 함께… 우리가 함께 눈물을 흘린 거지! 오, 주여! 나에게 이런 행복을 주시다니…"

에릭은 거친 숨을 몰아쉬며 안락의자에 다시 주저앉았다.

"아, 난 아직 죽지 않아… 아직은 말이야… 그러니 날 울도록 내 버려두게."

그리고 잠시 뒤 가면 쓴 남자가 이야기를 계속했다.

"이보게 다로가, 내 말 좀 들어보게… 내가 그녀 발 앞에 웅크리고 있을 때, 그녀가 이렇게 말하는 걸 들었다네… '가엾은 에릭…' 그러면서 내 손을 잡아 주었네… 그때 난 한 마리 개처럼 언제든 그녀를 위해 죽을 준비가 되어 있었어… 정말이야, 다로가!

상상해 보게! 그때 내 손에는 그녀에게 주었던 반지가 쥐어져 있었어… 그녀가 잃어버린 걸 내가 다시 찾아냈었지… 결혼반지였어… 나는 그 반지를 그녀의 가냘픈 손가락에 끼워 주면서 말했네… 자, 이걸 받아요… 당신을 위한 거요… 그리고 그를 위한 거기도 하오… 나의 결혼선물이오… 불쌍한 에릭이 주는 선물… 당신이 그를, 그 청년을 사랑한다는 걸 알고 있어요… 이젠 울지 말아요… 그러자 그녀가 아주 부드러운 목소리로 그게 무슨 말이냐고 묻더군. 그래서 그녀에게 설명해 주었네. 그녀도 내 말을 이해했어… 내가 그녀를 위해 죽을 준비가 되어 있다는 걸… 나는 원하면 언제든 그 젊은이와 결혼해도 된다고 했어… 왜냐하면 그녀는 나와 함께 울어 주었으니까… 아! 다로가… 생각해봐… 그녀에게 그런 말을 할 때 내 심장은 갈기갈기 찢어지는 것처럼 고통스러웠네… 하지만 그녀는 나와 함께 울어 주었어… 그리고 '가없은 에릭'이라고 말해 주었지…"

에릭은 감정이 격해져 숨이 찼는지 가면을 벗어야겠다며 페르시아인에게 쳐다보지 말아달라고 부탁했다. 다로가는 창가로 가서 창문을 열고 튈르리 공원의 가장 높은 나뭇가지에 시선을 두었다. 그의 이런 행동에는 에릭에 대한 연민과 함께 괴물의 얼굴을 다시는 보고 싶지 않다는 마음도 숨어 있었다.

에릭이 이야기를 계속했다. "나는 바로 그 젊은이를 풀어주러 갔네. 크리스틴에게 함께 가자고 했지… 루이-필립풍의 방에서 만난 두 사람은 내 눈앞에서 부둥켜안았네… 크리스틴은 내가 준 반지를 끼고 있었어. 크리스틴에게 맹세해달라고 말했어… 내가 죽거든 스크리브가의 호숫가에 그 반지와 함께 나를 묻어달라고… 하지만 그때까지는 내가 준 반지를 끼고 있어 달라고… 나는 그녀에게 내 시체를 어떻게 찾고 물어야 할지 일러주었어… 그러자 크리스틴은 처음으로 내 이마에 입을 맞추었네… 이 이마에 말이야… (나를 돌아보지 말게, 다로가!) 그리고 두 사람은 함께 떠났네… 크리스틴은 더 이상 울지 않았어… 나만 혼자서 눈물을 흘렸지… 다로가… 다로가… 크리스틴이 약속을 잊지 않았다면 다시 돌아올 걸세."

여기까지 이야기하고 에릭은 입을 다물었다. 페르시아인도 더 이상 아무것도 묻지 않았다. 라울 드 샤니와 크리스틴 다에 두 사람의 운명에 대해서는 안심해도 되겠다는 생각이 들었다. 그날 밤 에릭의 눈물을 본 사람이라면 누구도 그의 말을 의심할 수 없었을 것이다.

다시 가면을 쓴 괴물은 기운을 추스른 뒤 다로가에게 작별인사를 했다. 그는 죽음이 가까워오는 게 느껴지면 옛 친구가 베푼 선행에 대한 감사의 뜻으로 자신의 가장 소중한 것들을 보내주겠다고 했다. 나중에 그가 보내준 것은 크리스틴 다에가 라울을 걱정하며 쓴 편지들과 손수건 두 장, 장갑 한 켤레, 구두끈 등 그녀의 소지품들이었다. 에릭은 샤니 자작과 크리스틴이 자기한테서 풀려나자마자 파리 북역을 향해 떠났다고 했다. 어느 조용한 마을에 있는 신부님을 찾아가 둘만의 행복한 보금자리를 마련하기 위해서라고 했다. 마지막으로 에릭은 자신이 약속한 유품들과 편지를 받으면 즉시 두 사람에게 자신의 죽음을 알려달라고 부탁했다. 「에포크」지의 부고란에 단 한 줄만 내주면 된다고 했다.

그게 전부였다.

페르시아인은 현관까지 에릭을 배웅했고, 다리우스가 보도 위까지 그를 부축해 주었다. 에릭은 대기하고 있던 합승마차에 올라탔다. 다시 창가로 다가간 페르시아인의 귀에 에릭이 마부에게 하는 소리가 들렸다.

"오페라 앞 광장으로!"

합승마치는 어둠 속으로 사라졌다. 페르시아인은 이 가엾고 불행한 사내가 사라지는 모습을 한동안 지켜보았다.

그로부터 3주 뒤, 「에포크」지에는 다음과 같은 짤막한 부고가 실렸다 .

"에릭, 사망"

에필로그

이상이 오페라의 유령에 얽힌 진실이다. 앞에서도 밝혔지만, 에릭이 실존했던 인물이라는 사실에 대해 이제 아무도 이의를 제기하지 못할 것이다. 지금은 그가 실존했다는 증거들이 너무 많기 때문에 누구든 마음만 먹으면 샤니 형제 사건과 관련한 에릭의 행적을 밝혀낼 수 있게 되었다.

이 사건이 파리 시민들에게 준 충격은 새삼 말할 필요도 없다. 납치된 여가수, 샤니 백작의 이상한 죽음, 사라진 그의 동생 그리고 한꺼번에 잠들어버린 세 명의 오페라극장 조명담당자 등등⋯ 라울과 아름다운 크리스틴의 사랑을 둘러싸고 얼마나 많은 사건과 사고들이 잇달았던가! 이제는 이름조차 잊혀져 버린 그 아름답고 신비한 여가수는 그 뒤에 어떻게 되었을까? 두 형제와의 삼각관계 때문에 희생된 것으로만 알려졌을 뿐, 그녀에게 실제로 무슨 일이 일어났는지에 대해 아는 사람은 아무도 없었다. 필립 백작이 의문의 변사체로 발견된 뒤, 라울과 크리스틴이 행복을 찾아 누구의 눈에도 띄지 않는 곳으로 도피했을 거라고는 누구도 상상하지 못했다. 두 사람은 파리 북역에서 기차를 탔다고 했다…

포르 판사가 서둘러 사건을 마무리한 뒤에도 많은 신문사들이 이 한동안 기상천외한 사건(범죄와 실종)을 배후에서 조종한 악마의 정체를 파헤치려고 노력했다. 그중 무대 뒤의 사정에 정통하다는 한 신문사에서는 이런 제목으로 기사를 뽑기도 했다.

"오페라의 유령이 사건의 주범!"

하지만 이 기사 역시 사람들의 냉담한 시선 속에서 잊혀져 갔다.

페르시아인의 말은 아무도 믿으려 하지 않았다. 에릭의 방문 이후 사법당국을 한차례 찾아갔지만 아무 효과도 없었다. 이후로 페르시아인은 사실을 알리려는 노력을 포기했고, 결국 진실은 그 혼자만의 것이 되었다.

페르시아인은 유령이 유품과 함께 보낸 중요한 증거물들을 간직하고 있었다.

다로가의 도움을 얻어 증거물들을 복원하는 일은 이제 내게 맡겨졌다. 나는 새로 조사한 내용들을 매일매일 페르시아인에게 보고했고, 그는 진위 여부를 일일이 확인해 주었다. 오페라극장에 가 본 지 오래되었음에도 그는 여전히 이 건물 구석구석을 기억했고, 세세한 것들까지 지적해 주었다. 그는 어디에 가서 누구한테 물어보면 쉽게 정보를 얻을 수 있는지도 가르쳐주었다. 가엾은 폴리니 씨의 죽음이 임박하자 그의 집을 찾아가 보라고 일러준 것도 페르시아인이었다. 나는 폴리니 씨를 전혀 알지 못했고, 유령에 대한 질문을 꺼냈을 때 그가 어떤 반응을 보일지도 전혀 예측할 수 없었다. 실제로 내가 유령에 대한 질문을 꺼내자 폴리니 씨는 악마라도 만난 듯 나를 쳐다보며 앞뒤가 맞지 않는 말들을 늘어놓았다. 나는 그가 한창 나이에 방탕에 빠진 것이 (폴리니 씨는 흔히 탕아라고 불리는 인물의 전형이었다.) 오페라의 유령 때문이었다는 걸 짐작할 수 있었다.

폴리니 씨를 찾아갔지만 별 성과가 없었다고 말하자 다로가는 희미한 미소를 지으며 이렇게 말했다. "폴리니는 에릭의 사기에 (페르시아인은 에릭을 무슨 신처럼 말하기도 하고 때로는 형편없는 불한당으로 묘사하기도 했다.) 자신이 놀아났다는 생각조차 하지 못한다네. 폴리니가 미신에 빠져 있다는 걸 에릭은 잘 알고 있었지. 게다가 그는 공사를 막론하고 오페라극장과 관련된 것이라면 모르는 게 없었으니… 한번은 5번 박스석에서 정체불명의 목소리가 폴리니의 하루 일과며 동료들과의 사소한 문제들까지 속속들이 늘어놓는 바람에 그가 줄행랑을 친 적도 있었다. 그는 목소리가 하늘에서 들려왔고 자기가 천벌을 받는 거라고 생각했다는군. 하지만 다음번에 목소리가 돈을 요구하자, 그는 드비엔에게도 사기를 친 적이 있는 공갈범의 소행이라 생각하게 되었지. 그러지 않아도 이런저런 이유로 극장 경영에 흥미를 잃고 있던 터라, 두 사람은 오페라의 유령에 대해 더 알아보려 하지도 않고 미련 없이 극장을 떠나 버렸네. 세상의 웃음거리가 되기 싫어서 모든 의혹을 후임자들에게 떠넘겨 버린 거지."

페르시아인에 의하면 에릭은 루앙 근처의 작은 마을에서 태어났다. 아버지는 석공이었는데 끔찍한 외모 때문에 부모마저도 자식을 멀리했다고 한다. 그는 어린 나이에 가출하여 한동안 '살아있는 해골'의 모습으로 시장의 구경거리로 떠돌며 연명했다. 이후 그는 유럽 전역의 시장들을 떠돌면서 집시들로부터 기예와 마술을 배우게 된다. 하지만 이 시기 에릭의 행적에 대해서는 알려진 것이 많지 않다. 에릭이 다시 모습을 나타낸 건 니즈니노브고로드의 장터에서였다. 그곳에서 그는 대단한 명성을 누렸는데, 이 세상 어느 누구보다도 멋지게 노래를 불렀고 복화술에도 능했으며 온갖 곡예도 훌륭하게 해냈기 때문이었다. 그의 재능을 보고 감탄한 대상들이 아시아로 돌아가서도 그에 대한 찬사를 아끼지 않았다. 이런 그의 명성은 마잔다란의 궁전까지 전해져 황제의 총애를 받으며 무료한 나날을 보내던 어린 왕비의 귀에까지 들어갔다. 때마침 사마르칸트에 들른 한 모피상이 니즈니노브고로드의 장터에서 에릭이 보여준 놀라운 기예들에 대해 떠들고 다니자 궁전에서 그 상인을 불러들였다. 이때 그를 심문한 사람이 바로 다로가였으며, 결국 그가 에릭을 페르시아로 데리고 오는 임무를 맡게 되었다. 페르시아로 불려온 에릭은 처음 몇 달 동안 나는 새도 떨어뜨릴 만한 권세를 맛보며 좋은 시절을 보냈다. 당시 그는 마치 선악을 분별 못하는 짐승처럼 온갖 악행을 서슴지 않았는데, 몇몇 정치인의 암살에 관여하기도 하고 악랄한 수단을 동원하여 아프가니스탄의 군주를 제거하기도 했다. 당연히 그는 황제의 총애를 한 몸에 받게 되었다. 바로 그 무렵, 다로가의 이야기에도 언급된 '마잔다란의 장밋빛 시절' 궁전이 착공된다.

에릭은 건축에서도 뛰어난 재능을 발휘했다. 평소 마술상자 같은 궁전을 꿈꾸던 그는 마침 새로운 궁전을 지으라는 왕의 명령을 받고서 이를 시험해 보기로 한다. 그가 새로 완성한 궁전에서 왕은 누구의 눈에도 띄지 않고 돌아다닐 수 있었고, 갑자기 쥐도 새도 모르게 사라지기도 했다. 하지만 그런 특이한 궁전의 주인이 되고 난 뒤 왕은 과거 어느 러시아 황제가 크렘린 성당을 건축한 천재 건축가에게 그랬듯이 에릭의 황금빛 두 눈동자를 도려내라는 명령을 내린다. 하지만 에릭이라면 눈이 멀더라도 다른 군주를 위해 더 멋진 비밀궁전을 지어줄 수 있으리라 생각한 왕은 에릭을 죽이고 궁전 건축에 참여한 모든 사람들을 죽이라고 명령한다. 이 끔찍한 명령을 받은 사람이 바로 마잔다란의 다로가였다. 에릭에게 친밀한 관계를 유지했고 도움을 받은 적도 있던 다로가는 에릭을 도망치게 해 목숨을 구해준다. 하지만 다로가는 임무를 소홀히 한 대가로 목숨을 내놓아야 하는 처지가 되었다. 그때 마침 카스피해 연안에 바닷새에게 반쯤 뜯어 먹힌 익사체 하나가 떠내려왔다. 다로가의 친구들이 그 시체를 에릭의 시신으로 조작했고 덕분에 다로가는 겨우 목숨을 구할 수 있었다. 하지만 그는 왕의 총애를 잃었고 특권과 재산을 모두 잃고 추방되는 신세를 면할 수 없었다. 그래도 왕족 출신이었기에 파리에 은둔한 뒤에도 그는 페르시아의 국고로부터 매달 몇백 프랑의 연금을 받을 수 있었다.

한편, 소아시아를 거쳐 콘스탄티노플로 도망친 에릭은 그곳에서 다시 술탄의 휘하에 들어갔다. 터키혁명 이후 이을디즈 궁전의 정자에서 발견된 수많은 비밀금고들과 비밀의 방 그리고 수많은 덫들이 그의 작품들이었다. 늘 살해 위협에 시달리는 술탄에게 그가 얼마나 든든한 존재였는지 짐작할 수 있다. 군주와 똑같은 용모에 똑같은 옷을 입힌 자동인형을 고안해, 왕이 잠도 자지 않고 정무를 돌본다는 믿음을 백성들에게 심어준 것도 바로 에릭이었다.★

하지만 결국 에릭은 페르시아에서 도망쳤던 것과 같은 이유로 술탄으로부터 도망쳐야 했다. 그가 너무 많은 것을 알고 있기 때문이었다. 자신의 기구한 운명에 회의를 느낀 에릭은 평범한 삶을 꿈꾸기 시작했다. 그는 보통 사람들처럼 평범한 벽돌공으로 살고 싶었다. 프랑스로 건너온 그는 오페라극장의 기반공사 일을 맡게 되었다. 하지만 거대한 건물의 지하에서 생활하던 그에게 다시 공상가이자 마술사이며 예술가의 기질이 되살아난다. 더구나 그는 영원히 추악한 외모를 간직한 채 살아야 할 운명이었다. 그는 지상으로부터 멀리 떨어진, 사람들의 시선을 피할 수 있는 지하에 영원한 비밀의 거처를 마련하고 살겠다고 마음 먹었다.

그 다음의 이야기는 독자 여러분도 알고 있는 바와 같다. 이런 기구한 사연으로 인해 믿을 수 없는 드라마가 진짜로 일어나게 된 것이다. 가엾은 에릭… 우리는 그를 동정해야 할까? 아니면 증오해야 할까? 그는 보통 사람들처럼 평범하게 살고 싶어 했지만 그러기에는 너무나도 흉측한 외모를 가지고 태어났다. 평범한 얼굴을 가졌더라

★ 테살로니키 군대가 콘스탄티노플로 진격한 뒤, 「르 마탱」지 특파원이 모하메드-알리 총통과 한 인터뷰 중에서.

면 고귀한 인물이 되었을 그는 재능을 숨기고 그 재능으로 남을 속이는 길을 선택할 수밖에 없었다. 온 세상을 품을 수 있는 가슴을 가졌음에도 그는 어두운 지하에서 생을 마감해야 했다. 그러니 어떻게 우리가 오페라의 유령을 가엾이 여기지 않을 수 있겠는가? 그가 행한 수많은 죄악에도 불구하고 감히 나는 그의 주검 앞에 신의 가호를 빌어주려 한다.

신이여, 그를 불쌍히 여기소서! 어찌하여 그에게 그토록 흉측한 얼굴을 주셨나이까?

가수들의 육성녹음을 묻으려던 장소에서 유골을 꺼냈을 때에도 나는 에릭의 것이 분명한 시신 앞에 기도를 드렸다. 그것을 에릭의 유골이라고 확신한 것은 유해가 흉측해서가 아니었다. 사람이 죽어 시간이 지나면 모든 육신은 흉측해지기 마련이다! 내가 그를 알아본 것은 손가락에 끼워진 금반지 때문이었다. 크리스틴 다에가 글르묻기 전 약속대로 직접 끼워 주었을 그 금반지!

유골은 작은 샘터 옆에서 발견되었다. 음악의 천사가 떨리는 손으로 기절한 크리스틴 다에를 안고 극장의 지하로 와 내려놓았다. 그 곳이었다.

그렇다면 이제 그의 유골을 어떻게 해야 할까? 다른 유골들과 함께 구덩이에 파묻어 버려야 할까? 이제 나는 감히 말하려 한다. 오페라의 유령의 유골이 있어야 할 곳은 바로 국립음악원의 기록보관소라고! 왜냐하면 그것은 그냥 평범한 유골이 아니었기 때문이다.

소설과 함께 보는
뮤지컬 오페라의 유령

소설 작품해설

소설 오페라의 유령을 읽기 위해 알아야 할 것들

뮤지컬 작품해설

유령과 함께 펼치는 지상 최대의 쇼
뮤지컬 〈오페라의 유령〉, 그 명곡 속으로

소설 오페라의 유령을 읽기 위해 알아야 할 것들

박찬규 / 옮긴이

가스통 르루는 뮤지컬과 영화 등으로 유명한 『오페라의 유령』의 원작자로만 알려져 있지만 사실은 당대에 최고의 인기를 누리던 추리소설 작가였다. 또 이전에 그는 세계의 위험한 분쟁지역들을 목숨 걸고 누비며 역사의 현장을 생생하게 증언하던 열혈 기자였고 그보다도 전에는 아버지의 뜻을 따라 법관이 되기 위해 파리로 올라온 젊은 법학도이기도 했다. 이런 작가의 이력은 19세기 말의 한 프랑스 작가가 추리와 호러와 로맨스와 모험과 환상이 뒤섞인, 독특한 작품을 완성하게 된 배경을 이해하는 데에 도움이 될 것이다.

사건을 찾아 떠나는 모험

가스통 르루는 유복한 집안 출신이었다. 할아버지는 노르망디에서 선박 제조회사를 운영했으며 아버지도 국가에 물품을 납품하며 많은 재산을 모았다. 어릴 적부터 영특하여 학창시절 성적도 좋았고, 무엇보다 활기 넘치고 매사에 열정적이었다. 그런 그를 아버지는 법률가로 키우고 싶어 했다. 아버지의 바람대로 가스통은 학교를 졸업한 뒤 파리로 올라가 법학을 공부한 뒤 법률 사무소의 서기가 되었다. 아무도 그가 훌륭한 법관이 되어 성공할 것이란 걸 의심하지 않았다.

하지만 아버지의 갑작스런 죽음은 그의 운명을 바꾸었으며 호협 활달한 그의 성격과 재능을 전혀 다른 방향으로 이끌었다. 아버지의 사망과 함께 가스통에게는 백만 프랑의 막대한 유산이 남겨졌는데, 그는 이 돈을 반년 만에 도박과 유흥에 모두 탕진해 버렸다. 육 개월의 방탕한 삶 뒤에 그가 깨달은 것은 법률가의 길이 자신과 맞지 않는다는 사실이었다. 그리고 그는 자신이 문학에 남다른 열정과 재능을 가지고 있다는 것도 알게 되었다.

그는 일간지 「르 마탱」지의 법원 출입기자로 저널리스트로서의 이력을 시작한다. 단순히 사건을 기술하는 게 아니라 독자들의 마음을 움직이는 이야기를 만들어낼 줄 알았던 그는 단박에 신문독자들의 마음을 사로잡는다.

르루는 역사적인 사건이 벌어지는 곳이면 세계 어디든 위험을 마다않고 달려가 진상을 파헤치는 열혈 기자가 되었다. 1905년에는 특파원이 되어 러시아혁명의 현장을 취재하기도 했고, 화산 폭발을 취재하기 위해 용암이 끓어오르는 베수비오 산을 기어오르기도 했다. 터키에서 일어난 폭동을 취재하기 위해 아랍인으로 변장하여 현장에 들어가기도 했고, 독일제국의 빌헬름2세와 러시아 차르의 정상회담 때엔 차르의 요리사를 친구로 사귀어 수행원으로 가장하기도 했다. 무엇보다 그는 이런 사건과 자신의 경험을 엮어 한 편의 드라마틱한 이야기로 엮어내는 재능을 가지고 있었다. 그가 쓴 기사들은 독자들의 마음을 사로잡았으며 신문의 판매부수를 치솟게 했다.

신문기자로 승승장구하던 그가 소설가로 변신한 이유는 확실하지 않다. 어쩌면 어릴 때부터 내면에 깊이 간직하고 있던 문학에 대한 열정 때문이었을지도 모른다. 누가 뭐래도 그는 당대의 문호인 스탕달과 위고, 졸라를 동경하던 문학청년이었다. 아니, 어쩌면 그때까지 그를 짓누르고 있던 도박 빚의 압박 때문이었는지도 모른다. 한 전기 작가는 르루가 한밤중에 걸려온 편집자의 취재 닦달 전화에 격분해 전화통을 내던진 뒤 충동적으로 신문사를 떠나버렸다고도 한다.

밀실 미스터리의 대가

대중의 마음을 움직이는 데 탁월한 감각을 지닌 그가 택한 쪽은 추리소설이었다. 그의 시대에는 찰스 디킨스, 에드거 앨런 포를 시작으로 추리소설이 하나의 장르로 정착한 시기였다. 그와 함께 '셜록 홈즈 시리즈'의 코난 도일, '아르센 뤼팽 시리즈'의 모리스 르블랑 등이 대중적 인기를 끌며 독자들을 사로잡고 있었다. 특히 셜록 홈즈 시리즈로 세계적인 추리 열풍을 일으킨 코난 도일은 루르의 우상이자 라이벌이었다.

도저히 도망칠 수 없는 밀폐된 공간과 상황에서 범죄사건이 일어나고, 흔적 없이 사라진 범인을 추적하는 내용을 담은 소설을 '밀실 미스터리locked room mistery'라고 부르는데 그가 쓴 『노란 방의 비밀』은 오늘날까지 추리소설 중 이런 밀실 미스터리의 고전으로 통한다.

『노란 방의 비밀』에서 주인공으로 등장한 조제프 룰르타비유는 에드가 앨런 포의 뒤팽이나 코난 도일의 홈즈처럼 탐정계의 히어로로 떠올랐다. 루르는 이후 많은 작품 속에서 기자 출신의 젊은(이 작품에서 룰르타비유는 만 17세의 어린 나이로 등장한다.) 사립탐정을 등장시키며 자신의 고정 독자들을 만들어냈다.

이후에도 르루은 『검은 옷 여인의 향기』(1909), 『살인기계』(1924) 같은 작품들을 히트시키며 명성을 이어나갔지만, 결국 가스통 르루라는 이름을 우리의 기억 속에 영원히 간직하게 해준 작품은 『오페라의 유령』(1910)이었다.

백 년 후의 독자들을 사로잡은 유령

끔찍한 외모로 인해 부모에게서까지 버림받고 세상에 증오를 품은 한 사내가 오페라극장의 지하에 숨어 유령처럼 출몰하며 아름다운 여배우를 납치한다는 이 소설은 발표 당시만 해도 그리 큰 반향을 일으키지 못했다. 왜냐하면 이 소설은 『노란 방의 비밀』과는 완전히 다른 종류의 소설이었기 때문이다. 『노란 방의 비밀』이 하나의 사건에 집중하여 면밀한 추론을 통해 진상을 밝혀내는 정통 추리소설이라면, 이 소설은 다양한 이야기와 사건들이 복잡하게 얽혀질 뿐만 아니라 로맨스, 환상, 공포, 괴기에 공상과학까지, 그야말로 다양한 장르의 특성들을 보여주는 작품이었다.

물론『오페라의 유령』역시 추리소설이라 할 수 있으며 추리소설의 플롯을 가지고 사건이 진행된다. 뮤지컬과 영화로 먼저『오페라의 유령』을 접한 독자들은 이 소설에서 주인공들의 사랑 이야기나 모험, 공포, 환상 등의 요소 등에 주목하느라 이런 사실을 잘 깨닫지 못한다. 하지만 책을 읽으면서 우리는 이 소설이 오페라의 유령이란 미지의 존재를 둘러싸고 벌어지는 온갖 기괴한 현상들의 수수께끼를 얽힌 실타래 풀듯 추리로 풀어가는 과정이란 걸 알게 된다.

하지만 기존의 단순히 추리소설 개념으로 접근하기에 소설 속에서 벌어지는 사건들은 너무나 기괴하고 초현실적이다. 한밤중의 공동묘지에서 해골들이 사람을 쫓아 굴러오고, 여주인공이 거울 속으로 사라지고, 벽에서 아름다운 노랫소리가 들려오고, 지하의 커다란 호수에서 사이렌 요정이 노랫소리로 유혹하여 물속으로 끌어들인다. 벽면이 온통 거울로 된 방에 갇힌 사람들은 자신과 밀림과 사막에 있다는 환상과 환청에 시달리며 죽어간다.

이런 초자연적이고 황당무계한 현상들을 어떻게 현실의 논리 속에서 풀어나갈 것인가? 하지만 소설 초반 내내 독자들을 공포에 사로잡히게 했던 이해할 수 없는 현상들은 소설 후반부로 가면서 하나씩 남김없이 실체를 드러낸다. 물론 너무 많은 수수께끼를 한꺼번에 풀어내려는 강박이 에릭을 초인인 인물로 만들고 거울의 방 같은 무리수로 이어지기도 하지만 말이다!

이를 위해 기자였던 작가가 사건과 이야기들을 쫓아 세계를 돌아다니면서 보고 들었던 견문들과 해박한 지식들이 남김없이 활용된다. 그래서 펀자브의 올가미나 통킹의 해적에게서 배운 물속에서 숨쉬는 방법, 아프리카의 북을 이용해 내는 음향효과 같은 신기한 지식들이 마치 마술사의 트릭처럼 끊이지 않고 등장한다.

이 소설이 출간된 지 100년이 지난 지금 오히려 대중들의 마음을 사로잡게 된 것은 아마 이런 다양한 장르적 요소들 때문일 것이다. 왜냐하면 이것들은 뮤지컬, 영화, 드라마, 애니메이션에서 게임에 이르기까지 오늘날의 대중들이 가장 선호하는 장르 특성들이기 때문이다. 작가가 의도한 것은 아니겠지만, 이 소설이 이후 영화나 뮤지컬 등으로 각색되며 큰 인기를 얻게 된 것도 바로 이런 것들이 소설 속에 모두 녹아들어가 있기 때문일 것이다.

여기에 또 하나, 음악이 빠질 수 없다. 이 소설은 19세기 융성했던 오페라극장을 배경으로 한다. 화려한 무대 위에서 펼쳐지는 노래와 음악 그리고 춤이라는 볼거리가 없었더라면 이 소설은 역사상 유례없는 흥행을 기록한 뮤지컬로 다시 탄생하지 못했을 것이다. 한마디로 작가가 의도했든 하지 않았든, 이 작품은 현대인들의 오감과 상상력을 만족시켜줄 만한 여러 조건들을 두루 갖추고 있다.

문학으로 읽는 오페라의 유령

『오페라의 유령』 이후에도 르루는 왕성하게 작품 활동을 계속했다. 활동한 기간과 작품 수를 따져 보면 거의 일 년에 한 권 꼴로 작품을 생산해낸 셈이다. 이는 고갈되지 않는 열정과 끊이지 않는 아이디어 때문이기도 했지만, 아직까지 헤어나지 못한 도박 빚때문이기도 했다. 르루는 어느 글에서 "나는 마감 시간에 맞춰 나를 쥐어짜야 했다."라고 고백하고 있다. 그리고 『오페라의 유령』은 마침내 그를 괴롭히던 빚으로부터 영원히 해방시켜 주었다. 초기의 반응은 미미했지만 영국과 미국에서 번역되어 출간되면서 작품이 다시 주목을 받기 시작한 것이다. 그리고 이 작품의 가치를 알아본 영화 투자자들이 계약을 위해 르루를 찾기 시작했다. 마침내 1925년, 출간된 지 십여 년 만에 론 채니 주연의 무성영화로 만들어지며 잊힐 뻔했던 오페라의 유령은 다시 지상으로 나온다. 이로 인해 르루는 말년의 아주 짧은 기간 동안이지만 명성과 부를 누릴 수 있었다. 1927년 작가는 눈을 감았고 모두가 알다시피, 오페라의 유령은 세계에서 가장 많은 관객을 동원한 '지상 최대의 쇼'로 재탄생한다.

뮤지컬 〈오페라의 유령〉은 많은 각색이 이루어져, 줄거리뿐만 아니라 내용, 인물 등에서 소설과 많은 차이를 보인다. 무엇보다 소설과 오페라에서 주인공인 에릭(유령)과 크리스틴, 라울이 각각 차지하는 비중이나 성격이 다르다. 소설에서 이야기를 이끌어가는 데에 매우 중요한 역할을 하는 '페르시아인'은 뮤지컬엔 등장하지 않으며, 지리 부인은 소설과는 완전히 다른 인물로 극의 줄거리를 이끈다.

무엇보다 이 소설을 읽는 독자들은 소설과 뮤지컬이라는 두 예술 형식이 지니는 차이를 인식하지 않으면 안 된다. 예를 들어, 이 소설은 뮤지컬의 아름다운 음악과 화려한 스펙터클을 보여주지 못하는 만넌 뮤지컬은 라울과 크리스틴 그리고 에릭 사이에 벌어지는 사랑과 질투, 연민의 섬세한 감정 기류들을 표현해내기 힘들다. 문학에는 문학만이 줄 수 있는 예술적 힘이 있으며 문장으로만 전달할 수 있는 감동이 있다. 따라서 번역자는 감히 독자들에게 이 소설을 읽는 동안 독자들이 영화나 뮤지컬 〈오페라의 유령〉의 잔상을 지우고 오롯이 소설 『오페라의 유령』으로 즐기기를 권한다. 그 뒤에 소설 원작과 뮤지컬이 주는 감동의 차이를 누리고 비교해 보는 것은 여러분이 누릴 수 있는 또 하나의 즐거움이 될 것이다.

유령과 함께 펼치는 지상 최대의 쇼

김호철 / 세종대 문화융합대학원

    천지가 개벽할 듯 웅장한 서곡이 흐르고 마침내 극이 시작되면 위풍당당한 17층 규모의 파리 오페라하우스의 13m 천장으로부터 1톤짜리 거대한 샹들리에 속에 반짝이던 30만개의 유리구슬이 관객의 머리 위를 지나 무대로 떨어져 내립니다. 그리고 5초 만에 전환되는 무대에서는 지하 호수의 자욱한 안개 속을 유유히 떠가는 곤돌라를 비추는 281개의 촛불과 그 촛불에 투영되는 사랑스러운 크리스틴과 카리스마의 끝판왕 팬텀의 극적인 대비가 관객의 눈을 사로잡습니다.

    뮤지컬에 관심 없는 사람들도 다 알고 있는 그 장면! 그 호수를 이루는 물의 양은 40피트 컨테이너 30대분이고 하루에 투입되는 드라이아이스만 해도 250kg이며 그 장면을 위해 필요한 스텝의 수가 무려 140명이나 됩니다. 또한 매회 공연마다 230벌의 기본의상이 필요하며 거기에 망토와 가운까지 합하면 모두 1000여벌에 이르고 주인공 그리스틴 혼사 입는 옷만 20벌이 넘는다니, 도대체 내가 보는 이것이 지금 무대 위에서 실제로 벌어지는 일이 맞는 건지 의심할 정도의 어마어마한 스펙터클이 현실 속에서 펼쳐지는 것입니다.

뮤지컬이 하나의 히트상품으로서 세상에 알려지기 위해서는 거대한 쇼 비즈니스 세계의 철저한 검증을 통과해야 하는데요, 모든 뮤지컬 제작자와 아티스트 그리고 뮤지컬 팬들의 꿈이자 목표인 검증의 결승점은 바로 뮤지컬 시장의 양대 산맥인 런던의 웨스트엔드와 뉴욕의 브로드웨이일 것입니다.

그런데 이 두 곳을 모두 점령하고, 전 세계의 뮤지컬 무대까지 장악하여 전무후무한 기록 경신과 함께 누구도 깰 수 없는 감동의 역사를 지금도 만들고 있는 세계 뮤지컬 역사상 가장 성공한 단 하나의 작품이 바로 1986년 영국의 허 마제스티스 극장에서 초연된 뮤지컬 〈오페라의 유령〉입니다.

세계 최대의 쇼가 펼쳐지다!

신문기자에서 변호사로 그리고 프랑스의 대표적 추리작가로 활약하던 가스통 르루에 의해 발표된 16편의 소설 중 1910년 세상에 발표된 그의 대표작 『오페라의 유령』을 원작으로, 〈지저스 크라이스트 슈퍼스타〉, 〈에비타〉, 〈캣츠〉 등으로 유명한 뮤지컬계의 살아있는 전설 앤드류 로이드 웨버가 작곡하고 〈스타라이트 익스프레스〉, 〈캣츠〉 등에서 활약한 리차드 스틸고우와 〈오페라의 유령〉을 통해 작사가로 데뷔한 찰스 하트가 공동 작사를, 20세기 최고의 무대연출가로 불리는 해롤드 프린스가 연출을, 주의력결핍 과잉행동장애(ADHD) 아동이란 편견을 깨고 집중에너지로의 전환으로 무용을 시작해 후에 로열발레컴퍼니의 멤버가 된 후 웨스트엔드와 브로드웨이를 넘나드는 세계적 무용가 겸 안무가로 세계최고의 로렌스 올리비에 어워드가 그녀를 위해 새로운 상을 만들만큼 손대는 작품마다 성공하는 히트제조기로 불리며 특히 〈캣츠〉를 성공시킨 영국 무용사에 길이 남을 질리언 린이 안무를 맡아 발표 전부터 많은 이들의 기대와 호응을 받은 뮤지컬 〈오페라의 유령〉 제작팀!

사실 가스통 르루의 소설 『오페라의 유령』은 워낙 훌륭한 소재라 이전에도 이 작품을 뮤지컬로 만들려는 몇 번의 시도가 있었고 실제로 발표한 적도 있었지만, 그 누구도 앤드류 로이드 웨버가 이끄는 드림팀을 따라올 수는 없었습니다.

그때까지 본 적도 없고 상상한 적도 없던, 말 그대로 블록버스터 뮤지컬의 등장에 세계인들은 열광했습니다. "어머, 이건 봐야해!"를 연발하게 만드는 입소문은 "한 번도 안 본 사람은 있어도, 한 번만 본 사람은 없다."는 말을 실감하게 하는 '팬텀 마니아'를 만들어냈고, 심지어 상연되는 나라마다 따라다니며 관람하는 '팬텀 페인'을 만들어내며 30여년이 지난 오늘까지 식을 줄 모르는 갈채를 이어오고 있습니다.

하지만 그 수많은 사람들이, 그 오랜 세월동안, 이렇듯 큰 사랑을 보내는 이유는 단지 엄청난 규모의 화려한 무대장치 때문만은 아닐

깃입니다.

긴장감과 상상력을 자극하는 탄탄한 스토리, 그것을 연기하는 배우들의 섬세한 표현력, 그들의 내면을 이끌어 무대 위에 펼쳐놓는 뛰어난 연출력, 무엇보다 세대와 민족을 뛰어넘어 세계인을 감동시키는 앤드류 로이드 웨버의 마법과 같은 음악이 완벽한 조합을 이루고 있기 때문입니다.

뮤지컬 〈오페라의 유령〉은 발표되자마자 뜨거운 호응을 얻어냅니다.

1986년 발표되던 해의 런던 올리비에 어워드 3개 부문 수상을 시작으로, 같은 해 영국 이브닝스탠더드 작품상 수상, 1988년 뉴욕의 토니어워드 7개 부문 수상, 1988년 미국 드라마데스크어워드 7개 부문 수상, 1988년 미국 비평가협회상 수상 등의 기록을 세우며 런던과 뉴욕, 양대 뮤지컬 시장에 화려한 '레전드 뮤지컬'의 탄생을 알렸고 현재까지 70회 이상의 세계적 권위의 뮤지컬 상들을 석권하였습니다.

미국에서는 1988년 1월 26일 브로드웨이마제스틱 극장 공연을 시작한 후 불과 20일 만에 세운 1천7백만 달러(약 200억 원)의 흥행 기록을 시작으로, 2006년 당시로서는 세계 최장기 공연이었던 뮤지컬 〈캣츠〉의 아성을 깼고 2012년에 브로드웨이 최장기 공연으로 드디어 기네스북에도 등재되었습니다.

현재까지 세계 30개국 151개 도시에서 공연되었고, 무려 15가지 이상의 언어로 번역되어 공연된 진기록과 함께 세계 누적 관객 수 1

억3천만 명 이상이라는 어마어마한 성적으로 총매출액 56억 달러(약 6조7천억)를 올려 티켓공연 시장의 흥행 신기록 행진도 이어가고 있습니다. 다시 말해 영화, 오페라, 연극, 뮤지컬과 유명 가수들의 콘서트 등을 통틀어 표를 사서 감상하는 문화상품 중 단일상품으로는 가장 큰 수익을 올린 작품이 바로 뮤지컬 〈오페라의 유령〉입니다. 또한 논스톱으로 가장 오래 공연된 작품으로 기록되었으니, 인류 역사상 최고의 히트작이라 불러도 전혀 손색이 없을 것입니다.

여기에 더 놀라운 건 이런 신기록 행진이 아직까지도 진행 중이라는 것입니다. 도대체 언제 끝날지 모를 이 열풍은 영국과 미국을 거쳐 세계 각 나라들로, 각 나라의 대도시들에서 다시 중소도시들로 이어지면서 지구촌 구석구석으로 확산하고 있으니 말입니다.

그리고 2004년 12월에는 극중 배경과 같은 겨울 시즌에 맞춰 뮤지컬영화 〈오페라의 유령〉으로 재탄생하여 전 세계에 개봉되기도 했습니다.

영화 〈오페라의 유령〉 – 또 다른 신화

팬들의 뜨거운 호응과 기대 속에 발표된 뮤지컬 영화 〈오페라의 유령〉은 100년 전통의 세계 최대 영화제작 배급사인 워너브라더스를 통해 이루어졌습니다. 〈폴링 다운〉과 〈배트맨〉 시리즈로 유명한 할리우드의 명장 조엘 슈마허 감독이 메가폰을 잡았고, 뮤지컬 〈오페라의 유령〉의 히어로 앤드류 로이드 웨버가 제작, 각본 그리고 음악을 모두 맡아 자신의 또 다른 천재성을 과시하기도 했습니다.

출연진으로는 팬텀 역에 제라드 버틀러, 크리스틴 역에 에미 로섬, 라울 백작 역에 패트릭 윌슨 등 할리우드의 대배우가 총출동하여 초호화 캐스팅을 이루었으며, 1억 달러(약 1천150억 원)의 대규모 제작비와 1억6천만 달러(약1천8백억 원)의 엄청난 수익으로 화제가 되기도 했습니다. 그 결과 영화는 전 세계 8천만 명 이상의 관객을 불러 모았고, 4천만 장 이상의 DVD 음반 판매라는 폭발적 흥행을 불러와 그야말로 슈퍼블록버스터의 진가를 유감없이 보여주었습니다.

사실 이 영화는 조엘 슈마허 감독이 1988년 뮤지컬 〈오페라의 유령〉의 미국 초연을 본 후 큰 감동을 받아 앤드류 로이드 웨버에게 곧바로 제작을 제안하면서 시작되었고 무려 16년의 준비와 기획을 거쳐 탄생했습니다.

영화 〈오페라의 유령〉이 우리에게 특별한 것은, 한국 팬의 특별한 성원을 반영하여 우리나라에서 가장 먼저 개봉하는 영광을 얻었다는 것입니다. 영화는 2004년 12월 8일 우리나라 상영관들에서 동시개봉이 이루어졌는데, 제작국인 미국에서는 그보다 뒤인 2004년 12월 22일에야 개봉되었습니다.

2016년 12월에는 원작인 뮤지컬 〈오페라의 유령〉 세계 초연 30주년을 맞아 뮤지컬영화 〈오페라의 유령〉이 '4K 디지털 리마스터링 버전'을 통해 새롭게 업그레이드된 화질과 음질로 재상영되기도 했는데, '4K 디지털 리마스터링 버전'이란 HD 영상보다 무려 4배나 높은 고해상도를 자랑하는 영상기술이라고 합니다. 그리고 이때도 2004년과 마찬가지로 한국에서 가장 먼저 상영되는 기록을 가지게 되었습니다.

이렇듯 뮤지컬 〈오페라의 유령〉의 전무후무한 성공 신화의 중심에는 뮤지컬을 위해 태어난, 아니 그 인생 자체가 뮤지컬이라고 불리며 "그와 동시대를 살고 있다는 것 만 으로도 충분히 행복하다."는 전 세계 수많은 열혈 팬 군단을 가진 천재 작곡가 앤드류 로이드 웨버가 있습니다.

천재 작곡가 앤드류 로이드 웨버

인류 최고의 발명품인 바퀴! 인류는 바퀴를 만들어냈고, 바퀴는 수레가 되었고, 수레는 모터가 되었고, 모터는 이제 인류를 우주로 이끌고 있습니다. 그 위대한 바퀴의 역사 한가운데인 1700년대 중반 영국은 인류에게 증기기관을 선물했고 증기기관은 사람들의 삶을 완전히 바꿔놓았습니다. 그리고 사회학자 아놀드 토인비가 말했듯 그것은 산업혁명이라는 위대한 사건이 되었습니다.

하나님은 인류에게 음악을 주었고, 영국은 음악을 재료삼아 뮤지컬을 만들었고, 뮤지컬은 이제 예술과 쇼 비즈니스라는 엄청난 융복합 반응을 통해 문화와 경제를 아우르는 통합혁명이라는 위대한 사건을 만들어냈습니다. 그리고 그 통합혁명의 정점에 서있는 이름, "앤드류 로이드 웨버"입니다.

앞서 앤드류 로이드 웨버를 뮤지컬을 위해 태어난 사람, 아니 그 인생자체가 뮤지컬이라고 말했듯이, 마치 운명처럼 음악 속에 살 수밖에 없었던 그의 이야기는 이렇게 시작됩니다.

자피기었던 아머시는 명문 영국로열음악대학 교수로 재직하며 런던음악대학 이사로도 활동하던 예술가요 교육자요 음악행정가였고, 어머니는 다정다감한 피아니스트 겸 음악교사였습니다.

1948년 3월 22일, 영국의 유서 깊은 도시 캔싱턴에서 태어난 그는 동생과 함께 피아노, 바이올린, 심지어 프렌치 호른 등의 악기를 다루는 법과 시창, 청음을 비롯해 간단한 대위법과 작곡법을 배우게 되었습니다. 거기다 유명 연극배우였던 숙모를 따라 지역의 거의 모든 연극과 뮤지컬 공연을 빼놓지 않고 보러 다녔으니, 연기와 춤과 음악이 필수조건인 뮤지컬을 위해 이만한 조기교육이 또 있을까요?

그 결과 형인 앤드류는 뮤지컬의 레전드가 되었고 동생인 줄리안 로이드 웨버는 세계적 천재 첼리스트가 되었습니다.

웨버의 학창시절 역시 비범했습니다. 웨스트민스터스쿨에서 왕실장학생으로 두각을 나타냈고 옥스퍼드대학교의 모들린칼리지에서 역사학 공부를 시작했지만 역시 음악이 자신의 운명임을 깨닫고 왕립음악대학에서 다시 클래식음악을 전공합니다. 첫 작품부터 음악극으로 시작한 그는 절친인 팀 라이스의 가사에 곡을 붙인 〈The like of You〉를 발표했고 이후, 스무 살이던 1968년에는 역시 팀 라이스의 가사에 곡을 붙인 신앙극 〈Joseph and the Amazing Technicolor Dreamcoat(요셉의 놀라운 색동옷)〉이 런던 선데이타임스로 부터 호평을 받아 웨스트민스터 센트럴 홀에서 공연되는 영예를 안게 됩니다. 이 작품은 1976년 아예 2막으로 된 뮤지컬로 개작되어 브로드웨이에서 발표되더니 드디어 1982년 토니상 후보에까지 오르면서 가히 떡잎부터 달랐던 그의 천재성을 다시 입증하게 됩니다.

1970년 22살의 웨버는 세계 최초의 록오페라 〈지저스 크라이스트 슈퍼스타〉를 발표해 대성공을 거두며 일약 스타가 되었지만, 1975년에 발표한 〈지브스〉는 공연 38회 만에 막을 내리는 실패도 맛보게 됩니다.

하지만 성공에 우쭐하지 않고 실패에 좌절하지 않은 웨버는 1976년 〈에비타〉로 토니상 7개 부문과 뉴욕비평가협회 특별상을, 1980년에는 그래미상을 수상하며 화려하게 재기하였으며 1981년 〈캣츠〉, 1982년 〈송 앤 댄스〉, 1984년 〈스타라이트 익스프레스〉 그리고 1986년 〈오페라의 유령〉을 발표하면서 뮤지컬의 전설을 완성하게 되었습니다.

웨버가 만든 러브송은 전설이 된다!

그의 작품에는 극을 대표하는 사랑의 노래가 한곡씩 들어있는데요, 예를 들면 〈지저스 크라이스트 슈퍼스타〉의 "I don't know how to love him" 〈캣츠〉의 "Memory" 〈오페라의 유령〉의 "All I ask of you" 등입니다. 이곡들은 모두 세계적 팝 차트에서 오랫동안 1위를 하였고 수천만 장의 음반 판매량을 기록한 히트곡들입니다.

특별히 〈캣츠〉는 토니상 7개 부문과 그래미상을 두 번이나 차지했는데 그 중 "Memory"는 단일 러브 송으로 세계 200여 명 이상의 가수들에 의해 700회 이상의 녹음이 이루어졌다니 그 인기를 가늠하기조차 힘늘 지경입니다.

1992년, 뮤지컬을 통해 문화예술에 세운 지대한 공로와 수많은 종교음악, 클래식 작품, 대중음악 등을 망라해 그의 음악을 통해 세상에 끼친 좋은 영향을 인정받은 앤드류 로이드 웨버는 영국 왕실로부터 기사 작위를 수여받게 됩니다.

1986년 〈오페라의 유령〉이 발표될 당시 앤드류 로이드 웨버의 한 편의 동화 같은 러브스토리도 유명합니다.

〈지저스 크라이스트 슈퍼스타〉의 성공으로 일약 세계적 스타가 된 웨버는 24살 비교적 어린 나이에 결혼을 했는데요, 〈오페라의 유령〉을 제작하는 동안에 또 한 번의 사랑에 빠지게 되어 두 번째 결혼을 하게 됩니다. 그런데 두 부인의 이름이 모두 '사라'라는 것도 흥미로운 사실입니다. 하지만 더 흥미로운 건 바로 두 번째 부인이 우리가 잘 아는 세계적 팝페라 가수 사라 브라이트만이라는 것이고, 그것은 바로 세계 뮤지컬계의 신데렐라의 탄생을 알리는 서막이기도 했습니다.

오페라의 유령이 만든 신데렐라

이미 수차례 내한공연을 다녀간 사라 브라이트만은 우리에게는 "넬라 판타지아Nella Fantasia"로 더 친숙한 세계 최고의 팝페라의 여왕입니다.

사라 브라이트만은 1960년 영국의 버크햄스테드 출신으로, 14살에 런던의 피카딜리 극장에서 〈I and Albert〉로 데뷔할 만큼 어려서부터 음악과 무용 그리고 연기에 특별한 재능을 보였습니다.

하지만 영국왕립음악학교 출신으로 최고의 교육을 받았음에도 현실의 벽을 넘기 어려웠던 이 젊은 아티스트는 뮤지컬 무대에 설 기회를 찾아 어디든 다녀야 했습니다. 그러던 중 마치 운명처럼 〈캣츠〉의 출연단원 오디션에서 뮤지컬의 거장 앤드류 로이드 웨버를 만나게 되었고, 주요 배역도 아닌 코러스단원으로 간신히 자리를 얻은 그녀와 세계 뮤지컬을 호령하는 거장은 단번에 사랑에 빠져 버립니다.

그런데 두 사람의 사랑에는 아주 큰 문제가 있었습니다. 24살에 옥스퍼드 동창과 결혼한 웨버는 당시 33세의 유부남이었고 그보다 12살 연하인 브라이트만은 나이 18세에 독일의 음악 매니저와 결혼한 겨우 21세의 유부녀였으니 말입니다. 하지만 둘의 사랑은 식을 줄 몰랐고, 3년 이라는 시간동안 각자의 환경을 정리한 뒤 1984년 결혼을 하게 되는데, 이 때문에 〈오페라의 유령〉의 전체 제작기간에 많은 영향을 미쳐 초연 일정이 꽤 많이 지연되기도 했습니다.

그 기간 동안 웨버는 〈오페라의 유령〉의 주인공인 크리스틴 역을 오직 새 아내 브라이트만을 위해 설계하고 바치기 위해 그야말로 한 땀 한 땀 정성을 쏟았습니다.

이렇게 극중의 크리스틴 역은 처음부터 천상의 목소리를 지닌 사라 브라이트만을 위해 만들어졌기 때문에 세계의 팬들은 발표될 새 작품에 대한 특별한 호기심과 행복한 기대로 기꺼이 기다림의 시간을 참아 줄 수 있었습니다.

하기민 이린 에씨소느 때문에 크리스틴 역을 준비하거나 공부하는 이들에게는 부담스러운 일이 되어버렸지요. 왜냐하면 이 배역은 일반적인 뮤지컬 배우나 팝 가수들의 가창음역을 훨씬 넘어 오페라 가수의 소프라노 음역에 맞먹게 설계되었기에 성악가들이나 가능한 높은 음역이 기본적으로 필요할 뿐만 아니라 팝가수가 들려줄 수 있는 청순한 음색과 뮤지컬 배우 특유의 섬세한 감성적 표현이 두루 요구되는 초 고난도의 곡이 되었기 때문입니다.

따라서 부르는 사람은 아주 힘들고 듣는 사람은 아주 감동적인, 마치 우리의 피겨 히어로인 김연아 선수의 트리플 액셀을 음악으로 표현한 듯한 곡이라 생각하면 좋을 것입니다.

1986년, 드디어 사라 브라이트만 주연의 〈오페라의 유령〉이 세계 초연되었고, 그 결과는 우리가 모두 알다시피 대 성공이었습니다. 가히 뮤지컬계의 신데렐라가 화려하게 탄생하는 순간이라고 하겠습니다.

마치 극중에서 작고 가련한 소녀 크리스틴이 팬텀의 힘에 의해 오페라의 주인공이 되었듯이 극장의 무명 합창단원이였던 사라 브라이트만은 세계 문화예술계의 신데렐라로 탄생하며 극이 그대로 현실이 된 것입니다.

오페라와 팝을 결합한 새로운 장르인 팝페라에 이어 클래식 크로스오버라는 새로운 장르를 대중화한 선구적 업적, 누구도 따라올 수 없는 화려한 무대 퍼포먼스 그리고 뮤지컬 배우로서 그녀의 엄청난 성공 신화는 이렇게 시작된 것입니다.

올림픽 주제가를 두 번이나 불러 올림픽 주제가 전문가수라는 애칭을 가진 브라이트만은 1992년 바르셀로나 올림픽 공식 주제가 "Amigos para siempre", 2008년 베이징 올림픽 공식 주제가 "You and me"를 불렀으며 1996년 안드레아 보첼리와 듀엣으로 부른 "Time to say Goodbye", 1998년 영화 〈미션〉의 주제곡에 가사를 붙여 발표한 "Nella Fantasia" 등 수많은 히트곡을 남겼고, 3천만 장에 이르는 음반 및 DVD 누적 판매량을 자랑하며 신데렐라에서 디바(여신)로의 새로운 역사를 써나가고 있습니다.

김호철

백석예술대학교 문화예술대학원 교수. 독일 에쎈국립음대를 졸업하고 독일 다름슈타트 국립오페라단 정단원으로 유럽무대에서 활동하였으며, 귀국한 뒤에는 대학에서 음악을 강의, 지도하고 있습니다. 찾아가는 음악회, 지역문화 페스티벌 등 콘서트 제작, 기획을 진행하며 이야기와 음악이 어우러진 스토리텔링콘서트 전문가로도 활동하고 있습니다. 강원CBS 음악감독, 포스코건설합창단 예술감독과 공감아카데미 대표도 맡고 있습니다. 지은 책으로는 『음악가들의 초대』, 『마음을 듣다』(구름서재)가 있습니다.

뮤지컬 〈오페라의 유령〉, 그 명곡 속으로

"Think of Me" (크리스틴Christine)

크리스틴이 극중 오페라 무대에서 부르는 아름다운 노래로 청순한 음성과 고귀한 모습의 크리스티나를 객석에서 보게 된 어릴 적 소꿉친구인 라울의 마음에 사랑이 피어남을 암시하는 설렘이 전해지는 곡입니다.

앞서 설명한 것 같이 사라 브라이트만을 위해 특별히 맞춤 설계된 곡으로 크리스틴 역을 대표하는 고난도의 작품입니다.

노래 전반에 흐르는 아름답고 가냘픈 소녀의 음성과 옛 추억과 미래의 사랑에 가슴 뛰는 청년의 음성 그리고 오페라의 프리마돈나를 연상시키는 최고음 카덴차까지, 그야말로 뮤지컬 넘버 중 베스트 오브 베스트라 할 곡입니다.

■ 세기의 신데렐라 사라 브라이트만의 환상적인 음성으로 감상해 보세요.

곡명_Think of Me
아티스트_Sarah Brightman
앨범_Encore Sarah Brightman
발매일_2001.06.19

"The Music of the Night" (팬텀Phantom)

모든 것이 베일에 싸여있던 팬텀이 드디어 크리스틴에게 자기 모습을 드러내고 은신처인 오페라극장 지하 호수동굴로 인도하며 불러주는 노래입니다.

기괴하고 몽환적인 분위기의 천재 아티스트를 소개하는 듯한 이 곡은 속삭이듯 흘러나오는 작고 나지막한 저음으로 시작해 폭발적인 성량과 극단의 고음을 동반한 폭풍 감성을 쏟아내는 장면과 다시 처음처럼 나지막한 그러나 날카로운 고음으로 처리되는 피날레까지, 그야말로 가수의 모든 역량을 보여줍니다. 거기에 지하 호수 동굴에서 펼쳐지는 팬텀의 드라마틱한 연기까지 더해지면 연주가 진행되는 5분 동안 관객의 눈과 귀를 잠시 무대에 맡겨 둘 수밖에 없는 넘버 입니다.

- 세계적 남성 4인조 팝페라 일 디보 와 팝의 전설 바브라 스트라이샌드 의 라이브로 감상해 보세요.
  곡명_The Music Of The Night (With Barbra Streisand)
  아티스트_Il Divo
  앨범_A Musical Affair
  발매일_2013.11.01.

- 어릴 적 사고로 시력을 잃었지만 뜻을 굽히지 않고 법학박사에서 변호사로 그리고 세계적 오페라 & 팝페라 가수로 전성기를 구가하는 안드레아 보첼리의 음성으로 감상해 보세요.
  곡명_The Music Of The Night
  아티스트_Andrea Bocelli
  앨범_Cinema(Deluxe Edition)
  발매일_2015.10.23.

"All I Ask of You" (크리스틴 & 라울Christine Daaé & Raoul)

"앤드류 로이드 웨버의 러브송은 전설이 된다."는 말을 입증하며 세계적 음원차트에서 오랫동안 1위를 차지하고 현재까지도 각 종 콘서트에서 듀엣 러브송으로 가장 많이 연주되는 곡으로 알려져 있습니다.

소꿉친구에서 연인이 된 두 사람의 아름다운 사랑의 하모니, 낮고 차분한 라울의 음성으로 "더 이상 어두운 얘기는 하지 말아요, 내가 여기 있어요." 라고 노래하면 상냥한 크리스틴은 "깨어있는 순간마다 저를 사랑하겠다고 해주세요, 당신이 말하는 것들이 진실이라고 말해주세요"라고 대답합니다. 그리고 둘은 한 목소리로 "그대가 어디를 가든 나도 함께할 거예요 날 사랑해주세요, 그것이 내가 바라는 전부랍니다"라고 속삭입니다.

그리고 두 연인의 입맞춤으로 마무리되는 이 넘버는 뮤지컬 베스트 넘버를 넘어 뮤지컬 베스트 씬으로도 등극했습니다.

제작자요 작곡가인 앤드류 로이드 웨버가 자신의 아내를 위해 만든 명곡임에도 이 한 커트의 장면 때문에 상대 남자 배역을 누구로 해야 할지 질투하고 고민했다는 넘버, 지금 당장 다시 들어봐야 할 곡입니다.

■ 천상의 목소리 사라 브라이트만 과 세계적 팝스타 클리프 리차드 의 듀엣으로 감상해 보세요.
곡명_All I Ask of You
아티스트_Sarah Brightman & Cliff Richard
앨범_The Andrew Lloyd Webber Collection
발매일_1998.04.

■ 'You raise me up'으로 유명한 조쉬 그로반과 그레미상 최우수 팝 보컬 켈리 클락슨의 듀엣으로 감상해 보세요.

곡명_All I Ask of You
아티스트_Josh Graban(with Kelly Clarkson)
앨범_Stages(Deluxe Ver.)
발매일_2015.04.28.

〈뮤지컬 오페라의 유령 넘버 리스트〉

Part 1

1 Overture(서곡)

2 Think of Me(나를 생각해줘요)

3 Angel of Music(음악의 천사여)

4 Little Lotte(어린 로티), The Mirror(거울), Angel of Music(음악의 천사여)

5 The Phantom of the Opera(오페라의 유령)

6 The Music of the Night(밤의 노래)

7 I remember(나는 기억해요), Stranger Than You Dreamt It(비밀스런 꿈을 꾸어요)

8 Magical Lasso(마법의 올가미)

9 Notes(메모들), Prima Donna(프리마돈나)

10 Poor Fool, He Makes Me Laugh(어리석은 노인이여)

11 Why Have You Brought Me Here?(여긴 왜 온 거죠?)

12 Raoul, I've Been There(라울, 난 그 곳에 간 적이 있어요)

13 All I Ask of You(나의바램은 그것 뿐 이예요)

14 All I Ask of You(Reprise) 나의바램은 그것 뿐 이예요 (반복)

366

Part 2

한 권의 소설원작

오페라의 유령

1판1쇄 발행 2017년 10월 30일
개정판1쇄 발행 2022년 2월 20일

저자 가스통 르루
편역자 박찬규
디자인 신미연
펴낸이 박찬규
펴낸곳 구름서재

등록 제396-2009-000058호
주소 서울시 마포구 서교동 375-24 그린홈 403호
이메일 fabrice1@chol.com
블로그 http://blog.naver.com/fabrice

ISBN 979-11-89213-25-1 (03860)

- 책값은 뒤표지에 있습니다.
- 잘못된 책은 구입한 서점에서 바꿔드립니다.